Michael Robotham

Der Erstgeborene

GOLDMANN

Buch

Der Psychologe Cyrus Haven berät die Polizei in Nottingham bei der Aufklärung von Straftaten. Dabei wurde er als Jugendlicher selbst Opfer eines Verbrechens: Sein geistig verwirrter Bruder Elias ermordete die gesamte Familie, nur Cyrus überlebte das Massaker. Nun, 20 Jahre später, soll der angeblich geheilte Elias in Cyrus' Obhut entlassen werden und konfrontiert diesen auf brutale Art mit seiner Vergangenheit.
Zudem muss der Psychologe sich noch um sein Mündel Evie Cormac kümmern: eine aufsässige Teenagerin mit der Gabe, jede Lüge zu enttarnen. Als Cyrus in einem Mordfall ermittelt und Evie dem Täter allzu nahe kommt, geraten sie beide in tödliche Gefahr …

Weitere Informationen zu Michael Robotham
sowie zu lieferbaren Titeln des Autors
finden Sie am Ende des Buches.

Michael Robotham

Der Erstgeborene

Psychothriller

Deutsch von
Kristian Lutze

GOLDMANN

Die Originalausgabe erschien 2022 unter dem Titel »Lying beside you«
bei Sphere, einem Imprint der Little, Brown Book Group, London.

Das Zitat auf S. 5 stammt aus:
Julie Buntin, Marlena. Aus dem amerikanischen Englisch von Eva Bonné.
Für die deutsche Ausgabe: © 2017 bei Eichborn Verlag in der Bastei Lübbe AG, Köln, S. 9. Mit freundlicher Genehmigung des Eichborn Verlags.

MIX
Papier | Fördert gute Waldnutzung
FSC® C014496
FSC www.fsc.org

Penguin Random House Verlagsgruppe FSC® N001967

1. Auflage
Taschenbuchausgabe Dezember 2023

Redaktion: Ann-Catherine Geuder
Umschlaggestaltung: UNO Werbeagentur, München
Umschlagmotiv: @ Arcangel/John Cooper
ES · Herstellung: ik
Satz: Uhl + Massopust, Aalen
Druck und Bindung: GGP Media GmbH, Pößneck
Printed in Germany
ISBN: 978-3-442-49483-5

www.goldmann-verlag.de

»Sage mir, was du nicht vergessen kannst,
und ich sage dir, wer du bist.«

Julie Buntin, *Marlena*

1

Cyrus

Wenn ich nur eins über meinen Bruder erzählen könnte, wäre es dies: Zwei Tage nach seinem neunzehnten Geburtstag ermordete er unsere Eltern und unsere Zwillingsschwestern, weil er Stimmen in seinem Kopf hörte. Als einzelnes prägendes Ereignis ist das unübertroffen für Elias und für mich.

Ich habe oft versucht, mir vorzustellen, was ihm an jenem kühlen Herbstabend durch den Kopf gegangen ist, als unsere Nachbarn allmählich die Vorhänge vor der heranziehenden Nacht zuzogen und die Straßenlaternen einen dunstigen Schein bekamen. Was haben diese Stimmen gesagt? Welche denkbaren Worte könnten ihn bewegt haben, die Dinge zu tun, die er getan hat?

Ich habe mich mit dem Hätte und Wäre gemartert. Was, wenn ich auf dem Heimweg vom Fußballtraining nicht noch angehalten und Pommes frites gekauft hätte? Was, wenn ich mein Rad nicht kurz vor Alisa Pipers Haus abgestellt hätte, in der Hoffnung, sie im Garten oder beim Nachhausekommen von ihrem Korbball-Training zu erwischen? Was, wenn ich schneller gestrampelt hätte und früher zu Hause angekommen wäre? Hätte ich ihn aufhalten können, oder wäre ich jetzt auch tot?

Ich bin der Junge, der überlebt hat, im Gartenschuppen

versteckt, zusammengekauert zwischen Gartengeräten, den Geruch von Kerosin, Farbe und frischem Grasschnitt in der Nase, während Sirenen durch die Straßen von Nottingham heulten.

In meinen Albträumen wache ich immer in dem Moment auf, in dem ich auf schlammverdreckten Fußballsocken in die Küche komme. Meine Mutter liegt zwischen gefrorenen Erbsen auf dem Boden, die sich auf den weißen Fliesen verteilt haben. Auf dem Herd kocht Hühnerbrühe über, und ihre berühmte Paella klebt an dem schweren Pfannenboden.

Meine Mum vermisse ich am meisten. Ich habe ein schlechtes Gewissen, jemanden am liebsten zu mögen, aber niemand ist da, der meine Wahl kritisieren könnte, außer Elias, und der hat dazu nichts zu sagen. Weder jetzt noch in Zukunft.

Dad starb im Wohnzimmer, vor dem DVD-Spieler hockend, weil eine der Zwillinge es geschafft hatte, eine DVD in dem Schlitz zu verklemmen. Er hob eine Hand, um sich zu schützen, und verlor zwei Finger und einen Daumen, bevor das Messer sein Rückgrat durchtrennte.

Esme und April waren oben in ihrem Zimmer mit den Hausaufgaben beschäftigt oder spielten. Normalerweise machte immer April alles als Erste, weil sie zwanzig Minuten älter war und deswegen den Ton angab, doch es war April, bekleidet in einem Einhorn-Jumpsuit, die auf das Messer zurannte, um ihre Schwester zu beschützen. Esme musste unter dem Bett hervorgezerrt werden und starb mit einem zusammengebauschten Teppich unter ihrem Körper und einer Ukulele in der Hand.

Viele dieser Details können mir den Hals zuschnüren oder mich schreiend aufwachen lassen, aber die Schnappschüsse verblassen. Meine Erinnerungen sind nicht mehr so lebhaft wie früher. Die Farben. Die Gerüche. Die Angst.

Ich kann mich zum Beispiel nicht mehr daran erinnern, welche Farbe das Kleid hatte, das meine Mutter trug, und welche der Zwillinge ihr Haar in der Woche geflochten hatte. (Esme und April wechselten sich mit ihren Frisuren ab, damit die Lehrerinnen sie leichter voneinander unterscheiden konnten, vielleicht aber auch, um sie noch mehr zu verwirren.)

Und ich kann mich nicht erinnern, ob Dad schon eine Flasche Home Brew aufgemacht hatte – ein Sechs-Uhr-abends-Ritual in unserem Haus, bei dem er ein Bier aus seiner letzten Lieferung mit einem Winston-Churchill-Flaschenöffner aus Messing öffnete. Feierlich goss er den »bernsteinfarbenen Nektar« in ein Pint-Glas und hielt es ins Licht, um Farbe und Trübheit zu begutachten. Wenn er trank, spülte er den ersten Schluck im Mund hin und her wie ein Weinkenner und sagte Sachen wie: »Ein wenig malzig … ein bisschen wolkig … einen Tick zu früh … einigermaßen trinkbar … buttrig … süffig … noch eine Woche, dann ist es perfekt.«

Es sind kleine Details, die mir entfallen sind. Ich weiß nicht mehr, ob ich den Schlamm von meinen Fußballschuhen abgetreten, mein Fahrrad abgeschlossen und das Seitentor geschlossen habe. Ich *kann* mich daran erinnern, dass ich stehen geblieben bin, um mir das Salz von den Händen zu waschen und Wasser zu trinken, weil Mum es nicht ausstehen konnte, wenn ich mir den Appetit verdarb, indem ich so kurz vor dem Abendessen Junkfood aß. Im selben Atemzug beschwerte sie sich darüber, dass ich »ein Loch im Bauch« hätte und »ihr die Haare vom Kopf fressen« würde.

Ich vermisse ihre Kochkünste. Ich vermisse ihre peinlichen Umarmungen in der Öffentlichkeit. Ich vermisse es, dass sie auf Servietten spuckt und mir Essensreste aus dem Gesicht wischt. Ich vermisse es, wie sie versucht, meinen Haarwirbel zu glätten. Ich vermisse ihr Gemecker, weil ich den Zwillingen Geistergeschichten erzählt, den Klodeckel hochgeklappt gelassen oder die Zahnpasta nicht wieder zugeschraubt habe.

Nach den Morden hat niemand mehr mit mir gemeckert. Meine Großeltern brachten es nicht übers Herz. Sie trauerten auch. Ich wurde der Junge, mit dem man Mitleid hatte, auf den man mit dem Finger zeigte, über den man tuschelte. Den man unterstützte. Mobbte. Verwöhnte. Therapierte. Der Junge, der Drogen nahm, sich ritzte und betrunken zur Schule kam. Ein schwer zu liebendes Kind. Eigentlich überhaupt kein Kind mehr, nicht nach allem, was ich gesehen hatte.

Es ist Montagmorgen Viertel vor zehn, und ich sitze im Empfangsbereich des Rampton Secure Hospital, eine Autostunde nördlich von Nottingham. In fünfzehn Minuten wird eine Kommission von drei Personen – ein Richter, ein beratender Psychologe und ein Laie – über den Antrag meines Bruders beraten, entlassen zu werden. Es ist zwanzig Jahre her, seit meine Eltern und meine Schwestern gestorben sind. Ich bin jetzt dreiunddreißig, Elias ist neununddreißig. Der Junge ist ein Mann. Der Bruder möchte nach Hause kommen.

Jahrelang habe ich den Leuten erklärt, dass ich das Beste für Elias will, ohne genau zu wissen, was das bedeutete und ob das auch seine Freilassung mit einschloss. Als forensischer Psychologe verstehe ich psychische Krankheiten. Ich sollte in der Lage sein, die Person von der Tat zu trennen – die Sünde zu hassen, aber dem Sünder vergeben.

Ich habe Geschichten von Vergebung gelesen. Von Menschen, die Mörder im Gefängnis besucht und ihnen Mitgefühl und Absolution angeboten haben. Sie sagen Sachen wie: »Du hast mir einen Teil meines Herzens genommen, der niemals ersetzt werden kann, aber ich verzeihe dir.«

Eine Frau, eine Mutter Mitte sechzig, hatte ihren einzigen Sohn verloren, der vor einer Partylocation erstochen worden war. Nachdem die Geschworenen den Mörder, einen sechzehnjährigen Jungen, verurteilt hatten, vergab sie dem Teenager. Noch gekrümmt vor Entsetzen, wiederholte sie immer wieder: »Ich habe gerade den Mann umarmt, der meinen Sohn getötet hat.« Im nächsten Atemzug fügte sie hinzu: »Ich habe gespürt, wie etwas meinen Körper verlassen hat. Und ich wusste sofort, dass all der Hass, die Bitterkeit und die Feindseligkeit weg waren.«

Ein besseres Ich, eine gütigere Seele, ein Empath oder gläubiger Mensch würde Gnade zeigen und Elias die Vergebung anbieten, die er ersehnt. Bedingungslos. Ohne Frage oder Zögern. So ein Mensch bin ich nicht.

Dr. Baillie zieht seine Sicherheitskarte durch den Schlitz und kommt, um mich im Warteraum abzuholen. Er ist der für Elias zuständige Psychiater, Anfang fünfzig, gedrungen und ernst, mit einem gestutzten Bart und einem ergrauten Pferdeschwanz, der seinen Haaransatz höher in die Stirn zu ziehen scheint.

»Wie läuft es?«, frage ich.

»Es sieht vielversprechend aus.«

Für wen, will ich fragen, aber ich weiß, auf wessen Seite

Dr. Baillie steht. Er geht davon aus, dass ich in seinem Team bin. Vielleicht bin ich das auch.

Er winkt einem Mitarbeiter des Sicherheitsdienstes hinter einer Plexiglasscheibe zu. Eine Tür wird geöffnet, und wir werden durch breite Flure geführt, die nach Phenol und Bodenreiniger mit Kiefernaroma riechen.

Rampton ist eine von drei hoch gesicherten forensischen psychiatrischen Kliniken in England. Laut der *Daily Mail* beherbergt sie die »Schlimmsten der Schlimmsten«, aber Journalisten neigen dazu, sich auf die prominenten Patienten zu konzentrieren, die »Ripper«, »Schlächter« und »Schlitzer«, die mehr Klicks generieren als der Großteil der Insassen, die wegen Persönlichkeitsstörungen oder Stimmungsschwankungen behandelt werden, Erkrankungen, bei denen keine Leichen gezählt werden.

Wir sind in einem großen Raum angekommen, wo zwei Dutzend Stühle vor einem langen polierten Tisch aufgestellt sind. Eine Schwingtür geht auf. Elias kommt herein. Er wird ein letztes Mal abgetastet, bevor man ihn auffordert, Platz zu nehmen. Er winkt mir zu. In seinem Blick liegt Erleichterung.

Wir sehen nicht aus wie Brüder. Er hat im Laufe der Jahre zugenommen – wegen der Medikamente und der Inaktivität –, und sein Haar ist um die Ohren mittlerweile grau meliert. Er hat ein rundes, fleckiges Gesicht, schmale Lippen und braune intelligente Augen, die trotzdem sonderbar leer wirken.

Heute trägt er seine beste Kleidung, beigefarbene Chinos zu einem ordentlich gebügelten weißen Hemd, und ich erkenne Kammspuren in seinem leicht pomadisierten Haar. Gerade Linien von vorne nach hinten.

Ich schlurfe an der Reihe der Stühle entlang, bis ich nah genug bin, um seine feuchte Hand zu schütteln.

»Du bist gekommen.«

»Selbstverständlich. Wie geht es dir?«

»Ich bin nervös.«

»Dr. Baillie sagt, du hast dich bisher gut geschlagen.«

»Hoffentlich.«

Elias blickt nervös zu dem Haupttisch und den drei leeren Stühlen.

Eine weitere Tür geht auf, und drei Leute kommen herein. Die Kommission, zwei Männer und eine Frau. Sie nehmen Platz. Alle haben ein Namensschild, doch sie stellen sich trotzdem vor. Der Vertreter der Justiz, Richter Aimes, ist ein kleiner, ziemlich rundlicher Mann in einem Nadelstreifenanzug. Sein graues Haar ist in einer Welle nach hinten gekämmt, die eine kahle Stelle verdeckt. Der Psychiater, Dr. Steger, trägt ein Hemd mit bis zu den Ellbogen hochgekrempelten Ärmeln und eine Krawatte des Marylebone Cricket Club. Seine Haare sind streng nach hinten gegelt, und statt einer Armbanduhr trägt er ein schweres silbernes Armband. Das Laienmitglied der Kommission, Mrs Sheila Haines, erinnert mich an meine alte Vorschullehrerin, und ich kann mir vorstellen, wie sie das Verfahren aufmuntert und im Laufe des Vormittags ein »Obstfrühstück« vorschlägt.

Jede neue Person im Raum muss vorgestellt werden. Ihre Blicke wenden sich mir zu.

»Ich bin Cyrus Haven. Elias' Bruder.«

»Sind Sie sein engster Familienangehöriger?«, fragt der Richter.

Ich bin sein einziger Familienangehöriger, will ich antworten, doch das stimmt nicht ganz. Er hat nach wie vor Großeltern, Tanten, Onkel und eine Handvoll Cousins und Cousinen, die in den letzten zwei Jahrzehnten bemerkenswert still waren. Ich bezweifle, dass die Verwandtschaft mit Elias zu ihren Anekdoten für Abendesseneinladungen gehört.

»Ich bin sein engster lebender Verwandter«, sage ich und bereue meine Wortwahl noch im selben Moment.

»Sind Sie Doktor der Medizin?«, fragt Mrs Haines.

»Ich bin forensischer Psychologe.«

»Wie faszinierend.«

Richter Aimes möchte vorankommen. Er wendet sich an Elias.

»Haben Sie Medikamente eingenommen, die Ihre Fähigkeit, an dieser Verhandlung teilzunehmen, beeinträchtigen könnten?«

»Nur meine üblichen Medikamente«, antwortet Elias lauter als erforderlich.

»Was nehmen Sie?«, fragt der Psychiater.

»Clozapin.«

»Wissen Sie, was passieren würde, wenn Sie aufhören, Ihre Medikamente zu nehmen?«

»Ich würde wieder krank werden. Aber jetzt geht es mir besser«, fügt er eilig hinzu.

Richter Aimes blickt von seinen Notizen auf. »Uns liegen Berichte von zwei gutachtenden Psychiatern vor, außerdem haben wir mündliche Vorträge von Dr. Baillie, dem Stationspfleger sowie zwei ansässigen Psychiatern gehört. Hat man Ihnen diese Aussagen gezeigt?«

Elias nickt.

»Haben Sie irgendwelche Fragen?«

»Nein, Sir.«

»Dies ist Ihre Gelegenheit zu einem Plädoyer, Elias. Erklären Sie uns, was Ihrem Wunsch nach jetzt geschehen soll.«

Elias schiebt den Stuhl zurück und will aufstehen, doch der Richter erklärt, er solle sitzen bleiben. Elias zieht einen Zettel aus der Tasche.

»Ich möchte mich bei der Kommission für diese Gelegenheit bedanken«, sagt er und blinzelt auf den Zettel, als hätte er seine Brille vergessen. Trägt er sie noch? Es ist Jahre her, seit ich ihn etwas anderes habe lesen sehen als die Comicalben und Graphic Novels, die ich ihm bei Besuchen mitbringe. Dad brauchte ab vierzig eine Lesebrille, vermutlich wird es mir auch so gehen.

Elias fährt fort: »Ich weiß, was ich getan habe, und ich weiß, warum es geschehen ist. Ich bin schizophren. Was ich an jenem Tag erlebt habe – was ich gesehen und gehört habe, die Stimmen, die Halluzinationen –, nichts von all dem war real. Aber ich habe meiner Familie unaussprechliche Dinge angetan. Unverzeihliche Dinge.«

Er wendet den Blick kurz zu mir und wieder ab.

»Mit diesem Makel auf meiner Seele muss ich leben. Ich habe viele Herzen gebrochen – inklusive meines eigenen –, und ich bitte Gott jeden Tag um Vergebung.«

Das ist ebenfalls eine neue Information, obwohl er bei meinen vierzehntägigen Besuchen in Rampton schon seit einiger Zeit Bibelzitate in die Unterhaltung streut. Er wischt sich Schweißtropfen von der Oberlippe.

»Ich bin seit mehr als siebentausend Tagen an diesem Ort, und in all der Zeit habe ich das Gelände nie verlassen, um ein Geschäft zu betreten, einen Film zu sehen, allein am Strand spazieren zu gehen oder Fahrrad zu fahren. Ich möchte einen Weihnachtsbaum schmücken, Geschenke einpacken und verreisen. Ich möchte ein normales Leben führen, Freundschaften schließen, einen Job finden und eine Frau treffen.«

Ich stelle mir vor, wie er diese Rede wochenlang vor seinem bruchsicheren Spiegel geübt hat.

»Was für einen Beruf möchten Sie denn ausüben?«, fragt der Richter.

»Ich möchte mein Jurastudium fortsetzen. Ich hoffe, eines Tages dort zu sitzen, wo Sie jetzt sitzen, und den Menschen zu helfen.«

»Das ist sehr ehrenwert«, sagt Mrs Haines.

Dr. Steger wirkt weniger beeindruckt. »Fast die Hälfte der Patienten scheitern, weil sie ihre Medikamente nicht nehmen. Achtzig Prozent von ihnen erleiden binnen zwei Jahren einen Rückfall.«

»Das würde mir nicht passieren«, sagt Elias.

»Wie können wir sicher sein?«

»Ich habe an einem Genesungsplan gearbeitet. Ich habe Bewältigungsmechanismen gelernt.«

»Wo würden Sie wohnen?«

»Bei meinem Bruder Cyrus.«

Die Kommissionsmitglieder blicken zu mir. Ich nicke. Mit trockenem Mund.

»Haben Sie Fragen an Elias, Dr. Haven?«, erkundigt sich der Richter.

Elias wirkt mit einem Mal nervös. Er hat nicht erwartet, dass ich das Wort ergreife.

»Wie haben sie angefangen?«, frage ich. »Die Stimmen?«

Er blinzelt mich an, als würde er die Frage nicht recht

verstehen. Die Stille füllt jede Nische des Raumes und steigt wie Wasser, das meine Ohren knacken lässt.

Schließlich spricht er. »Es war nur eine. Am Anfang dachte ich, ich bilde sie mir nur ein.«

»Was hat sie gesagt?«

»Sie … sie … hat über einen anderen gesprochen. ›Kann er die ganze Nacht wach bleiben?‹ ›Kann er die Schule schwänzen?‹ ›Kann er Geld aus Dads Brieftasche stehlen?‹«

»Hat die Stimme dir gesagt, dass du diese Dinge machen sollst?«

»Den Eindruck hatte ich nicht … jedenfalls am Anfang nicht.«

»Warum hast du auf sie gehört?«

Wieder blinzelt er mich an.

»Mum und Dad. Esme und April. Denkst du je an sie?«

Er zuckt die Schultern.

»Warum nicht?«

»Es regt mich auf.«

»Hast du sie geliebt?«

»Ich war krank. Ich habe etwas Böses getan.«

»Ja, aber hast du sie geliebt?«

»Natürlich.«

»Liebst du mich?«

»Ich kenne dich kaum«, flüstert er.

»Ich bin dir dankbar für deine Ehrlichkeit.«

In seinen Augen stehen Tränen. »Es tut mir leid.«

»Was tut dir leid?«

»Was ich getan habe.«

»Und jetzt hast du dich geändert?«

Er nickt.

Ich blicke zu dem Richter und erkläre ihm, dass ich fertig bin.

»Nun, machen wir eine Pause«, sagt er und wendet sich an Elias. »Wir werden Ihnen unsere Entscheidung in Kürze mitteilen.«

2

Evie

Der Geschäftsführer hat einen Schnurrbart mit gewachsten Spitzen, die sich aufrollen wie verängstigte Tausendfüßler. Es ist die Art Gesichtsbehaarung, die man sonst nur bei altmodischen Schurken in schwarzen Capes sieht, die Frauen an Eisenbahngleise fesseln und gackernd lachen.

Er heißt Brando, was ein Spitzname oder einfach nur sein Nachname sein könnte. Vielleicht ist es auch sein einziger Name wie Beyoncé oder Prince. Brando poliert mit einem weichen Tuch eine Wodkaflasche. Er hält inne und zwirbelt die Spitzen seines Schnurrbarts auf, als würde er eine sehr lange Zigarette drehen.

»Wie heißt du?«

»Evie Cormac.«

»Wie alt bist du?«

»Einundzwanzig.«

»Du siehst jünger aus.«

Ich halte meinen frisch erworbenen Führerschein hoch und hoffe, dass er sich das Bild nicht allzu genau anschaut, weil es aussieht wie ein Verbrecherfoto. Ich weiß nicht, wie man lächelt, wenn Leute einen fotografieren.

»Hast du schon mal in einer Bar gearbeitet?«

»Ja, massenhaft.«

»Referenzen?«

»Nein.«

»Kannst du eine Bloody Mary mixen?«

»Ich kann ein Bier zapfen.«

»Ich brauche jemanden, der Cocktails mixen kann.«

»Sie könnten es mir beibringen.«

»In der Anzeige stand, dass wir jemanden mit Erfahrung suchen.«

»Na ja, es ist wie mit der Henne und dem Ei, oder?«

»Hä?«

»Was war zuerst da – die Henne oder das Ei? Ich kann keine Erfahrung sammeln, wenn Sie mir keinen Job geben.«

Brando kräuselt die Nase. Er trägt Jeans, ein Baumwollhemd und eine zu enge Weste. An einem kleinen goldenen Ring in seinem linken Ohr baumelt eine winzige Gitarre. Meiner Erfahrung nach kompensieren Menschen, die sich extravagant kleiden, einen Mangel an Persönlichkeit. Ich bin das Gegenteil. Ich habe keine Persönlichkeit, doch das kommt mir gelegen, weil ich unsichtbar sein will.

Die Bar heißt Little Drummer, eins dieser kleinen Rattenlöcher am Lace Market, teuer und völlig selbstüberzogen. Ehrlich gesagt verstehe ich den Sinn von Bars und Alkohol nicht. Die Leute haben schon wenig genug Kontrolle über ihr Leben, auch ohne sich volllaufen zu lassen.

Ich brauche einen Job, weil Cyrus sagt, mein Beitrag müsste sich mit seinem »die Waage halten«. Was soll das überhaupt heißen? Ich wiege nicht mal fünfundvierzig Kilo. Bei einem dieser Wettbewerbe, bei denen man seine Ehefrau tragen muss, könnte er mich über eine Schulter werfen, und wir würden locker gewinnen. Nicht, dass ich seine Frau oder seine Freundin wäre; meistens behandelt er mich wie ein Kind, und das nervt mich.

Seit September gehe ich wieder zur Schule – ein paar Stunden die Woche –, um am Nottingham College mein Abitur nachzuholen, weil Cyrus sagt, ich soll etwas aus meinem Leben machen. Das ist noch etwas, was ich nicht verstehe. Warum kann es nicht meine Mission sein, mich irgendwie durchzuwurschteln?

Auf YouTube habe ich ein Video von einem japanischen Soldaten aus dem Zweiten Weltkrieg gesehen, der auf einer philippinischen Insel stationiert war, um nach feindlichen Flugzeugen Ausschau zu halten. Er hatte den Befehl, unter keinen Umständen aufzugeben. Er bekam nicht mit, dass der Krieg endete, deshalb versteckte er sich neunundzwanzig Jahre in den Bergen und weigerte sich zu kapitulieren. Das ist mein Ideal eines gut gelebten Lebens: versteckt auf einer tropischen Insel, abgeschnitten von der Welt. Unerreichbar. Unberührbar.

Mein neuer Plan ist es, *so zu tun*, als würde ich etwas aus meinem Leben machen. Ich werde den Leuten erzählen, dass ich ein Buch schreibe, und wenn sie mich fragen, worüber, klaue ich die Handlung irgendeines Netflix-Dramas und nenne das Ganze »eine Hommage«. Das Wort habe ich von Mr Joubert, einem meiner Lehrer.

Wenn das nicht funktioniert, erkläre ich den Leuten, dass ich reisen möchte, und rede verträumt über Berge, die ich besteigen, und Meere, die ich besegeln will. Eine große Leidenschaft stellt nie jemand infrage.

Meine dritte Option ist ehrenamtliche Arbeit. Ich melde mich freiwillig für ein oder zwei Wochen – damit ich die nächsten zehn Jahre damit angeben kann, wie sehr es mich erfüllt, »anderen zu helfen und etwas zurückzugeben«. Das sollte mein Leben lohnend genug erscheinen lassen.

»Hast du schon mit Gästen zu tun gehabt?«, fragt Brando.

»Ja.«

»Als was?«

»Ich war Kellnerin.«

Das Lokal lasse ich unerwähnt – Langford Hall, eine geschlossene Einrichtung für Kinder und Jugendliche –, genau wie die Tatsache, dass ich nicht im eigentlichen Sinn angestellt war. Er braucht auch nicht zu wissen, dass ich aus der Küche verbannt wurde, weil ich einen Monatsvorrat Kakao geklaut habe. Das war die alte Evie. Die wütende Evie. Mündel des Gerichts. Das Mädchen in der Kiste. Angel Face. Das Kind, das sich in einer Geheimkammer versteckt hat, während ein Mann zu Tode gefoltert wurde.

Brando wendet das Blatt mit meinem einseitigen Lebenslauf, als würde er erwarten, dass auf der Rückseite noch etwas steht.

»Hattest du je Ärger mit der Polizei?«

»Nein.«

Eine weitere Lüge.

»Wieso willst du im Little Drummer arbeiten?«

»Ich brauche einen Job.«

Brando wartet und will mehr hören.

»Ich kann gut mit Menschen«, lüge ich unverhohlen. In Wahrheit komme ich vor allem gut mit Hunden aus.

»Was ist deine beste Eigenschaft?«, fragt er.

»Ich bin unglaublich bescheiden.«

Er kapiert den Witz nicht. Idiot!

Brando zwirbelt seinen Schnurrbart auf. »Ich kann dir den Job geben, die leeren Gläser einzusammeln. Donnerstag, Freitag und Samstag. Du fängst um acht an und hast um zwei Feierabend. Neun Pfund die Stunde. Das Trinkgeld wird mit dem Küchenpersonal geteilt.«

»Und das ist alles, was ich machen muss – Gläser einsammeln?«

»Du lächelst. Du machst sauber, wenn jemand etwas verschüttet. Du wischst die Damentoilette. Du bist der Handlanger.«

»Was?«

»Der Hiwi.« Er gibt mir ein Formular. »Füll das aus.«

Es ist eine Art Arbeitsvertrag.

»Wieso brauchen Sie meine Adresse und meine Telefonnummer?«

»Für die Steuer.«

»Aber ich hab noch gar nichts verdient.«

»So läuft das.«

Ich leihe mir einen Stift aus, setze mich an den Tresen und beobachte mit einem Auge, wie er den Kühlschrank nachfüllt. Es gefällt mir, seine Schultern zu betrachten, die sich unter dem Baumwollhemd bewegen. Ich wünschte, ich wüsste mehr über Männer. Nicht die bösen, sondern die guten.

Zehn Minuten später liest Brando das ausgefüllte Formular durch. Beim Umblättern leckt er an seinem Daumen.

»Du fängst am Freitag an. Komm nicht zu spät. Und zieh dir was Anständiges an.«

Ich trage Jeans und einen weiten Pullover, den ich vor Wochen aus Cyrus' Kleiderschrank geklaut habe, ohne dass er ihn seitdem vermisst hat.

»Ich sammele bloß Gläser ein.«

»Wir sind eine Cocktail-Bar, keine Säufer-Kneipe an der Ecke. Unsere Gäste erwarten ein wenig Glamour. Zeig ein bisschen Bein.« Er mustert mich von oben bis unten. »Du hast doch Beine, nehme ich an.«

Damit ich dich besser treten kann. Er dreht sich um und stellt ein Sixpack Cidre in den Kühlschrank. Als er sich aufrichtet, stehe ich immer noch am Tresen.

»Kann ich einen Vorschuss bekommen – um mir ein Kleid zu kaufen?«

»Ja, klar«, sagt er lachend. »Hau ab, bevor ich es mir anders überlege.«

Draußen ziehe ich den Reißverschluss meines Parkas hoch und vermeide es, von einer Busladung japanischer Touristen niedergetrampelt zu werden, die Fotos vom Adams Building machen, einem alten Lagerhaus für Stoffe aus Spitze, das jetzt zum Nottingham College gehört. Die Fremdenführerin schwenkt einen gelben Regenschirm und zählt die Köpfe, um sich zu vergewissern, dass sie keins ihrer Schäfchen verloren hat.

Ich gehe über die Carlton Street und die Long Row Richtung Old Market Square. Ein Spendensammler mit einem Klemmbrett sucht Blickkontakt, doch ich gehe weiter. Ich rede nicht gern mit Fremden.

Ich checke die letzten Antworten in meiner Dating-App. Jemand hat mich gematched. Ich schaue mir das Profil an. Attraktiv, sportlich, ein bisschen klein, aber es geht nicht um mich. Zu Hause werde ich die Profile bei anderen sozialen Medien überprüfen. Derweil schicke ich, bemüht um einen lockeren Ton, eine erste Nachricht.

Hey, wir haben gematched.

Die Antwort erscheint mit einem Ping:

Offensichtlich!

Ein bisschen sarkastischer, als ich gehofft hatte. Ich versuche es noch einmal.

Schicke Bilder. Du siehst toll aus.

Sag das nicht, sonst finde ich dich langweilig.

Sorry.

Und entschuldige dich nicht.
Das hasse ich noch mehr.

Können wir noch mal von vorne anfangen?

Was möchtest du gern wissen?

Hunde oder Katzen?

Hunde.

Was hältst du von Ananas als Pizzabelag?

Ein Sakrileg.

Kaffee oder Tee?

Weder noch.

Dann kann ich dich nicht
zu einem Kaffee einladen?

Wir könnten Bubble Tea trinken.

Keck. Vielversprechend. Mir fallen keine Fragen mehr ein.

Wovor hast du mehr Angst – Spinat oder Spinnen?

Spinnen. Ich bin Veganer.

Ist das nicht eine Sekte?

Ich versuche, den Planeten zu retten.

Oder in Restaurants besonders nervig zu sein.

Ehrlich gesagt glaube ich nicht, dass das mit uns funktioniert.

Schönes Leben noch.

Eine weitere gescheiterte Romanze. Vielleicht bin ich zu wählerisch – aber wer hätte gedacht, dass Nottingham ein so flacher Teich ist? Ich suche nicht nach Perfektion, habe jedoch gewisse Standards. Keine Mützen oder Hüte. Keine Emo-Frisuren. Keine überdimensionierten Sonnenbrillen. Und behaltet die Kleider an. Mit einem Lächeln kommt man viel weiter.

Mein Freund Morty macht Straßenmusik auf den Stufen des Rathauses. Er passt auf Poppy auf, meine Labrador-Hündin.

Als sie hört, wie ich ihren Namen rufe, geht sie in Habtachtstellung und spitzt die Ohren. Sie wedelt mit dem ganzen Körper, als sie ihren Kopf in meine Hände drückt. Ich empfinde eine Welle von Glück.

»Hat sie sich benommen?«

»Absolut«, sagt Morty. »Sie hat mehr verdient als ich.«

Eine umgedrehte Anglermütze liegt zwischen seinen Füßen. Darin liegt eine Handvoll Münzen.

»Die bargeldlose Wirtschaft bringt mich um«, sagt er.

Morty, der eigentlich Mortimer heißt, spielt Mundharmonika und kennt nur vier Lieder, alle Shantys. Er gibt sich als obdachlos aus, schläft aber auf einer Couch im Haus seiner Schwester. Und er erzählt ständig Geschichten von Leuten, die »entdeckt« worden sind, als sie auf der Straße Musik gemacht haben, wie Ed Sheeran und Passenger.

Ich lege einen Fünf-Pfund-Schein in seine Mütze.

»Wofür ist der denn?«

»Dafür, dass du auf Poppy aufgepasst hast.«

»Du musst mich nicht bezahlen.«

»Ich weiß.«

Er steckt das Geld ein. »Hast du den Job bekommen?«

»Ich bin jetzt offiziell Cocktail-Kellnerin.«

»Ist das ein Euphemismus?«

»Leck mich.«

Ich spüre einen Regentropfen auf der Stirn und blicke in den hässlichen Himmel. Ich sollte mich lieber beeilen. Heute hat Cyrus den Wagen, sodass ich den Bus nach Hause nehmen muss.

Morty steckt die Münzen in seine Tasche und setzt die Mütze auf. Der Regen wird stärker.

»Soll ich dich fahren?«, fragt er.

»Du musst doch gar nicht in meine Richtung.«

»Ich mache einen Umweg.«

Sein Wagen parkt in der Nähe, ein betagter Mini mit blauen Türen und brauner Motorhaube. Auf dem Armaturenbrett liegt ein handgeschriebenes »Zu verkaufen«-Schild.

»Willst du ihn wirklich verkaufen?«

»Meine Schwester schenkt mir ihren alten Wagen. Sie hält diesen hier für eine Todesfalle.«

»Stimmt das?«

»Nein.«

»Wie viel willst du dafür haben?«

»Dreihundert. Aber für dich mach ich ihn fünfzig Pfund billiger.«

»Ich habe zweiundneunzig Pfund.«

»Ich bin nicht die Wohlfahrt.«

»Schade.«

Morty setzt mich vor dem National Ice Center ab, und ich renne durch den Regen, weil ich zu spät für meine Therapie-Sitzung bin. Poppy übernimmt die Führung. Wir weichen Fußgängern aus, die sich unter Markisen und in Ladeneingängen drängen oder hektisch Schutz suchen. Ein Mann mit Hut und Aktenkoffer rennt mich beinahe um, weil er den Kopf wegen des Regens gesenkt hält.

An einem Fußgängerübergang bleibe ich stehen und warte auf Grün. Dann mache ich einen Schritt von der Bordsteinkante. Bremsen kreischen, Stahl trifft auf Stahl. Der direkt an dem Übergang stehende Wagen wird von hinten angestoßen und ein Stück nach vorn geschoben. Ich weiche mit einem Satz aus, die Fahrerin blickt mich entsetzt an, steigt aus.

»Alles in Ordnung? Habe ich dich erwischt?«

Sie ist Mitte fünfzig, vielleicht auch älter, hat sich jedoch gut gehalten. Bis auf ein buntes Tuch um ihren Hals ist sie ganz in Schwarz gekleidet.

»Ich kann dich ins Krankenhaus fahren.«

»Mir geht es gut.«

Poppy schiebt ihren Körper zwischen uns, entweder um sich vorzustellen oder um mich zu beschützen.

Ein zweiter Fahrer steigt aus seinem Transporter. Ein großer, kräftiger Typ mit erschlafften Muskelpaketen. Er betrachtet die Front seines Transporters und fängt an, die Frau anzuschreien und als »dumme Kuh« zu beschimpfen.

»Sie sind einfach stehen geblieben. Ohne Warnung. Total abrupt!«

»Das stimmt nicht«, erwidert sie empört. »Ich habe ganz langsam abgebremst.«

Er begutachtet den Schaden an seinem Transporter und flucht leise.

»Werden Sie für den Schaden aufkommen?«

»Es war doch nicht meine Schuld! Sie sind mir von hinten reingefahren.«

Er äfft ihren Akzent nach, wiederholt ihren Satz, wippt auf den Füßen und macht einen Schritt auf sie zu. Ich sehe, wie sie zurückweicht.

Fußgänger sind stehen geblieben, der Verkehr staut sich. Ungeduldiges Hupen wird laut.

»Er lügt«, sage ich und trete einen Schritt näher zu der Frau. »Lassen Sie sich von ihm nicht einschüchtern.«

Der Mann starrt mich wütend an, aber ich sehe den Zweifel, der über sein Gesicht huscht. Die Lüge. Ich kann nicht erklären, woran ich das erkenne. Ich wünschte, ich könnte es einem nervösen Zucken oder einer an der Stirn pulsierenden Ader zuschreiben oder behaupten, seine Stimme hätte sich verändert, er hätte zweimal geblinzelt oder nach links oben geguckt. Ich weiß einfach, dass er lügt. Ich weiß es immer.

»Du nennst mich einen Lügner?«, fragt er und wendet seine Aufmerksamkeit mir zu.

Poppy knurrt.

»Ja. Vielleicht hat Ihr Handy geklingelt, oder Sie haben den Radiosender gewechselt oder einer Frau nachgeschaut, die über die Straße gegangen ist. Es war Ihre Schuld.«

Der Fahrer des Transporters ist es nicht gewohnt, dass man ihm die Stirn bietet. Er will mich einschüchtern, schlagen oder mir eine Socke in den Mund stopfen. Das könnte er vermutlich auch, aber ich würde zweimal so hart zurückschlagen. Ich würde beißen und kratzen. Ich würde kämpfen wie ein Mädchen.

Ich mache ein Foto von seinem Transporter und dem Kombi.

»Sie sollten die Polizei rufen«, sage ich zu der Frau. »Ich stehe als Zeugin bereit.«

In Wahrheit will ich nicht in die Sache verwickelt werden. Ich kann es nicht ausstehen, im Mittelpunkt des Interesses zu stehen. Der Fahrer des Transporters fängt an, Ausflüchte zu machen, und erklärt, es sei nicht nötig, die Polizei einzuschalten, wir könnten die Sache unter uns klären.

»Wir wär's, wenn wir kurz an den Rand fahren und unsere Kontaktdaten austauschen«, schlägt er vor.

Die Frau wirkt erleichtert.

»Kannst du mitkommen?«, fragt sie mich.

»Ich fahre mit ihm«, sage ich und weise mit dem Kopf auf den Transporter.

Ich folge dem Fahrer.

»Wollten Sie abhauen?«

»Nein.«

Das ist die Wahrheit. Er legt den Kopf zur Seite. »Wer bist du?«

»Eine Augenzeugin.«

3

Cyrus

Wenn man sich den doppelten Stahlzaun, den Stacheldraht und die Überwachungskameras wegdenkt, könnte man Rampton für ein Gesundheits- und Wellness-Resort oder ein Adventure-Sports-Zentrum halten, mit angelegten Gärten und Außenflächen, einem Swimming-Pool, Aufenthaltsräumen und einem Fitness-Studio.

Bei all meinen Besuchen habe ich nur sehr wenige Patienten gesehen. Sie sind getrennt untergebracht, separiert nach Geschlecht und dem Grad ihrer Erkrankung. Als Elias zuerst hierherkam, war er in The Peaks, einer Station für Männer mit schweren Persönlichkeitsstörungen, und verbrachte wegen seines gewalttätigen Verhaltens elf Monate in Einzelunterbringung. Jahrelang musste er auf seinen Wegen durch die Klinik von vier Personen begleitet werden. Seitdem hat sich viel verändert. Er ist medikamentös eingestellt. Klar. Still wie ein Teich im Winter.

Er ist zugegebenermaßen nicht mehr der Bruder, den ich einst verehrt und dessen weitergereichte Klamotten ich gerne getragen habe, weil ich das Gefühl hatte, ihm dadurch näher zu sein. Ich hatte nichts dagegen, wenn Lehrer oder Verwandte mich versehentlich mit seinem Namen ansprachen, weil sie sich eher an ihn erinnerten. Das erstgeborene Kind wird immer am meisten verhätschelt und fotografiert.

Ich kam als Zweiter. Und die Zwillinge hatten einen genetischen Vorteil. Denn wer ist nicht von einem Embryo fasziniert, der sich in zwei vollkommene, aber unterschiedliche Hälften teilt?

Elias ging in die zehnte Klasse, als die Probleme begannen. Er trieb davon wie ein Puh-Stock, der von einer Brücke geworfen wurde. Mum schob es auf die Pubertät, die Hormone, doch ich wusste, dass es etwas Ernsteres war. Er verkroch sich stundenlang in seinem Zimmer, wo er auf der Fensterbank Hasch rauchte und jeden vollen Lungenzug in die Abendluft blies, während er auf seinem iPod »Headbanger-Musik« hörte.

Er kam nur heraus, um zu essen, zu streiten oder im Garten seine selbst gebastelten Gewichte zu heben. Er verlor seinen Wochenend-Job, in der Nachbarschaft Rasen zu mähen, kaufte sich jedoch einen Schleifstein und einen Schleifblock und begann, Messer, Äxte und Rasenmäherklingen zu schleifen. Die Nachbarn standen Schlange für seine Dienste, und Elias schwärmte davon, wie scharf er jedes Werkzeug machen konnte.

Sosehr ich mich bemühte, ich konnte das Mysterium seiner Veränderung nicht ergründen oder Worte dafür finden. Für den langsamen Verfall. Die geflüsterten Streitgespräche, die durch seine Zimmertür drangen. »Lass mich in Ruhe«, sagte er zu niemandem außer sich selbst. »Ich hör dir nicht zu.«

Einmal erklärte er mir, er könne die Planeten kontrollieren, ohne ihn würde der Mond auf die Erde fallen und die Menschheit auslöschen, genau wie die Dinosaurier. Ich wollte ihm glauben. Klang es lächerlicher als das, was man mir im Kindergottesdienst beibrachte?

Die Diagnose machte es eine Zeit lang leichter. Die Medikamente. Elias nannte sie seine »Zombie-Pillen«. Seine Schulnoten befanden sich in freiem Fall. Abitur kam nicht mehr infrage. Wochen vergingen. Seine Schweigephasen wurden länger. Seine Isolation. Dad erwischte ihn dabei, wie er sich abends aus dem Haus schlich und erst am Morgen zurückkehrte. Zweimal brachte ihn die Polizei nach Hause, blutig und mit zerrissenem Hemd.

So lebten wir zwei Jahre lang – mit Höhen und Tiefen, mit guten und schlechten Wochen, ohne jemals zu wissen, was uns erwartete. Später erzählte ich einem Therapeuten, dass es war, wie mit einer Zeitbombe zu leben, die ich mal schneller, mal langsamer, aber unaufhörlich ticken hörte. Bis sie eines Tages stehen blieb.

Dr. Baillie findet mich im Garten, wo ich in der Sonne Wärme suche, die jedoch nur durch hohe Wolken gefiltertes, bleiches gelbes Licht spendet.

»Manchmal wünschte ich, ich würde rauchen«, sage ich. »Dann hätte ich etwas zu tun.«

Er setzt sich neben mich. »Sie kommen zurück.«

»Irgendein Hinweis?«

»Nein.«

Wir gehen wieder in den Konferenzraum, in dem Elias geduldig mit zwischen den Oberschenkeln zusammengepressten Händen gewartet hat. Die drei Mitglieder des Komitees treten nacheinander ein, gehen zwischen der Wand und dem Tisch entlang und nehmen auf ihren Stühlen Platz wie Geschworene, die mit einem Urteil zurückkehren.

Elias wurde seinerzeit nicht angeklagt. Ein Richter befand ihn für unschuldig wegen Unzurechnungsfähigkeit und ordnete eine »Verwahrung nach Ermessen Ihrer Majestät« an, mit anderen Worten: für immer. Ich weiß noch, dass ich mich gefragt habe, ob die Königin sich Gedanken über die »Verwahrung« von Menschen machte. Kannte sie überhaupt Elias' Namen und wusste, was er getan hatte?

Das Handy in meiner Manteltasche vibriert. Ich werfe einen Blick auf das Display. Detective Superintendent Lenny Parvel hat eine Nachricht geschickt:

Du wirst gebraucht! Ruf mich an!

Ich ignoriere sie. Ein Handy bei mir zu tragen fühlt sich immer noch fremd an. Bis Evie bei mir eingezogen ist, habe ich einen altmodischen Pager benutzt, was bedeutete, dass Menschen mich nicht einfach anrufen und mit mir sprechen konnten. Ich wollte keinen Computer in der Tasche haben, über den ich permanent erreichbar war. Mein Beruf gründet sich auf menschliche Interaktion, auf Gespräche von Angesicht zu Angesicht, auf das Beobachten und Interpretieren von Mimik und Gestik, und das geht am Telefon oder per SMS nicht.

Jetzt habe ich ein Telefon, das smarter ist als ich. Es kann schneller rechnen und weiß, wo ich bin, wohin ich gehe und wann ich auf das Display blicke. Es hält meine Vorlieben und Abneigungen und meine Internet-Historie fest und kann Worte vorhersagen, die ich tippen will, was entweder ein Fortschritt oder eine Kapitulation ist.

Richter Aimes gießt sich ein Glas Wasser ein, führt es zum Mund, nippt, schmeckt, nippt erneut und spricht.

»Wir sind hier, um einen Antrag von Elias David Haven zu beraten, der wegen seiner Rolle beim Tod von vier Personen, namentlich seiner Eltern und seiner Zwillingsschwestern, seit 2001 nach dem Mental Health Act in Verwahrung ist.

Bei seiner Ankunft im Rampton Special Hospital wurden bei ihm eine paranoide Schizophrenie sowie eine antisoziale und narzisstische Persönlichkeitsstörung diagnostiziert. Erst in den letzten fünf Jahren hat Elias seine Taten in jener Nacht allmählich verarbeitet. Dank psychotropischer Medikamente hat sich sein Zustand laut Aussagen seines zuständigen Psychiaters und des psychiatrischen Gutachters beträchtlich verbessert. Außerdem hat Elias Bewältigungsstrategien und Verhaltensmuster gelernt, die zu einer Milderung seiner Psychose geführt haben, sodass seine Kontrolle kein oder nur ein geringes Problem darstellt.«

Er hebt den Kopf und sieht Elias an.

»In den Augen der Justiz sind Sie keines Verbrechens schuldig, Elias, weshalb Sie nur so lange in Verwahrung bleiben sollten, solange die Fachleute Sie für eine Gefahr für die Allgemeinheit halten. Heute müssen wir deshalb die Frage beantworten, ob Sie bereit sind, Ihren Platz in der Gesellschaft einzunehmen. Die öffentliche Sicherheit steht an oberster Stelle, und unsere Entscheidung muss auch die Gefühle und Ängste der Menschen berücksichtigen, die direkt von Ihren Taten betroffen waren.

Wir Mitglieder dieses Komitees sind uns durchaus bewusst, dass jede Entscheidung, die wir heute treffen, subjektiv ist. Wir versuchen, das zukünftige Verhalten eines latent gefährlichen Psychiatriepatienten vorherzusagen, und verlassen uns dabei auf Empfehlungen von Psychiatern und Psychologen, die einräumen, dass ihre Wissenschaft nicht exakt ist. Nicht alle Personen, die mit Ihrem Fall zu tun hatten, waren einer Meinung. Dr. Reid, ein Psychiater an dieser

Klinik, hat die Ansicht geäußert, dass Sie kalt, distanziert und gefühllos sein können und über eine perverse Arroganz verfügen, die die Grundlage Ihres paranoiden Denkens ist.

Des Weiteren haben wir die mündlichen Aussagen von zwei gutachtenden Psychiatern sowie von Ihrem zuständigen Psychiater Dr. Baillie gehört, die sich einig sind, dass Ihre psychopathische Störung durch Medikamente und Therapie unter Kontrolle gebracht werden konnte.«

Es entsteht eine Pause. Richter Aimes blickt den Tisch hinunter zu seinen Kollegen. Niemand möchte etwas hinzufügen, doch die Atmosphäre im Raum vibriert, als stünde alles unmittelbar vor einer Veränderung. Ich bin nervös seinetwegen. Und meinetwegen.

Der Richter fährt fort.

»Ein langfristiger Hafturlaub nach Artikel 17 des Mental Health Act muss vom Innenminister genehmigt werden. Wir werden dem Minister empfehlen, dass es Ihnen erlaubt wird, das Klinikgelände tageweise unbegleitet zu verlassen.«

»Wann kann ich nach Hause?«, fragt Elias.

»Freigang über Nacht ist der nächste Schritt«, sagt Richter Aimes. »Wochenenden. Feiertage. Jede Stufe wird ein Test sein.«

»Aber es geht mir besser. Ich bin keine Gefahr mehr.«

Dr. Baillie beugt sich vor und legte eine Hand auf Elias' Unterarm.

Er schüttelt ihn ab. »Man hat mich einen Musterpatienten genannt. Sie haben sie gehört. Ich bin geheilt.«

Ich lege einen Finger auf die Lippen, um ihm zu signalisieren, dass er still sein soll. Im nächsten Atemzug legt er den Kopf zur Seite wie ein Vogel und beobachtet irgendetwas in der oberen Ecke des Raumes.

Richter Aimes beendet seine Erklärung.

»Der Minister wird unsere Empfehlung im Laufe des Tages erhalten. Das ist normalerweise eine Formalität, und wenn er nicht anders entscheidet, sind Sie zu einer tageweisen Entlassung berechtigt, sobald er die nötigen Papiere unterschrieben hat.«

Stühle werden zurückgeschoben. Die Mitglieder des Komitees stehen gleichzeitig auf und gehen hintereinander durch die Seitentür hinaus.

Elias reagiert nicht. Zwei Wärter kommen. Große Männer in kurzärmeligen T-Shirts und dunklen Hosen. Sie gehen vorsichtig auf Elias zu und erklären ihm, dass es Zeit ist zu gehen. Ich erwarte, dass er ungehalten reagiert, aber Stille hat sich über seinen gesamten Körper gesenkt. Er sammelt seine Papiere zusammen, richtet sie am Rand gerade aus und klemmt sie unter den Arm, bevor er sich vor einem imaginären Publikum verbeugt.

»Vielen Dank für Ihr Kommen«, sagt er und klingt durch und durch wie ein Anwalt. »Ich weiß Ihre Geduld und Ihre Sorgfalt zu schätzen.«

4

Evie

Meine Therapeutin Veera Jaffrey wird gern mit ihren Initialen angeredet. VJ – worüber ich kichern muss, weil es mich an Vayjayjay erinnert, ein englisches Slang-Wort für Vagina. Ich hab ihr das gesagt, aber sie hat den Witz nicht verstanden.

Veejay ist Anfang vierzig, hat eine wundervoll tiefe Stimme und dichtes dunkles Haar. Sie spricht mit dem Hauch eines pakistanischen Akzents, weil ihre Eltern nach England gezogen sind, als sie sieben war. Sie waren sehr streng und wollten, dass sie einen muslimischen Jungen heiratet, aber sie brannte mit einem Saxofonspieler namens Nigel durch und versteckte sich, weil ihre Eltern drohten, sie umzubringen.

Ich habe keine Ahnung, ob das stimmt, aber es ist eine gute Geschichte. Ich denke mir gern Sachen über das Leben von Menschen aus, weil die Wahrheit so langweilig ist oder ich nicht herausfinden kann, was wirklich passiert ist. Veejay spricht nicht über sich. Ich weiß, dass sie Kinder hat, weil in ihrem Garten Spielsachen liegen. Poppy schnuppert dort gerade am Komposthaufen und trinkt aus dem Fischteich.

Wenn ich Veejay nach ihrer Familie frage, lenkt sie das Gespräch jedes Mal zurück auf mich. Jede Sitzung beginnt gleich. Habe ich gut geschlafen? Albträume? Panikattacken? Wahllose Gedanken? Flashbacks?

Veejay ist einer der wenigen Menschen, die wissen, wer ich bin und woher ich komme. Dass ich eigentlich nicht Evie Cormac heiße, sondern in Albanien geboren und im Rumpf eines Fischerbootes nach Großbritannien gekommen bin, zusammen mit meiner Mutter und meiner Schwester, die beide auf der Überfahrt gestorben sind. Auch andere haben beschissene Kindheiten, aber nicht wie meine.

»Letzte Woche hast du von deiner Schwester gesprochen«, sagt Veejay und blickt auf ihre Notizen. »Agnesa. Wie viel älter als du war sie?«

»Sechs Jahre.«

»Was hast du für Erinnerungen an sie?«

»Sie hatte wunderschönes Haar, so wie Ihres, und sie hat mich dafür bezahlt, dass ich es bürste und flechte, oder versprochen, mir Krapfen zu kaufen.«

Im selben Moment bin ich wieder in meinem Dorf, vor dem Wagen eines Straßenhändlers neben der Kirche, in dem durch eine herabhängende Tülle Teigklumpen in heißes Öl tropfen. Ich kann riechen, wie sie aufquellen und goldgelb werden. Die Verkäuferin wendet sie in Puderzucker, steckt sie in eine weiße Papiertüte und spritzt Schokoladensauce darüber. Agnesa überlässt mir immer die obersten Krapfen, auf denen die meiste Schokolade ist.

»Vermisst du sie?«, fragt Veejay.

»Ja.«

»Wie ist sie gestorben?«

»Sie ist ertrunken.«

»Zusammen mit deiner Mutter?«

»Ja.«

»Wurden ihre Leichen je gefunden?«

»Nein.«

»Erzähl mir von deiner Mutter.«

»Sie war Schneiderin. Doch dann wurde sie krank, Melancholie, wie Papa es nannte. Ich wusste nicht, was das bedeutet. Sie hat den Großteil der kalten Monate im Bett verbracht, doch wenn es wärmer wurde, war sie fröhlicher.«

Diese Fragen gehen weiter, aber behutsam. Veejay konzentriert sich auf das, was mir passiert ist, nachdem das Boot gesunken war. Jedes Mal, wenn sie das Thema anspricht, finde ich einen Weg, ihre Aufmerksamkeit abzulenken. Es ist ein Katz-und-Maus-Spiel, aber ich weiß nicht, wer von uns beiden die Katze ist. Ich habe kein Bedürfnis, das Geschehene noch einmal zu durchleben. Die Leute denken, man sollte traumatische Erlebnisse wie einen Satz Karten ausbreiten und nach Farbe oder Wert sortieren, weil es so hübsch ordentlich aussieht, doch ich will die Karten noch einmal mischen und austeilen. Ich will nicht mit irgendwas »abschließen«. Ich will ein neues Blatt.

Nach fünfzig Minuten ist meine Zeit um.

»Es ist immer gut zu sprechen«, sagt Veejay.

»Wirklich?«, frage ich.

»Reden hat die Kraft zu heilen.«

»Und die Kraft zu verletzen.«

Sie schraubt ihren Füller zu. »Warum kommst du dann weiterhin?«

»Ich möchte ihn nicht enttäuschen.«

»Bedeutet dir Cyrus so viel?«

Ich überlege, wie ich ihr unsere Beziehung erklären soll.

»Früher dachte ich, ich wäre das einzige bewusst empfindende Wesen im Universum. Ich dachte, dass alles nur meinetwegen da ist – die Dinge, andere Menschen, Tiere, Ereignisse –, und wenn ich sterbe, würde alles verschwinden.«

»Solipsismus«, sagt Veejay. »Die Idee, dass nichts jenseits der eigenen Vorstellung existiert.«

»Dann habe ich Cyrus getroffen und erkannt, dass ich nicht allein bin. Ich habe nicht bloß *meinen* Schmerz gespürt, sondern auch *seinen*. Seine Gedanken. Seine Gefühle. Seine Erfahrungen. Ich war nicht mehr das einzige bewusst empfindende Wesen im Universum – wir waren zu zweit.«

5

Cyrus

Als ich zu meinem Wagen auf dem Parkplatz der Klinik gehe, scheint die Luft von Sauerstoff gesättigt; er lässt die Farben heller leuchten und schärft meine Sinne. Ich lehne mich auf dem Fahrersitz meines Fiats zurück und spüre mein klopfendes Herz. Elias darf die Klinik tageweise verlassen. Er geht davon aus, nach Hause zu kommen. Der nächste Schritt werden Übernachtungsbesuche sein. Das Haus ist groß genug. Es gibt fünf Zimmer. Eins belegt Evie. Ich habe noch gar nicht darüber nachgedacht, wie sie darauf reagieren könnte, dass mein Bruder mit uns lebt. Ich habe in einem Zustand der Leugnung gelebt. Ich bin davon ausgegangen, dass Elias' Antrag abgewiesen wird und bis zum nächsten mindestens zwei Jahre vergehen.

Bei einem flüchtigen Blick in den Rückspiegel sehe ich mein dreizehnjähriges Ich mit Sommersprossen, Locken und einer Zahnspange aus Metall. Meine Wangen brennen. Als ich wieder hinsehe, ist es verschwunden.

Mein Handy vibriert. Zwei weitere Nachrichten von Lenny Parvel.

Beaconsfield Street, Hyson Green. Älterer männlicher Toter. Schädelhirntrauma durch stumpfe Gewalt. Tochter vermisst. Ruf mich an.

Und zwanzig Minuten später: Wo bist du?

Mein Herzschlag beruhigt sich wieder. Das ist inzwischen mein Job – die Untersuchung gewaltsamer und verdächtiger Todesfälle. Ich bin Profiler, ein Fachmann für menschliches Verhalten – in seiner schlimmsten, nicht in seiner besten Ausprägung –, für die Soziopathen und Psychopathen, die Außenseiter und Einzelgänger, die Sonderlinge und Verwirrten.

Zur Lösung der meisten Verbrechen braucht man keinen forensischen Psychologen. Wenn zwei Betrunkene auf einem Parkplatz in eine Prügelei geraten, und einer stößt dem anderen ein zerbrochenes Glas in den Hals, ist kein Universitätsabschluss in Kriminalpsychologie erforderlich, um zu erklären, was passiert ist. Ich werde gerufen, wenn ein Verbrechen das Verständnis der Ermittler übersteigt. Wenn die Polizisten möchten, dass jemand ihnen erklärt, warum ein menschliches Wesen einem anderen etwas so Schreckliches angetan hat.

Ich tippe eine Nachricht: *Bin unterwegs.*

Lenny antwortet: *Wird auch Zeit.*

Mein alter Fiat hat kein Navi, deshalb benutze ich mein Handy, das von einer Halterung an das Armaturenbrett gesaugt wird. Die Anweisungen werden von einer Frau gesprochen, deren Stimme mich unheimlich an die einer meiner Patientinnen erinnert. Ursula, eine Verhaltenstherapeutin, die unter Apotemnophobie leidet, der Angst vor Amputation.

Vierzig Minuten später erreiche ich die Außenbezirke von Nottingham, nachdem ich den östlichen Rand des Sherwood Forest gestreift habe, eines uralten Waldes, der kaum groß genug scheint, seine eigene Geschichte zu fassen; die Folklore, nicht die Fakten.

An beiden Enden der Beaconsfield Street parken Polizeiwagen und leiten den Verkehr um. Zwei uniformierte Constables besetzen die Absperrung an der Westseite, durch die Polizeiband gefädelt ist, das im Wind flattert.

»DSU Parvel erwartet mich«, sage ich.

Die Police Constable notiert meinen Namen und weist mich zu einem Parkplatz. Sie ist neu – gerade mit der Ausbildung fertig –, und ihre Miene wirkt aufgeregt und sehr ernst. Eines Tages werden Verbrechen wie diese sie traurig machen und entsetzen; wenn sie zu viele Leichen gesehen hat, die aus demolierten Autos gezerrt, blutbespritzten Schlafzimmern getragen, am Fuß einer Klippe geborgen oder von Dachbalken geschnitten wurden.

Ich betrachte die Umgebung, freistehende Häuser und Doppelhäuser, zweistöckig, aus rotem Backstein, erbaut in den Fünfziger- und Sechzigerjahren. Dies ist ein traditionelles Arbeiterviertel, doch einige der Besitzer streben offensichtlich nach Höherem, haben renoviert und ihre Speicher ausgebaut.

»Sie haben sich ganz schön Zeit gelassen«, sagt Alan Edgar, ein Sergeant aus Lennys Truppe, der aus offensichtlichen Gründen den Spitznamen Poe trägt.

»Wie schlimm ist es?«

»Eine Sauerei.«

Eine gespensterartige Gestalt kommt aus dem Haus. Lenny Parvel in einem weißen Schutzoverall, Latexhandschuhen und Plastikvisier. Sie schlägt die Kapuze zurück und sieht mich aus haselnussbraunen Augen an. Warm. Intelligent. Vorwurfsvoll.

»Wo warst du?«

»Rampton.«

»Lassen sie ihn raus?«

»Ja.«

»Und wie fühlst du dich deswegen?«

»Nervös.«

»Verständlich.«

Meine Beziehung zu Lenny lässt sich schwer einordnen. Sie war die junge Police Constable, die mich in dem Gartenschuppen gefunden hat, wo ich mich, überzeugt, dass Elias auf der Jagd nach mir war, in verdreckten Fußballsocken und mit einer Hacke bewaffnet versteckt hatte. Es war Lenny, die mich herausgelockt, mich in ihren Mantel gewickelt und mit mir auf den Schaukeln gesessen hat, bis Verstärkung eintraf.

Später begleitete sie mich durch polizeiliche Vernehmungen und wachte über mich, wenn ich auf dem Feldbett in der Station einschlief. In den folgenden Monaten war sie auf den Beerdigungen, bei den Anhörungen zur Feststellung der Todesursache und bei Elias' Erscheinen vor Gericht immer an meiner Seite.

Und noch später, in meinen wüsten Jahren, war es Lenny, die mich fand, wenn ich ritzte, trank, mir irgendwas spritzte oder meinen Körper mit selbst gemachten Tattoos beschädigte.

Sie ist zwar erst Mitte vierzig, aber für mich war sie immer wie eine Mutter und ich vielleicht wie ein Sohn. Lenny hat keine eigenen Kinder bekommen, nachdem sie einen älteren Mann geheiratet und seine beiden Söhne mit großgezogen hat, die nicht viel jünger sind als ich. Der eine ist Arzt, der andere Zahnarzt. Meine Anerkennung an beide.

Lenny reicht mir einen weißen Plastikoverall an, ich

schlüpfe hinein und streife Schoner aus Plastik über meine Schuhe.

»Was wissen wir über das Opfer?«

»Rohan Kirk. Siebenundsechzig. Bezieher einer Behindertenrente. Seine Frau ist vor zehn Jahren bei einem Verkehrsunfall ums Leben gekommen. Rohan saß am Steuer und erlitt Hirnverletzungen. Sie haben zwei Töchter. Zwillinge. Zweiunddreißig. Maya lebt mit ihrem Dad zusammen und betreibt einen mobilen Hundepflege-Service. Melody ist verheiratet mit Kindern. Sie wohnt zwei Straßen entfernt. Maya wurde seit gestern nicht mehr gesehen.«

Das Geräusch einer Polizeisirene kommt in hohem Tempo näher. Der Wagen hält, und ein Detective steigt aus. Er ist etwa eins achtzig trägt einen gut geschnittenen grauen Anzug und strahlt eine drahtige Sportlichkeit aus, die dem mittleren Alter standhalten wird, wenn er die Finger vom Alkohol lässt.

Er entdeckt Lenny, und die beiden tauschen kein Lächeln, sondern eher ein feixendes Grinsen aus.

»Ich dachte, das wäre mein Fall«, sagt er und klopft seine Jackentaschen ab, als hätte er die Notiz verlegt, die ihn von der Planänderung in Kenntnis gesetzt hat.

»Ich dachte, es wäre etwas für die Serious Sexual Offence Unit«, erwidert Lenny, die die neue Task Force für schwere Sexualverbrechen in Nottinghamshire seit einiger Zeit leitet.

»Ein Mann wurde ermordet«, sagt der Neuankömmling.

»Und seine Tochter wird vermisst«, entgegnet Lenny.

»Das macht es nicht zu einem Sexualverbrechen.«

»Noch nicht.«

Sie starren sich eine Weile an, bis Lenny nachgibt. Der Detective wendet seine Aufmerksamkeit mir zu.

»Ich glaube, wir sind uns noch nicht begegnet.«

»DCI Gary Hoyle, das ist Dr. Cyrus Haven«, sagt Lenny. »Unser forensischer Psychologe.«

»Ja, natürlich, ich habe von Ihnen gehört«, sagt er und drückt kräftig meine Hand. »Sie haben diesen Typen in Schottland erschossen.«

»In Notwehr«, sage ich.

»Natürlich. Sein Magazin war leer, aber das konnten Sie nicht wissen.«

Ich weiß nicht genau, ob er mich kritisieren oder mir aufrichtiges Mitgefühl ausdrücken will. Ich wünschte, Evie wäre hier.

»Ich bin froh, Sie an Bord zu haben«, sagt Hoyle. Sein breites, zuversichtliches Lächeln hat etwas sehr Amerikanisches. Im nächsten Atemzug erklärt er: »Mir wäre es lieber, wenn der Tatort möglichst wenig kontaminiert wird.«

»Ich trage einen Schutzanzug.«

Wir starren uns ein paar Sekunden zu lange in die Augen. Schließlich nickt er. »Ich freue mich auf Ihren Beitrag.« Dann klatscht er in die Hände und reibt die Handflächen aneinander, als wäre er bereit, mit der Arbeit zu beginnen.

Beamte der Spurensicherung tragen Gerätschaft ins Haus. Kameras. Scheinwerfer. Schutzbeutel. Ersatzbatterien. Abstrichtupfer. Material zum Sichern von Fingerabdrücken. Beweisetiketten. Absperrband. Laufbretter. Hoyle signalisiert einem der Leute, dass er ihn sprechen möchte, und überquert die Straße.

»Er macht einen sehr freundlichen Eindruck«, sage ich.

»Stimmt«, erwidert Lenny. »Er ist die Sorte Freund, der ich gerne folge.«

»Weil du ihn nicht in deinem Rücken haben willst.«

»Genau.«

»Ist er neu?«

»Hoyle? Nein. Er hat bei der National Crime Agency gearbeitet. Davor war er im Dezernat für Schwere und Organisierte Kriminalität. Ein Starermittler. Immer auf der Überholspur. Dazu bestimmt, uns alle zu beherrschen.«

»Ein Typ mit seltsamem Händedruck?«, frage ich.

»Das ist bis jetzt noch kein Ding.« Lenny rückt ihr Visier zurecht. »Er ist einer dieser Detectives, die den Job zu sehr mögen. Als würde er sich vom Leiden anderer nähren.«

»Ein Soldat, der den Krieg für glorreich hält.«

»So ungefähr.«

Ich betrachte das Haus. Es liegt an einer ruhigen Straße im Blickfeld von mindestens sechs anderen Grundstücken. Keine Alarmanlage oder Bewegungsmelder.

»Was ist mit den Nachbarn?«

»Die haben nichts gehört, ausnahmsweise.«

»Das heißt?«

»Tochter und Vater waren für ihre Auseinandersetzungen bekannt. Rohan Kirk hat regelmäßig die örtliche Polizeidienststelle angerufen, sich über Misshandlungen beschwert und behauptet, seine Töchter würde ihm seine Pensionszahlungen stehlen.«

In der Auffahrt parkt ein Transporter. Auf der Seite steht *Short Bark and Sides*. Die Haustür ist durch einen Windfang geschützt, die äußere Tür doppelt verglast.

Ich trete auf die Laufplanken, die im Flur ausgelegt sind. Mäntel hängen an Haken, darunter sind Schuhe aufgereiht. Die Küche liegt direkt vor uns, das Wohnzimmer zur Linken.

Als Erstes sehe ich die blassen Knöchel, die aus einer Flanellschlafanzughose ragen. Seine Schienbeine sind von violetten Adern durchzogen. Er liegt zusammengerollt auf der Seite, einen Arm unter dem Körper verdreht. Eine Hälfte seines Kopfes ist zu einem blutigen Brei zertrümmert. Er ist noch ein oder zwei Meter gekrochen, bevor er vor dem Kamin gestorben ist. Die rechte Hand scheint er nach einem Kissen auszustrecken, das vom Sofa gefallen ist, als hätte er seinen Kopf weich betten wollen.

Neben ihm liegen eine blutbespritzte Bettdecke und eine Tupperware-Schüssel.

Ein Beamter der Spurensicherung kauert neben der Leiche.

»Craig Dyson«, sagt Lenny. »Er leitet den Einsatz der Spurensicherung.«

»Wir sind uns schon begegnet.«

Dyson dreht sich um und nickt. Er hält einen feuchten Abstrichtupfer in der Hand, mit dem er über die Finger, Nägel und Nagelbetten des Opfers gefahren ist. Er schiebt ihn in ein Teströhrchen aus Plastik, das in einem verschließbaren Beweisbeutel verstaut wird.

»Irgendeine Spur von der Tatwaffe?«

Dyson zeigt auf ein dekoratives Kaminbesteck mit Handbesen und Schaufel. »Der Schürhaken fehlt.« Er weist auf die Blutspritzer an der Wand. »Sieht so aus, als wäre er von vorn geschlagen worden, als er den Raum betreten hat. Er ging weiter und wurde erneut getroffen. Hier ist er gefallen und hat versucht, den Kopf mit den Händen zu bedecken, doch die Schläge sind immer weiter auf ihn eingeprasselt.«

»Fingerabdrücke?«

Dyson zeigt auf einen verschmierten Blutfleck am Lichtschalter. »Der wurde nach der Tat hinterlassen, aber keine

Schleifen oder Wirbel, was darauf hindeutet, dass unser Täter Handschuhe getragen hat.«

Weitere Blutspuren wurden auf dem Küchenboden und im Waschbecken gefunden. Nummerntafeln markieren die Stellen. Eine Schranktür neben der Waschmaschine ist offen. Auf einem Regal stehen Waschpulver und Weichspüler.

Ich folge Lenny durch das übrige Haus und halte Ausschau nach Spuren von gewaltsamem Eindringen, Streit, Raub oder Flucht. Eine Mitarbeiterin untersucht die Treppe. Wir tragen identische Kleidung, doch sie hat ihr langes Haar unter ihre Kapuze gesteckt, und der Overall steht ihr viel besser als mir.

»Hallo, ich bin Cassie Wright«, stellt sie sich eifrig vor.

»Ich bin Cyrus Haven.«

»Ich weiß. Wir sind uns schon einmal begegnet.«

»Entschuldigen Sie, ich erinnere mich nicht.«

Sie lacht, und ihre Augen funkeln. »Es wird Ihnen schon noch einfallen.«

Sie macht einen Schritt zurück, damit ich an ihr vorbeigehen kann. Als unsere Overalls sich streifen, knistern sie leise von der elektrischen Ladung.

Im ersten Stock gibt es drei Schlafzimmer. In dem größten, das zur Straße hin liegt, hat Rohan Kirk geschlafen. Das Bett ist zerwühlt, die Decke zurückgeschlagen, das Kissen eingedrückt. Auf dem Nachttisch neben dem Bett ein Glas Wasser neben einer Packung Schlaftabletten.

Vor einem großen Fernseher stehen ein verschlissener Sessel und ein Beistelltisch mit Fernbedienung, zwei zusammengedrückten leeren Bierdosen und einem Aschenbecher voller Süßigkeitenverpackungen. Der Kleiderschrank enthält eine Handvoll Pullover, zwei Jeans und karierte Hemden, alle mit dem gleichen Label und in ähnlichen Farben. Funktionelle Kleidung, die nichts ausdrücken will.

Gegenüber liegt Mayas Zimmer, das heller und ordentlicher ist. Es wird von einem Doppelbett, einem Kleiderschrank und einer Kommode dominiert. Die Bettdecke fehlt, wahrscheinlich liegt sie unten. Auf einem Regal neben dem Fenster reihen sich nach Größe sortiert ein Dutzend Stofftiere, darunter ein Paddington-Bär.

Neben einem Ganzkörperspiegel hängen mehrere Kleider über einem Stuhl. Ein Glätteisen ist noch in die Steckdose gestöpselt. Vermutlich hat Maya Sachen anprobiert, sich frisiert und geschminkt.

»Sie war gestern Abend aus«, sage ich.

Ich hebe ihr Kissen hoch. Darunter liegt ihr zusammengeknülltes Nachthemd.

»Haben Sie im ersten Stock ebenfalls Blutspuren gefunden?«

»Noch nicht.«

Ich drehe mich langsam um und stelle mir Maya in diesem Zimmer vor, doch ich bekomme kein richtiges Gefühl für sie. Ich kann mich nicht in ihren Kopf versetzen.

»Erzähl mir von Rohan Kirks Hirnverletzung.«

»Sie hat das Frontalhirn betroffen. Seine Aufmerksamkeit und seine Konzentrationsfähigkeit waren beeinträchtigt. Er hat sich nie lange in einem Job gehalten und zu viel getrunken.«

»War er gewalttätig?«

»Ungeduldig und impulsiv.« Lenny blickt die Treppe hinunter. »Es war bestimmt nicht leicht, sich um ihn zu kümmern.«

»Du glaubst, Maya war es?«

»Sie wäre nicht die erste pflegende Angehörige, die die Beherrschung verliert.«

»Sie hat weder eine Tasche gepackt noch ihren Wagen mitgenommen.«

»Sie ist in Panik geraten.«

»Das heißt, sie taucht wieder auf«, sage ich sarkastisch. Lenny hält es für Geplänkel und ist nicht beleidigt, dass ich anderer Meinung bin als sie.

»Hat Maya einen Hund?«

»Nein. Wieso?«

»Es kommt mir bloß seltsam vor – einen Hundepflege-Service zu betreiben und selbst keinen Hund zu haben.«

Wir gehen die Treppe hinunter und steigen über Nummerntafeln im Flur. An der Haustür bleibe ich stehen. Dyson sucht nach Fingerabdrücken. Ich blicke zu den Mänteln an der Garderobe und der Reihe von Schuhen darunter, die ein wenig durcheinander ist. Rechter und linker Schuh eines Paars sind jeweils vertauscht.

»Haben Sie diese Schuhe schon untersucht?«

»Wir sind sehr gründlich«, erwidert Dyson spöttisch. Ich schiebe die Mäntel beiseite und presse die Wange an die Tapete.

»Was ist?«, fragt Lenny.

»Ich weiß noch nicht genau.«

6

Evie

Die Bustür geht zischend auf. Der Fahrer hat einen Bart und trägt einen blauen Turban.

»Brauchen Sie Hilfe?«, fragt er.

»Nein. Wir kommen sehr gut klar.«

Ich trage eine dunkle Brille, Poppy ihr Hundegeschirr. Sie führt mich die Stufen hinauf, und ich greife nach meinem Handy, um es vor das Lesegerät zu halten.

»Schon gut«, sagt der Fahrer. »Für Sie ist es umsonst.«

»Vielen Dank.«

Ich gehe den Gang hinunter. Zwei ältere Leute auf den nächsten Sitzen stehen sofort auf.

»Der hier ist frei«, sagt die Frau und will meinen Arm greifen. Aber ich werde nicht gern angefasst. Ich ziehe Poppy näher an mich und lasse sie zwischen meinen Beinen Platz nehmen.

Allmählich werde ich ziemlich gut in blind sein. Ich spare Geld und kann unbemerkt die Menschen beobachten. Cyrus wäre wütend, wenn er es wüsste, doch ich nehme keiner ernsthaft beeinträchtigten Person den Platz weg oder zwinge einen Scheintoten zum Stehen.

An der nächsten Haltestelle steigt ein junger Typ ein und setzt sich mir gegenüber. Er ist ungefähr so alt wie ich, vielleicht ein bisschen jünger, und sieht auf eine blasse, unterernährte Art ganz okay aus, in weiten Klamotten und einer zu großen Bomberjacke. Ich starre ihn direkt an. Er lächelt. Ich lächele nicht zurück. Er hebt die Hand und bewegt sie hin und her. Ich ignoriere ihn.

»Hübscher Hund«, sagt er.

»Danke.«

»Ist er dein Leithund?«

»Sie.«

»Ich wollte einen blinden Menschen schon immer fragen, wie er weiß, ob jemand attraktiv ist oder nicht.«

»Ich lese sein Gesicht mit meinen Fingern.«

»Das kannst du?«

»Ja.«

Er spielt mit seinem Handy rum, die Beine gespreizt, wippt mit einem Knie. »Wie ist es passiert?«

»Ein Unfall. Ich war neun.«

»Was vermisst du am meisten? Fernsehen, ins Kino gehen oder einen Sonnenaufgang sehen?«

»Pornos«, antworte ich.

Seine Kinnlade klappt nach unten, und er fängt an zu stottern. Wird rot. Niedlich.

»Ich verarsch dich, okay.«

Er wirkt erleichtert, aber auch ein wenig enttäuscht. Ich blicke aus dem Fenster.

»Hier muss ich aussteigen.«

»Woher weißt du das?«

»Mein Hund sagt es mir.«

»Wie?«

»Telepathie.«

Ich taste nach dem Halteknopf. Der Junge drückt ihn für mich. Unsere Hände berühren sich. Ich ziehe meine Hand weg, als wäre ich gebissen worden. Poppy steht mit mir auf. Der Junge schließt die Beine, um mir Platz zu machen. Als ich mich an ihm vorbeidrücke, beuge ich mich näher zu ihm und flüstere: »Schicke Jacke.«

Er reißt die Augen auf, voller Fragen. Jetzt denkt er, ich hätte einen außergewöhnlichen »anderen« Sinn, der meine Blindheit wettmacht, was ironisch ist, denn meine wahre geheime Fähigkeit besteht darin, dass ich im Gesicht eines Menschen eine Lüge erkennen kann.

Der Bus fährt an, und ich nehme meine Sonnenbrille ab.

7

Cyrus

Eine elektrische Türglocke verhallt, eine hübsche, besorgt aussehende Frau öffnet die Haustür. Auf der Hüfte balanciert sie einen kleinen Jungen, der mit gerunzelter Stirn und konzentriert wie ein Flötist bei den Symphonikern an seinem Daumen lutscht.

»Haben Sie sie gefunden?«, fragt Melody Sterling mit einem Blick voller Hoffnung und Ungewissheit.

Lenny schüttelt den Kopf und stellt mich vor. Ich fasse den Kleinen am Kinn. Schüchtern dreht er das Gesicht zu Melodys Hals.

»Ihrer?«

»Einer meiner Schützlinge«, antwortet sie und führt uns ins Wohnzimmer, wo drei weitere Kinder auf dem Fußboden sitzen und mit bunten Plastikbauklötzen spielen. Die gesamte untere Etage des Hauses ist als Kindertagesstätte eingerichtet, voller Spielzeug, Bücher, Tafeln, Staffeleien, Buchstaben-Teppichen und einem großen roten Lesesessel.

»Ich hatte keine Zeit, den Eltern Bescheid zu sagen«, sagt Melody. »Sie kommen sie so bald wie möglich abholen.«

Ein kleines, etwa zweijähriges Mädchen bringt Lenny ein Buch und möchte, dass sie ihr eine Geschichte vorliest. Melody schlägt vor, dass »Victoria« stattdessen ein Bild malen soll. Aber Lenny lässt sich gerne ablenken. Sie führt

Victoria zu dem Lesesessel und setzt ihre Vorleserinnenstimme auf. Bald sitzen alle vier Kinder auf dem Teppich zu ihren Füßen.

In der Küche stehen Reste des Mittagessens auf einem Tisch in Kindergröße – Würstchen, Kartoffelbrei und Erbsen mit halb gegessener, halb verschmierter Sauce. Plastikbecher mit Wasser. Apfelscheiben. Melody fängt an, die Teller abzuräumen.

»Mein Beileid zum Tod Ihres Vaters«, sage ich und helfe ihr. »War es schwierig, sich um ihn zu kümmern?«

»Manchmal. Wenn er sich an etwas Bestimmtes nicht erinnern konnte oder vergessen hatte, wie man eine einfache Tätigkeit verrichtet, war er frustriert.«

»Wie ist es passiert?«

»Ein gestohlener Wagen hat eine rote Ampel überfahren. Mum war sofort tot. Dad musste aus dem Wrack geschnitten werden.«

»Wo waren Sie?«

»Ich war in Leeds an der Uni. Maya wohnte noch zu Hause und hat den Großteil der Pflege meines Vaters übernommen.«

»Ist er je ausfällig geworden?«

»Maya wusste mit ihm umzugehen.«

Sie hat die Frage nicht beantwortet. »Würde sie ihn schlagen?«

»Nein. Niemals. Sie hat ihn geliebt.«

Plötzlich begreift sie, warum ich frage, und rudert zurück. »Vor dem Unfall war er ein so liebenswerter, sanfter Mann. Ein großer Softie. Später konnte er die Geduld eines Heiligen auf die Probe stellen, aber wir haben beide gelernt, ihm aus dem Weg zu gehen.«

»Wann haben Sie zum letzten Mal mit Maya gesprochen?«

Sie reißt ein Blatt von einer Rolle Küchentücher und schnäuzt sich die Nase. »Gestern Abend. Sie wollte ausgehen.«

»Wohin?«

»Sie hatte ein Date. Sie hat einen Typen über eine Dating-App kennengelernt. Sie haben sich eine Weile geschrieben, dann telefoniert und sich schließlich verabredet.«

»Hat sie häufiger Dating-Apps benutzt?«

»Das ist Romantik im digitalen Zeitalter«, sagt sie. »Ich bin froh, dass ich kein Single bin.«

»Wo wollte sie ihn treffen?«

»In einem Pub.«

»Hätte sie ihn zu sich nach Hause eingeladen?«

»Nein. Sie wusste, wie Dad vermutlich reagieren würde. In seinem Kopf waren wir beide noch sechzehn. Er hat immer gescherzt, er würde sich eine Schrotflinte besorgen, um die Jungs abzuschrecken, aber er meinte es halb ernst. Was Sex und Ehe angeht, war er altmodisch. Als Jugendliche durften wir nicht auf Partys gehen oder lange ausbleiben. Wir mussten uns aus dem Haus schleichen – Maya noch öfter als ich. Ich war die brave Zwillingsschwester. Sie die wilde.«

»Inwiefern wild?«

»Sie ist gern zu Raves und Musikfestivals gegangen, mit allem, was dazugehört.«

»Drogen?«

»Keine harten, und das ist Jahre her.«

»Irgendwelche Ex-Freunde, die uns Sorgen machen sollten?«

»Nein. Eigentlich nicht. Dean findet, dass Maya mit jedem schäkert, aber ich glaube, sie ist bloß freundlich.«

»Dean?«

»Mein Mann.«

»Wo ist er?«

»Auf dem Heimweg. Er hat in Leeds gearbeitet.«

Melody setzt sich auf einen der winzigen Stühle. Ihre Knie berühren beinahe ihr Kinn. »Es gab da einen Typen – er wohnt in der Gegend. Maya hat früher als Babysitterin für ihn gejobbt. Vor ein paar Monaten hat sie ihn im Garten gesehen. Er hat zugeguckt, wie sie sich ausgezogen hat.«

Lenny steht in der Tür. »Hat sie es angezeigt?«

»Ja, aber ich glaube, die Sache ist im Sande verlaufen.«

»Wie heißt er?«

»Paulie Brennan.«

Lennys Blick flackert auf. »Marlene Brennans Enkel?«

»Du kennst ihn?«, frage ich.

»Ich kenne die Familie.«

Die Türglocke läutet. Eltern, die ein Kind abholen kommen. Melody setzt eine tapfere Miene auf. An der Küchentür bleibt sie stehen und fragt: »Wo ist meine Schwester?«

Sie hofft auf tröstende Worte, eine Versicherung, dass Maya lebt und unverletzt ist, aber ich finde, man sollte Menschen keine falschen Hoffnungen machen. Andererseits sagt Schweigen manchmal auch das Falsche.

»Wir werden nicht aufhören zu suchen«, sagt Lenny. »Das kann ich Ihnen versprechen.«

Ein kalter, böiger Wind drückt den Mantel gegen meine Knie. Lenny steckt die Hände in die Taschen ihrer Barbour-Jacke und geht mit gesenktem Kopf, die Lippen zusammengepresst. Sie hat blasse, feine Gesichtszüge und schwarz gefärbtes, bis knapp zu den Schultern reichendes Haar.

»Ist Maya abgehauen, oder wurde sie entführt?«

»Ich glaube, sie wurde entführt.«

Lenny fragt nicht nach einer Erklärung. Wahrscheinlich hat sie das von Anfang an vermutet und mich deshalb hinzugezogen.

»Jemand ist gewaltsam ins Haus eingedrungen«, sage ich. »Als die Tür aufgeschwungen ist, hat die Klinke eine Delle in dem Putz hinter den Mänteln hinterlassen.«

»Das könnte auch irgendwann sonst passiert sein.«

»Ja, aber die Schuhe waren falsch aufgereiht, es muss also vor Kurzem passiert sein. Wahrscheinlich ist Rohan Kirk aufgewacht, weil er im Erdgeschoss etwas gehört hat, und nach unten gekommen, um nachzusehen. Der Eindringling hat niemanden im Haus erwartet. Er hat nach dem Ersten gegriffen, was zur Hand war – einem Kaminwerkzeug.«

Der Angriff muss plötzlich und heftig gewesen sein. Der Schürhaken sauste durch die Luft, bis der alte Mann sich nicht mehr bewegte.

»Der Mörder war wütend und frustriert«, sage ich.

»Warum?«

»Er macht nicht gern Fehler.«

Von dem Polizeiwagen aus fragt Lenny über Funk in der Zentrale die jüngsten Informationen über Paulie Brennan ab. Wenig später meldet sich die Zentrale mit Details zurück. Brennan, fünfundzwanzig Jahre alt, ist aktenkundig wegen des Tunings von Fahrzeugen und hat eine achtmonatige Haftstrafe wegen Körperverletzung abgesessen. Am Abend, als Maya die Anzeige erstattete, wurde Paulie von einem Streifenwagen keine zwei Straßen von ihrem Haus entfernt angehalten. Er erklärte, er sei auf dem Heimweg aus dem Pub, und bestritt, in ihr Fenster geguckt zu haben.

Lenny hängt das Funkgerät wieder in die Halterung.

»Du hast gesagt, du kennst die Familie.«

»Seine Großmutter.« Sie blickt auf die Uhr. »Du solltest sie kennenlernen.«

»Ich dachte, das wäre Hoyles Ermittlung.«

»Wir sind eh gerade in der Gegend.«

8

Cyrus

Marlene Brennan wohnt weniger als hundert Meter vom Tatort der Ermordung von Rohan Kirk entfernt. Ihr Haus ist ein Schandfleck mit einem überwucherten Vorgarten, einem kaputten Zaun und einem ausgeweideten Sofa in einem Baucontainer. Die Nachbarn sind bestimmt begeistert.

Lenny hat mich über den »Brennan-Clan« aufgeklärt und Marlene als die Matriarchin beschrieben.

»Früher hatte sie einen Pub in Liverpool, unten bei den Docks, einen dieser Läden mit gekachelten Böden, damit man jeden Morgen mit dem Schlauch das Blut abspritzen konnte. Der alte Brennan war einer der Gewerkschaftsführer während des Werftstreiks Ende der Neunziger in Liverpool, als die Mersey Docks ihre Belegschaft wegen eines Streits über die Bezahlung von Überstunden ausgesperrt haben. Der Streik dauerte zwei Jahre und ist am Ende gescheitert.

Brennan verlor seinen Job. Er und seine Kumpel kauften einen Pub am Wasser, versoffen jedoch den Großteil der Einnahmen oder gaben sie als Kredite weg. Als er an einem Herzinfarkt starb, übernahm Marlene den Laden – und managte ihn deutlich besser.

Sie hatten fünf Kinder. Drei Mädchen und zwei Jungen.

Die beiden Söhne wurden bei einer bewaffneten Geiselnahme in einer Bank erschossen, noch bevor sie dreißig waren. Der Filialleiter löste den Alarm aus, die Polizei hatte den Tatort binnen Minuten umzingelt. Die Bande saß drinnen in der Falle. Zwölf Stunden später hat die Polizei die Bank gestürmt, dabei kamen die Jungen ums Leben. Einer von ihnen war Paulies Vater.

Hinterher hat Marlene die Polizei verklagt und behauptet, ihre Söhne wären ermordet worden. Sie hat den Prozess verloren und den Pub verkauft, ist nach Nottingham gezogen und kümmert sich seit Paulies sechstem Lebensjahr um ihn.«

»Was ist mit seiner Mutter?«

»Ein Junkie. Sie ist an einer Überdosis gestorben.«

»Traurig.«

»Kommt viel zu häufig vor.«

Lenny drückt mit dem Daumen auf einen altmodischen Klingelknopf. Das Klingeln hallt im Haus wider. Wir warten. Sie schnuppert. »Ich rieche Zigarettenqualm.«

Sie geht in die Hocke und ruft durch den Briefschlitz: »Wir wissen, dass Sie da drinnen sind, Paulie. Wir wollen bloß reden.«

Stille, dann ein anderes Geräusch. Pantoffeln auf Holz. Schlösser werden geöffnet, Ketten gelöst. Die Tür geht auf. Marlene Brennan sieht aus wie eine braune, in Essig eingelegte Zwiebel. Sie muss mindestens achtzig sein, ihre Augen sind wie schwarze Löcher, und sie hat die Art Dauerwelle, die es offensichtlich mit jedem Rentenscheck inklusive gibt.

»Hallo, Marlene, Sie sehen gut aus«, begrüßt Lenny sie.

»Kenne ich Sie?«, fragt die alte Frau.

»Detective Superintendent Parvel.«

»Ein weiblicher Detective – sind Sie eine Lesbe?«

»Würde es einen Unterschied machen?«

Marlene zuckt die Schultern. »Heutzutage sieht man jede Menge Lesben. Angezogen wie Männer.«

Um ihren Hals hängt eine alte Kaffeedose an einer Schnur. Sie senkt den Kopf und spuckt hinein.

»Ist Paulie zu Hause?«, fragt Lenny.

»Er ist los, um meine Pillen zu kaufen.«

»Dauert das lange?«

»Lange genug.«

»Ich hätte gern eine Tasse Tee«, sagt Lenny und tritt an Marlene vorbei ins Haus, die zu langsam ist, um sie aufzuhalten. Sie will protestieren, wird jedoch von einer Stimme unterbrochen.

»Ich bin wieder da, Gran.«

Paulie steht in der Tür zur Küche, aus der von hinten Licht auf ihn fällt. Er ist barfuß und trägt eine alte Jogginghose sowie einen mottenzerfressenen Pullover. Er hat eine Vokuhila-Frisur und Flaum auf der Oberlippe. In der Hand hält er einen winzigen Pudel mit einem Kopf wie ein Klumpen Baumwolle. Der Hund schnappt nach meinem Ellbogen, als ich vorbeigehe. Ich zucke zusammen, Paulie lächelt.

In der Küche riecht es nach Äpfeln an der Grenze zur Fäulnis und Zigarettenqualm. In der Mitte steht ein Kieferntisch mit nicht zueinander passenden Holzstühlen. Im Spülbecken stapelt sich dreckiges Geschirr, und die Netzgardine vor dem einzigen Fenster ist vergilbt.

Marlene lässt sich murmelnd auf einem Stuhl nieder und fixiert mich mit einem Blick aus ihren wässrigen Augen.

»Wer sind Sie?«

»Ich bin forensischer Psychologe.«

»Die meisten Seelenklempner können ihren Arsch nicht von ihrem Ellbogen unterscheiden.«

»Offenbar haben wir ein paar gemeinsame Bekannte«, erwidere ich.

Sie lacht gackernd. Paulie füllt den Kessel mit Wasser. Neben ihm sieht Lenny klein aus.

»Hältst du dich auch schön von allem Ärger fern, Paulie?«

Er zieht den Kopf ein und nickt.

»Er ist ein guter Junge«, sagt Marlene und spuckt in ihre Dose. »Er kümmert sich um mich.«

»Wie denn?«

»Ich arbeite«, sagt er trotzig.

»Und er besorgt mir meine Medikamente«, fügt Marlene hinzu. »Die Stadt schickt ein Mädchen zum Putzen, aber die ist eine faule Kuh. War seit Tagen nicht mehr hier. Ich hab Paulie gesagt, er soll ihr eine verpassen oder sie feuern.«

»Ich glaube nicht, dass er das darf«, sagt Lenny.

Marlene grunzt.

Lenny bewegt vorsichtig Teller im Spülbecken, auf der Suche nach Bechern, die sie abwaschen kann. Ich betrachte den Raum, den Krimskrams, der mit Magneten an den Kühlschrank geheftet ist. Urlaubsschnappschüsse. Geburtstagskarten. Eine Postkarte aus Marbella. Eine Kinderzeichnung.

»Sie haben Enkelkinder«, sage ich.

»Acht Stück«, erwidert Marlene stolz. »Die Bullen haben zwei meiner Jungs getötet, aber ich habe immer noch drei Mädchen, gutes Zuchtmaterial. Wir wachsen durch die Ritzen.«

»Wie Unkraut«, sagt Lenny.

»Ja, wie Unkraut.«

Lenny wendet sich an Paulie. »Wo arbeiten Sie?«

»Er ist selbstständig«, antwortet Marlene für ihn. »Er kauft und verkauft Autos. Er war immer geschickt mit seinen Händen.«

»Sehr lange Finger«, sagt Lenny.

Die alte Frau knurrt.

»Ich werde Rennfahrer«, sagt Paulie und reckt das Kinn. »Ich hab mir eine tieffliegende Rakete besorgt.«

Ich ziehe die Gardine zur Seite und sehe im Hinterhof zwei auf Steinen aufgebockte Autokarosserien. Ein drittes Fahrzeug, ein aufgemotzter Ford Focus RS, ist halb von einer Plane verdeckt.

»Straßenrennen?«

Er grinst. »Das wäre illegal.«

»Wann haben Sie Maya Kirk zum letzten Mal gesehen?«, fragt Lenny.

Paulie sieht sie ausdruckslos an.

»Sie können sie doch nicht schon vergessen haben. Sie haben durch ihr Schlafzimmerfenster geglotzt.«

»Das war ich nicht«, entgegnet Paulie. Die Stoppel auf seiner Oberlippe bewegen sich kaum.

»Wo waren Sie gestern Abend?«, fragt Lenny.

»Er war hier bei mir«, sagt Marlene.

»Ist das wahr?«

Paulie senkt den Kopf, aber ich bin mir nicht sicher, ob es ein Nicken ist.

»Warum interessieren Sie sich so für Maya?«, fragt die alte Frau.

»Rohan Kirk wurde gestern Abend ermordet. Maya ist verschwunden.«

Falten zerknittern Marlenes Gesicht, was Ausdruck von ernster Besorgnis oder Reflux sein könnte.

»Das arme Ding.« Sie sieht Paulie an. »Hast du Maya gesehen?«

»Nein, Gran.«

»Gut.« Sie nickt, als wäre die Angelegenheit damit geklärt.

»Woher kennen Sie sie?«, frage ich.

»Maya hat als Babysitter für mich gearbeitet, als Paulie noch klein war. Außerdem sind sie und ihre Schwester immer mit dem Fahrrad die Straße auf und ab gefahren.«

»Und sie haben beide bei Powell's gearbeitet«, sagt Paulie, der seine Stimme wiedergefunden hat.

»Die Bäckerei«, erklärt Marlene. »An Wochenenden. Sie haben Paulie immer ein süßes Teilchen zugesteckt, wenn der Besitzer nicht hingesehen hat.«

»Waren Sie verknallt in sie?«, fragt Lenny.

Paulie wirkt geschockt. »Ich war sieben.«

»Ich meine später, als Sie Haare am Sack gekriegt haben.«

»Nee, sie war zu alt für mich.«

»Trotzdem wurden Sie dabei beobachtet, wie Sie durch ihr Schlafzimmerfenster geguckt haben.«

»Das war ich nicht.«

»Haben Sie Bilder gemacht?«

Paulies Blick flammt wütend auf, und er ballt die Fäuste. An seiner Stirn pulsiert eine kleine Ader.

»Wieso schikanieren Sie Paulie so?«, fragt Marlene. »Haben wir noch nicht genug gelitten? Ihre Leute haben seinen Vater und seinen Onkel umgebracht.«

»Die beiden waren bewaffnet«, sagt Lenny.

»Mit Startpistolen.«

»Kopien von Schusswaffen gelten als illegale Waffen.«

»Sie waren Jungs!«

»Sie waren zweiundzwanzig und fünfundzwanzig.«

Die beiden Frauen starren sich wütend an. Lenny seufzt; es scheint ihr peinlich zu sein, dass sie sich auf den Streit eingelassen hat.

Ich zeige in den Hinterhof. »Welchen Wagen fahren Sie, Paulie?«

»Kommt drauf an.«

»Welchen haben Sie gestern Abend gefahren?«

Er antwortet nicht.

»Wenn Sie nicht zu Hause waren, finden wir das heraus«, sagt Lenny. »Wir können per GPS Ihr Handy orten.«

»Ich war mit ein paar Kumpels im Pub«, sagt Paulie indigniert, als wäre das sein gottgegebenes Recht.

»In welchem Pub?«

»Im Lord Kitchener.«

»Um wie viel Uhr?«

»Gegen neun. Wir haben ein paar Pints getrunken und sind noch ein bisschen rumgefahren.«

»Wann sind Sie nach Hause gekommen?«

»Ich weiß nicht mehr. Gran war vor dem Fernseher eingeschlafen. Das macht sie oft.«

Ich höre Motorgeräusche von der Straße. Das Geräusch erstirbt, kurz darauf geht die Haustür auf, und zwei Männer kommen herein, beide etwa in Paulies Alter. Der eine ist groß und sportlich, der andere quillt übergewichtig aus seinen Motorradklamotten.

»Entschuldigen Sie, Mrs B, wir wussten nicht, dass Sie Besuch haben«, sagt der Große.

»Sie wollten gerade gehen«, erwidert Marlene.

»Ich rieche Schwein«, sagt der Fette, beugt sich zu Lenny und schnuppert.

Lenny reagiert nicht. Sie scheint zu überlegen, was sie als Nächstes machen soll. Sie will die Brennans nicht vor den Kopf stoßen, aber auch nicht nachgeben.

»Waren die Herren gestern Abend mit Paulie zusammen?«, fragt sie.

Sie sehen Paulie an. »Ich weiß nicht – waren wir?«

»Wir waren im Pub und sind hinterher ein bisschen rumgefahren«, erinnert Paulie sie.

»Ja, stimmt.«

»In welchem Pub?«, fragt Lenny.

»Was immer Paulie gesagt hat. Ich kann mir Namen nicht gut merken«, sagt der Fette.

»Können Sie sich Ihren eigenen merken?«

Er kapiert nicht, dass sie seine Intelligenz infrage stellt. Lenny will ihre Ausweise sehen, aber sie haben keinen bei sich.

»Ich bin Boris Johnson«, sagt sein Kumpel.

»Und ich Harry Windsor«, sagt der Fette. »Ich hab Meghan mit dem Baby zu Hause in L.A. gelassen.«

Lenny lächelt schmallippig und wendet sich an Paulie. »Sie haben uns sehr geholfen. Ich werde die Zahlung veranlassen. Den gleichen Betrag wie beim letzten Mal.«

Paulie sieht sie blinzelnd an und braucht einen Moment, um zu kapieren, was sie sagt. Der Groschen fällt. Er klappt den Mund auf und wieder zu.

»Was? Nein. Ich bin kein beschissener Spitzel«, stottert er und blickt seine Kumpel beinahe flehentlich an.

»Bleiben Sie sitzen, Marlene«, verabschiedet Lenny sich fröhlich. »Wir finden selbst hinaus.«

9

Evie

Wie viel Gramm Mehl sind eine Tasse, und ist eine Tasse das Gleiche wie ein Becher? Cyrus hat keine vernünftigen Messbecher und auch keine 22-Zentimeter-Kuchenform, das könnte also ein Desaster werden.

Ich möchte meinen Jahrestag mit einem selbst gebackenen Kuchen feiern. Vor einem Jahr habe ich Langford Hall verlassen und bin hierhergezogen. Cyrus hat mich gerettet, als sonst niemand ahnte, dass ich am Ertrinken war. Länger als hier habe ich noch nie im selben Zimmer geschlafen, ausgenommen im Kinderheim und in der Zeit, als ich ein Bett mit Agnesa geteilt habe.

Ich versuche, am Rand der Rührschüssel ein Ei aufzuschlagen, doch es zerbricht in meiner Hand. Ich lege die Schale ins Spülbecken und fische mit den Fingern die kleinen Stücke aus der Schüssel. Bei *The Great British Bake Off* wirkt es immer so leicht. Quirlen, falten, vermengen und pudern. Und diese Nigella Lawson schafft es, absolut pornografisch auszusehen, wenn sie einen Löffel ableckt.

Eine halbe Stunde später wird die Tür geöffnet. Schlüssel landen auf dem Beistelltisch. Schuhe werden abgestreift, die Post wird durchgesehen, ein Umschlag aufgerissen. Cyrus taucht in der Küche auf. Er blickt auf den mit Mehl, Zucker und Kakaopulver bedeckten Tresen.

»Ich backe einen Kuchen«, sage ich.

»Bloß den einen?«

Sarkastischer Arsch!

Er versucht, in den Ofen zu spähen, aber ich versperre ihm den Blick.

»Du darfst nicht gucken.«

»Warum nicht?«

»Es ist eine Überraschung. Und wenn ich es vermasselt habe, schmeiß ich ihn weg.«

Er will sich hinsetzen.

»Warte!«

Ich fege Mehl von dem Stuhl.

»Wie war die Jobsuche?«

»Ich bin jetzt offiziell Arbeitnehmerin.«

»Super. Wo?«

»Ich mixe Cocktails in einer Bar.«

Er runzelt die Stirn. »Du arbeitest abends?«

»Donnerstags, freitags und samstags von acht bis zwei.«

»Vielleicht hättest du dir besser einen Tagesjob gesucht.«

»Ich brauche deine Erlaubnis nicht«, erwidere ich.

Für den Bruchteil eines Moments sehe ich die Kränkung in seinem Blick.

»Kannst du Cocktails mixen?«, fragt er.

»Sie bringen es mir bei. Ich weiß schon, wie man eine Margarita und eine Mimosa macht.«

»Was ist mit einer Virgin Mary?«

»Du bist ekelhaft.«

»Den Drink, meine ich«, sagt er. Normalerweise lacht er, wenn er mich neckt, aber heute nicht.

»Und wie kommst du nach Hause?«

»Ich könnte deinen Wagen leihen.«

»Bittest du mich darum?«

»Stellst du dich arschig an?«

Er lächelt müde.

»Mein Freund Mortimer verkauft seinen Mini. Er verlangt zweihundertfünfzig Pfund. Ich spar es zusammen – oder du leihst mir das Geld. Ich könnte es zurückzahlen.«

»Es ist wahrscheinlich eine Rostlaube.«

»Gut. Dann finde ich einen anderen Weg.«

Ich hasse es, mich mit Cyrus zu streiten. Ich hasse es, dass er älter ist als ich und denkt, er weiß alles. Ich hasse es, dass er meine Grammatik und meine Wortwahl korrigiert, zum Beispiel wenn ich buchstäblich sage, obwohl ich bildlich meine (was immer das bedeutet). Ich hasse es, wie er mich auslacht, wenn auch nicht auf eine gemeine Art. Cyrus denkt, ich bin ein Teenager, aber ich bin einundzwanzig, und wir könnten gleich zu gleich sein, wenn er mich ließe.

»Und wo ist diese Bar?«

»Am Lace Market.«

»Ist es ein nettes Lokal?«

»Sehr schick. Sie wollen, dass ich mir ein Kleid kaufe.«

Cyrus weiß, dass meine Garderobe ausschließlich aus Jeans und Sweatshirts besteht. Ein weiteres Blickduell. Wer blinzelt als Erster?

»Ich leihe dir Geld für das Kleid«, sagt er. »Aber ich möchte, dass du es auf altmodische Art kaufst: dass du in einen Laden gehst und das Kleid anprobierst, um sicherzugehen, dass es dir passt.«

Das ist eine weitere Prüfung, Teil meiner Therapie, mehr Kontakt mit anderen Menschen zu haben, anstatt wie eine Einsiedlerin zu leben. Er fordert mich heraus, »normal« zu sein, was immer das heißt.

»Ich könnte dich begleiten«, schlägt er vor.

»Ich brauche keine Hilfe«, fauche ich genervt.

Poppy ist aus dem Garten gekommen und schnuppert an seinen Socken. Cyrus befielt ihr, Platz zu machen. Sie gehorcht. Sie kann auch Pfote geben und tot spielen, aber nur für Cyrus, weil er das Alpha-Männchen ist. Cyrus sagt, dass ich sie zu selten ausführe, ihr Fell nicht oft genug bürste und ihre Scheiße im Garten nicht einsammele, aber es ist echt harte Arbeit, auf einen Labrador aufzupassen.

»Also warum der Kuchen?«, fragt er.

»Es ist mein Jahrestag. Ich bin seit einem Jahr hier. Wir hätten schon letzten Monat feiern sollen, aber ich hab es vergessen.«

»Das ging ja schnell um.«

Ich will etwas sagen, breche ab, setze neu an. »Ich wollte mich bei dir bedanken, dass ich hier wohnen kann und so. Und dass du mir Fahren beigebracht hast und andere Sachen.«

»Gern geschehen.«

Wie macht er das – ein Kompliment so locker anzunehmen? Ich werde immer verlegen, wenn Leute mir Komplimente machen.

»Was ist heute mit Elias passiert – wird er entlassen?«

»Erst tageweise, dann mit Übernachtung.«

»Kommt er hierher?«

»Höchstwahrscheinlich.«

Ich will mehr wissen, aber es ist zwecklos, Cyrus zu bedrängen. Er sagt, Geheimnisse sind wichtig, und jeder darf welche haben. Deswegen fragt er auch nicht nach meinen Sitzungen bei Veejay. Er hat sich entschieden, mein Freund und nicht mein Therapeut zu sein. Ich wünschte, er wäre noch etwas mehr, aber ich weiß, dass das unmöglich ist. Cyrus hat sehr deutlich gemacht, dass es nicht daran liegt, dass ich hässlich bin, Brandnarben von Zigaretten auf dem Rücken habe oder zu verkorkst bin. Er findet, dass ich zu jung bin, aber so groß ist der Altersunterschied nicht, und es ist auch nicht so, als ob er eine neue Freundin hätte – nicht seit Sacha Hopewell zurück nach London gegangen ist, um sich um ihre Eltern zu kümmern. Ich mochte Sacha ganz gern, weil sie mich nicht wie ein Kind behandelt hat.

»Ist heute sonst noch was passiert?«, frage ich.

»Ein Mann wurde ermordet. Seine Tochter ist verschwunden.«

Mein Magen krampft sich zusammen. »Ist sie in Gefahr?«

»Ich weiß es nicht.«

Cyrus redet nicht gern über seine Polizeiarbeit, weil er Angst hat, dass es bei mir Albträume oder schlimme Erinnerungen auslöst. Von denen hatte ich schon genug.

Plötzlich fällt mir mein Kuchen ein, und ich reiße die Ofentür auf.

»Verdammter Mist!«

»Hast du ihn verbrennen lassen?«

»Er ist in der Mitte zusammengesackt.«

»Perfekt«, sagt Cyrus. »Dann kriegen wir mehr Zuckerguss.«

10

Cyrus

Im Licht der Fernsehspots sieht Gary Hoyles Gesicht weißer aus als eine Hochzeitstorte. Für die Kameras trägt er seine Paradeuniform – ein gebügeltes weißes Hemd, schwarze Krawatte und polierte Epauletten. Seine Mütze liegt auf dem Podium.

Reporter haben sich im Konferenzraum der Polizeistation in der Radford Road versammelt, einem kargen, fensterlosen Raum, in dem mehrere Reihen von Plastikstühlen aufgestellt sind. Früher waren Pressekonferenzen viel größere Ereignisse, aber heutzutage poolen Zeitungen und Nachrichtenagenturen ihre Ressourcen und teilen sich Stringer, um Geld zu sparen, sodass nur die Plätze ganz vorne besetzt sind.

Einige Gesichter erkenne ich. Latisha Davies vom *Daily Telegraph*, Bryan Madden von der *Nottingham Post*, Richard Holiday von *Associated Newspapers*. Holiday ist ein journalistischer Bluthund, der schon über die Ermordung meiner Familie berichtet hat. Damals war er ein junger Reporter, der berühmt dafür wurde, dass er tagelang auf dem Ast eines Baumes hockte, um die ersten Fotos des Jungen zu schießen, der überlebt hatte – Bilder, auf denen ich im Garten meiner Großeltern mit einem Fußball herumkicke.

Hoyle liest eine vorformulierte Erklärung ab.

»Wir sind in großer Sorge um die Sicherheit von Maya Kirk, eine junge Frau aus Nottingham, die seit vierundzwanzig Stunden vermisst wird.«

Auf der Leinwand hinter ihm erscheint ein Foto. Maya hat den Kopf in den Nacken geworfen und lacht mit windzerzaustem Haar in die Kamera. Sie sieht aus wie eine Frau in einer Shampoo- oder Zahnpasta-Werbung.

»Miss Kirk hat bei ihrem siebenundsechzigjährigen Vater Rohan Kirk gelebt, der gestern am frühen Morgen erschlagen im Wohnzimmer eines Hauses in Hyson Green aufgefunden wurde.«

Ein weiteres Foto füllt die Leinwand. Rohan Kirk sieht verlegen aus, als wüsste er, dass er fotografiert wird, und wäre unsicher, ob er lächeln oder ernst gucken soll, sodass das Bild eine Mischung aus beidem eingefangen hat.

»Wir wissen, dass Maya Kirk am Sonntagabend ein Date hatte, konnten jedoch den Mann, mit dem sie sich getroffen hat, noch nicht ermitteln. Mithilfe von Handy-Triangulation haben wir Mayas ungefähres Bewegungsprofil rekonstruiert. Sie hat ihre Verabredung um neunzehn Uhr dreißig in einem Pub am Fluss getroffen, dem Canalhouse, und war später noch in zwei weiteren Bars am Lace Market. Bilder von Überwachungskameras zeigen das Paar um kurz vor zweiundzwanzig Uhr beim Überqueren des St. Peter's Square.«

Die körnigen Farbbilder stammen von einer Straßenkamera. Die männliche Gestalt hat einen Arm um Mayas Hüfte gelegt, und die beiden wirken recht vertraut miteinander, aber man kann ihre Gesichter nicht sehen.

»Wir fordern diesen Mann dringend auf, sich bei uns zu melden, damit wir ihn aus unseren Ermittlungen ausschließen können«, sagt Hoyle. »Wir wissen, dass Maya um kurz nach zweiundzwanzig Uhr dreißig nach Hause gekommen ist. Achtundfünfzig Minuten später hat ihr Telefon aufgehört, Signale zu senden.«

Lenny hat sich leise in den Raum geschlichen und steht neben mir an die Rückwand gelehnt. Es ist seltsam, dass nicht sie auf der Bühne sitzt und die Show leitet. Hoyle hat die Journalisten eingeladen, Fragen zu stellen. Hände schießen in die Höhe.

»Wieso gehen Sie davon aus, dass sie entführt wurde?«, ruft Latisha Davies, ohne zu warten, bis sie aufgerufen wird.

»Maya hat seit Sonntagabend ihr Handy nicht mehr benutzt und keinen Kontakt zu ihrer Familie aufgenommen«, sagt Hoyle. »Sie hat nicht auf ihre Bankkonten zugegriffen und mehrere berufliche Termine nicht eingehalten.«

»Könnte sie ihren Vater getötet haben?«, fragt Holiday.

»Das glauben wir nicht.«

Eine weitere Hand wird gehoben. »Wieso brauchen Sie so lange, um die Identität des Typs auf den Bildern zu ermitteln?«

»Maya hat ihn über eine Dating-App kennengelernt und auch darüber mit ihm kommuniziert. Wir haben diese Daten von der Firma angefordert, die ihren Sitz in Amerika hat.«

»Könnte sie eine Geisel sein?«, ruft ein anderer Reporter. »Wurde eine Lösegeldforderung erhoben?«

»Mayas Familie ist nicht wohlhabend.«

»Haben Sie eine Mordwaffe gefunden?«

»Nein.«

»Hat Maya ihren Vater getötet?«

»Wir glauben nicht.«

Hoyle ist langsam genervt von den Fragen. »Man wird

Ihnen Fotos von Rohan und Maya Kirk zur Verfügung stellen. Wir bitten um die Mithilfe der Öffentlichkeit bei der Nachverfolgung von Mayas Aktivitäten am Sonntagabend. Mit wem hat sie gesprochen? Ist sie alleine nach Hause gegangen? Ist ihr jemand gefolgt? Wenn jemand sie gesehen hat, soll er sich bitte melden. Über die Nummer der Crimestoppers kann man auch anonym Informationen mitteilen.«

Hoyle nimmt seine Mütze und klemmt sie sich unter den Arm. Die Reporter sind unzufrieden. Die meisten suchen noch nach einem Aufhänger – etwas, das dieses Verbrechen über die gewöhnliche tragische Banalität anderer Gewalttaten erhebt und auf die Titelseiten der landesweiten Zeitungen oder in die Abendnachrichten bringt.

Im Einsatzraum im ersten Stock hat sich eine Sonderkommission von gut vierzig Detectives zu einer Lagebesprechung versammelt. Einige von ihnen kenne ich vom Sehen oder mit Namen. DC Monroe rutscht zur Seite und bietet mir eine Ecke ihres Schreibtischs an.

»Okay, was haben wir?«, fragt Hoyle.

DS Edgar ergreift das Wort. »Keiner der Nachbarn hat am Sonntagabend etwas Ungewöhnliches gehört oder gesehen. Ein kleiner Junge im Haus gegenüber sagt, er habe aus seinem Schlafzimmerfenster ein Gespenst gesehen, doch seine Eltern erklären, dass er ständig Monster sieht, weil er zu viel Zucker konsumiert.«

Im Raum erhebt sich leises Gelächter.

»Wir sind noch dabei, die Aufnahmen von privaten Sicherheitskameras sowie den Überwachungskameras in der Gegend einzusammeln und die Bewegung von Fahrzeugen vier Stunden vor und nach Mitternacht zu überprüfen. Bis jetzt haben wir achtundfünfzig Fahrzeuge in der Beaconsfield Road erfasst, viele von ihnen Taxis, die eine Abkürzung genommen haben. An der nächsten Straßenecke parkte zwei Stunden lang ein Foodtruck. Wir suchen nach dem Besitzer.«

Edgar gibt an einen weiteren Sergeant ab, Paul Lennox, der wegen seiner Liebe zu Kameras und seinem Ruf, es bei jeder sich bietenden Gelegenheit ins Fernsehen zu schaffen, Prime Time genannt wird.

»Das Register der aktenkundigen Sexualstraftäter hat achtzehn mögliche Verdächtige ausgespuckt, die in einem Zwei-Meilen-Radius um den Tatort wohnen. Zwölf von ihnen haben Alibis. Die anderen sechs sehen wir uns genauer an, aber die meisten sind Feld-Wald-und-Wiesen-Perverse und Groomer.«

»Hat einer von ihnen eine Verbindung zu Maya Kirk?«, fragt Hoyle.

»Keiner, aber vor einigen Wochen hat sie einen Voyeur angezeigt, Paulie Brennan, der nur zwei Straßen entfernt wohnt. Er wurde von einem Streifenwagen angehalten, bestritt jedoch, sie beim Entkleiden beobachtet zu haben. Brennan war am Sonntagabend mit zwei Motorrad-Kumpeln unterwegs. Mitglieder des Blue Angels MC.«

»Rekonstruieren Sie seine Aktivitäten. Ich möchte wissen, ob sich ihre Wege gekreuzt haben. Wo stehen wir bezüglich möglicher Ex-Freunde?«

»Maya hatte eine zweijährige Beziehung mit einem lokalen Bauunternehmer namens Daryl Branagh, die in bitterem Streit endete«, berichtet Monroe. »Branagh hat Nacktfotos von ihr auf einer Rache-Porno-Seite gepostet, sie jedoch achtundvierzig Stunden später wieder gelöscht. Er wurde von der Polizei vernommen, es kam jedoch nicht zu einer Anklage, weil Maya sich weigerte, eine Aussage zu machen.« Leise fügt sie hinzu: »Wir hätten ihn trotzdem anklagen sollen.«

Ein weiterer Detective, den ich nicht erkenne, liefert Hintergrundinformationen zu Maya. »Sie ist in Nottingham geboren, besuchte die St. Mary's Catholic Academy, die in derselben Straße liegt wie ihr Haus. Später ging sie auf die Nottingham Free School, eine koedukative weiterführende Schule in Sherwood, wo sie ihr Abitur machte. Sie erwarb einen Bachelor in Naturwissenschaften an der Nottingham University und arbeitete drei Jahre für den National Health Service. Danach übte sie verschiedene Tätigkeiten als Empfangssekretärin, Büroleiterin und Vertreterin aus. Vor zwei Jahren hat sie ihren Hundepflege-Service gegründet. Die meisten Termine werden online oder per Telefon gebucht. Die Bezahlung erfolgt hauptsächlich in bar und ohne Quittung.«

»Kommen die Kunden manchmal zu ihr nach Haus?«, fragt Hoyle.

»Normalerweise nicht.«

»Was ist mit ihren finanziellen Verhältnissen?«

»Solide. Sie hat einen Privatkredit aufgenommen, um den Transporter für ihren Hundepflege-Service zu kaufen, der inzwischen fast abbezahlt ist.«

Hoyle ist vor einem Whiteboard auf und ab gelaufen, wo Mayas Foto neben dem ihres Vaters hängt. Er kratzt sich müßig mit drei Fingern die Wange und wendet sich mir zu.

»Irgendwelche Ideen, Dr. Haven?«

Die Frage überrascht mich. Ich bin nicht davon ausgegangen, nach meiner Meinung gefragt zu werden. Augenpaare richten sich auf mich, und ich spüre die Erwartung.

»Ich glaube nicht, dass Rohan Kirk das primäre Ziel war.

Ich glaube, er ist zufällig in die Entführung seiner Tochter gestolpert.«

»Glauben Sie, dass sie den Mörder zu sich nach Hause eingeladen hat?«, fragt Hoyle.

»Ich halte es für wahrscheinlicher, dass er sich gewaltsam Zutritt verschafft hat. Ich glaube nicht, dass er Maya besonders nahesteht, sonst hätte er gewusst, dass sie nicht allein lebt. Es ist vermutlich eher ein loser Bekannter oder jemand, den sie an dem Abend kennengelernt hat und der ihr nach Hause gefolgt ist.«

»Warum hat er sie entführt?«, fragt Lenny.

»Ich habe nicht genug Informationen, um das zu beantworten.«

Ein Detective ruft vom anderen Ende des Raumes: »Der Dating-Service hat uns gerade Mayas Chronik geschickt. Sie war mit einem gewissen Alex Foley verabredet.«

Kurz darauf wird eine Website auf das Whiteboard projiziert. Foleys Profil gibt sein Alter mit sechsunddreißig an und sagt, dass er in der IT-Branche arbeitet. Das Hauptfoto wurde im Freien aufgenommen und präsentiert seine blondierten Haarspitzen und seine muskulösen Unterarme, die aus einem T-Shirt ragen, das ihm eine Nummer zu klein ist.

Pluspunkte: Ich habe keine Angst vor Verbindlichkeit. Ich koche liebend gern. Und meine Mum ist die coolste Person, die ich kenne.
Minuspunkte: Ich wasche nicht gern ab, trage nicht gern weiße Hemden zum Essen und bestelle in Restaurants nicht gern Wein, weil ich keine Ahnung von Wein habe.
Mein Motto: Alles oder nichts. Es gibt nichts dazwischen.

Darunter sind zwei weitere Fotos, lässige Schnappschüsse, die ihn als entspannten, sorgenfreien, rundum netten Typen und Weltreisenden präsentieren. Auf einem fährt er in Italien auf einem Elektro-Scooter, auf dem anderen sitzt er mit der Sphinx im Hintergrund auf einem Kamel.

»Er wohnt in West Bridgford«, sagt Prime Time, der ein Street-View-Bild des Hauses aufgerufen hat. Freistehend, zweigeschossig, mit Garage.

Monroe hat etwas in den Computer eingegeben. »Keine Vorstrafen, aber vor zwei Jahren hat eine Frau behauptet, Foley habe sie sexuell angegriffen und gegen ihren Willen festgehalten.«

»Wurde er angeklagt?«

»Sie hat kalte Füße bekommen und sich geweigert, die Aussage zu unterschreiben.«

Lenny betrachtet die Satellitenbilder. »Maya könnte in dem Haus oder in der Garage sein.«

»Wir haben nicht genug für einen Durchsuchungsbeschluss«, sagt Hoyle.

»Wie wär's mit einem Gasleck? Ein hinreichender Verdacht«, fragt Edgar.

»Das würde jeder Richter durchschauen«, erwidert Hoyle.

»Mayas Sicherheit ist im Moment wichtiger als gerichtsfeste Beweise«, entgegnet Lenny.

»Da wäre Rohan Kirk vielleicht anderer Meinung«, sagt Hoyle und wendet sich an seine Sonderkommission. »Ich will, dass das Haus rund um die Uhr bewacht und Foley beschattet wird. Wir kleben an ihm wie die Kletten.«

»Wie lange?«, frage ich.

»Vierundzwanzig Stunden. Wenn Foley sich bis dahin nicht von sich aus meldet, wissen wir, dass er etwas zu verbergen hat.« Hoyle klatscht in die Hände. »An die Arbeit. Und denken Sie an die drei Grundregeln eines Detectives: Nichts voraussetzen. Niemandem glauben. Alles überprüfen.«

11

Evie

Mr Joubert, mein Englischlehrer, hat einen breiten französischen Akzent und näselt, sodass er arrogant klingt, selbst wenn er nur zur Überprüfung der Anwesenheit die Namen der Kursteilnehmer aufruft.

»Cheryl Agostino?«

»Hier.«

»Aaron Bailey?«

»Hier.«

»Evie Cormac?«

»Ja.«

Er blickt nie von seinem Tablet auf, sodass vermutlich jeder antworten könnte. Die halbe Klasse könnte fehlen. Es ist ihm egal. An unserem ersten Tag hat er uns einen Vortrag darüber gehalten, dass er uns wie Erwachsene behandeln und uns nicht betütern wird. Ich weiß immer noch nicht genau, was das Wort bedeutet.

Dienstagvormittags habe ich zwei Kurse, Englisch und Mathe. Zahlen sind mir lieber, weil Buchstaben beim Lesen manchmal durcheinandergeraten und anfangen, sich zu bewegen. Mr Joubert weiß, dass ich nicht die nötigen Qualifikationen habe, um am Nottingham College zu studieren, und denkt wahrscheinlich, mein Vater wäre jemand Berühmtes oder Einflussreiches, der die Verantwortlichen bestochen hat, damit sie mich aufnehmen. Das ist mir ziemlich egal. Wenn es nach mir ginge, würde ich mich gar nicht mit dem Abitur und einer Hochschulbildung abmühen. Ich bin nur wegen Cyrus hier.

Heute sitzen etwa zwanzig von uns in dem Kurs, eine Pralinenschachtel verschiedener Ethnien und Hautfarben. Wir diskutieren über eine unserer Pflichtlektüren, *Othello*. Ich verstehe Shakespeare nicht, vor allem nicht die altmodische Sprache, die seltsamen Paarreime und den jambischen Penta-dingens. Der große Dichter konnte ums Verrecken nicht reimen.

Alle anderen bejammern den armen Othello. Es sei eine Tragödie, ein Stück über die menschliche Natur, Beziehungen und Eifersucht. Ich habe zwanzig Minuten lang zugehört, geschwiegen und auf dem Handy die Uhrzeit gecheckt.

»Schwachsinn!«, murmele ich.

»Hast du etwas zu sagen?«, fragt Mr Joubert.

Ich blicke auf und merke, dass der ganze Kurs mich anstarrt.

»Nein.«

»Wolltest du Aaron zustimmen?«

»Nein.«

»Warum nicht?« Er breitet die Arme aus. »Lass uns an deiner Ansicht teilhaben.«

»Lieber nicht.«

»Mündliche Teilnahme am Unterricht ist verpflichtend.«

Ich verdrehe die Augen, starre zur Decke und weiß schon, dass das ein Fehler ist.

»Othello ist nicht ehrenhaft oder tragisch«, sage ich. »Das ganze Stück ist bloß toxische Männlichkeit, die sich als Kunst verkleidet.«

»Ich finde, du bist ein wenig harsch«, sagt Mr Joubert.

»Gut. Dann halte ich den Mund.«

»Nein. Ich respektiere deine Meinung«, lügt er unverhohlen. »Aber laut Definition ist ein tragischer Held jemand, der eine falsche Entscheidung trifft, die zu seiner eigenen Vernichtung führt. Wie Aristoteles gesagt hat, sind tragische Helden ›von Beginn an zum Scheitern verurteilt‹.«

»Othello war dümmer als ein Sack Steine«, sage ich.

Tianna sieht mich giftig an. Ich kratze mich an der Nase und zeige ihr dabei den Stinkefinger.

Sie beschwert sich. Mr Joubert ignoriert sie.

»Othello war ein Außenseiter, der von anderen manipuliert wurde«, widerspricht er mir.

Paulo stimmt ihm zu. »Deswegen vergibt Desdemona ihm, bevor sie stirbt. Sie hat seine tragischen Makel verstanden.«

»Die dumme Kuh«, sage ich. »Sie haben sich verdient.«

Ich muss Mr Jouberts Interesse geweckt haben, denn er möchte, dass ich fortfahre.

»Ich meine, sie wird von ihrem eifersüchtigen Ehemann erstochen, und während sie verblutet, schützt sie ihn immer noch und erzählt allen, dass sie es selbst getan hätte. Noch im Sterben beschützt sie ihn. Was will sie – einen Orden?«

»Sie hat das ultimative Opfer gebracht, weil sie ihn liebt«, sagt Mr Joubert.

»Ruft den Papst an, wir haben eine neue Heilige.«

»Es ist eine Tragödie.«

»Nein, es ist eine Travestie. Ein frauenfeindliches Arschloch ersticht seine Frau, weil er sie zu sehr liebt. Eine Ausrede, die gewalttätige Männer seit Ewigkeiten benutzen – und alle jammern, was für eine himmelschreiende

Schande das ist. Der arme alte Othello. Mitleid mit dem armen Schwarzen.«

»Du kannst ihn nicht schwarz nennen«, sagt Tianna.

»Aber er ist schwarz. Shakespeare nennt ihn einen alten schwarzen Bock, der ein weißes Lämmchen bespringt.«

»Ja, aber so wie du es gesagt hast, war es rassistisch.«

»Es ist mir egal, ob er schwarz, weiß oder türkis ist. Er ist ein erbärmlicher Loser.«

»Du solltest etwas vorsichtiger sein«, sagt Mr Joubert, der spürt, dass andere Schüler unruhig werden.

Tianna zeigt auf mich. »Ich finde, sie sollte sich dafür entschuldigen, dass sie Rasse in die Diskussion eingebracht hat.«

»Es ist ein Stück über Rasse.« Allmählich bin ich verzweifelt. »Othello ist ein Schwarzer in einer weißen Gesellschaft, der eine weiße Tusse heiratet, die auf schwarze Typen steht, worüber alle sauer sind. Es ist damals passiert. Und passiert auch heute.«

»Er hätte irgendeine Hautfarbe haben können«, sagt Tianna.

»Ja, aber das hatte er nicht, er war schwarz. Und man kann nicht seine Frau umbringen und wegen seiner Hautfarbe ungeschoren davonkommen.«

Ich sehe mich um und erwarte, dass alle mir zustimmen, doch ich predige zu dem falschen Publikum, oder sie hören vielleicht gar nicht zu.

»Ich denke, du solltest den Kursraum verlassen«, sagt Mr Joubert.

»Warum?«

»Du regst deine Mitschüler auf.«

»Milchgesichter.«

»Eine weitere rassistische Bemerkung«, sagt Tianna.

»Milchgesicht ist nicht rassistisch! Es ist, als würde ich dich eine dumme Kuh nennen. Du könntest eine braune oder eine weiße dumme Kuh sein. Aber du bleibst eine dumme Kuh.«

»Melde dich sofort im Büro des Direktors«, sagt Mr Joubert.

Ich bin schon halb bei der Tür.

12

Cyrus

Ich bin zwar kein ordentlicher Professor, aber ich habe Räume im vierten Stock des Psychologischen Instituts der Nottingham University. Das Eckbüro hat zwei große Panoramafenster mit Blick auf den Highfields Park, in dem es einen kleinen See zum Bootfahren, ein Kunstzentrum und Dutzende Kanadagänse gibt, die auf der Wiese grasen.

Ich habe das Büro bekommen, weil ich als Gastdozent Vorlesungen halte und Doktoranden betreue. Dafür erlaubt mir der Kanzler, an zwei Nachmittagen pro Woche hier private Patienten zu empfangen.

Als ich die Tür aufschließe, höre ich auf dem Korridor den Singsang einer Stimme. Henri Moretti, einer meiner Kollegen, will mich offensichtlich sprechen. Henri ist Professor für Gesundheitspsychologie und kleidet sich wie die Karikatur eines Professors – Cordhose, offener Hemdkragen und Tweed-Jackett mit Lederflicken auf den Ellbogen. Manchmal frage ich mich, ob er seine Sachen nicht von der Stange, sondern in einem Laden für Kostümbedarf kauft.

»Sie hatten einen Besucher. Ich habe ihm gesagt, er soll noch mal wiederkommen«, flüstert er verschwörerisch.

»Ich habe vor drei keine Termine.«

Zum Plauschen aufgelegt, folgt Henri mir in mein Büro. »Seltsamer Bursche. Nervös.«

»Hat er seinen Namen genannt?«

»Nein.«

Henri spricht mit einem breiten Yorkshire-Akzent, klammert sich jedoch an seine sizilianischen Wurzeln. Seinen Eltern gehört das älteste und beste italienische Café in der Stadt, einer dieser lauten vollen Läden mit einer Belegschaft, die sich aus einem unerschöpflichen Vorrat an Tanten, Schwestern, Cousinen und entfernteren Verwandten speist.

Henris Vater Arturo bedient die Espressomaschine, einen rülpsenden und furzenden Apparat, den er spielt wie eine Kirchenorgel. Gleichzeitig kabbelt er sich ununterbrochen mit seiner Frau Rosina, mit der er sich auf Italienisch mysteriöse Beleidigungen an den Kopf wirft. Das Melodrama ist unübersehbar, und die Kunden kommen nicht wegen des Essens oder des Kaffees ins Moretti's, sondern wegen der Show, die die beiden ihnen bieten.

Ein weiterer Grund ist Henris Schwester Candelora, eine rare Schönheit mit blitzenden grünen Augen und einem großen Fundus an engen Kleidern. Trotz der männlichen Aufmerksamkeit ist Candelora störrisch Single geblieben, was Henri zu dem Vorschlag motiviert hat, ich solle sie doch mal einladen. Der Gedanke war durchaus reizvoll, bis ich eines Nachts schweißgebadet mit der Vorstellung aufgewacht bin, ich hätte Henris Mutter geheiratet.

»Er sah nicht aus wie ein Drogie«, sagt Henri.

»Wer?«

»Der Typ, der hier war, um dich zu sprechen. Ich mache mir immer Sorgen, dass du jemanden einlädst, der dir das Gesicht wegkaut.«

»Ich behandele keine Meth-Süchtigen«, sage ich, was nicht ganz stimmt.

Wir werden von einem Klopfen unterbrochen. Ein Mann steht in der Tür. Ich hoffe, er hat nicht gehört, was ich gerade gesagt habe.

»Das ist er«, erklärt Henri.

»Ich habe einen Termin«, sagt der Fremde. »Mein Bewährungshelfer hat mich angekündigt.«

Ich blicke auf mein Handy und sehe einen verpassten Anruf.

»Nehmen Sie Platz. Entschuldigen Sie, ich habe die Nachricht nicht erhalten.«

Ich mache Henri ein Zeichen, dass er gehen soll. Widerwillig verlässt er den Raum und verschwindet pfeifend den Flur hinunter.

»Wie heißen Sie?«, frage ich.

»Mitch.«

Er gibt mir einen Umschlag. Ich nehme mir einen Moment Zeit, den Inhalt zu lesen. Mitchell Coates, sechsunddreißig, verurteilt wegen sexueller Nötigung und Körperverletzung. Nach Verbüßung von sechs Jahren einer achtjährigen Haftstrafe entlassen. Probleme bei der Wiederanpassung an das Leben in Freiheit.

Mitch sitzt gerade und umklammert mit beiden Händen eine Wollmütze, die er in seinen Schoß drückt. Er hält den Kopf gesenkt – ein Vermächtnis seiner Zeit im Gefängnis, wo ein Augenkontakt revolutionär oder dumm sein kann.

»Wann wurden Sie entlassen?«

»Vor zehn Tagen.«

»Wie war es?«

Er atmet tief ein und hält einen Moment lang die Luft an. »Schrecklich.«

»Irgendein bestimmtes Problem?«

»Ich bin unschuldig.«

»Damit meinen Sie …?«

»Ich habe niemanden angegriffen. Ich war es nicht.«

»Sie sind verurteilt worden. Sie haben sechs Jahre abgesessen.«

»Ich habe auf nicht schuldig plädiert.«

»Ja, aber um auf Bewährung freizukommen, müssen Sie Ihre Schuld akzeptiert und dem Bewährungsausschuss erklärt haben, dass es Ihnen leidtut …«

»Ich hab denen erzählt, was sie hören wollten. Ich hätte keinen weiteren Tag da drinnen überlebt. Wenn ich schuldig wäre, vielleicht, ja, aber nicht als Unschuldiger. Wissen Sie, wie das ist? Es frisst einen von innen auf, es ist verkehrt …«

Er will es erklären, findet jedoch keine Worte. Er setzt neu an.

»Ich dachte, ich könnte mein Leben da wieder aufnehmen, wo ich es verlassen hatte. Ich könnte vergessen, was passiert ist, aber das kann ich nicht. Es ist wie ein Fels, der auf meiner Brust lastet. Ich habe Mühe zu atmen, zu schlafen und mit Leuten zu reden. Ich will mein altes Leben zurück.«

»Das ist vielleicht nicht möglich.«

»Vielleicht könnte ich meine Unschuld beweisen?«

»Was erwarten Sie von mir?«

»Hypnotisieren Sie mich. Erfahren Sie die Wahrheit.«

»So funktioniert Hypnose nicht, und die Ergebnisse sind vor Gericht nicht zugelassen.«

»Was ist mit einem Lügendetektortest?«

»Das Gleiche.«

Seine Schultern beben. Ich reiche ihm eine Schachtel mit

Papiertaschentüchern. Er zieht zu viele heraus und versucht unbeholfen, sie wieder hineinzustopfen.

»Ich spreche sehr gern mit Ihnen darüber, was Ihnen geschehen ist, Mitch, und ich helfe Ihnen auch gern, Bewältigungsstrategien zu entwickeln; aber Ihre Schuld ist aktenkundig. Sie haben Ihre Strafe abgesessen, sich Ihre Freiheit verdient. Nun müssen Sie sich wieder ein normales Leben aufbauen.«

Er antwortet nicht.

»Wo wohnen Sie?«

»In einer Pension. Ich habe einen Monat Zeit, etwas anderes zu finden.«

»Suchen Sie Arbeit?«

»Man hat mir ein paar Telefonnummern gegeben, aber niemand hat Bedarf.«

»Was machen Sie?«

»Früher war ich Cutter beim Film. Jetzt würde ich alles nehmen.«

Mein Telefon piept. Es ist eine Nachricht von Evie.

Ich bin von der Wahrheitspolizei verhaftet worden.
Du musst kommen und mich rausholen.

»Ich muss kurz telefonieren«, erkläre ich Mitch und trete in den Flur. Evie nimmt mit dem zweiten Klingeln ab.

»Was hast du gemacht?«, frage ich.

»Wieso gehst du davon aus, dass ich es war?«, erwidert sie streitlustig. »Vielleicht ist es nicht meine Schuld.«

»Was denn?«

»Der stellvertretende Direktor möchte dich sprechen.«

»Warum?«

Evie fängt an zu antworten, wird jedoch von jemandem angewiesen, das Telefon zu übergeben. Das tut sie widerwillig und ruft noch, »es war nicht meine Schuld«, bevor der stellvertretende Direktor den Hörer übernimmt.

Ich habe Richard Thorndyke schon persönlich kennengelernt. Er ist einer dieser großen breitschultrigen Typen mit einem zermalmenden Händedruck und einer schroffen Art. Er könnte ein Ex-Militär oder Reservist sein. Als ich Evies Anmeldung an dem College beantragt habe, hatte sie nicht die nötigen Qualifikationen, doch ich habe Mr Thorndyke erklärt, dass sie sehr intelligent ist, und ihm versprochen, dass sie regelmäßig zum Unterricht erscheinen und keinen Ärger machen würde. Berühmte letzte Worte.

»Dr. Haven, es tut mir leid, Sie zu stören, aber Evie hat einige der Schüler und Lehrkräfte gegen sich aufgebracht. Entsprechend unserer Linie zum kurzzeitigen Ausschluss vom Unterricht wird sie aufgefordert, in der nächsten Woche zu Hause zu bleiben.«

»Was hat sie gemacht?«

»Sie hat Ansichten geäußert, die für rassistisch gehalten wurden, und andere Schüler provoziert.«

»Habe ich nicht«, unterbricht Evie ihn.

»Wir sind ein sehr inklusives College und haben es uns zum Ziel gesetzt, eine sichere und fördernde Umgebung zu schaffen, in der Menschen frei ihre Meinung äußern können, ohne belästigt zu werden oder sich unwohl zu fühlen.«

»Verstehe.«

»Ich möchte sichergehen, dass ihr Verhalten sich nicht wiederholt. Vielleicht sollten wir eine Begutachtung durch andere Instanzen in Betracht ziehen.«

»Sie wird einen Entschuldigungsbrief schreiben.«

»Einen Teufel werde ich tun!«, sagt Evie.

»Ich werde dafür sorgen, dass es nicht noch mal vorkommt«, sage ich. »Ich hole sie ab.«

Mitch wartet immer noch in meinem Büro, wo er es geschafft hat, die Papiertaschentücher wieder in die Schachtel zu stopfen.

»Können Sie kleine Gelegenheitsjobs erledigen?«, frage ich. »Gärtnern? Anstreichen?«

»Ja.«

Ich schreibe meine Adresse auf die Rückseite einer Visitenkarte. »Kommen Sie morgen vorbei. So früh, wie Sie wollen. Tragen Sie alte Kleidung.«

Er blickt auf die Karte. »Andere habe ich eh nicht.«

13

Cyrus

»Er ist ein Faschist«, sagt Evie, die auf dem Beifahrersitz schmollt. Sie hat die Schuhe ausgezogen und ihre Füße auf das Armaturenbrett gelegt, was mich ärgert, aber ich lasse es durchgehen. Sie hat fast die ganze Fahrt über kein Wort gesagt. Manchmal dauert ihr Schweigen Tage und ist so unerklärlich und undurchdringlich, dass ich nicht herausfinden kann, was ich getan oder unterlassen habe.

»Du kannst Menschen nicht als Faschisten bezeichnen, bloß weil dir nicht gefällt, was sie sagen.«

»Und wenn sie Faschisten sind?«

»Du musst die Meinung anderer akzeptieren.«

»Sie respektieren meine auch nicht. Sie lachen mich aus.«

»Das ist bestimmt nicht wahr.«

»Immer wenn ich Ärger habe, fragst du sofort: ›Was hast du gemacht, Evie?‹ Du denkst nie, dass ich recht haben und die anderen sich irren könnten.«

Wir fahren am Wollaton Park entlang, wo die Blätter der Bäume rot und orangefarben leuchten.

Evie eröffnet eine neue Verteidigungslinie. »Du hast mir erklärt, ich würde Freunde finden. Du hast gesagt, ich würde unabhängiger und selbstbewusster werden. Du hast gesagt, die Schule würde mir lauter neue Möglichkeiten bieten, und ich könnte tun, was ich gern mache. Nun, ich habe keine Freundschaften geschlossen, und ich tue nicht, was ich gern mache.«

»Ich dachte, es würde dir helfen, aus deinem Kokon auszubrechen«, sage ich.

»Ich mag meinen Kokon.«

»Und eine neue Richtung zu finden.«

»Wieso brauche ich eine neue Richtung?«

»Um deine Karrieremöglichkeiten zu erweitern.«

»Ich will keine Karriere.«

»Was willst du denn mit deinem Leben anfangen?«

»Ich werde eine professionelle Nihilistin.«

»Ich meine es ernst.«

»Ich auch. Mach dir lieber Sorgen um dein eigenes Leben.«

»Was soll das heißen?«

»Du bist Single. Du hast Albträume. Dein Bruder ist ein Irrer. Du stemmst Gewichte, als wolltest du dich bestrafen. Du bist ein Psychologe, der keine Therapie dafür findet, was mit ihm selbst nicht stimmt.«

»Es geht nicht um mich.«

»Es geht nie um dich.«

Wir stehen vor einer roten Ampel. Evies Finger schweben über dem Türgriff, als würde sie erwägen zu fliehen. Wir schweigen eine Weile. Ich bin wütend, aber auch voller Reue. Ich sollte mich nicht auf diese Streitereien mit Evie einlassen. Ich vergesse, wie jung sie ist – und wie beschädigt.

Zu Hause springt sie aus dem Wagen und geht, ohne auf mich zu warten, ins Haus. Sie wird im Garten mit Poppy spielen, offenbar das einzige Wesen in ihrem Leben, das außerstande ist, sie zu enttäuschen. Ich wäre gern ein weiteres, aber ich bin hin- und hergerissen, ob ich ihr Freund oder ihr Beschützer sein soll.

14

Evie

Ein fremder Typ mäht den Rasen. Er trägt Jeans, ein kariertes Hemd und eine rote Wollmütze, mit der er aussieht wie ein Zwerg.

»Wer ist das?«, frage ich.

»Jemand, der Arbeit braucht«, antwortet Cyrus.

»Aber ich soll doch den Rasen mähen?«

»Wirklich?«

Nur Cyrus kann so viel Sarkasmus in ein einziges Wort legen und aus einer Frage eine Feststellung machen. Wir stehen in der Küche und gucken aus dem Fenster, während der Rasenmäher-Mann die Ränder des Gartens abfährt. Er ist Mitte dreißig und hinkt.

»Er heißt Mitch«, sagt Cyrus. »Er wird ein paar kleinere Arbeiten im Haus übernehmen. Er kann das Seitentor reparieren, die Fensterrahmen streichen und vielleicht deine Schlafzimmertür in Ordnung bringen.«

»Wo kommt er her?«

»Er war im Gefängnis.«

»Weshalb?«

»Ist das wichtig?«

»Für mich schon.«

»Er wurde wegen sexueller Nötigung verurteilt.«

»Und du willst, dass er meine Schlafzimmertür repariert?«

»Du hast gesagt, sie klemmt – und er hat seine Strafe abgesessen.«

Mitch bemerkt, dass wir ihn beobachten, stoppt den Rasenmäher und macht mit einer Hand eine Trinkbewegung.

»Er soll aus dem Schlauch trinken«, sage ich nervös.

»Er beißt schon nicht.«

»Davor habe ich auch keine Angst.«

Mitch kommt an die Tür. An seinen Schuhen klebt Grasschnitt. Er streift sie ab. In seinen Socken sind Löcher. Cyrus macht uns bekannt. Mitch nickt schüchtern.

»Wirst du mich vergewaltigen?«, frage ich.

»Evie!«, schimpft Cyrus. Er fängt an, sich bei Mitch zu entschuldigen, und erklärt mir, dass ich mich schämen soll, aber es ist die einzige Frage, die wirklich zählt, denn ich werde erkennen, wenn er lügt.

Mitch hält seine Mütze in beiden Händen. »Ich bin keine Bedrohung, Evie. Ich habe niemandem etwas getan.«

Cyrus sieht mich an und wartet, dass ich mich entschuldige. Ich frage mich plötzlich, ob er das Ganze arrangiert hat. Mitch füllt sein Glas noch einmal und trinkt. Ich bewege mich außerhalb seiner Hörweite und flüstere Cyrus zu: »Wie könnt ihr beide die Wahrheit sagen?«

»Was soll das heißen?«

»Du hast gesagt, er ist ein Vergewaltiger.«

»Er wurde wegen sexueller Nötigung verurteilt.«

»Also, wenn er schuldig ist, hat es ihm keiner gesagt.«

Ich sehe, dass Cyrus beunruhigt ist. Mitch spült sein Glas aus und stellt es auf den Geschirrständer.

»Ich mach mich dann wieder an die Arbeit.«

»Evie macht Ihnen später ein Sandwich«, sagt Cyrus.

»Ich kann mir im Laden eins kaufen.«

»Sie hat nichts dagegen«, erwidert Cyrus und stößt mich an.

»Ja, kein Problem«, sage ich, obwohl ich das Gegenteil meine.

Wenn Cyrus es nicht leiden kann, wenn ich lüge, warum zwingt er mich dann dazu?

Es klingelt. Cyrus weist mit dem Kopf zur Haustür und erwartet, dass ich öffne. Wer bin ich – Hausmädchen und Butler?

Ich blicke durch den Spion – Macht der Gewohnheit – und sehe die fischäugige Version eines Typen mit einem Bürstenschnitt, der seinen Kopf aussehen lässt wie eine Kegelkugel. Ich öffne die Tür.

»Wohnt hier Cyrus Haven?«, fragt er und mustert mich von oben bis unten. Ich bin immer noch im Schlafanzug.

»Wer sind Sie?«, frage ich verlegen.

»Detective Chief Inspector Hoyle.«

»Worum geht es?«

Er drängt an mir vorbei in den Flur und ruft Cyrus, der ihm erklärt, er solle in die Küche durchkommen. Es geht zu wie beim Tag der offenen Tür – jeder ist willkommen, Bullen *und* Verbrecher.

Cyrus schenkt Hoyle einen Kaffee ein. Ich mache mir eine Schüssel mit Müsli und tue so, als würde ich nicht zuhören. Mitch ist wieder in den Garten gegangen, wo Poppy ihm hinterherläuft. Hunde sind gute Menschenkenner.

»Foley ist gleich heute Morgen ins Kommissariat gekommen«, sagt Hoyle. »Er behauptet, er habe im Radio gehört, dass Maya Kirk vermisst wird.«

»Verschanzt er sich hinter juristischem Beistand?«

»Er ist in Begleitung einer Anwältin gekommen. Und er heißt in Wirklichkeit Anders Foley.«

»Es war ein Fake-Profil?«

»Er hat mehrere davon, dazu verschiedene Seiten in den sozialen Medien.«

»Der Typ ist ein Aufreißer.«

»Oder ein Jäger.«

»Was hat er gesagt?«

»Noch nichts. Ich lasse ihn schmoren. Ich möchte, dass Sie bei der Befragung dabei sind.«

Hoyle schaut aus dem Fenster, und im selben Moment blickt Mitch zum Haus. Die beiden scheinen sich anzustarren.

»Sie haben einen Gärtner engagiert. Haben Sie ihn schon lange?«

»Nein«, antwortet Cyrus.

»Wie haben Sie ihn gefunden?«

»Er hat ein Flugblatt durch den Türschlitz geworfen.«

Eine weitere Lüge. Und da beschwert er sich über mich.

Hoyles Wagen wartet vor der Tür. Cyrus zieht eine Jacke über und macht sich zum Aufbruch bereit.

»Was hast du heute vor?«, fragt er.

»Ich muss mir ein Kleid kaufen – für den neuen Job.«

Er öffnet sein Portemonnaie und nimmt einen Fünfzig-Pfund-Schein heraus. »Und du zahlst es mir zurück.«

Ich schiebe das Geld in meine Schlafanzugtasche und sehe ihm nach, als er den Weg hinunter bis zum Tor und dem wartenden Wagen geht. Hoyle öffnet die Hintertür, als würde er Cyrus verhaften.

In meinem Zimmer ziehe ich Jeans und ein Sweatshirt an, setze mich dann mit einem Becher Tee auf die Stufe vor der

Tür zum Garten und sehe Mitch bei der Arbeit zu. Er bleibt stehen, schaltet den Motor aus und kippt den Rasenmäher auf die Seite, um das feuchte Gras von den Klingen zu kratzen.

»Hast du wegen mir die Polizei gerufen?«, fragt er.

»Hä?«

»Der Detective in der Küche.«

»Ach, der. Cyrus arbeitet manchmal für die Polizei. Als Profiler. Sherlock-Holmes-Kram.«

Mitch wischt sich die Hände an der Jeans ab und stellt den Mäher wieder auf seine vier Räder.

»Du hast den Detective erkannt, oder?«

Er antwortet nicht.

»Er hat dich erkannt.«

Mitch zuckt die Schultern. »Uralte Geschichten.«

Er reißt an dem Seilzug. Der Rasenmäher springt stotternd an und übertönt meine nächste Frage.

15

Cyrus

Die Polizeistation in der Radford Road ist ein rotes Backsteingebäude, das nur durch einen Parkplatz und ein Brachgelände vom River Leen getrennt ist. Das Innere des Gebäudes entspricht seiner Fassade – eher solide und funktional als einladend. Die Vernehmungsräume liegen im Untergeschoss, neben den Aufnahmeräumen und den Arrestzellen.

Anders Foley wartet seit zwei Stunden. Ich höre, wie seine Anwältin sich beim Empfangssergeant über die Verzögerung beschwert, weil Zeit Geld sei und sie um zehn Uhr vor Gericht erscheinen müsse.

»Sie dürfen jederzeit gehen«, sagt der Sergeant.

»Mein Mandant wird mit mir gehen.«

»Das ist sein Recht, Madam.«

Das Wort »Madam« spricht er mit dem genau richtigen Maß an falschem Respekt aus, um die Anwältin wütend zu machen.

Anders Foley sitzt allein im Vernehmungsraum. Ich betrachte ihn eine Weile durch den Einwegspiegel und vergleiche ihn mit dem Mann, der auf seinen diversen Dating-Profilen beschrieben wird. Die meisten Menschen dehnen die Wahrheit, wenn sie diese persönlichen Werbetafeln erstellen. Foleys drei Profile sind alle verschieden formuliert, mit sorgfältig ausgewählten Bildern, um unterschiedliche Frauen zu interessieren und sein Netz so weit wie möglich auszuwerfen.

Seine Anders-Foley-Persönlichkeit ist ein »Action Man«, ein Alpha-Männchen, das Outdoor-Aktivitäten wie Bergklettern, Windsurfen und Triathlon mag. »Andrew Foley« beschreibt sich als schüchtern und nachdenklich; sein perfekter romantischer Abend besteht aus einem selbst gekochten Essen, um danach mit einem Glas Wein auf dem Sofa zu kuscheln und einen Film zu gucken. »Alex Foley« – derjenige, dem Maya geantwortet hat – ist ein Reisender und Abenteurer, der »sich gern in der Natur verliert und andere Kulturen erkundet«.

Keine dieser Beschreibungen scheint der Figur zu gleichen, die ich auf der anderen Seite der Scheibe sehe. Foley trägt Skinny Jeans und ein enges Hemd und ist zehn Jahre älter, als auf seinen Profilen angegeben. Er hat schütteres Haar, seine hohe Stirn ist ein Ödland, und seine Wangen sind von alten Aknenarben gezeichnet.

Lenny ist in den Observationsraum gekommen.

»Hat er auch über seinen Job gelogen?«, frage ich.

»Nein, er ist selbstständiger IT-Unternehmer. Arbeitet hauptsächlich für die Universität.«

»Irgendeine Verbindung zu Maya?«

»Nur die Dating-App.«

Hoyle betritt den Vernehmungsraum, begleitet von DS Edgar. Die Anwältin folgt ihnen. Sie ist groß und schlank mit eng am Kopf hochgestecktem Haar. Sie trägt einen dunkelgrauen Hosenanzug und eine weiße Bluse.

Foley steht auf und streckt lächelnd die Hand aus, als wäre er wegen einer privaten Verabredung hier. Keiner der beiden Polizisten nimmt das Angebot an.

»Ich weiß nicht, wie ich Ihnen helfen kann«, sagt er. »Ich kannte Maya kaum.«

»Wieso sprechen Sie in der Vergangenheitsform von ihr?«, fragt Hoyle.

Foley blinzelt ihn an. »Verzeihung?«

»Ist Maya Kirk tot?«

»Ich habe keine Ahnung …«

»Trotzdem haben Sie in der Vergangenheitsform über sie gesprochen.«

Foley fängt an zu stottern. »Das ist mir so rausgerutscht.« Er sieht seine Anwältin an und erhofft Anweisungen.

Giana Camilleri stellt sich vor. »Mein Mandant ist freiwillig hier. Er hat gehört, dass Mayas Name in einem Radiobericht erwähnt wurde, und sich gemeldet. Er möchte der Polizei in jeder erdenklichen Weise helfen.«

»Ist er deshalb in Ihrer Begleitung gekommen?«, fragt Hoyle.

»Er hat das Recht auf juristischen Beistand.«

»Ich hab Maya nur einmal getroffen«, sagt Foley. »Am Sonntagabend. Wir haben etwas getrunken. Wir haben geredet. Dann sind wir wieder getrennter Wege gegangen.«

»Wo haben Sie sich getroffen?«

»In einem Pub beim Fluss. Dem Canalhouse.«

»Wie lange sind Sie geblieben?«, fragt Hoyle.

»Ungefähr eine Stunde. Dann sind wir in die Stadt gelaufen und waren noch in ein paar anderen Bars. Eine war am Low Pavement. An den Namen kann ich mich nicht erinnern.«

»Wer hat das Date geplant?«, fragt Hoyle.

»Wir beide. Wir haben uns Nachrichten geschickt und telefoniert.«

»Worüber haben Sie gesprochen?«

»Das Übliche. Vorlieben, Abneigungen. Familie. Arbeit. Musik. Ich fand sie sehr locker und unkompliziert.«

»Hat Maya Ihnen erzählt, wo sie wohnt?«

»Nein.«

»Haben Sie außer Ihrem Austausch in der App noch auf andere Weise kommuniziert?«

»Ja, per SMS. Aber die hab ich gelöscht.«

»Warum?«

»Ich mochte Maya, aber die Chemie stimmte einfach nicht, wissen Sie? Das merkt man doch, oder? Ob es funkt. Mit Maya war das einfach nicht so.«

»Wann haben Sie das entschieden?«, fragt Hoyle.

»Beinahe sofort. Wir haben ein paar Gläser zusammen getrunken. Es hat nicht klick gemacht. Wir haben uns verabschiedet.«

»Maya ist allein gegangen?«

Er nickt nachdrücklich.

»Und das war das letzte Mal, dass Sie sie gesehen haben?«

»Ja.«

Hoyle nickt Edgar zu, der einen Laptop hervorzieht und in Foleys Richtung dreht. »Diese Aufnahmen wurden am Sonntagabend von einer Überwachungskamera gemacht.«

Lenny weist auf einen Desktopcomputer und ruft dieselben Bilder auf. Sie sind körnig und zu dunkel, aber man erkennt deutlich Maya, die auf einem Bürgersteig steht und versucht, die Arme in die Ärmel ihres Mantels zu schieben. Foley hilft ihr. Sie stolpert. Er hält sie fest.

»Wir haben auch Aufnahmen«, fährt Hoyle fort, »auf denen man Sie und Maya um kurz vor zweiundzwanzig Uhr beim Überqueren des St. Peter's Square sieht.«

Foley ist aufgewühlt. Seine beflissene Lockerheit ist einer defensiven Gereiztheit gewichen.

»Ja, okay, ich hab gehofft, dass zwischen uns doch noch was läuft. Ich hab Maya zum Essen eingeladen und vorgeschlagen, dass wir uns die Band von einem Kumpel ansehen. Sie spielen alle möglichen Cover – Dire Straits, Oasis, Blur und so Sachen. Maya war nicht interessiert.«

»Eben haben Sie gesagt, die Chemie hätte nicht gestimmt. Es hätte nicht gefunkt.«

»Wir hätten trotzdem einen netten Abend haben können.«

»Einen One-Night-Stand, meinen Sie?«

Foley antwortet nicht.

»Warum stolpert sie?«

»Sie hatte ein paar Gläser getrunken.«

»Werden wir in Ihrem Wagen Fingerabdrücke von ihr finden?«

Foley zögert und kommt zu einem Schluss. »Ich habe angeboten, sie nach Hause zu fahren. Das war das Mindeste, was ich unter den Umständen tun konnte.«

»Was für Umstände?«

»Sie war betrunken. Ich habe mir Sorgen gemacht.«

»Maya war in Ihrem Wagen?«

»Nur eine Minute. Sie hat gekotzt. Und ich hab sie rausgeworfen.«

»Sehr charmant«, sagt Edgar.

»Hey! Ich hab versucht, das Richtige zu tun.«

»Wann haben Sie sie zuletzt gesehen?«

»Sie ist zu dem Taxistand am Wheeler Gate gegangen.«

»Und dann?«

»Bin ich nach Hause gefahren.«

»Was ist mit der Band Ihres Kumpels?«

»Die ist ziemlich scheiße.«

Edgar lächelt, aber Hoyle findet es nicht lustig. Lenny hat etwas auf ein Stück Papier geschrieben, das sie einer Constable gibt. Kurz darauf klopft dieselbe Constable an die Tür des Vernehmungsraums und gibt Hoyle den Zettel. Er wirft einen kurzen Blick darauf und zerknüllt ihn. Dann schlägt er eine grüne Aktenmappe auf und liest von einem einzelnen Blatt ab.

»Erzählen Sie uns von Alice Shelley.«

Foley runzelt die Stirn und blickt zu seiner Anwältin.

»Im August vor zwei Jahren sind Sie mit Alice in den Sherwood Forest gefahren. An einer einsamen Stelle haben Sie angehalten und den Reißverschluss Ihrer Hose heruntergezogen. Alice hat erklärt, dass sie kein Interesse hat. Sie haben sie nicht beachtet, sondern angefangen zu masturbieren. Als Alice per Telefon Hilfe rufen wollte, haben Sie ihr Handy aus dem Fenster geworfen.«

Foley ist rot geworden, seine Schultern sind vorgewölbt. Er blickt zu seiner Anwältin und fleht stumm um Hilfe.

»Mein Mandant ist freiwillig hergekommen, um über Maya Kirk zu sprechen«, sagt sie. »Alle anderen Fragen sind irrelevant, es sei denn, Sie wollen ihn als Beschuldigten vernehmen.«

Hoyle ignoriert sie. »Alice war gezwungen, Ihnen zuzusehen.«

»Es war einvernehmlich«, widerspricht Foley.

»Sie haben die Wagentüren verriegelt. Sie haben ihre Kleidung besudelt und ihr anschließend ein Taschentuch gegeben, um sich abzuwischen.«

»Es war ein Missverständnis.«

»Sie haben sie gegen ihren Willen festgehalten.«

Camilleri steht auf. »Ich denke, das reicht. Entweder Sie fragen meinen Mandanten nach Maya, oder wir gehen.«

»Hat Maya Kirk auch Nein gesagt? Hat sie Sie wütend gemacht?«

»Mein Mandant wird keine weiteren Fragen beantworten«, sagt Camilleri. »Kommen Sie, Anders.«

Foley erhebt sich.

»Wir werden weitere Aufnahmen von Überwachungskameras finden«, sagt Hoyle. »Wir werden Ihr Leben auseinanderpflücken. Wenn wir herausfinden, dass Sie uns angelogen haben, werde ich persönlich Ihre Tür eintreten und Ihnen Handschellen anlegen.«

Anwältin und Verdächtiger sind gegangen. Hoyle betrachtet sein Bild im Spiegel und zuckt im Wissen um sein Publikum die Schultern.

»Irgendwelche Ideen?«, fragt Lenny.

»Er mag Frauen nicht besonders«, antworte ich.

»Sprichst du von Foley?«

»Nein.«

16

Evie

Ich besitze keine Kleider. Sie gehören zu meinem früheren Leben; dem Leben, in dem Männer und Frauen mir Sachen brachten, mich verkleideten und zwangen, eine Tochter, eine Waise, ein Straßenkind, ein Schulmädchen oder irgendeine andere Figur ihrer kranken Fantasien zu verkörpern.

Davor hatte ich vor allem aufgetragene Kleider von Agnesa, die immer zu groß waren, weil ich klein für mein Alter war. Die Schwächste des Wurfes, sagte Papa immer, aber auf eine nette Art. Agnesa hatte Kurven und hohe Wangenknochen, ich habe komische Ellbogen und Wimpern wie ein Lama.

Seit einer Stunde gucke ich in Schaufenster von Boutiquen, wandere zwischen den Geschäften im Victoria Centre hin und her und versuche, den Mut aufzubringen, irgendwo reinzugehen und etwas anzuprobieren. Schicke Läden schüchtern mich ein. Die pfauenhaften Verkäuferinnen, die Auswahl der Kleider, die gesichtslosen Schaufensterpuppen, die parfümierte Luft. Einige Boutiquen sind so elegant, dass mir schon ihr Betreten wie Hausfriedensbruch vorkommt.

Normalerweise mag ich Shopping-Malls – die Rolltreppen, die Brunnen und den Food Court, unendlich viele Dinge, die man kaufen kann. Ich habe einmal einen Film über einen Mann gesehen, der in einem Flughafen festsaß.

Er konnte nicht in sein Heimatland zurückkehren, deshalb wohnte er im Terminal. Er hatte alles, was er brauchte – Geschäfte, Spielautomaten, Freunde. Mir war schleierhaft, warum er dort wegwollte. Ich wäre für immer geblieben.

Mein Handy vibriert. Eine Nachricht meiner Dating-App. Ein Constable Lowry bittet dringend um Anruf. Wahrscheinlich Spam. Ich lösche die Nachricht.

Ich gehe weiter am Schaufenster der Boutique entlang, doch diesmal biege ich links ab und betrete den geheiligten Boden. Die Kleider sind ausgestellt wie Kunstwerke. Farblich abgestimmt und dekoriert. Die beiden Verkäuferinnen sehen abgemagert und maßlos gelangweilt aus.

»Hast du dich verlaufen?«, fragt die Ältere.

»Nein«, antworte ich und sehe mich in einem Spiegel – zerrissene Jeans, Kapuzensweatshirt und das Resultat meines missglückten Versuchs, mir Strähnchen zu färben. Sie halten mich für eine Ladendiebin oder eine Verschwendung ihrer Zeit.

»Ich schau mich bloß um«, murmele ich.

Ihre Kollegin ist jünger. Sie trägt Slingpumps, die ihren Hintern in dem engen schwarzen Kleid betonen. So was könnte ich nicht tragen. Würde ich auch nicht wollen.

»Ich bin Riviera«, sagt sie. »Ich bin deine Modeberaterin. Wenn du Hilfe wegen der Größe brauchst, kann ich …«

»Nein, ich komme zurecht«, sage ich, schiebe Bügel beiseite und tue so, als würde ich die Etiketten studieren. Die Verkäuferinnen beobachten mich.

Nach einer Weile nehme ich ein schlichtes schwarzes, tailliertes Kleid mit kurzen Ärmeln von der Stange.

»Das ist Größe achtunddreißig. Du brauchst sechsunddreißig«, sagt Riviera.

Ich hänge das Kleid zurück. Sie wählt ein anderes aus.

»Das ist eher ein Cocktailkleid. Mittlere Wadenlänge. Samt, plissiert. Ärmellos. Sehr sexy. Du könntest es anprobieren.«

Bevor ich antworten kann, hängt sie das Kleid über ihren Arm und führt mich zu den Umkleidekabinen. Einen Moment lang denke ich, sie will mitkommen und mir beim Ausziehen zusehen, aber sie weist auf eine Kabine. Ich verriegele die Tür und bin allein. Ich setze mich auf die Bank, um meine Schuhe aufzubinden und meine Jeans herunterzuziehen, was eine gefühlte Ewigkeit dauert. Ich kann mir vorstellen, wie die beiden Frauen über mich reden und kichern. Nur noch in Slip und BH, vermeide ich es, in den Spiegel zu blicken. Ich sehe mich nicht gern nackt oder in Unterwäsche. Ich mag meine blasse, fleckige Haut und die Brandnarben auf meinem Rücken nicht.

Ich ziehe den Reißverschluss des Kleides auf und streife es über den Kopf. Der Stoff gleitet über die Schultern und an meinem Körper hinunter. Ich greife nach hinten und ziehe den Reißverschluss hoch, streiche das Kleid mit beiden Händen über den Hüften glatt und wende mich zum Spiegel.

Einen Moment lang erkenne ich die Frau nicht, die zurückstarrt. Ich blinzele. Sie blinzelt. Ihre Füße sind nach innen gewandt. Genau wie meine. Ich streiche eine Strähne aus dem Gesicht. Sie auch.

Ein Bild blitzt in meinem Kopf auf. Ein auf einem Bett ausgelegtes Kleid. Ein Mann, der meine Schulter streichelt und sagt, ich solle es anprobieren. Ich spüre seine Fingerspitzen und seinen Atem in meinem Nacken. Meine Brust schnürt sich zu. Als würde ein Eisenband um meinen Körper gewickelt und vernietet.

Ich fasse den Saum des Kleides und ziehe es über den Kopf, ohne an den Reißverschluss zu denken. Er klemmt. Meine Arme stecken fest. Blindlings mühe ich mich ab, meinen Kopf durch den Kragen zu ziehen. Ich rieche meinen Atem. Ich spüre Hände, die mich berühren.

»Wie kommst du zurecht?«, fragt Riviera.

Ich grunze.

»Alles in Ordnung?«

Ich kämpfe mit dem Kleid, kralle mich an den Stoff, pralle gegen die Wände der Kabine. Das Schloss klappert.

»Kann ich reinkommen?«

Ich antworte nicht. Ich kann nicht. Ich bin in einen Nahkampf mit dem Kleid verwickelt, zerre an dem Kragen und schreie frustriert.

Jemand hat einen Schlüssel. Die Tür geht auf. Ich kann die Frauen nicht sehen, doch ich höre, wie sie versuchen, mich zu beruhigen. Eine von ihnen hat meine Schulter gepackt, die andere versucht, den Reißverschluss des Kleides herunterzuziehen. Ich wehre mich nicht mehr. Meine Haut ist feucht. Meine Gliedmaßen sind wie aus Pudding.

Plötzlich bin ich frei. Ich lasse mich auf die Bank sinken und umklammere meine Knie.

»Verdammt, ich hab mir einen Nagel abgebrochen«, sagt die abgemagerte Filialleiterin und lutscht an ihrem Finger.

»Vielleicht ist sie auf Drogen«, sagt Riviera. »Sollten wir einen Krankenwagen rufen?«

»Wir sollten die Polizei rufen. Schau dir das Kleid an. Es ist ruiniert.«

»Es tut mir leid«, flüstere ich. »Ich bin nicht wieder rausgekommen.«

»Tja, du musst für den Schaden bezahlen.«

»Wie viel kostet es?«

»Neunzig Pfund.«

»So viel habe ich nicht.«

»Warum hast du es dann anprobiert?«

»Sie hat es vorgeschlagen.« Ich zeige auf Riviera.

Wenn sie die Polizei rufen, wird die sich bei Cyrus melden – und ich muss es ihm erklären. Dann wird er mich wieder wie ein Kind behandeln und nie so ansehen, wie ich möchte, dass er mich ansieht.

»Ich habe fünfzig Pfund«, sage ich. »Den Rest kann ich in Raten abzahlen.«

»Du musst den Reißverschluss reparieren lassen«, sagt die Filialleiterin.

»Das ist okay«, sage ich, doch ich weiß, dass ich dieses Kleid nie tragen werde. Sie gibt mir eins dieser Jetzt-kaufen-später-zahlen-Formulare. Ich gebe einen falschen Namen und eine falsche Adresse an und erkläre, dass ich keine Bankkarte habe. Ich verspreche, am nächsten Tag zurückzukommen und meine Bankverbindung nachzutragen, doch das wird nicht passieren.

Sie nimmt den Fünfzig-Pfund-Schein, faltet das Kleid in Seidenpapier und verstaut es in einer Papiertüte, die wertvoller aussieht als der Inhalt.

»Viel Spaß mit deinem Einkauf«, sagt sie.

»Einen schönen Tag noch«, sagt Riviera.

Als ich die Boutique und das Victoria Centre verlasse, habe ich vor, die Tüte in den nächsten Mülleimer zu werfen. Dann bekomme ich ein schlechtes Gewissen und überlege, sie in dem Altkleiderladen der Hope Church abzugeben, doch ich bezweifle, dass irgendwelche Armen nach einem

Cocktailkleid in Größe sechsunddreißig mit einem kaputten Reißverschluss suchen.

Eine halbe Stunde später steige ich am Kreisverkehr Wollaton Vale aus einem Bus der Linie 36. Die Einkaufstüte steht in dem Fußraum zwischen den hinteren Sitzen und wartet auf eine geeignetere Besitzerin als mich. Eine, die von außen hübsch aussehen kann, ohne sich innerlich hässlich zu fühlen.

17

Cyrus

Die Staatsanwaltschaft von Nottingham hat Büros am King Edward Court, zwanzig Minuten Fußweg vom Crown Court entfernt. Die Anwälte, die sich mit Pferdehaarperücken in der Hand auf den Weg dorthin machen, sehen in ihren offenen schwarzen Roben aus wie Statisten für einen Harry-Potter-Film.

Ich warte auf Clara Siganda – eine Frau, die ich aus der weiterführenden Schule kenne, obwohl wir dort in den ersten vier Jahren kaum ein Wort miteinander gesprochen haben. Sie war einer der wenigen Menschen, die mich nach den Morden nicht anders behandelt haben. Im Biologieunterricht sollten wir uns einmal in Zweiergruppen aufteilen, und alle vermieden es, mich auszuwählen. Es wurde ein Endlosscherz, bis Clara mir auf die Schulter tippte und mich fragte, ob ich ihr Partner sein wollte.

»Soll das witzig sein?«, fragte ich wütend.

»Nein. Die sind ein Haufen Arschlöcher. Machen wir das jetzt oder nicht?«

Nach der Schule studierte Clara Jura an einer anderen Universität als ich, aber wir sind in Kontakt geblieben. Sie ruft meinen Namen vom oberen Treppenabsatz, klackert auf ihren Schuhen die glänzenden Marmorstufen herunter und küsst mich auf beide Wangen. Mit ihrer vollen Unterlippe und den fest geflochtenen Zöpfen sieht sie immer noch so jung aus, dass man nicht glauben kann, dass sie angehende Anwältin ist.

»Ich muss in vierzig Minuten bei Gericht sein«, sagt sie und zieht mich in ein Besprechungszimmer. Ein paar Minuten lang reden wir über gemeinsame Freunde und Feinde, Leute, an die wir uns aus unserer Schulzeit erinnern. Wer sein Coming-Out hatte. Wer ins Ausland gezogen ist. Wer geheiratet und Kinder bekommen hat. Clara fragt mich, ob ich mit jemandem zusammen bin. Ich bin mir nicht sicher, ob sie Small Talk macht oder Interesse hat, aber sie spielt in einer komplett anderen Liga als ich.

Nachdem der Tratsch erschöpft ist, faltet sie die Hände in ihrem Schoß. »Wie kann ich helfen?«

»Ich suche Informationen über einen alten Fall von sexueller Nötigung.«

»Wie lange ist es her?«

»Sechs Jahre.«

»Wurde Berufung eingelegt?«

»Nein.«

Sie tippt mit einem Finger an ihre Vorderzähne, während sie überlegt. »Vielleicht gibt es gar nichts mehr. Die Leute gehen immer davon aus, dass Unterlagen bis in alle Ewigkeit aufbewahrt werden, aber dem ist nicht so – es sei denn, der Prozess ist historisch bedeutsam oder war Gegenstand einer Berufungsverhandlung. Ansonsten besteht keine Notwendigkeit, die Beweismittel und Mitschriften zu archivieren. Ich kann nachsehen.«

Sie zieht sich eine Tastatur heran und loggt sich ein. »Wie hieß der Angeklagte?«

»Mitchell Coates.«

Eine neue Seite baut sich auf.

»Verurteilt wegen sexueller Nötigung und Körperverletzung.«

»Das ist er.«

Wir sehen das Original des Anklageprotokolls, in dem sein voller Name, sein Geburtsort, sein Beruf und sein Alter sowie das Datum seiner Verhaftung verzeichnet sind. Clara gibt die Fallnummer ein und ruft weitere Unterlagen auf.

»Es war ein Geschworenenprozess. Der Angeklagte hat auf nicht schuldig plädiert. Protokolle kann ich nicht finden, aber hier ist die erste Aussage des Opfers.«

Ich rutsche mit meinem Stuhl neben sie und lese das eingescannte handschriftliche Dokument. Die Verfasserin, Lilah Hooper, achtundzwanzig Jahre alt, wurde angegriffen, als sie von der Nachtschicht nach Hause kam.

Ich habe auf den Lichtschalter gedrückt, aber nichts ist passiert. Ich dachte, dass eine Sicherung durchgebrannt war. Ich rief Trevor, meinen Hund, der normalerweise immer ein großes Theater macht, wenn ich nach Hause komme. Ich hörte ihn im Schlafzimmer wimmern und wusste, dass irgendwas nicht stimmte.

Der Sicherungskasten ist in der Küche. Unter dem Waschbecken bewahre ich eine Taschenlampe und eine Schachtel Kerzen auf. Ich hätte mein Handy benutzen sollen, aber ich habe nicht nachgedacht. Als ich in den Schrank griff, hörte ich jemanden hinter mir. Bevor ich reagieren konnte, zog er mir einen Kissenbezug über den Kopf und stieß mich zu Boden. Er kniete auf meinem Rücken und bog meine Arme nach hinten. Ich spürte das Seil um meine Handgelenke. Eine Schlaufe wurde um meinen Hals gelegt. Wenn er sie fester zuzog, kriegte ich keine Luft. Ich flehte ihn die ganze Zeit an, dass er mich loslassen sollte, doch

er sagte nichts, kein einziges Wort, aber jedes Mal, wenn ich einen Mucks machte, zog er das Seil fester und schnitt mir die Luft ab.
Ich muss ohnmächtig geworden sein, denn als ich wieder zu mir kam, lag ich, den Kissenbezug immer noch über dem Kopf, mit weiteren Fesseln um Arme und Beine nackt auf dem Bett. Ich schaffte es, mich vom Bett zu rollen und so lange gegen die Wand zu treten, bis mein Nachbar mich hörte.

Lilah war neun Stunden gefesselt und geknebelt gewesen. Mitchell Coates wohnte einen Stock über ihr. Er befreite Lilah, rief die Polizei und begleitete sie ins Krankenhaus. Mitch wurde erst Wochen später als Verdächtiger genannt, nachdem Lilah ihre Aussage korrigiert und erklärt hatte, dass sie ihren Angreifer am Geruch erkannt habe, weil sie einmal mit Mitch geschlafen hatte – ein betrunkener One-Night-Stand, den die Polizei als Motiv für den Angriff benutzte.

Ich kann mir vorstellen, wie die Ermittlung verlaufen ist. Achtzig Prozent aller Sexualdelikte werden von Personen begangen, die das Opfer kennen. Freunde. Bekannte. Nachbarn. Ex-Partner. Verwandte. Mitch war vermutlich sofort in Verdacht geraten, weil er Zutritt zu Lilahs Wohnung hatte. Er fütterte ihren Hund. Er ließ die Wohnungstür unabgeschlossen, weil Lilah häufig ihre Schlüssel vergaß. Man fand DNA-Spuren von ihm an dem Kissenbezug und der Bettwäsche. Seine Fingerabdrücke wurden in ihrem Schlafzimmer und an anderen Stellen in der Wohnung sichergestellt. Er gab zu, dass er bei Lilah ferngesehen hatte, weil sie einen Flachbildschirm besaß und ihm der Hund leidgetan habe.

Clara blickt auf ihr Handy. »Ich muss los. Ich darf dich hier nicht allein lassen.«

»Schon in Ordnung.«

»Warum interessiert dich das so?«

»Ich hab den Typen getroffen. Er sagt, er sei unschuldig.«

Sie lacht. »Das sagen sie alle.«

»Ja, aber eine Freundin von mir glaubt, es könnte die Wahrheit sein.«

»Und sie irrt sich nie?«

»Bis jetzt noch nicht.«

»Wie war das Shoppen?«, frage ich Evie, als ich sie zusammengerollt in einer Sofaecke antreffe. Sie sieht fern und spielt gleichzeitig ein Spiel auf ihrem Handy. Multitasking im digitalen Zeitalter.

»Gut«, sagt sie.

Das ist ihre Universalantwort und könnte bedeuten, dass sie beinahe gestorben wäre, den fantastischsten Tag ihres Lebens hatte oder irgendetwas dazwischen.

»Hast du ein Kleid gekauft?«

»Nein.«

»Warum nicht?«

»Kleider sind blöd.«

»Was ist mit deinem Job?«

»Was kümmert es dich?«, faucht sie. »Du wolltest doch eh nicht, dass ich in einer Bar arbeite.«

Irgendwas muss passiert sein, aber Evie wird nicht darüber sprechen. Wenn ich sie zu hartnäckig bedränge, wird sie mir vorwerfen zu schnüffeln, zu nerven und ihr zu misstrauen. Das ist das Seil, auf dem ich balanciere, wenn ich ihr Ratschläge gebe, schwankend zwischen meinem Bedürfnis, sie zu beschützen, und der Notwendigkeit, ihr den Raum zu lassen, ihre eigenen Fehler zu machen und daraus zu lernen.

Heute ist »Lieferdienst-Dienstag«, der an einem Mittwoch stattfindet, weil Evie gestern Abend nicht mit mir geredet hat. Einmal pro Woche lassen wir uns Essen bringen und probieren verschiedene internationale Gerichte aus. Der größte Reiz an einem Lieferdienst-Dienstag besteht für Evie darin, dass sie nicht sauber machen muss. Ein weiterer unnötiger Konflikt, den ich vermeide.

»Was essen wir heute?«, frage ich.

»Fish and Chips.«

»Das ist aber nicht direkt internationale Küche.«

»Fische kennen keine Grenzen.«

»Habt ihr in Albanien auch Fisch gegessen?«

»Ich kann mich nicht erinnern.«

»Hattest du ein Lieblingsessen?«

»Nein.«

Der Tonfall ist eindeutig. Sie will nicht, dass ich weiter bohre.

Als das Essen kommt, essen wir unsere Fish and Chips von Zeitungspapier, laut Evie die »traditionelle« Art, aber es bedeutet auch weniger Teller zum Abwaschen. Das Schweigen lastet auf uns beiden. Normalerweise hat Evie zwei verbale Grundeinstellungen – einsilbige Antworten oder bewusstseinsstromartige Monologe, bei denen sie scheinbar durch die Ohren atmet.

Plötzlich sprudelt sie los.

»Ich konnte kein Kleid finden, das mir gefallen hat. Eins, in dem ich mich nicht gefühlt habe wie die Fantasie irgendeines Mannes, eins, das mich nicht verlegen gemacht und mir das Gefühl gegeben hätte, dass die Leute mich anstarren.«

»Verstehe.«

»Was soll das heißen?«

»Nichts.«

»Sonst hast du nichts zu sagen?«

»Nein.«

Poppy sitzt geduldig neben dem Tisch und wartet auf Pommes. Evie lässt eine auf den Boden fallen.

Ich mache eine Bemerkung darüber, dass Labradore zu Fettleibigkeit neigen, und Evie wirft mir Body-Shaming gegen ihren Hund vor.

»Musst du ein Kleid tragen?«, frage ich.

»Er hat gesagt, etwas Schickes.«

»Soll ich dir helfen?«

»Nein. Ich suche mir einen anderen Job.«

Ich weiß nicht, ob sie will, dass ich sie umstimme oder ihr zustimme. Stattdessen wechsele ich das Thema.

»Dieses Wochenende kommt Elias zu einem Tagesbesuch. Rampton hat mir eine E-Mail geschickt. Er wird von zwei Mitarbeitern des Personals begleitet. Du musst nicht hier sein.«

Sie sieht mich von der Seite an. »Bin ich dir peinlich?«

»Nein.«

»Und warum kann ich ihn dann nicht treffen? Du hast gesagt, es ginge ihm besser.«

Das habe ich gesagt, aber ich weiß nicht, ob ich diese Worte noch einmal so formulieren könnte. Je näher Elias' Entlassung rückt, desto weniger sicher bin ich mir, dass ich ihn wieder in meinem Leben haben will. Ich habe Menschen in meiner Lage beraten. Ich habe ihnen erklärt, dass Vergebung kathartisch und befreiend sein kann. Hass, Verbitterung und Feindseligkeit können sich auflösen wie eine Last, die einem vom Herzen genommen wird. Gleichzeitig kann Vergebung auch vorschnell geschehen. Sie kann jemanden vor dem absoluten Grauen seiner Taten schützen. Statt einer Gnade wird sie zur Verschleierung, ein Wundermittelchen und keine Heilung.

»Ist das dein Telefon?«, fragt Evie.

Es klingelt auf dem Beistelltisch im Flur.

Lennys Name leuchtet auf dem Display auf.

»Hat sich die Polizei bei dir gemeldet?«, fragt sie.

»Du bist die Polizei.«

»Verarsch mich nicht, Cyrus. Du *kanntest* Maya Kirk.«

»Wovon redest du?«

»Dein Name ist in ihren Kontakten aufgetaucht.«

18

Cyrus

Lennys Bungalow wurde in den 1930ern gebaut und grenzt an Colwick Wood, ein Naturschutzgebiet im Osten der Stadt. Ihr Mann Nick öffnet die Tür. Er trägt eine Schürze, die aussieht, als gehörte sie einem Kind, weil er so groß ist, mit Unterarmen wie ein Profiringer. Laut Lenny ist er auch der behaarteste Mann der Welt, deshalb nennt sie ihn »Bär«.

Nick ist fünfzehn Jahre älter als sie und seit Kurzem im Ruhestand. Er hat angefangen, selbst Bier zu brauen, worüber Lenny sich beschwert, weil ihre Garage nach fermentierendem Hopfen stinkt, aber sie sagt das mit so viel Weichheit und mütterlichem Kummer, dass ich weiß, sie ist nicht richtig wütend. Sie würde Nick beinahe alles verzeihen, mit Ausnahme von Untreue und Mord, und bei Letzterem bin ich mir auch nicht sicher.

Er ruft über die Schulter die Treppe hinauf: »Es ist für dich – hab ich dir ja gesagt.« Und dann zu mir: »Hi, Cyrus.«

Ich folge ihm in die Küche, wo er leere Bierflaschen spült.

»Mein Vater hat Bier gebraut«, sage ich, was eine Reihe von Fragen nach sich zieht, die ich nicht beantworten kann. Hat er Stout oder Lager gebraut? Hat er Geschmackszusätze benutzt? War sein Fass aus Edelstahl, Kupfer oder Plastik?

»Da fragst du den Falschen«, sage ich. »Mit dreizehn mochte ich kein Bier.«

»Aber jetzt«, sagt er. »Möchtest du mal probieren?«

Er reiht bereits mehrere kleine Gläser auf einem geschliffenen Holzpaddel auf.

»Das ist kein privater Besuch«, sagt Lenny, die die Treppe heruntergekommen ist.

Nick wirkt enttäuscht. »Vielleicht später. Ich kühle die Gläser vor.«

Lenny führt mich ins Wohnzimmer, in dem eine Wand ausschließlich von Vinylalben eingenommen wird. Schmuckstück ist ein Schallplattenspieler mit einem aufklappbaren Glasdeckel und teure Boxen links und rechts davon.

Lenny weist auf eines der Sofas. Auf dem Kaminsims stehen Fotos von der Examensfeier ihrer Stiefsöhne.

Ihre Stimme klingt heiser und barsch. »DCI Hoyle ermittelt gegen dich.«

»Weshalb?«

»Kennst du Maya Kirk?«

»Nein.«

»Falsche Antwort.«

Ich werde langsam ärgerlich. Lenny wischt über ihr Handy und hält mir das Display hin. Ich starre auf ein Foto von mir selbst. Ich bin im Garten und wasche Poppy unter dem Schlauch. Mein Hemd ist klitschnass und klebt an meiner Haut, sodass man unter dem Stoff die Umrisse meiner Tattoos erkennt.

Ich erinnere mich, wann es gemacht wurde. Poppy hatte sich im Park in irgendwas Verfaultem gewälzt. Evie musste von dem Gestank würgen, deshalb habe ich den Labrador gewaschen.

Unter dem Foto steht ein Text:

Cyrus, 33

• 2 Meilen entfernt

Ich bin 1,80 Meter groß, emotional verfügbar, und das letzte Mal, dass ich jemandes Typ war, war beim Blutspenden. Ich finde mich lustig, aber das sehen nicht alle so. Ich verbringe meine Zeit damit, Menschen zu retten, aber manchmal muss ich selbst gerettet werden. (Außerdem schreibe ich lahme Profile.)

Es gibt zwei weitere Fotos. Eins zeigt mich mit einer Zange in der einen und einer Bierflasche in der anderen Hand am Grill. Auf dem dritten trage ich einen Blazer und habe mein Haar gegelt. Das Bild ist abgeschnitten worden, um die zweite Person auf dem Foto zu entfernen – meine letzte Freundin Sacha Hopewell, die wieder in London ist, wo sie sich um ihre alten Eltern kümmert.

Lenny klappt ihren Laptop auf und dreht den Bildschirm in meine Richtung.

»Das Unternehmen, das die Dating-Seite betreibt, hat uns kompletten Zugriff auf Maya Kirks Profil eingeräumt, einschließlich der Personen, mit denen sie gematcht und direkt kommuniziert hat. Du hast zweimal mit ihr gechattet.«

Ich lese die Nachrichten.

Maya hat getippt:

Welches Sternzeichen bist du?

Schütze.

Die können schwer zu durchschauen sein.
Woher weiß ich, ob du dich in mich verknallst?

Das ist leicht. An meinen roten Ohren.

OMG, du bist ja süß.
Was machst du gerne.

Joggen. Lesen. Fallschirmspringen.
(Das stimmt nicht. Ich habe Höhenangst.)

Hast du mich gerade angelogen?

Zum letzten Mal. (Großes Ehrenwort.)

Ich starre auf den Bildschirm. Sprachlos. Perplex.

»Nach dem zweiten Austausch hat Maya ein Treffen vorgeschlagen. Du hast sie abgewimmelt«, sagt Lenny.

»Das ist nicht geschehen.«

»Welcher Teil?«

»Gar nichts von all dem. Das ist nicht mein Profil. Ich habe es nicht erstellt.«

»Es sind Fotos von dir.«

»Ja, aber die können auch von Instagram oder Facebook geklaut sein.«

»Hast du bei einem von beiden ein Konto?«

»Nein. Aber das bin nicht ich. Ich würde keine Dating-App benutzen.«

»Du behauptest, jemand hätte deine Identität gestohlen«, sagt Lenny.

»Offensichtlich.«

»Wieso?«

»Ich weiß es nicht.«

Lenny erhebt sich müde und geht zu dem Gaskamin. Meine Gedanken eilen ihren voraus, während ich versuche, die Puzzlestücke zusammenzufügen. Ich betrachte den kurzen Austausch erneut. Die Nachrichten klingen kitschig, kokett und jung. Mir kommt ein Gedanke. Ich möchte ihn beiseiteschieben oder ganz verdrängen, doch er taucht immer wieder auf wie eine Gummiente, die man in einer Badewanne versenken will.

Das Foto von mir, auf dem ich im Garten Poppy wasche, hat Evie gemacht … genau wie das von mir am Grill. Sie hat Zugriff auf mein Handy … meinen Laptop. Mein Passwort hatte sie nach vierundzwanzig Stunden erraten.

»Wohin willst du?«, fragt Lenny. Ich bin schon halb aus dem Zimmer.

»Ich geh das klären.«

»Du musst mir dein Telefon geben.«

»Nimm es«, sage ich und werfe es auf das Sofa.

Lennys eigenes Handy zwitschert in der Gesäßtasche ihrer Jeans. Sie möchte, dass ich warte, aber ich bin schon aus der Tür und auf halbem Weg zu meinem Wagen. Sie folgt mir nicht.

Auf der Heimfahrt versuche ich, mich zu beruhigen. Ich sage mir, dass Evie wegen der Dinge, die sie erlitten hat, die Regeln von Freundschaften und Beziehungen nicht versteht. Gleichzeitig bin ich es leid, Ausreden für sie zu erfinden. Sie will behandelt werden wie eine Erwachsene, trotzdem benimmt sie sich weiter wie ein Kind.

Ich bin fast zu Hause, als ich das Blaulicht hinter mir

sehe. Ein Polizeiwagen. Einen Moment lang überlege ich, ob ich zu schnell gefahren bin oder ob Lenny mich verhaften lässt, weil ich ihr Haus ohne Erlaubnis verlassen habe.

Gegenüber dem Wollaton Park halte ich am Straßenrand. Die Lichter flackern über den Eisenzaun, die Sträucher und efeubewachsenen Mauern. Die Hände aufs Lenkrad gelegt, warte ich und blicke in den Rückspiegel. Ich beobachte, wie statt eines uniformierten Beamten Hoyle auf der Beifahrerseite aussteigt, seine Hose hochzieht und im Rückspiegel größer wird, als er auf meinen Wagen zugeht. Ich lasse das Fenster herunter. Er legt den Unterarm auf die Tür.

»Cyrus Haven. Sie sind festgenommen wegen der Verschwendung polizeilicher Arbeitszeit und Behinderung einer Ermittlung.«

19

Cyrus

Eine Hand schützt meinen Hinterkopf, als ich auf die Rückbank des Streifenwagens rutsche. In Handschellen. Unter Protest, der ignoriert wird. Während der Fahrt in die Radford Road schweigt Hoyle beharrlich. Dort werde ich erkennungsdienstlich behandelt und in einen Vernehmungsraum geführt. Eine öffentliche Parade – Teil meiner Demütigung. Allein in dem spartanischen Raum, warte ich auf Hoyles Rückkehr. Er weiß mit Sicherheit, dass ich Maya Kirk nicht entführt und ihren Vater nicht ermordet habe, doch er benutzt es, um Lenny zur Seite zu drängen oder von eigenen Fehlern abzulenken.

Die Tür geht auf. Er kommt mit Edgar zurück. Die beiden Detectives nehmen mir gegenüber Platz.

»Benötigen Sie die Dienste eines Anwalts?«, fragt Hoyle.

»Nein, Sir.«

Er schaltet das Aufnahmegerät ein und stellt alle Anwesenden vor.

»Bevor Sie weitermachen, ich kann es erklären«, sage ich. »Jemand hat meine Identität gestohlen. Ich habe kein Dating-Profil eingerichtet. Ich habe nicht mit Maya Kirk kommuniziert. Ich habe Detective Superintendent Parvel mein Telefon übergeben und werde in jeder Weise kooperieren.«

»Wo waren Sie am vergangenen Sonntagabend?«

»Zu Hause.«

»Allein?«

»Ich habe eine Mitbewohnerin. Sie war mit mir dort.«

Hoyle wirft einen Blick auf seine Notizen. »Evie Cormac?«

»Ja.«

»Sie ist ein kleines Mysterium, nicht wahr? Ich konnte keinerlei Details über Miss Cormac finden. Keine Geburtsurkunde. Keinen Pass. Keine Schulunterlagen.«

»Sie war ein Mündel des Gerichts.«

»Aber jetzt ist sie volljährig.«

»Die Schutzmaßnahmen bestehen fort.«

»Warum?«

»Die Beantwortung dieser Frage würde den Sinn der Schutzanordnung wohl eher unterlaufen«, sage ich. »Ihre Vergangenheit soll unbekannt bleiben.«

»Ist DSU Parvel eingeweiht?«

»Ja, Sir.«

»Dann können Sie es auch mir erzählen.«

»Nein, Sir.«

Das provoziert Hoyles flammenden Zorn, doch er beherrscht sich.

Ich höre Lennys Stimme schon, bevor sie hereinkommt. Sie betritt den Raum wie eine Eichel und breitet sich aus wie ein Eichenbaum. Mit einem Mal wirkt alles kleiner. Ich nehme an, dass sie hier ist, um mich zu retten oder eine feurige Verteidigungsrede zu halten, doch sie würdigt mich keines Blickes.

»Ein Bauer hat in der Nähe von Newstead Abbey eine Leiche gefunden. Erste Anzeichen deuten darauf hin, dass es sich um Maya Kirk handelt.«

Hoyle und Edgar unterbrechen sofort die Vernehmung.

Lenny macht mir ein Zeichen. »Du kommst mit.«

»Er ist vorläufig festgenommen«, protestiert Hoyle.

»Als ich zuletzt nachgeschlagen habe, war Dummheit noch nicht strafbar«, sagt Lenny. »Sonst wären wir unterbesetzt.«

»Das ist *meine* Ermittlung.«

»Und ich bin ranghöher. Beschweren Sie sich beim Chief Constable.«

Es ist Anfang November, die Nachttemperaturen sind einstellig geworden. Vom sternlosen Himmel fällt leichter Regen, als ein Konvoi von Polizeifahrzeugen über schmale ländliche Straßen fährt, sich durch unübersichtliche Kurven und über buckelige Brücken schlängelt.

Wir biegen in einen Feldweg, das führende Fahrzeug fährt in ein Schlagloch, Stein kratzt an Metall. Der Constable am Steuer entschuldigt sich, bremst jedoch nicht ab. Stattdessen holpern und schlingern wir weiter über den verschlammten Weg, der der Böschung eines Entwässerungsgrabens folgt. Hin und wieder sehe ich ein gepflügtes Feld, eine Baumgruppe oder Lichter eines Bauernhauses in der Ferne.

Vor uns taucht ein einzelner Baum auf, der von unten beleuchtet ist, als würde unter seinen Ästen jemand zelten. Gestalten werfen Schatten. Polizisten. Mitarbeiter der Spurensicherung. Wir fahren durch ein weiteres Tor, überqueren einen Kanal und bleiben am Rand der beleuchteten Fläche stehen. Der Baum ist eine uralte Eiche, die im Licht der Scheinwerfer weiß aussieht.

Ich gehe neben Lenny an der östlichen Böschung des Grabens entlang. Das Wasser stinkt nach Chemikalien – eine

Mischung aus Düngemittel und Dung. Hoyle stapft immer noch knurrend vor uns her.

»Eure Leute sind sich sicher, dass es Maya ist?«, frage ich.

»Sie hat ein Vogel-Tattoo auf der Schulter.«

Wir erreichen den Baum, wo Pflugscharen eine tränenförmige Erhebung aus fester Erde um den Stamm hinterlassen haben. Nackte Äste ragen über den Kanal, das Wasser ist schwarz wie ein Ölsumpf und schluckt das Licht. Eine Gestalt in einem blassblauen Overall watet vorsichtig durch Schlamm und Schilf zu einem Lumpenbündel.

»Ich brauche weitere Beweismittelbeutel«, ruft er in das helle Licht. Seine John-Lennon-Nickelbrille blitzt, wenn die Gläser das Licht einfangen. Er trägt einen Sicherheitsgurt, der am anderen Ende um die Hüfte eines weiteren Kriminaltechnikers gewickelt ist. Erst auf den zweiten Blick erkenne ich, dass es sich dabei um die Frau handelt, die ich auf der Treppe des Mordhauses getroffen habe, Cassie Wright.

Der Mitarbeiter im Wasser hebt die Kamera und konzentriert sich auf ein Detail. Das Blitzlicht hinterlässt einen tanzenden weißen Punkt auf meiner Netzhaut. Jemand hängt einen Clip an das Sicherungsseil, und die Beweismittelbeutel gleiten in die wartenden Hände des Technikers. Er geht in die Hocke, hebt mit behandschuhten Fingern eine Getränkedose auf und steckt sie in einen Beutel.

Am Rand des Grabens gesellt sich Robert Ness zu uns, leitender Gerichtsmediziner des Innenministeriums, der hinter seinem Rücken Nessie genannt wird, allerdings nie offen, weil er 1,90 Meter groß ist und über neunzig Kilo wiegt. Bevor ich ihn kennengelernt habe, habe ich angenommen, er sei Schotte, doch seine Eltern sind Jamaikaner, und er spricht mit einem Liverpooler Akzent.

»Ich hätte es auch selbst gemacht, aber es ist eine Frage der Körpermasse«, sagt er und zeigt aufs Wasser. »Wir haben Voigt geschickt. Er selbst ist entbehrlich, aber wenn er die Kamera fallen lässt, mach ich aus seinen Innereien Strumpfbänder.«

Die Beine leicht gespreizt in den Boden gestemmt bemüht Voigt sich, das Gleichgewicht zu wahren, während er langsam in die Hocke geht.

»Wenn er da reinfällt, braucht er mehr als eine Tetanusauffrischung«, bemerkt Lenny.

Mein Blick bleibt an einem weggeworfenen Autoreifen und dem Lumpenbündel hängen, die vor ihm im Wasser liegen. Bei näherem Hinsehen erkenne ich, dass es sich bei den Lumpen um eine Plane handelt. Voigt schlägt sie vorsichtig zurück, enthüllt die Leiche und berichtet zum Ufer rufend Einzelheiten.

»Eine weiße Frau. Mitte dreißig. Sie hat keine Haare.«

»Wiederholen Sie das«, fordert Hoyle ihn auf.

»Ihr Kopf ist kahl geschoren.« Voigt bewegt sich um die Leiche. »Ohrstecker. Lackierte Fingernägel. Dezente Farbe.«

»Da links – neben Ihrem Knie«, ruft Ness.

Voigt folgt seiner Anweisung und bückt sich, um eine Chipstüte aus dem Wasser zu fischen, die er in einem Beweisbeutel versiegelt. Nach jeder Bewegung sucht er erst seinen Schwerpunkt, bevor er ein Foto macht oder eine Probe nimmt.

Der Einsatzleiter der Spurensicherung, Craig Dyson, steht hinter Ness und wartet auf Anweisungen.

»Wir brauchen eine Trage und Führungsseile, um die Leiche zu bergen«, sagt der Gerichtsmediziner. »Die können Sie an den Ästen des Baumes befestigen. Vielleicht sollten Sie auch eine Winde holen.«

Dyson beginnt, die entsprechenden Vorkehrungen zu treffen.

Ness mustert die Umgebung. »Nach dem Regen wird es noch schwerer sein, Fußabdrücke und Reifenspuren zu sichern.«

»Wer hat die Leiche gefunden?«, frage ich.

»Ein Bauer aus der Gegend.« Er zeigt auf eine Erhebung in der Ferne. »Er hat gestern Abend ein Fahrzeug auf dem Feldweg gesehen. Er dachte, es wären Teenager, die hier Party gemacht haben. Er hatte es ganz vergessen, bis heute Nachmittag. Als er die Zäune kontrolliert hat, fing sein Hund an zu bellen.«

Ich spähe in die Dunkelheit, wohl wissend, dass ich vielleicht zurückkehren und den Ort bei Tageslicht sehen muss, um markante Punkte und Sichtlinien zu begreifen.

»Wohin führt dieser Feldweg?«, frage ich.

»Zu einer verlassenen Scheune.«

»Was ist mit diesen Gebäuden dort?« Ich zeige zur anderen Seite des Feldes, wo ich die Umrisse von Dächern ausmachen kann.

»Schweineställe«, sagt Ness. »Deshalb auch der Gestank.«

Ich kann mir die Geschichte der Gegend vorstellen – Kleinbauern und Familienhöfe, die geschluckt und zu einer Mega-Farm umgewandelt worden sind. Industrielle Agrarproduktion, das sich wandelnde Gesicht der britischen Landschaft.

Unter uns hat Voigt sich in dem Graben nach vorn gebeugt, um eine Nahaufnahme von Maya Kirks Gesicht zu machen.

»Sie hat etwas um den Hals«, ruft er und bittet Cassie, mehr Seil nachzulassen. Er verlagert sein Gewicht, doch Cassie ist zu langsam. Voigt rutscht aus. Er versucht, sich zu fangen, und scheint einen Moment lang mit rudernden Armen auf der Stelle zu laufen, doch es gibt keine Rettung. Die Schwerkraft gewinnt. Er fällt ins Wasser, sinkt unter die faulige Oberfläche und taucht hustend und spuckend wieder auf.

»Scheiße!«, sagt Ness. »Holt ihn raus.«

Leute klettern die Böschung hinunter, fassen sich an den Händen, bilden eine Kette, um Voigt aus dem Wasser zu ziehen. Schlamm und Gräser tropfen von seinem Körper, während er sich spuckend und hustend die Augen abwischt und Cassie einen wütenden Blick zuwirft.

»Es war nicht meine Schuld«, erklärt sie und unterdrückt ein Lachen. »Du bist ausgerutscht.«

»Und haben dabei meinen Tatort kontaminiert«, sagt Ness.

Voigt schält sich beleidigt aus seinem Overall und wird in eine Rettungsdecke gewickelt. Seine Brillengläser sind schlammverschmiert, seine Zähne klappern. Ein zweiter Kriminaltechniker bietet an, ins Wasser zu gehen, ein dritter watet ans andere Ufer und bindet ein Führungsseil an, das straff gezogen wird. Ness blickt ungeduldig zum Himmel, weil er weiteren Regen befürchtet.

Ich entferne mich ein Stück von dem hellen Licht und versuche, die Abfolge der Ereignisse zu rekonstruieren. Der Mörder hat sich wenig Mühe gegeben, Mayas Leiche zu verbergen. Er wusste, dass sie gefunden werden würde. Aber warum dieser Ort? Und warum hat er sie abgeladen wie Müll?

Das Scheren von Mayas Haar beschäftigt mich ebenfalls. Vielleicht hat er Spuren seiner DNA beseitigt oder es als Souvenir genommen. In der Geschichte von geschlechtsbezogener Gewalt war das Abschneiden der Haare einer Frau häufig eine Maßnahme, um das Opfer zu entmenschlichen oder zu demütigen, es auszusondern.

Lenny unterbricht meine Gedanken.

»Hier gibt es für uns nichts mehr zu tun«, sagt sie. »Ich fahre dich nach Hause.«

Sie hat recht. Die Szenerie gehört den Forensikern. Als wir den Wagen erreicht haben, lässt uns eine Stimme den Kopf wenden. Voigt joggt, immer noch in die Rettungsdecke gewickelt, auf uns zu.

»Können Sie mich vielleicht mit in die Stadt nehmen?«, fragt er und redet Lenny mit »Ma'am« an.

»Ich bin keine Madam«, erwidert Lenny. »Sie nennen mich Chef oder DSU Parvel.«

Voigt stottert eine Entschuldigung.

»Wie heißen Sie?«, fragt Lenny.

»Stephen Voigt.«

»Wollen Sie mein schönes sauberes Polizeiauto versauen, Voigt?«

»Nein, Ma'am, Sir, Chef … Ich könnte auf meiner Decke sitzen.«

Die vier Blinker leuchten gleichzeitig auf. Voigt setzt sich neben mich auf die Rückbank und entschuldigt sich für den Gestank. Lenny öffnet das Fenster einen Spalt, und wir fahren schweigend, bis wir die geteerte Straße erreicht haben.

Die Fahrt zurück nach Nottingham fühlt sich weniger gehetzt an als die Hinfahrt.

»Wie lange arbeiten Sie schon für die Spurensicherung?«, frage ich.

»Zwölf Jahre.«

»Dafür sehen Sie nicht alt genug aus.«

»Ich war noch in der Schule, kurz vor den Abschlussprüfungen, als ich es geschafft habe, ein einwöchiges Praktikum bei einem Team zu ergattern. Ich bin zu ein paar Einbruchdiebstählen und aufgebrochenen Häusern gefahren – nichts Grausames –, aber danach war ich angefixt. Die anderen ziehen mich wegen meinem Eifer auf, aber es zeigt nur, dass sie mich mögen.«

Das würde ich nicht unbedingt unterschreiben, sage es ihm aber nicht. Voigt erinnert mich an einen überenthusiastischen roten Setter, der rumrennt und glaubt, alle würden Hunde lieben.

»Eine Schande wegen Ihrer Klamotten«, sage ich stattdessen.

»Ist schon okay.« Er summt vor sich hin und fragt dann: »Glauben Sie, Cassie hat es mir übel genommen, dass ich sauer geworden bin? Ich dachte, sie hätte es mit Absicht gemacht. Ich wollte ihr nicht die Schuld geben. Hat sie wütend ausgesehen?«

»Das ist mir nicht aufgefallen«, sage ich.

»Wo kann ich Sie absetzen?«, fragt Lenny.

Voigt zögert und scheint die Frage stumm zu erörtern.

»Zu Hause wäre vielleicht eine Idee«, schlägt Lenny vor.

»Ja, natürlich, aber ich möchte nicht, dass Mrs Whitby mich so sieht.«

»Mrs Whitby?«

»Ich habe vorübergehend keine eigene Wohnung und bin bei einer Freundin der Familie untergekommen. Früher habe ich sie Tante genannt, aber wir sind eigentlich nicht verwandt. Sie und Mum sind zusammen zur Schule gegangen.«

Voigt sieht mich kurz an und merkt, dass er zu viele Informationen vor vollkommen Fremden ausbreitet.

»Wenn Sie mich im Büro absetzen könnten. Dann dusche ich dort, bevor ich nach Hause gehe.«

Er meint das Arncliffe Centre, ein Nebengebäude der East Midlands Forensic Services, die ihren Sitz in einem Gewerbegebiet in Hucknall, nördlich von Nottingham, haben.

»Bevor Sie gefallen sind, haben Sie etwas um den Hals der Leiche entdeckt«, sage ich. »Was war das?«

»Es sah aus wie ein Gummiband, aber ich könnte mich auch irren.«

Nachdem wir Voigt an seinem Arbeitsplatz abgesetzt haben, fährt Lenny mich zu meinem Wagen, der noch immer gegenüber vom Wollaton Park steht, nur wenige Straßen von zu Hause entfernt. Als ich den Schlüssel ins Zündschloss stecke, kehren meine Gedanken zu Evie zurück. Was soll ich wegen des Fake-Profils auf der Dating-App unternehmen? Es ist illegal, eine fremde Identität zu stehlen oder sich als jemand anderes auszugeben.

Als ich die Tür öffne, ist das Haus dunkel. Ich streife die Schuhe ab und steige leise die Treppe hinauf. Evie wird schon im Bett sein, schlafen oder TikTok-Videos auf ihrem Handy gucken und sich dabei ihre Haltung und vielleicht auch den Verstand ruinieren. Die Predigt, der Streit, die strengen Ermahnungen, die Schuldzuweisungen können bis morgen warten. Bis dahin habe ich mich vielleicht beruhigt und laufe weniger Gefahr, etwas zu sagen, das ich hinterher bereue.

Ich weiß, was mich erwartet. Evies natürlicher Abwehrmechanismus ist Gegendruck, nicht Kapitulation oder eine Entschuldigung. Und einem Kampf geht sie nur dann aus dem Weg, wenn sie einen Hinterhalt legen will.

20

Evie

Ich kriege mit, wie er heimkommt, der Schlüssel im Schloss, die Sicherheitskette, die abgestreiften Schuhe. Die dritte Stufe von oben knarzt wie ein alter Schaukelstuhl. Cyrus möchte sie reparieren lassen, aber ich mag es, ihn nach Hause kommen zu hören.

Ich richte mich im Bett auf und erwarte, dass er klopft und mir gute Nacht sagt. Das macht er manchmal, wenn er Licht unter meiner Tür sieht. Er kommt in mein Zimmer, hockt sich auf die Ecke meines Betts und fragt mich nach meinem Tag. Dabei stützt er sich auf seinen Arm, ein Bein unter den Körper gezogen, das andere auf dem Boden. Ich möchte, dass er seine Hand näher schiebt und meinen Fuß unter der Decke berührt. Sonst müsste nichts geschehen. Es würde reichen.

Ich weiß, wo er war. Es ist in meinem News-Feed. Die Polizei hat am Stadtrand von Nottingham die Leiche einer Frau gefunden. Ihr Name wurde noch nicht veröffentlicht, doch jeder scheint zu wissen, dass es Maya Kirk ist.

Cyrus bleibt nicht vor meiner Tür stehen, sondern geht in sein Schlafzimmer und zieht sich um. Ein paar Minuten später kommt er zurück, und ich warte ab, ob er leise klopft, aber nichts geschieht. Er steigt in den Keller hinunter. Das ist kein gutes Zeichen. Dort unten ist es wie in einer

Parallelwelt, mit Hantelbänken, einer Arbeitsbank, einem Sperrholzregal mit Haken, an denen Werkzeuge hängen, und Plastikschubladen voller Nägel, Schrauben, Muttern, Unterlegscheiben und Bolzen.

Wenn Cyrus etwas bedrückt, stemmt er Gewichte. Ich habe ihn ein paarmal beobachtet, ihm bei seinem Training nachspioniert, fasziniert und erschrocken von dem, was er macht, davon, wie seine mit Tinte bedeckten Arme zittern, wenn er die Stange aus der Halterung nimmt, wie sein Atem in kurzen Stößen geht. Er tut es wieder und wieder – und jedes Mal wird die Bewegung langsamer. Das ist kein Training. Das ist Selbstmisshandlung. Eine Bestrafung.

Ich weiß nicht, wie lange ich wach liege, dem Geräusch von Gewichten lausche, die in die Halterung fallen, und mir sein gequältes Stöhnen vorstelle. So schlafe ich ein, mit dem Wunsch, ich könnte ihn zum Aufhören bewegen.

Am nächsten Morgen ist Cyrus schon auf und aus dem Haus, bevor ich nach unten komme. Auf dem Küchentisch liegt ein Zettel.

> Lösch bitte das Dating-Profil aus dem Netz.
> Es ist illegal, die Identität eines anderen zu stehlen.
> Halt dich aus meinem Leben raus, Evie, sonst kannst
> du kein Teil davon sein.

Meine Knie werden weich, und mein Herz sackt tiefer und tiefer. Ich lese die Nachricht erneut. Ich möchte, dass sie mit einem »x« oder einem »o« endet. Selbst seine Initialen würden reichen. Ich möchte zwischen den Zeilen lesen, dass er wütend ist, aber nicht fertig mit mir.

Wie hat er es herausgefunden? Jemand muss sein Foto in dem Profil erkannt haben. Ich wollte es ihm sagen, aber erst, wenn ich die perfekte Frau für ihn gefunden habe.

Als ich ihm vorgeschlagen habe, dass er sich bei einer Dating-Seite anmelden soll, hat er gelacht und erklärt, das er »organisch« jemanden treffen würde, was immer das heißen soll. Niemand trifft sich organisch. Das hört sich irgendwie gruselig an. Und ich kenne Cyrus. Er geht nicht auf Partys und ist ein hoffnungsloser Fall, wenn es ums Flirten geht oder darum, zu merken, dass eine Frau ihn gut findet.

Sacha ist vor vier Monaten nach London zurückgegangen, und seitdem gab es niemanden mehr. Dabei braucht er gerade jetzt mehr denn je eine Partnerin. Elias kommt raus. Das wird Erinnerungen an den Tod seiner Eltern und Schwestern wachrufen. Niemand sollte das allein durchmachen.

»Klopf, klopf«, sagt eine Stimme.

Mitch steht in der Tür zur Waschküche und hält seine Mütze in beiden Händen. Er trägt dieselben Klamotten wie gestern.

»Der Bus ist liegen geblieben. Tut mir leid, dass ich zu spät bin.«

Es klingt wie eine Lüge, aber er sagt die Wahrheit.

»Ich musste die letzte halbe Meile laufen.«

Er bückt sich und massiert sein Knie.

»Was ist damit?«, frage ich.

»Ich hab mir im Gefängnis das Bein gebrochen.«

»Wie?«

»Ein Missverständnis.«

Nicht die ganze Wahrheit.

»Du wurdest angegriffen«, sage ich.

Er hebt und senkt die Schultern.

»Warum?«

»Ich war ein Sexualverbrecher. Der Niedrigste unter Niedrigen. Nicht so schlimm wie die Pädos und Kinderficker, aber trotzdem Abschaum.«

»Was haben sie gemacht?«

»Zwei Typen haben mich festgehalten, während ein dritter auf mein Bein gesprungen ist.«

Ich verziehe das Gesicht, und Mitch entschuldigt sich. Warum machen die Leute das – um Verzeihung bitten für etwas, das sie nicht getan haben?

»Hat Cyrus irgendwo Farbe?«, fragt er. »Er wollte, dass ich das Seitentor repariere. Ich dachte, dann kann ich es auch gleich überlackieren.«

»Hast du im Schuppen nachgesehen?«

»Ein paar halb volle Dosen, die nicht richtig verschlossen waren.« Mitch kratzt sich am Kinn. »Ich könnte Lack im Baumarkt holen. Farblich passend.«

»Und wie kommst du dorthin?«

»Mit dem Bus.«

Er humpelt zurück in den Garten, um seine Jacke zu holen. Ich bekomme ein schlechtes Gewissen. Cyrus' Autoschlüssel liegen auf dem Flurtisch.

»Ich könnte dich fahren«, sage ich und lasse die Schlüssel an meinem Finger baumeln.

»Wenn es keine Mühe macht, Miss.«

»Bitte nenn mich Evie.«

Der vormals rote und jetzt eher rosafarbene Fiat parkt unter ein paar Bäumen, wo Tauben ihn als Zielscheibe benutzt haben. Ich wische Blätter von der Windschutzscheibe, Mitch zwängt sich auf den Beifahrersitz und hebt sein lädiertes Bein in den Fußraum. Poppy springt auf meiner Seite in den Wagen und huscht auf die Rückbank.

Der Motor hustet, ächzt und spuckt eine Abgaswolke aus.

»Schickes Auto«, sagt Mitch.

»Meinst du das sarkastisch?«

»Nein. Sehr retro. Seit wann hast du einen Führerschein?«

»Wer hat was von einem Führerschein gesagt?«

Ich trete aufs Gaspedal, fahre mit röhrendem Motor vom Bordstein los und halte auf die gegenüber parkenden Autos zu, bevor ich zurück in die Mitte der Straße lenke.

Mitch hält den Türgriff umklammert. »Ich glaube nicht, dass das eine gute Idee ist. Ich will nicht, dass du gegen das Gesetz verstößt.«

»Entspann dich. Cyrus arbeitet für die Polizei.«

Ich rase auf einen belebten Kreisverkehr zu. Mitch stützt sich mit beiden Händen am Armaturenbrett ab und schließt die Augen.

Ich bremse ab und fange an zu lachen. »Dein Gesichtsausdruck.«

Es dauert einen Moment, bevor sich ein Lächeln auf seinem Gesicht breitmacht. Ich fahre jetzt vorsichtig mit beiden Händen am Lenkrad über die Derby Road vorbei am Wollaton Park Golf Club, nehme die Ausfahrt auf den Clifton Boulevard und fahre nach Süden in Richtung River Trent.

»Hier bin ich früher immer rumgekurvt«, sagt Mitch.

»Hattest du ein Motorrad?«

»Nein. Ein Rennrad. Eine Zeit lang habe ich mich als Straßenrennradfahrer gesehen. Ich war Mitglied in einem Club, habe Fahrradkleidung getragen und jeden Sonntagmorgen trainiert. Wir sind mit einer Gruppe zur Schlussetappe der Tour de France nach Paris gefahren.«

Ich glaube, das ist ein Fahrradrennen, doch ich will meine Unwissenheit nicht zeigen.

»Hast du hier in der Gegend gewohnt?«

»Ich hatte ein Ein-Zimmer-Apartment zur Miete in der Nähe vom Arboretum.« Er meint einen Park mit jeder Menge alter Bäume. »Ich hab das Fahrrad gekauft, um Geld zu sparen. Ich wollte mir irgendwann eine eigene Wohnung kaufen.«

»Ist es dort passiert – der Angriff, meine ich?«

Er verstummt. »Ich sollte nicht darüber reden.«

»Warum nicht?«

»Du bist zu jung.«

»Ich bin einundzwanzig.«

»Trotzdem.«

Ich will ihm erzählen, dass nichts, was ihm passiert ist, so schlimm sein kann wie das, was mir geschehen ist. Wenn das ein Wettbewerb wäre, würde ich die Giraffe kriegen, den Hauptpreis beim Dosenwerfen.

»Kanntest du sie?«, frage ich.

»Sie hat im Erdgeschoss gewohnt. Wir waren kurz zusammen. Also, eigentlich war es nur ein Date, der klassische One-Night-Stand.«

»Du warst betrunken.«

»Vielleicht, nur ein bisschen, aber ich war auch verliebt. Manche Leute sagen, ein Mann könne nicht mit einer Frau befreundet sein, ohne daran zu denken, wie es wäre, mit ihr zu schlafen.«

»Dann dürfen wir *nie* Freunde werden«, sage ich.

Mitch wirkt entsetzt und fängt an, sich zu entschuldigen. »Ich meinte nicht dich. Ich würde nie … Du bist zu …«

»Hässlich?«

»Nein. Können wir bitte das Thema wechseln?« Verlegen zieht er sich die Mütze über die Augen. Das Schweigen wird unangenehm. »Du bist übrigens nicht hässlich«, fügt er hinzu.

»Gut zu wissen. Was ist passiert, nachdem du mit ihr geschlafen hattest?«

»Wir haben beide entschieden, dass es ein Fehler war, und beschlossen, nur Freunde zu sein.«

»Hast du das entschieden oder sie?«

»Lilah. Sie hatte Probleme bei der Arbeit – da brauchte sie nicht noch mich, um alles zu verkomplizieren. Danach haben wir als Freunde Sachen zusammen gemacht. Ich hab mich um ihren Hund gekümmert, wenn sie Nachtschicht hatte. Sie hatte einen Pudel namens Trevor. Blöder Name für einen Hund, ich weiß, aber Lilah fand es urkomisch.«

»Cyrus hast gesagt, sie wurde überfallen.«

Mitch saugt Luft zwischen seinen Zähnen ein. »Jemand muss ihr vom Krankenhaus aus nach Hause gefolgt sein. Er hat ihr einen Kissenbezug über den Kopf gezogen und sie gefesselt.«

»Hat sie sein Gesicht gesehen?«

»Nein.«

»Seine Stimme gehört?«

»Nein.«

»Wieso hat man dich verhaftet?«

»Ich habe über ihr gewohnt. Ich hatte Schlüssel für ihre Wohnung. Manchmal hab ich abends in Lilahs Wohnung abgehangen, aus Mitleid mit Trevor, weil er alleine war. Außerdem hatte sie einen fetten Flachbildfernseher im Schlafzimmer. Ich hab Fußball oder Radrennen geguckt. So ist meine DNA an ihr Kopfkissen gekommen.«

»Und das hast du der Polizei erzählt.«

»Die haben mir nicht geglaubt. Sie haben gesagt, ich hätte Lilah aus Rache angegriffen, weil sie mich nach einer Nacht abserviert hat, aber so war es nicht. Wir waren Freunde.«

Er klingt eher frustriert als wütend. Ich fahre auf den Parkplatz und muss zwei Runden drehen, bis ich einen freien Platz finde. Rückwärtsfahren ist nicht meine größte Stärke, aber Mitch hilft mir. Ich leine Poppy an und folge Mitch zu den großen automatischen Eingangstüren.

»Du darfst sie nicht mit reinnehmen«, sagt er und zeigt auf ein Schild. »Nur Blinden- und Leithunde erlaubt.«

Ich setze meine Sonnenbrille auf. »Sie ist mein Leithund.«

Mitch will widersprechen, aber ich habe den Laden schon betreten und gehe durch einen breiten Gang mit Regalen bis zur Decke.

»Sie müssen überzeugende Beweise gehabt haben«, sage ich, als wir in die Abteilung für Farben und Lacke kommen.

»Die DNA war ziemlich überzeugend.«

»Aber das konntest du erklären.«

»Lilah hatte einen Ohrring verloren. Er wurde in meiner Wohnung gefunden.«

»Wie ist das möglich?«

»Mein Anwalt hat gesagt, der Ohrring müsse sich in meiner Kleidung verhakt haben, als ich Lilah losgebunden habe.«

»Du hast sie gefunden?«

»Ich habe gehört, wie sie gegen die Wand getreten hat, und bin nach unten gegangen. Sie war im Schlafzimmer. Gefesselt und geknebelt. Nackt. Jemand hatte ihr den Kopf geschoren.«

»Warum?«

»Ich weiß nicht.«

Ich stelle mich vor ihn und blicke ihm direkt ins Gesicht. »Sag mir noch einmal, dass du sie nicht überfallen hast.«

»Ich habe es nicht getan.«

»Ich wünschte, ich wäre einer der Geschworenen gewesen.«

»Ich auch.«

21

Cyrus

Die Leichenhalle von Nottingham ist im Queen's Medical Centre, einem der größten Krankenhäuser in Großbritannien. Die Sekretärin am Empfang begrüßt mich mit Namen, was deprimierend ist, weil diese Art von Vertraulichkeit irgendwann in Missachtung umschlägt – ich war schon zu oft hier.

Cassie Wright holt mich im Wartebereich ab.

»So sehen wir uns wieder«, sagt sie und lächelt, als wären wir alte Freunde, und ich wünsche mir plötzlich, das wären wir. Ich würde gern mehr Zeit mit ihr verbringen. Heute trägt sie keinen Schutzoverall, sondern ist ganz in Schwarz gekleidet. Sie ist etwa in meinem Alter, vielleicht ein wenig jünger, mit einer Stupsnase und einem leichten Überbiss, der mich an die Schauspielerin Liv Tyler erinnert, die in *Der Herr der Ringe* Arwen gespielt hat – Tochter von Elrod, Ehefrau von Aragorn, Königin von Gondor. Als Teenager hatte ich ein Poster von Arwen an der Wand meines Zimmers, auf dem sie ihr schwarzes Haar hinter ihre Elfenohren gestrichen hat und in ihren Augen Tränen schimmern.

Wir gehen einen breiten, hell erleuchteten Flur hinunter, und ich ertappe mich dabei, wie mein Blick über ihre Figur gleitet. Ein entlegener Teil meines Gehirns sagt mir, dass ich sie nicht als Objekt betrachten sollte, aber ein anderer fragt sich, ob sie Single ist.

»Ist Ihnen inzwischen eingefallen, wo wir uns schon mal begegnet sind?«

»Nein.«

»Sie haben in meinem Kurs in Forensischer Wissenschaft eine Vorlesung gehalten. Ich war im dritten Semester, und Sie waren Doktorand der Psychologie mit dem Fachgebiet Kriminologie. Ich habe mich hinterher angestellt, um eine Frage zu stellen.«

»Ich erinnere mich.«

Sie lacht. »Nein, das tun Sie nicht.«

»Es war eine sehr intelligente Frage.«

»Wirklich? Was habe ich denn gefragt?«

»Sie haben mich gefragt, ob Psychologie eine Wissenschaft ist.«

Sie reißt die Augen auf. »Nicht schlecht. Das war meine Freundin Meredith, aber nicht schlecht.«

Wir haben die Obduktionssäle erreicht.

»Wollen Sie zusehen?«, fragt sie.

»Überrascht Sie das?«

»Ein bisschen. Viele Menschen wühlt der Anblick von Leichen auf, aber Sie sehen das vermutlich nicht zum ersten Mal.« Sie stockt. »Ich meinte nicht … Es tut mir leid, das war furchtbar unpassend. Wirklich furchtbar.«

Sie denkt an meine Familie.

»Alles gut. Ich bin nicht gekränkt.«

Cassie streicht ihr Haar mit einer Geste hinter die Ohren, die ich schon immer attraktiv fand. Sie führt mich in einen kleinen Obduktionshörsaal mit Blick auf den Seziertisch. Die ansteigenden Sitzreihen sollen Studenten die Gelegenheit bieten, die unten stattfindenden Obduktionen zu beobachten.

»Hier kann man die Lautstärke einstellen«, sagt sie und zeigt mir die Regler. »Wenn Sie mit uns sprechen wollen, können Sie auf diesen Knopf drücken.«

Unten trifft Robert Ness – in grüner OP-Kleidung und mit Maske vor dem Gesicht – letzte Vorkehrungen, richtet die Lampe über dem Tisch aus. Mayas dünner Körper, der auf die Edelstahlplatte gebettet wurde, ist weiß wie eine Marmorstatue. Trotz ihrer Blöße hat sie jetzt mehr Würde als beim letzten Mal, als ich ihre Leiche in einem schlammigen stinkenden Graben gesehen habe. Im Leben war sie jung und vital, aber der Tod hat ihre Lider lädiert hinterlassen, und in ihrer unteren Körperhälfte hat sich Blut abgelagert.

Ness berührt ihre Wange, als wollte er sich entschuldigen für das, was er ihr antun wird.

»Am zehnten November gegen zweiundzwanzig Uhr habe ich auf Anfrage der Polizei von Nottinghamshire den Fundort einer Leiche unweit Newstead Abbey, östlich von Nottingham, besucht. Ich habe mich am äußeren Absperrungspunkt angemeldet und den Fundort über einen Feldweg und ein Feld erreicht. Der Einsatzleiter der Spurensicherung, Craig Dyson, informierte mich kurz über den Stand der Ermittlungen.

Die Leiche der jungen Frau wurde halb untergetaucht in einem Entwässerungskanal gefunden. Sie lag zusammengerollt auf der linken Seite, den Kopf auf der linken Schulter. Nach meinen Anweisungen wurden Fotos gemacht.

Die Tote ist von schlanker Statur, etwa ein Meter siebzig groß, und hat helle Hautfarbe und braune Augen. Sie trug ein knielanges Kleid und schwarze Spitzenunterwäsche. Keine Schuhe. Handgelenke und Arme waren mit einem Seil gefesselt und mit Schieberknoten gesichert, die sich fester zugezogen haben, je heftiger sie sich gewehrt hat. Ihr Haar wurde grob abgeschoren, was Abschürfungen und Schnittwunden auf ihrer Kopfhaut hinterlassen hat.«

Während Ness die Details vorträgt, assistieren ihm ein Fotograf, ein Techniker und jemand, der vermutlich in der Ausbildung zum Gerichtsmediziner ist. Craig Dyson und Stephen Voigt sehen ebenfalls zu. Voigt hat sich seit unserer letzten Begegnung gesäubert, trägt jedoch dieselbe Nickelbrille, deren Gläser seine Augen schwimmen und hüpfen lassen.

Cassie Wright hat sich OP-Kleidung angezogen und zu der Gruppe unten gesellt. Sie schiebt ihr Plastikvisier zurecht und nickt Ness und den anderen zu. Voigt tritt zur Seite, um ihr Platz zu machen. Cassie ignoriert ihn und lächelt stattdessen Dyson an. Ich spüre eine gewisse männliche Rivalität, glaube allerdings, dass Cassie ihre Wahl getroffen hat.

Ness redet immer noch. »Rötlich violette Totenflecke an Hals, Schulter, Rücken, Pobacken und der Außenseite des linken Oberschenkels. Totenstarre voll ausgeprägt. Keine offensichtlichen Anzeichen von Verwesung. Ohrlöcher. Fingernägel lackiert. Zwei Impfnarben am rechten Oberarm und eine alte Narbe an der Außenbeuge des rechten Ellbogens. Auf der linken Schulter ein knapp drei Quadratzentimeter großes Tattoo eines kleinen Vogels.«

Ness beginnt, ihre äußeren Verletzungen aufzulisten, jede Prellung, jeden Kratzer, jeden Bruch. Er bewegt seine behandschuhten Finger über ihre Haut und erwähnt ausdrücklich die Spuren der Seile, die ein Muster auf Brust und Oberarmen hinterlassen haben, sowie Ziegelstaub an den Knien und unter ihren Fingernägeln.

»Bläuliche Verfärbung an allen Nagelbetten, Fingern,

Mund, Lippen, Gaumen und Gesicht. Schleimhäute in Ober- und Unterlid rötlich verfärbt. Petechiale Einblutungen auf der Innenseite der Augenlider, in den Skleren und im Mund.«

Er fährt mit dem Finger über ihre Arme und untersucht den Hals, wo ein dickeres Gummiband eine Rille in ihrer Haut hinterlassen hat. Er misst und fotografiert das Band, bevor er es mit einem Skalpell durchschneidet und in einen Beweisbeutel steckt.

Als er die Oszillationssäge einschaltet, verlasse ich den Hörsaal, weil ich der Untersuchung der inneren Organe nicht beiwohnen will. Ich weiß, dass es forensisch gesehen notwendig ist, aber ich habe kein Bedürfnis zuzusehen, wie Maya im Tod noch einmal geschändet wird wie im Leben.

Eine Stunde später sitze ich in Ness' Büro. Der Gerichtsmediziner hat die OP-Kleidung abgelegt, jedoch immer noch Talkumpuder zwischen den Fingern und einen Fleck links neben der Nase.

»Wie ist sie gestorben?«, frage ich.

»Das Gummiband um ihren Hals hat die Sauerstoffzufuhr beeinträchtigt, aber nicht genug, um sie zu töten.«

»Wie dann?«

»Ihr Hals ist gebrochen.«

»Sie wurde erhängt?«

»Nein.«

Ness beginnt, auf einem Blatt eine Skizze zu zeichnen.

»Maya hat fünf markante äußere Verletzungen. Fraktur des Schädels, des linken Schultergelenks und Schlüsselbeins, der vorderen rechten Rippenknochen sowie starke Prellungen im Hüftbereich. All das deutet darauf hin, dass sie aus einer gewissen Höhe gefallen ist oder gestoßen wurde.

Höchstwahrscheinlich ist sie eine Treppe hinuntergestürzt. An ihren Knien habe ich Zementstaub gefunden.«

Ich stelle mir die Szene vor. Mayas Arme waren hinter dem Rücken gefesselt. Nachdem sie das Gleichgewicht verloren hatte, konnte sie ihren Kopf nicht mehr abschirmen und den Fall nicht mehr bremsen.

»Sie hat versucht zu fliehen«, sage ich laut.

»Möglich«, sagt Ness.

»Wann?«

»Nach ihrer Entführung hat sie noch achtundvierzig Stunden gelebt.«

»DNA-Spuren?«

»Unwahrscheinlich. Das Risiko von Kontaminierung ist zu groß.«

»Er hat sie am Leben gehalten. Er hatte Pläne.«

»Ihr Fachgebiet, nicht meins«, sagt Ness.

Irgendwann wird mich die Polizei nach einem psychologischen Profil fragen. Ich muss die Verhaltensmuster und -trigger des Mörders verstehen. Und dafür muss ich mich in Mayas Lage versetzen – die Welt durch ihre Augen sehen. Die Fesselung deutet auf sexuelle Motive hin, aber sie wurde nicht vergewaltigt. Sie wurde irgendwo zwei Tage lang festgehalten und trotz langsam fortschreitender Sauerstoffunterversorgung mit Nahrung und Wasser versorgt. Wir suchen nach einem Planer, jemandem, der darauf achtet, keine forensisch verwertbaren Spuren zu hinterlassen, jemandem, der unter Druck zu Fehlern neigt.

Aber sein Motiv ist mir immer noch rätselhaft. Wollte er sie umbringen, oder wollte er sie behalten?

22

Evie

Heute ist Veejay angezogen wie ein Hippie, in einem Leinentop mit besticktem Kragen und weißer Haremshose. In ihrem dichten schwarzen Haar zeichnen sich erste silberne Strähnen ab, doch sie versucht nicht, sie zu kaschieren. Vielleicht ist es ein Statement gegen Altersdiskriminierung, oder sie sieht schlecht.

»Wie ist dein neuer Job?«, fragt sie.

»Ich such mir einen anderen.«

»Wieso?«

»Sie wollen, dass ich ein Kleid trage.«

»Und das ist ein Problem?«

Ich hebe die Schultern und lasse sie wieder sacken. »Ich habe keine Kleider.«

»Verstehe.«

Was versteht sie? Sie hat keine Ahnung.

»Was passiert sonst in deinem Leben?«, fragt sie.

»Nichts.«

»Wie ist die Schule?«

»Sinnlos.«

Sie fragt nach meinen Träumen. Nichts scheint sie glücklicher zu machen, als wenn ich einen Traum zu erzählen habe, den sie aufschreiben und analysieren kann. Manchmal denke ich mir welche aus, zum Beispiel, ich hätte geträumt, meine Haare wären zu Spaghetti geworden, oder ich könnte aus Pfannkuchenteig kleine Hunde backen. Das hat Veejay notiert.

Wir verfallen in Schweigen. Sie und Cyrus sind beide Experten darin, Zeit in die Länge zu ziehen. Ich spüre, wie mein Leben dahinebbt. *Tick … tick … tick*. Veejay wird nach Stunden bezahlt, ihr macht es nichts aus. Vielleicht sollte ich auch Therapeutin werden. Ich wüsste, wenn die Leute lügen.

Ich möchte mit ihr darüber reden, was ich Cyrus angetan habe – das Fake-Dating-Profil –, wie wütend er deswegen ist, und dass er vielleicht nicht mehr will, dass ich bei ihm wohne, dabei habe ich bloß versucht, etwas Nettes für ihn zu tun. Vielleicht könnte ich sie davon überzeugen, dass ich es gut gemeint habe. Vielleicht würde ich lügen.

Stattdessen frage ich sie etwas über Mitch.

»Wenn jemand wegen sexueller Nötigung verurteilt wurde und es nicht getan hat, was passiert dann?«

»Man kann Berufung einlegen.«

»Und wenn man seine Strafe schon abgesessen hat?«

»Dann hat man seine Chance verpasst.«

»Und das war's? Was, wenn man keinen Job und keine Wohnung findet, weil alle einen behandeln wie einen Verbrecher?«

»Ich bin mir sicher, es gibt soziale Stellen, die dabei helfen. Wer ist dieser Mensch?«

»Jemand, den ich getroffen habe.«

»Er könnte lügen.«

»Nein, tut er nicht. Es muss doch einen Weg geben, seine Unschuld zu beweisen.«

»Vielleicht wenn der Schuldige gesteht oder dein Freund

neue Beweise findet.« Veejay wirkt zögernd. »Hast du mit Cyrus darüber gesprochen?«

»Er ist gerade nicht besonders gut auf mich zu sprechen.«

»Warum nicht?«

»Darüber will ich nicht reden.«

Das mag ich wirklich an Veejay. Wenn ich beschließe, ein Thema zu meiden, macht sie mir keinen Druck oder benimmt sich, als würde ich ihre Zeit verschwenden.

»Sein Bruder kommt aus dem Irrenhaus frei.«

»Es ist eine forensische psychiatrische Klinik.«

»Was auch immer.«

»Machst du dir deshalb Sorgen?«

»Ja. Er hat seine ganze Familie umgebracht – alle bis auf Cyrus.«

»Das ist lange her.«

»Wenn ich einen Bruder hätte, der das getan hat, würde ich ihn nicht im Krankenhaus besuchen und ihn zurück in mein Leben lassen, aber Cyrus tut so, als wäre alles okay.«

»Vielleicht vergibt er ihm.«

»Ja. Klar.« Mein Sarkasmus beeindruckt sie nicht. »Was, wenn Elias nur allen was vorspielt?«, füge ich hinzu.

»Wie meinst du das?«

»Dass es ihm besser geht. Ich meine, ich habe einmal vorgetäuscht, ich würde Stimmen hören. Ich hatte gehofft, sie würden mich in irgendein nobles Haus auf dem Land schicken, wo ich Kunstkurse belegen, töpfern und Krocket spielen dürfte.«

Veejay lächelt. »Und hat das funktioniert?«

»Ich habe eine Nacht in einer Beobachtungszelle für Suizidgefährdete auf einer psychiatrischen Station verbracht. Ich habe Mädchen gehört, die gestöhnt und geschrien haben.

Einige wurden zwangsernährt, andere hatten bandagierte Handgelenke. Am nächsten Morgen habe ich erklärt, die Stimmen wären verschwunden.«

Ich weiß nicht, warum ich ihr das erzähle, aber diesmal ist es die Wahrheit.

»Geht es um Cyrus' Bruder oder um deine Schwester?«, fragt Veejay.

»Wie meinen Sie das?«

»Du hast deine Familie verloren und Cyrus gefunden. Vielleicht hast du Angst, dass er ein enges Verhältnis zu Elias entwickelt und du dich ausgeschlossen fühlst.«

»Nein. Das ist mir egal.«

Veejay hört meinen barschen Ton. Sie versucht, den Advokat des Teufels zu spielen und auf bestimmte Knöpfe zu drücken, um zu sehen, wie ich reagiere. Sie möchte, dass ich freundlicher zu den Leuten bin und dadurch auch nachsichtiger mit mir selbst.

»Du bist kein schlechter Mensch, Evie«, ist einer ihrer Lieblingssätze, aber sie hat keine Ahnung, was ich getan habe. Ich habe es nicht verdient, glücklich zu sein. Ich habe es nicht verdient, geliebt zu werden. Wenn ich ein guter Mensch wäre, würde ich wünschen, dass Cyrus jemanden findet, den er liebt. Aber in Wahrheit will ich das nicht. Ich habe das Dating-Profil für ihn erstellt, doch ich habe mein Bestmögliches getan, um die Frauen abzustoßen, die nach rechts gewischt hatten. Keine war je gut genug.

»Was, wenn sich alle in Elias irren?«, frage ich. »Was, wenn es ihm gar nicht besser geht?«

»Er hat einen Vertrauensvorschuss verdient.«

»Nein. Es sollte keine Frage von *Vertrauen* sein. Sie müssen sich *sicher* sein. Ich will nicht, dass Cyrus etwas zustößt.«

»Er kann bestimmt auf sich selbst aufpassen.«

Ich schnaube. »Er kann nicht mal auf einen Hund aufpassen.«

»Ich dachte, Poppy wäre *dein* Hund.«

»Ist sie auch, aber darum geht es nicht.«

23

Cyrus

Melody Sterling sitzt mit einem Stoffbeutel auf dem Schoß im Wartebereich der Leichenhalle. Sie reagiert auf jede Bewegung und jedes Geräusch wie ein verängstigtes Tier, das auf eine Lichtung geraten ist. Ihr Mann ist bei ihr. Er ist unrasiert und kräftig gebaut, sein Gesicht rund und gerötet mit einer sonnenverbrannten Nase, an den Händen hat er Schwielen.

»Nennen Sie mich Dean«, sagt er und schüttelt mit zermalmendem Druck meine Hand. Es fühlt sich an wie ein Test. Ich versuche, das Gesicht nicht zu verziehen. Vergeblich.

»Die Obduktion wurde eben beendet«, erkläre ich Melody. »Es dauert bestimmt nicht mehr lange.«

»Sie haben sie aufgeschnitten«, sagt Dean und verzieht das Gesicht.

Melody wird blass.

»Sie sammeln Beweise«, erwidere ich.

Dean legt den Kopf schief und beginnt, mit den Fingern zu schnippen. »Ich kenn Sie. Wir waren auf derselben Schule. Chilwell Comprehensive.«

»Tut mir leid, ich kann mich nicht an Sie erinnern.«

»Ja. Ich war ein paar Jahrgänge über Ihnen. Sie waren der Junge, dessen Familie von seinem Bruder umgebracht wurde – dem Schizo.«

Melody bittet ihn, still zu sein. Er ignoriert sie.

»Sie haben die Leichen gefunden, oder? Muss hart gewesen sein. Ich hab gehört, es war ein Blutbad.«

»Ich glaube nicht, dass er darüber sprechen will«, sagt Melody.

»Und was sind Sie jetzt – so eine Art Seelenklempner?«

»Forensischer Psychologe.«

»Wie bei *Für alle Fälle Fitz*?«

Er meint eine Fernsehserie aus den Neunzigern. Robbie Coltrane spielte einen ketterauchenden, spielsüchtigen Psychologen, der der Polizei bei der Lösung von Verbrechen hilft.

»Ich bin überhaupt nicht wie Fitz«, sage ich verlegen, eher wegen Melody als um meinetwillen.

»Was ist mit Ihrem Bruder passiert?«, fragt Dean. »Ist er immer noch eingelocht?«

»Ja.«

»Gott sei Dank, was?«

Er setzt sich wieder, blättert durch eine der Modezeitschriften auf dem Tisch und betrachtet die Models. Als wäre es ihm im Nachhinein eingefallen, fragt er noch, wann sie »das Haus zurückkriegen«.

»Verzeihung?«

»Rohans Haus. Ich hab da ein paar Werkzeuge liegen lassen. Die würde ich gerne abholen.«

»Dean hat das Bad neu gekachelt«, erklärt Melody.

»Es ist ein Tatort«, sage ich.

»Ja, aber das wird ja nicht ewig so gehen«, erwidert Dean. »Ich brauche meinen Fliesenschneider und meinen Fliesenlaser. Ich bin in nicht mal einer Minute wieder draußen.«

»Das geht nicht.«

Dean will widersprechen, überlegt es sich jedoch anders. Ich biete Melody an, einen Tee oder Kaffee aus dem Automaten vor der Tür zu holen, doch sie entscheidet weise, bei Wasser zu bleiben. Ich setze mich auf den Stuhl neben sie und bitte sie, ihr noch ein paar Fragen stellen zu dürfen.

Sie nickt und scheint sich zu wappnen.

Ich beginne mit behutsamen Fragen, um mir ein Bild von Mayas Leben zu machen. Von ihren Vorlieben und Abneigungen. Ihren Leidenschaften. Ihren Beziehungen. Ihrer Ausbildung.

»Hatte sie einen Hund?«

»Nein. Wieso?«

»Ich hatte bloß angenommen, weil sie einen Hundepflege-Service hatte …«

»Dad war allergisch gegen Hunde. Maya hat Hunde immer geliebt. Nach der Schule hat sie in einem Tierschutzheim gearbeitet und davon gesprochen, dass sie Tierärztin werden wollte, aber dafür war ihr Abitur nicht gut genug. Sie hat Naturwissenschaften studiert und für ein paar Jahre als Krankenschwester gearbeitet. Ich dachte wirklich, sie hätte ihre Berufung gefunden. Sie hat tolle Freundschaften geschlossen und ist zu Hause ausgezogen.«

»Warum hat sie aufgehört?«

»Es ist etwas vorgefallen. Eine Verwechslung von Medikamenten. Dadurch hat sich ihr Verhältnis zu ihrem Job für immer verändert. Sie hat gekündigt und ist gereist – als Backpackerin durch Südostasien und als Obstpflückerin in Australien. Sie ist zu meiner Hochzeit zurückgekommen und um bei der Pflege von Dad zu helfen.«

»Hatte sie viele Freunde?«

»Verglichen mit mir, ja, aber ich war immer leicht zufriedenzustellen«, sagt Melody neckend, weil sie weiß, dass Dean zuhört.

»Wann hatte sie ihre letzte ernsthafte Beziehung?«

»Ist schon eine Weile her. Daryl Branagh. Er hat für ein Bauunternehmen gearbeitet.« Melody senkt die Stimme zu einem Flüstern. »Davor hat sie sich eine Zeit lang mit einem verheirateten Mann getroffen, was ihr peinlich war, weil sie nicht eine Familie zerstören wollte. Er hat versprochen, seine Frau zu verlassen, aber Melody war nicht blöd. Sie wusste, dass er lügt.«

»Trotzdem ist sie bei ihm geblieben?«

»Er hat nette Wochenendausflüge mit ihr gemacht – nach Schottland und in die Cotswolds.«

»Sie haben Maya als aufgeschlossen und freundlich beschrieben. Hat sie Blickkontakt mit Menschen auf der Straße gesucht? Mit Männern, meine ich. Hat sie sie angelächelt oder Hallo gesagt?«

»Sie war freundlich.«

»Hat sie Aufmerksamkeit auf sich gezogen? Hat sie gerne geflirtet oder sich sexuell aufreizend gekleidet oder verhalten?«

»Sie hat gern schöne Kleidung getragen, aber nichts übertrieben Freizügiges.«

»Ach, komm«, sagt Dean, der sich offenbar langweilt, weil er nicht an der Unterhaltung beteiligt wird. »Sie war ein Party-Girl. Weißt du noch an der Uni? Sie hat ihre Freunde öfter gewechselt als ihre Unterwäsche. Das heißt, wenn sie welche getragen hat.«

Melody wirft ihm einen vernichtenden Blick zu. »Du redest von meiner Schwester!«

Dean erkennt seinen Fehler und streckt die Hand aus, um

ihre zu ergreifen. Melody wischt sie wütend zur Seite. »Du musstest nicht mitkommen.«

»Es tut mir leid. Ich wollte nicht …«

»Ich weiß, dass du nicht hier sein willst. Geh einfach.«

Ich bin in einen Ehestreit geraten, in dem sich die Wut routiniert und müde anfühlt, in vertrauten Rillen ausgeleiert.

Eine Trauerberaterin rettet mich aus meinem Unbehagen. Mayas Leiche ist zur Besichtigung bereit.

»Wenn Sie sie lieber nicht direkt sehen wollen, kann ich Ihnen auch Fotos zeigen«, erklärt sie.

»Nein, jetzt bin ich ja hier«, erwidert Melody.

»Ich sollte Sie warnen, sie hat keine Haare.«

»Warum nicht?«

»So wurde sie gefunden.«

Die Beraterin klopft leise an die angrenzende Tür, und Cassie, immer noch in OP-Kleidung, öffnet uns. Sie tritt einen Schritt zurück, um Melody in den spartanischen Raum zu lassen. Auf einer Rollliege zeichnen sich unter einem weißen Laken die Umrisse eines Körpers ab.

Cassie fasst die Ecke des Lakens, schlägt es zurück und enthüllt Mayas Gesicht. Ich höre, wie Melody geräuschvoll Luft einsaugt.

»Dein schönes Haar«, flüstert sie, streckt den Arm und berührt die Wange ihrer Schwester. »Du dummes Ding. Jetzt hast du mich ganz allein gelassen.«

24

Evie

Cyrus hat den ganzen Abend in der Bibliothek gesessen. Ich weiß, dass er sich Tatortfotos und andere grausige Sachen anguckt, deshalb hat er die Tür geschlossen.

Ich mache die Reste des Essens warm, klopfe und frage ihn, ob er Hunger hat.

»Ich esse später«, sagt er von drinnen und klingt unmöglich weit weg.

»Es wird kalt.«

Ich warte und lege den Kopf an die lackierte Tür. Dann hebe ich die Hand und klopfe noch einmal.

»Wirst du jemals wieder mit mir reden?«

»Ja.«

»Wann?«

Schweigen. Ich spüre, wie ein trostloser Wind durch die Hohlräume in mir fegt.

»Möchtest du, dass ich weggehe? Ich meine, dass ich ausziehe. Woanders wohne.«

»Ich möchte, dass du aufhörst, in mein Leben einzugreifen.«

»Ich auch«, flüstere ich, aber nicht leise genug.

»Das habe ich gehört«, sagt er.

Die Tür geht auf, ich verliere das Gleichgewicht und stolpere ins Zimmer. Cyrus will mich auffangen, doch ich finde selbst Halt und wische, überrascht von der Berührung, seine Hand hastig beiseite. Er entschuldigt sich, und ich wünschte, das könnte ich auch, aber das Wort ist mir nie leicht über die Lippen gekommen. Es ist nur ein einziges Wort, doch es bleibt jedes Mal in meinem Mund, meinem Hals oder meinem Kopf stecken.

»Warum hast du das gemacht, Evie?«

»Weil du einsam bist und ich jemand Nettes für dich finden wollte.«

»Ich bin nicht einsam.«

»Doch, bist du. Ich höre dich abends stöhnend Gewichte stemmen und wie du dich selbst quälst.«

»Ich trainiere.«

»Du bestrafst dich, obwohl du nichts Verkehrtes getan hast.«

»Das ist nicht dein Problem.«

Ich ziehe mein Handy aus meiner Gesäßtasche. »Guck mal, wer alles für dich nach rechts gewischt hat.«

»Ich bin nicht interessiert.«

»Einige sind wirklich nett. Ich habe sie überprüft.«

»Fake-Profile und Catfishing sind illegal.«

»Das ist kein Catfishing, das ist Partnervermittlung.«

Cyrus seufzt frustriert. Er hebt nie die Stimme. Manchmal wünschte ich, er würde mich anschreien oder verprügeln, weil ich diese Art von Behandlung verstehe. Ich bin geschlagen und mit Nahrungs- oder Liebesentzug bestraft worden von Menschen, die Grausamkeit und kleine Freundlichkeiten benutzt haben, um mich gefügig und dankbar zu machen, bis jeder neue Bluterguss zu einem Verdienstorden wurde.

»Eine der Frauen, die du für mich *ausgesucht* hast, wurde

entführt und ermordet«, sagt Cyrus leise. »Mein Name ist in ihrer Dating-Chronik aufgetaucht. Meine Fotos.«

Meine Kinnlade klappt nach unten. Ich will den Mund schließen, doch dafür müsste ich mein Kinn fassen und die Lippen zusammendrücken, um sicherzugehen.

»Das ist nicht meine Schuld«, sage ich.

»Du hast Maya Kirk Nachrichten geschickt, in denen du vorgegeben hast, ich zu sein.«

»Ich wusste nicht, dass sie ermordet werden würde.«

Cyrus schüttelt den Kopf, als wüsste er nicht, wo er bei mir anfangen soll. »So geht das nicht weiter mit uns, Evie. Ich habe zu viele andere Dinge, um die ich mich sorgen muss.« Er meint die Entlassung seines Bruders. »Warum kannst du nicht … nicht …«

»Jemand anderes sein?«, frage ich.

»Nein.«

»Normal? Weniger verkorkst?«

»Das meine ich nicht. Es kommt mir vor, als müsste ich täglich irgendwo einen Brand löschen. Ich werde zur Schule zitiert, oder die Nachbarn beschweren sich.«

»Es wird nicht wieder vorkommen«, sage ich. »Ich streng mich mehr an.«

Cyrus lächelt gequält. Es ist nicht das erste Mal, dass ich dieses Versprechen mache. Ich lasse den Blick durch das Zimmer schweifen und entdecke eine Einkaufstüte aus Glanzpapier, die auf einem zierlichen Stuhl in der Ecke steht.

»Das ist für dich«, sagt Cyrus.

»Was ist das?«

»Sieh nach.«

Zögernd blicke ich in die Tüte, bevor ich hineingreife und ein in Seidenpapier gewickeltes Bündel auspacke. Das Kleidungsstück entfaltet sich in meinen Händen. Es ist ein taillierter schwarzer Jumpsuit mit Faltenhose, V-Ausschnitt und langen geknöpften Ärmeln.

»Ich hab gehört, du hattest Probleme, ein Kleid zu finden. Ich dachte, das würde es vielleicht leichter machen«, sagt Cyrus.

Ich halte meine Tränen zurück und weine innerlich. »Warum hasst du mich nicht wie alle anderen?«, flüstere ich.

»Es liegt nicht in meinem Wesen.«

»Das habe ich nicht verdient.«

»Nein.«

»Sei wenigstens wütend.«

»Das bin ich.«

»Ich hasse dich.«

»Ich dich auch.«

25

Cyrus

Evie ist schlafen gegangen, und das Haus ist still bis auf den Wind, der an den Fenstern klappert, und die Heizkörper, die beim Abkühlen knacken. Ich habe die Bibliothek mit Fotos dekoriert, die ich auf dem Kaminsims, der Fensterbank und an Buchrücken, Schreibtischlampen und an eine alte Vase gelehnt aufgestellt habe, von der meine Großmutter behauptet, sie sei wertvoll, auch wenn sie kaum hässlicher sein könnte.

Ich drehe mich langsam mit meinem Schreibtischstuhl und absorbiere die Bilder von Maya Kirk, im Leben und im Tod.

Als ich mich für das Studium der forensischen Wissenschaft entschieden habe, dachte ich, ich würde in Gefängnissen oder psychiatrischen Kliniken arbeiten, wo ich Menschen wie Elias behandele. Stattdessen bin ich in einem Bereich gelandet, in dem ich Soziopathen und Psychopathen identifiziere, der Polizei ihre Handlungen erkläre, sie aufhalte, wenn ich kann, und bei ihrer Ergreifung helfe, wenn es notwendig wird.

Mayas Entführung und ihr Tod waren nicht wahllos oder spontan. Wer immer sie verschleppt hat, kam vorbereitet, was auf Absicht und Planung hindeutet. Aber er hat nicht erwartet, Rohan Kirk in dem Haus anzutreffen, was wiederum bedeutet, dass er Maya nicht für längere Zeit beobachtet haben kann. Rohan hat das Haus zwar nur selten verlassen, doch es gab reichlich Hinweise auf seine Anwesenheit – seine Schuhe im Eingangsflur, seine Kleidung auf den Heizkörpern.

Jeder Sexualverbrecher tickt anders. Einige wählen das schwächste Mitglied der Herde aus, die Jungen, Kranken oder Verletzlichen. Andere werden durch eine vermeintliche Kränkung oder ein falsch gedeutetes Signal angelockt. Vielleicht hat Maya ihn in einem Supermarkt oder an einer Tanksäule angelächelt. Oder umgekehrt, er hat gelächelt, und sie hat den Blick abgewandt und ihn ignoriert.

Ich kehre zu den Fotos zurück und konzentriere mich auf die Abdrücke auf ihren Hand- und Fußgelenken und ihrem Hals. Ähnliche Spuren finden sich auf dem Rücken und in der Mitte der Brust. Sie sind eigenartig symmetrisch und haben ein Karomuster auf der Haut hinterlassen. Wer immer sie gefesselt hat, hat die Seile zu einer Art Geschirr gebunden, das unter und über ihrer Brust, über die Schultern und bis auf den Rücken geknüpft und mit einem dicken Knoten gesichert war. Eine dunkelviolette Hautverfärbung zeigt, wo er gegen ihr Rückgrat gedrückt hat. Weitere Seile verliefen im Zickzack über ihre Hüften und waren zwischen den Beinen verknotet.

Ich öffne einen Webbrowser und rufe Bilder von Rope-Bondage auf, bis ich auf ein Muster stoße, das den Abdrücken auf Mayas Haut entspricht.

Ich greife nach dem Telefon und rufe Ness an. Er schaut fern. Ich höre die Titelmelodie von *Newsnight*, bevor er den Ton stumm stellt.

»Aus welchem Material waren die Fesseln, die Sie an Maya Kirks Fußgelenken gefunden haben?«

»Aus geflochtenem Hanf. Wieso?«

»Sie wurde auf eine ganz spezielle Art gefesselt, die Seile haben ein Muster auf ihrer Brust hinterlassen. Man nennt es Shibari – eine Art von Bondage, die ihren Ursprung im antiken Japan hat. Am Anfang war es eine Foltermethode, die sich im Laufe der Zeit jedoch in eine darstellende Kunst oder eine Form der Unterwerfung entwickelt hat.«

»Sollte ich Sie fragen, woher Sie das wissen?«

»Ich habe an der Universität Fetische und Paraphilien studiert.«

»Und ich habe meine Zeit mit Medizin verschwendet.«

Ich ignoriere sein Lachen und frage ihn, ob er weitere Laborergebnisse zu Maya bekommen hat.

»Wir haben Spermaspuren an ihrem Kleid gefunden, stark abgebaut, aber wir konnten ein unvollständiges DNA-Profil erstellen. Auf dem Sofa im Wohnzimmer neben dem Fundort von Rohan Kirks Leiche haben wir ebenfalls Spermaspuren entdeckt.

Außerdem haben wir den Staub und Schmutz unter Mayas Fingernägeln und an ihrem Knie analysiert. Die Probe enthielt Spuren von Sand, Kalk und Austernschalen, was auf eine Art Mörtel hinweist, aber nichts Modernes.«

»Wie alt?«

»Neunzehntes Jahrhundert oder später. Die Farbsplitter hatten ein Pigment von Bleiweiß, das aus derselben Periode stammt.«

Es gibt zwar jede Menge historischer Gebäude in Nottingham, trotzdem könnte es die Suche einengen.

»Was ist mit dem toxikologischen Bericht?«, frage ich.

»Nichts in ihrem Blut, aber manche Drogen lassen sich nach vierundzwanzig Stunden nicht mehr nachweisen. Wir untersuchen ihre Haarfollikel, die sollten uns mehr verraten.«

Ness wünscht mir eine gute Nacht, und ich kehre zu den Fotos zurück, drehe mich mit meinem Stuhl im und gegen den Uhrzeigersinn. Die Seile, das Scheren des Kopfes, das langsame Erdrosseln – all das weist auf jemanden hin, der Kontrolle ausübt, um zu unterwerfen oder zu demütigen. Die Frage ist, warum. Sexuelle Befriedigung? Rache? Eifersucht?

Während des Spanischen Bürgerkriegs und des Zweiten Weltkriegs wurden Frauen oft zur Strafe die Haare abrasiert, vor allem wenn sie beschuldigt wurden, mit dem Feind kollaboriert zu haben. Es ist eine geschlechtsspezifische Form von Gewalt, die auf die Identität und die Sexualität des Opfers abzielt. Vielleicht haben wir es mit einem Incel zu tun, einem unfreiwillig zölibatär lebenden Mann, der sich unbegehrt und unsichtbar fühlt und Frauen dafür verantwortlich macht. Jemand, der glaubt, dass der Feminismus zu weit gegangen ist und dass Frauen Männern Sex, Unterwürfigkeit und bedingungslosen Respekt schuldig sind.

Falls dem so wäre, wäre ein Persönlichkeitsprofil relativ unkompliziert. Ich würde nach jemandem mit ausgeprägtem Sexualtrieb suchen, der Mühe hat, intime Beziehungen zu knüpfen – nach einem Mann, der sich zu schnell verliebt, dem es jedoch an den Umgangsformen und der sozialen Kompetenz mangelt, um die Frauen zu umwerben, die ihn anziehen. Bis er das, was er nicht haben kann, schließlich zu hassen beginnt und davon fantasiert, die seiner Ansicht nach Verantwortlichen zu bestrafen.

Aber dieser Fall liegt anders, und ich weiß nicht genug, um zu verstehen, inwiefern. Die Gewalt, die Kontrolle, die kunstvolle Fesselung, der kahl rasierte Kopf, all das deutet auf einen sexuellen Psychopathen hin, aber es ist beinahe so, als hätte der Mörder die relevanten Kästchen abgehakt.

Ich weiß, was Lenny sagen würde: »Wenn es watschelt wie eine Ente und quakt wie eine Ente …« Aber dieses kleine Entlein strengt sich so sehr an, eine Ente zu sein, dass es vielleicht gar keine ist.

26

Evie

Meine Füße tun weh. Ich trage flache Schuhe, aber ich bin es nicht gewohnt, so lange zu stehen oder herumzulaufen. Die Bar ist gerammelt voll mit Menschen, die immer betrunkener und lauter werden. Ich hatte vergessen, wie unangenehm mir Menschenmengen sind, Fremde, die mich berühren könnten.

Jeder Tisch ist belegt, und die Leute stehen in doppelter Reihe am Tresen. Ich erkenne unterschiedliche Gruppen. Die Fußballfans, die schon vor Spielbeginn angefangen haben zu trinken und Sieg oder Niederlage mit der gleichen Leidenschaft feiern. Nach Mitternacht werden sie Döner Kebabs oder fettige Foodtruck-Hamburger essen und Schlägereien mit Fans rivalisierender Vereine anzetteln.

Dann gibt es die Single-Typen auf Anmach-Tour, wie Hähne, die die Hennen mustern – junge Frauen in knappen Kleidern oder glitzernden Tops und engen Jeans. Sie sind hier, um zu flirten oder gesehen zu werden, um die große Liebe zu finden oder einen Gratis-Cocktail zu schnorren, bevor sie in einem der Clubs tanzen gehen, wo man vor Mitternacht gar nicht aufzukreuzen braucht.

Es gibt andere Gruppen. Ehemänner mit ihren Frauen, Freunde mit ihren Freundinnen, erste Dates, letzte Dates. Brando nennt sie »Kunden« und führt sich auf, als würde ihm der Laden gehören. Dabei ist er nur der Geschäftsführer. Er arbeitet zusammen mit zwei Barkeepern, Eric und Grady, die plaudernd Cocktails mixen, Wein ausschenken und Pints zapfen.

Mein Job ist es, Gläser einzusammeln, Tische abzuwischen und den Leuten den Weg zum Klo zu weisen. Das könnte auch ein dressierter Affe erledigen. Außerdem soll ich die Augen nach Taschen- und Handtaschendieben offenhalten.

Die meisten Leute behandeln mich, als wäre ich unsichtbar, außer sie wollen irgendwas.

»Wir servieren nicht am Tisch«, sage ich zum zigsten Mal.

Ein Betrunkener in einem roten Fußballtrikot versucht, mich zu umarmen. Ich ducke mich unter seinen sich schließenden Armen weg und steuere mit einem Tablett leerer Gläser die Küche an. Ich gehe rückwärts durch die Schwingtür und betrete eine Oase der Ruhe, wenn auch nicht der Stille. Der Koch ist ein Fettwanst aus Newcastle, der Flüche benutzt wie Adjektive. Meistens schreit er den kleinen Filipino an, der die Spülmaschine belädt.

Ich nehme mir einen Moment Zeit, um Luft zu holen, streife meinen linken Schuh ab und massiere meine Zehen.

»Steck deine beschissenen Füße weg«, brüllt der Koch quer durch die Küche. »Das ist hier kein scheiß Fußpflege-Salon.«

Ich zeige ihm den Stinkefinger und lächele, bevor ich die Schwingtür wieder aufstoße. Ich sehe, wie der Türsteher Brando ein Zeichen macht. Kurz darauf betreten vier Polizisten den Laden, drei tragen Uniform, der vierte einen zerknitterten Anzug. Ein Detective.

Brando geht ihnen entgegen. Nach einem kurzen Gespräch mischen die Polizisten sich unter die Gäste und bewegen sich von Tisch zu Tisch, um den Leuten Fotos zu zeigen. Aus dem Augenwinkel sehe ich einen Typen durch die Küchentür schlüpfen. Ich höre, wie der Koch ihn anherrscht, dass es verboten sei, die Küche zu betreten, doch der Mann verschwindet durch einen Notausgang in einer Seitengasse, bevor irgendjemand reagieren kann.

Ich sammele weiter Gläser ein, bis sich ein Constable mit einem Foto in der Hand vor mir aufbaut.

»Hi, tut mir leid, Sie zu stören, Miss.«

»Dann lassen Sie es«, sage ich und will um ihn herumgehen.

»Erkennen Sie diese Frau?«

Ich schüttele automatisch den Kopf, obwohl ich weiß, dass es Maya Kirk ist.

Der Constable hat ein gespaltenes Kinn und steht so dicht vor mir, dass ich seine schwarzen Nasenhärchen sehen kann.

»Wir versuchen, ihre Aktivitäten zu rekonstruieren. Sie war am Sonntagabend in dieser Gegend.«

»Das ist meine allererste Schicht«, sage ich und räume ein weiteres leeres Glas ab.

Der Polizist wendet sich einer Frau am nächsten Tisch zu.

»Was ist mit Ihnen, Miss, waren Sie am letzten Sonntag am Lace Market?«

Die Frau winkt einer Freundin zu. »Hey, Toni. Guck mal.« Toni rutscht von ihrem Hocker und zieht ihr Kleid über die Hüften. »Oh, Sie sind aber ein Süßer«, sagt sie und mustert den Polizisten von oben bis unten.

Ihre Freundin zeigt ihr das Foto. »Ist das die Frau, die in der Nähe der Abbey ermordet wurde?«

»Sie war am letzten Sonntag in der Gegend um den Lace Market unterwegs«, sagt der Polizist und zeigt ihnen ein zweites Foto.

»Ist das der Mörder?«, fragt Toni.

»Den Typen kenn ich«, sagt ihre Freundin. »Der hängt hier immer rum wie ein schlechter Geruch. Er hat mir erzählt, er wäre Fernsehproduzent. Wer's glaubt!«

»Ist er gefährlich?«, fragt Toni. »Sie werden uns doch beschützen, oder?« Sie fasst den Unterarm des Constable. »Sie sind sehr stark.«

Ein halb volles Glas Wein kippt von meinem Tablett und ergießt sich über ihre Titten. Sie kreischt auf, wedelt mit den Händen und sieht mich empört an.

»Uups!«, sage ich und lächele entschuldigend.

Brando kommt mit Papierhandtüchern, bietet Toni einen Gratis-Drink an, und alles ist vergessen. Er will offensichtlich, dass die Polizisten wieder gehen, weil ihre Anwesenheit die Stimmung killt.

Fünf Minuten später sind sie verschwunden, aber das Energielevel ist nicht mehr das gleiche. Gegen Mitternacht mache ich eine Pause, setze mich auf eine Stufe vor der Seitentür und reibe mir die Füße. Die Polizisten sind immer noch auf dem Bürgersteig, wo sie die Fotos Leuten zeigen, die auf dem Weg zu einem späten Abendessen oder nach Hause sind.

Brando findet mich. »Du wirst in der Damentoilette gebraucht. Nimm Mopp und Eimer mit.«

»Für so was werde ich nicht gut genug bezahlt.«

»Bis jetzt bist du noch gar nicht bezahlt worden.«

Ich gehe zurück in die Küche, fülle einen Eimer mit warmem Seifenwasser und trage ihn zu den Toiletten. Die Lache von Erbrochenem ist direkt hinter der Tür. Jemand hat offensichtlich vergeblich versucht, es noch bis zur Toilette zu schaffen. Durch den Mund atmend fange ich an zu wischen, als ich ein Würgen höre. Eine der Kabinentüren ist geschlossen.

»Hallo?«

Keine Antwort.

»Alles in Ordnung?«

Ich gehe in die Hocke und spähe unter der Tür hindurch. Eine Frau kniet auf einer zusammengeknüllten Jacke, den Kopf über die Kloschüssel gebeugt. Ihre Strumpfhose ist zerrissen, eine Sandale liegt neben ihr.

»Wir schließen bald. Sie können hier nicht bleiben. Sind Sie mit Freunden hier?«

»Die sind schon weitergezogen, sie wollten tanzen gehen«, lallt sie. »Ich soll nachkommen.«

Sie würgt noch einmal, spuckt in die Schüssel und steht unsicher auf.

Die Tür wird entriegelt. Sie ist älter, als ich dachte, mit kurzem, dunklem, zerzaustem Haar und verschmiertem Make-up.

»Ich komme schon klar«, lallt sie verlegen. Sie hebt ihre Jacke auf, geht auf wackeligen Beinen zum Waschbecken, stützt sich ab, dreht den Hahn auf, schöpft Wasser in ihren Mund, spuckt, wischt sich das Gesicht ab und richtet ihr Haar.

»Ich bin so ein Leichtgewicht. Ich hab kaum was getrunken.«

Sie redet langsam und undeutlich, auch wenn sie sich um klare Aussprache bemüht.

»Vielleicht war es die Pizza, die wir gegessen haben. Jemand hat Anchovis bestellt.« Sie schüttelt sich und beginnt, ihre Jackentaschen abzuklopfen. »Mein Handy. Ich hatte es bei mir.«

»Wann haben Sie es zuletzt gesehen?«

»Es lag auf dem Tisch. Ich hätte es bestimmt mitgenommen.«

»Keine Panik. Wo haben Sie gesessen?«

»In einer der Nischen.« Sie dreht sich hektisch um und stolpert. Ich lasse den Mopp los, der laut klappernd auf die Fliesen fällt, und fange die Frau auf.

»Wie heißen Sie?«, frage ich.

»Daniela.«

»Setzen Sie sich. Ich suche Ihr Handy.«

Ich führe sie in eine der Kabinen und kehre in die Bar zurück, wo die Gästeschar langsam ausdünnt. Ich spähe unter Tische und Stühle und gucke in den dunkelsten Ecken nach. Ich möchte ungern auf allen vieren kriechen – nicht auf diesem Boden. Botulismus, Ebola, die Pest, alles ist möglich.

»Hat jemand ein Handy abgegeben?«, rufe ich Eric zu.

Er leitet die Frage an Grady weiter, der mit einem Schulterzucken antwortet.

»Wer hat denn sein Telefon verloren?«, fragt Brando.

»Die Frau auf der Toilette.«

»Die, die gekotzt hat?«

»Ja. Ihre Freundinnen haben sie sitzen lassen.«

»Schaff sie hier raus.«

»Wie soll ich das machen?«

»Ruf ihr einen Wagen.«

»Sie hat kein Telefon.«

»Ist mir egal, wie du es anstellst.«

Ich will widersprechen, aber Brando hat sich schon abgewendet. Als ich zu den Klos zurückgehe, höre ich Eric meinen Namen rufen. Er hält ein Handy hoch.

»Es lag neben der Kasse. Jemand muss es abgegeben haben.«

Ich wische über das Display, doch es ist gesperrt. Ich bringe Daniela das Handy. Sie wirkt erleichtert, wenn auch nach wie vor blass und zittrig. Sie schiebt die Rückseite der Hülle auf und vergewissert sich, dass ihr Führerschein und ihre Kreditkarte noch in einem kleinen Fach stecken.

»Ich bestell mir einen Wagen«, sagt sie, doch ihre Finger verweigern den Dienst. Ich nehme ihr das Handy ab und übernehme. Auf dem Display sieht man eine Karte, die die nächsten verfügbaren Fahrer anzeigt. Einer von ihnen nimmt die Anfrage an.

»Fünf Minuten«, sage ich.

Daniela steht auf und lehnt sich an die Tür der Kabine. Als sie nach vorn schwankt, packe ich ihre Taille, damit sie nicht umfällt. Es ist mir unangenehm, doch mir bleibt nichts anderes übrig. So gehen wir nebeneinander den schmalen Flur hinunter und eine kurze Treppe hinauf in die Bar. Leere Gläser warten darauf, eingesammelt zu werden, Tische müssen abgewischt werden. Brando will, dass ich an meine Arbeit zurückkehre.

Ich signalisiere ihm, zwei Minuten, und manövriere Daniela zum Eingang. Hamid, der Türsteher, hält die Tür auf, und ich helfe Daniela nach draußen, wo sie, von der Kälte offenbar belebt, wieder aus eigener Kraft stehen kann und gierig Luft einsaugt.

Ein Wagen taucht auf und fährt zu schnell durch eine Einbahnstraße. Als er uns sieht, bremst er scharf. Der Fahrer lässt das Beifahrerfenster herunter. »Wagen für Daniela.«

Ich öffne die Hintertür, und Daniela zieht den Kopf ein, als sie sich auf die Rückbank fallen lässt. Ich beuge mich in den Wagen und lege ihr den Sicherheitsgurt an.

»Haben Sie die Adresse?«, frage ich.

»Stapleford«, sagt der Fahrer und tippt auf das Handy auf dem Armaturenbrett.

»Sorgen Sie dafür, dass Sie nach Hause kommt«, sage ich.

»Wird erledigt.«

Als die Tür geschlossen wird, spüre ich ganz kurz ein Flattern im Magen. Im nächsten Moment ist der Wagen um eine Ecke verschwunden. Ich kehre zurück in die Bar und arbeite weiter, bis die letzte Runde eingeläutet wird. Nach einem finalen Ansturm läutet die Glocke erneut, und die Nachzügler werden zum Gehen überredet und gedrängt. Die Eingangstür wird abgeschlossen, Gläser werden eingesammelt, Reste geleert, Tische abgewischt, Stühle gestapelt. Brando überprüft alles und macht mich auf Dinge aufmerksam, die ich vergessen habe.

Meine letzte Pflicht ist es, die Müllsäcke in dem rollbaren Müllcontainer in der Seitengasse zu entsorgen. Brando gibt allen aus der Belegschaft einen Umschlag. Meiner enthält achtzig Pfund, inklusive Trinkgeld. Ich schicke Morty eine Textnachricht, die er erst lesen wird, wenn er aufwacht.

Ich kaufe deinen Wagen. Gib mir Zeit bis Montag.

27

Cyrus

Mitch arbeitet im Haus und repariert eine der Stufen zum Speicher, die abgesackt ist, seit meine Großeltern mir das Haus überlassen haben. Er versucht, leise zu arbeiten, weil Evie erst spät in der Nacht nach Hause gekommen ist. Ich habe wach gelegen und auf sie gewartet. Erst als ich gehört habe, wie sie ihre Zimmertür geschlossen hat, bin ich eingeschlafen.

Mitch ist nicht besonders redselig. Er kommt jeden Morgen um acht und geht um vier wieder. Wenn ich ihn bezahle, senkt er den Kopf, als wäre es ihm peinlich, mein Geld anzunehmen.

Am Mittag macht er eine Pause, um ein Sandwich zu essen, das er mit Poppy zu seinen Füßen auf der Treppe zum Garten verzehrt. Ich biete an, ihm eine Tasse Tee zu kochen.

»Eine Dusche wäre mir lieber«, sagt er.

Ich bemerke den überquellenden Rucksack, der neben der Hintertür steht. Er öffnet ihn, sucht ein sauberes Hemd und schnuppert an mehreren, die er wieder hineinstopft.

»Möchten Sie eine Maschine Wäsche anstellen?«, frage ich.

»Morgen vielleicht.«

An seinen Rucksack ist ein Schlafsack geschnallt.

»Wie läuft es in der Pension?«, frage ich.

»Die Vermieterin hat mich aufgefordert auszuziehen.«

»Wieso?«

»Die Polizei war da. Sie haben Fragen zu der ermordeten Frau gestellt.«

»Kannten Sie sie?«

»Nein, aber ich stehe vermutlich auf irgendeiner Liste von Sexualstraftätern.« Mitch hat ein sauberes Hemd gefunden. »Meine Vermieterin mag keine Polizei. Sie sagt, es macht ihre anderen Gäste nervös.«

»Und wo wohnen Sie jetzt?«

»Hier und da.«

»Wo haben Sie in der letzten Nacht geschlafen?«

»In der London Road gibt es eine Feuerwache, die Notunterkünfte anbietet, wenn die Temperaturen unter den Gefrierpunkt fallen.«

»Und wenn nicht?«

»Das Parkhaus in der Queen Street ist warm genug.«

»Sie hätten etwas sagen sollen.«

»Warum? Es ist nicht Ihr Problem.«

»Sie können gerne ein paar Tage hierbleiben«, sage ich, »bis Sie die Arbeiten erledigt haben.«

»Sie haben schon genug getan.«

»In dem Haus gibt es fünf Schlafzimmer.«

Er kaut auf der Innenseite seiner Wange. »Sie sollten das erst mit Evie klären.«

»Wenn Sie sich dann besser fühlen.«

Mitch nickt und steigt die Treppe zum Badezimmer hoch. Eine Weile später taucht er mit feuchtem Haar und kleinen Rasierschnitten am Hals wieder auf. Diesmal nimmt er die angebotene Limo entgegen, rührt sie jedoch kaum an, sondern streicht nur mit dem Finger über die Tropfen des Kondenswassers.

»Ich habe mich ein wenig in Ihren Fall eingelesen«, sage ich. »Wer hat damals die Verhaftung vorgenommen?«

»Ihr Freund.«

»Wer?«

»Er war neulich hier und hat mich im Garten arbeiten sehen, aber ich glaube nicht, dass er mich erkannt hat.«

»Gary Hoyle.«

Er nickt. »Er hat mich von Anfang an behandelt wie einen Abschaum von Vergewaltiger.«

»Was soll das heißen?«

»Das Übliche. Man geht, die Hände mit Handschellen auf dem Rücken gefesselt, und jemand stellt einem ein Bein. Man landet mit dem Gesicht zuerst. Nichts bremst den Sturz. Entweder das, oder sie spucken einem ins Essen, lassen das Zellenlicht die ganze Nacht brennen oder wecken einen alle paar Stunden für eine Leibesvisitation.«

»Ihre DNA wurde in Lilahs Wohnung gefunden.«

»Wir waren befreundet.«

»Wie ist Lilahs Ohrring in Ihre Wohnung gelangt?«

»Vielleicht wurde er dort platziert.«

»Sie glauben, er wurde Ihnen untergeschoben, um Sie reinzulegen?«

»Es ist das Einzige, was Sinn ergibt.«

Ich will widersprechen, doch mir ist durchaus bewusst, dass die Polizei die Beweislage gelegentlich zu Ungunsten eines Verdächtigen manipuliert. Manchmal ist es nur ein Unterlassungsfehler – die Nichtberücksichtigung von Indizien oder das Weglassen von Details, die die Sichtweise der Geschworenen verwirren könnten. Bei anderen Gelegenheiten werden Tatsachen so hingebogen, dass sie zu einer bestimmten Erzählung passen.

Ich höre, wie das Seitentor aufgeht. Evie war mit Poppy im Wollaton Park. Sie trägt Jeans und einen großen Wollmantel, der sie noch kleiner wirken lässt. Poppy trinkt geräuschvoll aus dem Blechnapf unter dem Wasserhahn, und Evie hängt die Leine an einen Haken in der Waschküche.

»Mitch wird ein paar Tage bei uns wohnen. Ist das okay für dich?«, frage ich.

»Wieso sollte es das nicht sein?«

Ich sehe Mitch an. Der lächelt und sagt: »Danke, Evie.«

»Kein Problem.«

Sie macht sich auf den Weg nach oben, kehrt jedoch beinahe sofort zurück und ruft: »Dein Handy hat geklingelt.«

Sie holt aus, um zu werfen. Ich rufe »Nein«, doch das Telefon segelt bereits durch die Luft. Mitch pflückt es mit der linken Hand herunter wie ein Slip Fielder beim Cricket.

»Guter Fang«, ruft Evie.

Lenny hat eine Nachricht geschrieben.

Maya Kirks Schwager ist wegen Einbruchs und Störung des Tatorts verhaftet worden. Wir treffen uns bei dem Haus.

Dean Sterling sitzt auf der Rückbank eines Streifenwagens und ruht seine Augen aus oder schläft. Als er meine Stimme hört, blinzelt er mich an und hebt seine mit Handschellen gefesselten Hände. »Hey, Fitz, erklären Sie diesen Typen, dass das Ganze ein Irrtum ist.«

Ich ignoriere ihn und geselle mich zu Lenny in den mobilen Einsatzraum, einen Wohnwagen, der in der Auffahrt parkt. Von ihm aus bewachen Beamte den Tatort und befragen Anwohner, ob sie in der Tatnacht etwas gesehen haben.

»Sterling wurde erwischt, als er aus der Hintertür kam«, sagt sie.

»Wie ist er reingekommen?«, frage ich.

»Er hatte einen Schlüssel.«

»War nur meine Werkzeuge abholen«, ruft Sterling aus dem Wagen. »Ich hab sie in dem Schrank unter der Treppe gelassen.« Er weist mit dem Kopf auf mich. »Ich hab es ihm gesagt.«

»Und ich habe Ihnen erklärt, dass es nach wie vor ein Tatort ist.«

»Ja, aber ich habe Rechnungen zu zahlen und hungrige Mäuler zu stopfen.«

Er lächelt mich mit einem kumpelhaften Männerumkleiden-Grinsen an, als wären wir beide gleich – hart arbeitende Typen, die versuchen, einen Job zu erledigen.

Lenny sieht mich an. »Hat er die Werkzeuge erwähnt?«

»Im Krankenhaus.«

Sie scheint auf diesem Detail herumzukauen. Schließlich nickt sie dem Constable zu. »Machen Sie ihn los«, weist sie ihn an und an Sterling gewandt: »Beim nächsten Mal tun Sie, was man Ihnen sagt.«

»Es wird kein nächstes Mal geben«, erwidert er. »Tut mir leid, dass ich Ihre Zeit verschwendet habe.«

Die Handschellen werden aufgeschlossen. Dean reibt sich die Handgelenke, bevor er eilig zu seinem Transporter geht, der ein Stück die Straße hinunter parkt. Es gibt freie Plätze, die näher liegen.

»Hatte er irgendwas bei sich, als Sie ihn verhaftet haben?«, frage ich den Constable, der orangerotes Haar und Sommersprossen hat.

»Nichts. Ich meine, nur den Hausschlüssel und einen kleinen Schraubenzieher.«

»Was ist mit den Werkzeugen, die er abholen wollte?«

»Er hat gesagt, er hätte sie nicht gefunden.«

Ich blicke Lenny an. »Ergibt das für dich Sinn?«

Sie nimmt dem Constable die Schlüssel ab. »Ich denke, wir sehen uns das mal an.«

Seit die Teams der Spurensicherung abgezogen sind, ist das Haus abgeschlossen, doch die Spuren ihrer Arbeit sind noch überall zu sehen – Beweismarkierungen, Spurensicherungspulver und ein fehlendes Stück Teppich, auf dem Rohan Kirk gelegen hat und das herausgeschnitten wurde.

Ich gehe den Flur hinunter und öffne den Schrank unter der Treppe. Darin befinden sich ein Weinregal und ein Vorratsschrank, der von Konservendosen, Pasta-Packungen und Einmachgläsern mit Obst überquillt.

»Nicht gerade ein Ort, wo man sein Werkzeug verstauen würde«, sage ich. »Ein Fliesenschneider ist ein schweres Gerät.«

Ich gehe die Treppe hinauf und in das an Mayas Schlafzimmer grenzende Bad, das frisch gestrichen riecht. Die alte Badewanne wurde wieder verwendet, doch die faltbare gläserne Duschwand und die Armaturen sehen neu aus. Als ich mich hinhocke, um den Boden zu untersuchen, entdecke ich Schmutzspuren an der Wanne, den blassen Abdruck von Arbeitsschuhen. Jemand hat auf dem Wannenrand gestanden. Ich blicke zum Deckenlicht, das gleichzeitig als Heizungsschlitz dient. Daneben ist ein Rauchmelder mit rundem Plastikdeckel angebracht.

Lenny ist in den Raum gekommen.

»Was für einen Schraubenzieher hatte er bei sich?«

»Einen kleinen Kreuzschraubenzieher.«

»Etwa die Größe?«, frage ich und zeige auf den Rauchmelder.

»Ja.«

Ich stütze mich mit einer Hand auf ihrer Schulter ab, steige auf den Wannenrand, greife nach oben und nehme den Deckel des Rauchmelders ab, der normalerweise mit zwei kleinen Schrauben befestigt sein sollte. Beide fehlen.

Ich wende den Deckel in meiner Hand. Er enthält eine Batterie, aber keinen Rauchdetektor.

»Was ist das?«, fragt Lenny.

»Eine Spionagekamera, wenn ich raten müsste. Die Batterie wurde deaktiviert, und die Kamera ist verschwunden.«

Ich stecke den Deckel in einen Beweismittelbeutel, während Lenny mit ihrem Handy die Decke und den Wannenrand fotografiert. Sie ruft Hoyle an und fordert einen Durchsuchungsbefehl für Dean Sterlings Haus.

Ich gehe derweil in Mayas Schlafzimmer und suche nach anderen möglichen Verstecken. Irgendwann fällt mein Blick auf das Regal mit den Stofftieren neben dem Fenster. Die Tiere sind weiterhin nach Größe geordnet, doch eins, der Paddington-Bär, steht ein wenig schief. Ich nehme ihn in die Hand und entdecke, dass die Rückseite aufgerissen ist und ein Glasauge fehlt.

»Hier drinnen«, rufe ich.

Lenny taucht auf.

Ich halte den Bären hoch. »Eine weitere Kamera. Wahrscheinlich war sie ans WLAN angeschlossen und über eine Handy-App oder einen Laptop steuerbar. Die Batterien mussten von Zeit zu Zeit ausgetauscht werden, aber dann konnte er Maya von jedem beliebigen Ort aus beobachten.«

»Wo sind die Kameras?«, fragt Lenny. »Er wurde beim Verlassen des Hauses durchsucht. Er hatte nur den Schraubenzieher und den Hausschlüssel bei sich.«

Ich mache einen Schritt zum Fenster und spüre, wie etwas Kleines und Sprödes unter meinem Absatz zerbricht. Ich bücke mich und hebe ein Stück schwarzes Plastik auf. Das Schiebefenster ist zu, aber nicht verriegelt.

Ich laufe durch die Tür die Treppe hinunter. Lenny folgt mir. Wir nehmen den Seitenausgang durch die Küche und folgen einem kurzen Pfad in den Garten. Ich trete in das matschige Gras, blicke zu Mayas Schlafzimmerfenster hoch und schätze eine mögliche Flugbahn. Dann schiebe ich die Äste eines Strauches beiseite. Zwischen dem welken Laub liegen Glas- und Plastikscherben im Schlamm.

»Wir brauchen Computer und Handy von ihm«, sage ich.

»Bin schon dran.«

28

Evie

Mitch arbeitet im Haus und repariert meine Zimmertür, die nicht richtig schließt, weil sich das Haus mit den Jahreszeiten zu bewegen und ächzend und stöhnend zu atmen scheint. Wenn jemand im Erdgeschoss eine Tür schließt, kann es sein, dass der Teppich in meinem Zimmer Wellen schlägt und sich knubbelt. Am Anfang hat mir das Angst gemacht, weil ich dachte, es würde spuken.

Nachdem Mitch die Angeln gelöst hat, lehnt er die Tür zwischen zwei Stühle und benutzt dann ein Werkzeug, mit dem man kleine Holzstreifen abrasieren kann, die sich aufrollen und zu Boden flattern wie Luftschlangen.

»Wie war es im Gefängnis?«, frage ich, während ich ihm von der Speichertreppe aus zusehe.

»Langsam.«

»Was heißt das?«

»Am Ende läuft alles auf die Zeit hinaus, aber man lernt, sie verstreichen zu lassen.«

»Wie?«

Mitch hält inne und pustet Holzspäne von seinem Handgelenk. »Wir Menschen sind die Einzigen, die sich über die Zeit sorgen. Andere Tiere leben in einer kontinuierlichen Gegenwart, ohne ein Gefühl von Vergangenheit oder Zukunft. Das habe ich im Gefängnis gelernt. Ich habe gegessen.

Ich habe geschlafen. Ich habe geatmet. Ich habe gearbeitet. Ich habe in einer kontinuierlichen Gegenwart gelebt.«

»Was für eine Arbeit hast du gemacht?«

»Ich war in der Wäscherei. Im Winter war es okay, aber im Sommer war es die reinste Sauna. Außerdem habe ich studiert. Ich bin kurz vor dem Abschluss.«

»Welches Fach?«

»Englische Literatur.«

»Das Fach mag ich am wenigsten.«

»Wieso?«

»Ich bin Legasthenikerin.«

Mitch hobelt einen weiteren Holzstreifen ab. »Kennst du den Witz von dem legasthenischen Bankräuber? Der in eine Bank marschiert und ruft: ›Hände über, verdammte, das ist ein Reinfall!‹«

Ich lache, obwohl Legastheniker nicht beim Sprechen Worte verwechseln.

Mitch nimmt ein Stück Schleifpapier, fährt damit über die Unterseite der Tür und überprüft seine Arbeit mit einer Wasserwaage, bevor er die Tür wieder einhängt. Ich halte sie fest, während er die Angeln befestigt.

»Wo hast du das gelernt?«

»Mein Dad war geschickt mit den Händen.«

»Wo ist er jetzt?«

»Tot. Lungenkrebs. Er hat zwei Schachteln am Tag geraucht.«

»Und deine Mum?«

»Sie hat noch mal geheiratet. Sie lebt in Schottland.«

»Hast sie dich jemals besucht?«

»Zweimal im Jahr. Ich glaube, ich war ihr peinlich. Ich war das Schwarze Schaf, nicht der verlorene Sohn.«

»Wer?«

»Die Geschichte aus der Bibel.«

»Ich mag Geschichten.«

»Sie handelt von den beiden Söhnen eines reichen Mannes. Einer der Brüder verlangt, sein Erbe vorzeitig ausgezahlt zu bekommen, und feiert dann Partys, amüsiert sich und lebt in Saus und Braus. Als ihm das Geld ausgeht, kehrt er nach Hause zurück, wo der andere Bruder hart gearbeitet und sich um den Hof und seinen alten Vater gekümmert hat. Aber anstatt wie ein Verschwender behandelt zu werden, der sein Erbe durchgebracht hat, wird der verlorene Sohn zu Hause empfangen wie ein Held, und es gibt ein Fest zu seinen Ehren. Der gute Sohn arbeitet auf den Feldern, und niemand macht sich die Mühe, ihm Bescheid zu sagen. Er wird vergessen.«

»Was für eine furchtbare Geschichte.«

»Ja, das dachte ich früher auch«, sagt Mitch lächelnd, »aber ich glaube, jetzt verstehe ich sie. Der Vater sagt, sein Sohn sei verloren gewesen und jetzt wiedergefunden worden. Es geht um Erlösung und Vergebung.«

»Ich glaube nicht daran, Menschen zu vergeben, die mir wehgetan haben.«

»Hat dir mal jemand wehgetan?«, fragt er mit erhobener Augenbraue.

Ich wechsele rasch das Thema, weil ich nicht will, dass Mitch mich behandelt wie verdorbene Ware.

»Erzähl mir von Lilah«, sage ich.

»Sie war nett. Sie hat als Krankenschwester auf der neonatologischen Intensivstation gearbeitet und sich um Frühchen gekümmert. Es war ein harter Job. So viel Kummer.«

»Aber sie hat Leben gerettet.«

»Ja, aber sie musste auch zusehen, wie Babys sterben,

weißt du. Die sie nicht retten konnten. Sie meinte, das sei der Lauf der Natur, Teil der natürlichen Auslese, aber das kann man trauernden Eltern ja nicht sagen, oder?«

»Wohl nicht.« Ich habe keine Ahnung, was natürliche Auslese ist, doch ich will ihn nicht unterbrechen.

»Sie hat davon gesprochen, den Beruf aufzugeben, weil jemand in dem Krankenhaus einen Fehler gemacht hatte und sie dafür verantwortlich gemacht worden war, aber ich kann mir sie in keinem anderen Beruf vorstellen.«

»Wo ist sie jetzt?«

»Weiß nicht. Ist mir egal.«

Er testet die Tür und vergewissert sich, dass sie richtig schließt. »Die Wohnung, in der sie überfallen wurde, hat ihr gehört. Ihre Eltern haben ihr geholfen, sie zu kaufen. Vielleicht ist sie zurück nach Hause gezogen, obwohl ich das nicht glaube. Sie mochte ihren Vater eigentlich nicht. Sie hat gesagt, er wollte alles kontrollieren.«

»Bist du wütend auf sie?«

»Nein.«

»Aber wenn sie bloß kapiert hätte …«

»Kennst du die beiden traurigsten Worte unserer Sprache?«

Ich schüttele den Kopf.

»Wenn bloß.«

Als Mitch später eine weitere Schicht Farbe auf das Gartentor aufträgt, gehe ich mit einer Dose Red Bull in die Bibliothek, klappe meinen Laptop auf und geben seinen Namen ein.

Es gibt nicht viele Artikel. Einer stammt aus der *Nottingham Post*:

Ein dreißigjähriger Cutter, der beschuldigt wird, eine Krankenschwester aus Nottingham überfallen und sexuell genötigt zu haben, erschien heute vor Gericht. Mitchell Coates bestätigte seinen Namen, sein Geburtsdatum und seine Adresse, ohne dass in der Sache plädiert wurde. Coates wurde unter Auflagen gegen Kaution freigelassen, sein Fall wurde an das Nottingham Crown Court in der Canal Street verwiesen, wo für den 12. Februar eine erste Anhörung angesetzt ist.

Ich suche weitere Artikel. Sieben Monate später kam es zum Prozess.

Ein Nachbar, der eine junge Krankenschwester terrorisiert, ihr die Kleider vom Leib geschnitten und sie sexuell genötigt hat, wurde zu einer achtjährigen Haftstrafe verurteilt.
Mitchell Coates, 30, wohnte im Stockwerk über dem Opfer und hatte einen Schlüssel zur Wohnung. Seine DNA-Spuren wurden auf dem Bett der Krankenschwester sowie auf einem Kissenbezug gefunden, der während des Überfalls verwendet wurde. Ein Schmuckstück, das sie während des Kampfes verloren hatte, wurde später in seiner Waschmaschine gefunden. Den Geschworenen am Nottingham Crown Court wurde dargelegt, dass Coates auf der Lauer gelegen haben muss, als seine Nachbarin um kurz vor Mitternacht nach Hause kam. Sie wurde von hinten angegriffen, verlor das Bewusstsein und kam erst Stunden später mit gefesselten Armen und Beinen wieder zu sich. Ihr Kopf steckte nach wie vor unter dem Kissenbezug, ihre Kleidung lag neben dem Bett auf dem Boden. Bei der Urteilsverkündung legte der Richter fest, dass die Strafe frühestens nach sechs Jahren zur Bewährung ausgesetzt werden kann. Er beschrieb Coates als einen gewalttä-

tigen, arroganten und kontrollfixierten Gewalttäter, der eine junge Frau terrorisiert und gedemütigt hatte.

»Das Fehlen jeder Reue und die Weigerung, Ihr Verbrechen zu gestehen, haben dafür gesorgt, dass Sie eine beträchtliche Zeit hinter Gittern verbringen werden.«

Ich kann mir Mitch nicht gewalttätig, arrogant oder kontrollfixiert vorstellen. Warum sehen die Menschen nicht, was ich sehe?

Ansonsten wird das Verbrechen nur noch ein einziges Mal in einer Reportage über die gefährlichsten Viertel von Nottingham erwähnt. Kriminalstatistiken haben die Straßen um das Arboretum mit mehr als vierhundert registrierten Straftaten in den vergangenen zwölf Monaten als die schlimmste Gegend ausgewiesen. Unter anderen wird der sexuelle Angriff auf eine junge Krankenschwester in der Portland Road erwähnt. Das muss sie sein.

29

Cyrus

Melody Sterling hat ein Kleinkind mit feuchten Wangen auf ihrem Schoß und singt ihm ein Lied vor. Es ist ihre Tochter. Victoria. Um sie herum verrichten Polizisten ihre Arbeit. Dinge werden in die Hand genommen und untersucht, Bücher durchgeblättert, Schubladen aufgezogen, Möbel verrückt, Teppiche zurückgeschlagen.

Über uns fällt irgendwas auf den Boden und zerbricht.

»Sie sind bald wieder weg«, sage ich entschuldigend.

»Aber wonach suchen sie?«

»Elektrogeräte. Computer. iPads. USB-Sticks. Speicherkarten.«

»Geht es um Maya? Was hat Dean gemacht?«

»Wir haben Hinweise auf Spionagekameras in Mayas Schlafzimmer und Bad gefunden. Wir glauben, dass Ihr Mann sie dort installiert hat.«

Melody öffnet den Mund und will widersprechen, doch irgendetwas hält sie zurück. Sie lässt Kopf und Schultern sacken, als die Luft aus ihrer Lunge entweicht. Ich warte, während sie diese neue Information verarbeitet, und beobachte ihre Mimik, die von Leugnung über Schock bei einer kalten, harten Wut landet.

»Wo waren die Kameras?«, fragt sie.

»Eine in dem Rauchmelder in Mayas Badezimmer, die

andere in einem Teddybären auf dem Regal in ihrem Schlafzimmer.«

»In dem Paddington-Bären?«

»Ja.«

»Den hat Dean Maya zu ihrem letzten Geburtstag geschenkt. Er hat sie wegen ihrer Stofftiersammlung immer aufgezogen und gesagt, sie würde nie erwachsen werden.«

»Hat er sie nur aufgezogen?«

Melody antwortet nicht sofort. Die Deckenlampe wackelt, als die Detectives oben von Zimmer zu Zimmer gehen.

»Als ich mit Dean zusammengekommen bin, hat er immer Witze gemacht, er könne Maya und mich nicht auseinanderhalten. Er hatte die Fantasie, dass wir eines Nachts die Plätze tauschen und nicht ich, sondern Maya in seinem Bett liegen würde. Dabei hat er immer gelacht, als wollte er mich foppen oder eifersüchtig machen, aber ich wusste, dass ein Teil von ihm sie begehrte ...« Die Worte versiegen. »Es ist nicht so, als wären wir je identisch gewesen. Ich habe immer mehr Kilos mit mir rumgetragen, vor allem seit der Schwangerschaft.« Sie streicht eine Strähne aus Victorias Stirn und küsst ihre Tochter auf die Wange. »Ich hab einmal einen Dokumentarfilm über Zwillinge gesehen. Wir haben zwar dieselben Gene, aber manche dieser Gene können durch äußere Ereignisse beeinflusst, ein- oder ausgeschaltet werden. Krankheit. Stress. Ernährung. Rauchen. Maya hatte mit vier eine Lungenentzündung, ich hatte mit acht eine Staphylokokkeninfektion. Vielleicht war sie deswegen schlank, und ich bin so, wie ich bin.«

Ich will ihr sagen, dass sie nachsichtiger mit sich sein soll, aber solche depressiven Verstimmungen sind Teil des Trauerprozesses. Sie wiegt Victoria in den Armen. Dem Mädchen fallen die Augen zu.

»Nach Victorias Geburt schien Dean jedes Interesse verloren zu haben, mit mir zu schlafen. Ich habe versucht, die Sache ein bisschen aufzupeppen, habe Date-Nights und romantische Abendessen organisiert. Maya hat auf die Kinder aufgepasst, aber Dean war mehr daran interessiert, über das Sexleben meiner Schwester zu reden – aus zweiter Hand an ihren Abenteuern teilzuhaben, sich vorzustellen, er wäre ein verfügbarer Single. Das wollen wir vermutlich alle manchmal, aber für mich hat es sich echt beschissen angefühlt – als hätte er die falsche Schwester geheiratet.« Die Worte bleiben ihr im Hals stecken. »Aber er ist kein Mörder. Er würde Maya nie etwas antun.«

»Er hat sie gefilmt.«

»Das macht ihn zu einem schmierigen Spanner – und wenn er es je bei ihr versucht hätte, hätte Maya ihn abblitzen lassen.«

»Sie vertrauen Ihrer Schwester.«

»Mehr als meinem Mann.«

Oben fällt etwas zu Boden.

»Sie werden für sämtliche Schäden bezahlen«, sage ich. »Und alles wieder zurechtrücken.«

»Nicht alles«, sagt Melody und meint mehr als Möbel.

Hoyle kommt in die Küche wie ein Revolverheld in einen Saloon. Er knöpft seine Anzugjacke auf, zieht sich einen Stuhl heran, setzt sich verkehrt herum darauf und stützt seine Ellbogen auf die Rückenlehne.

»Wo war Ihr Mann, als Ihr Vater gestorben ist?«

»In Leeds. Er ist Sonntagnachmittag hochgefahren.« Melody blickt von Gesicht zu Gesicht und will, dass wir ihr glauben. »Er hat dort einen großen Auftrag. Ein ganzer Wohnblock. Dutzende von Bädern, Küchen, Waschküchen. Er bleibt über die Woche in Leeds und kommt an den Wochenenden nach Hause.«

»Wo übernachtet er?«

»In einem Pub am Bahnhof. Dem Clayton.«

»Besitzt Ihr Mann einen Computer?«

»Ja. Einen Laptop.«

»Wo ist er?«

»In dem dritten Schlafzimmer. Wir benutzen es als Arbeitszimmer.«

»Wir haben keinen Computer gefunden«, sagt Hoyle.

Melody zögert, sichtlich überrascht.

»Sein Handy hat er offenbar auch verlegt«, fährt Hoyle fort.

Sie wirkt elend. »Ich kann Ihnen nicht helfen.«

Hoyle steht abrupt auf und klatscht in die Hände. Melody zuckt zusammen. »Dann werden wir weitersuchen.«

Als er den Raum verlassen hat, entspannt sie sich wieder. Victoria ist eingeschlafen, den Kopf an die Brust ihrer Mutter gedrückt. Der Kühlschrank hinter ihnen ist mit Buntstiftzeichnungen und Fingerfarbenbildern bedeckt. Ein Wasserhahn tropft. Die Uhr tickt. Die Polizisten oben sind still.

»Hat er einen geheimen Ort?«, frage ich.

Melody sieht mich blinzelnd an.

»Jeder hat einen«, erkläre ich. »Einen Ort, wo er persönliche Sachen von besonderem Wert aufbewahrt.«

Sie schüttelt den Kopf.

»Eine Werkstatt. Ein Schließfach. Ein Wohnwagen. Ein Schuppen. Eine untere Schublade. Ein Schuhkarton. Dort wird er die Memory-Card oder den USB-Stick versteckt haben. Er hat Maya beim Ausziehen, Duschen und Schlafen zugesehen.«

Melody will sich die Ohren zuhalten.

»Wo ist er?«, flüstert sie.

»Er sitzt draußen in einem Polizeiwagen.«

»Kann ich mit ihm sprechen?«

»Nein.«

Sie beißt sich auf die Unterlippe und hinterlässt einen Abdruck auf der weichen rosafarbenen Haut.

»Ich kann Ihnen nicht helfen.«

Dean Sterling sitzt mit geschlossenen Augen auf der Rückbank des Streifenwagens, den Kopf in den Nacken gelegt – in derselben Haltung wie zuvor. Als ich die Tür öffne, hebt er seine mit Handschellen gefesselten Hände und kratzt sich an der Nase. »Wir müssen aufhören, uns so zu treffen.«

Ich rutsche auf den Platz neben ihm, ziehe einen Streifen Kaugummi aus der Tasche und biete ihm auch einen an.

»Ich will morgen mit meinen Kumpels angeln gehen. Sollte ich absagen?«, fragt er.

»Das würde ich machen.«

Er nickt, scheinbar unbekümmert, doch ich erkenne seine Unsicherheit an seinen blutunterlaufenen Augen und rieche sie an seiner Haut.

»Die Polizei anzulügen wird Ihnen nicht weiterhelfen«, sage ich.

»Gucken Sie nicht so ernst. Ich habe niemanden umgebracht.«

»Das sagen Sie schon die ganze Zeit. Ich hoffe, Ihr Alibi in Leeds hält.«

»Ich war dort«, sagt Dean vorsichtiger. »Aber ich habe nicht in dem Pub übernachtet.«

»Wo haben Sie denn übernachtet?«

»Bei einer Freundin.«

Er beobachtet mich und wartet, dass der Groschen fällt. »Wer ist sie?«

»Eine alleinerziehende Mutter, die versucht durchzukommen. Sie ist ein gutes Mädchen. Anständig. Sie hatte eine schwere Zeit. Ihr Typ hat sie sitzen lassen, als sie schwanger war.«

»Wie haben Sie sich kennengelernt?«

»Online.«

»Über eine Dating-App?«

»Nicht direkt. Sie hat einen Sugar Daddy gesucht. Ich weiß, wie sich das anhört, aber sie ist keine Prostituierte – nicht wirklich. Sie hat ein paar Stammkunden. Typen, die ihr aushelfen.«

»Aus reiner Herzensgüte.«

Ein steifes Grinsen zerknittert sein Gesicht.

»Das sollten Sie der Polizei erzählen«, sage ich.

»Ich will nicht, dass Melody es erfährt.«

»Entweder Sie sagen die Wahrheit, oder man wird Sie wegen Behinderung der Justiz oder Schlimmerem anklagen.«

Er bläst die Backen auf und atmet wieder aus. »Wenn ich Ihnen die Adresse gebe, könnten Sie mit Tessa sprechen und sich meine Geschichte bestätigen lassen. Sie könnten ihren Namen da raushalten.«

»Klingt so, als würden Sie sich mehr Sorgen um Tessa als um Melody machen.«

Wieder verzieht er das Gesicht. »Wenn ich zugebe, Maya gefilmt zu haben, was passiert dann mit mir?«

»Sie werden wegen Voyeurismus verurteilt und in ein Register von Sexualstraftätern aufgenommen.«

»Muss ich ins Gefängnis?«

»Die Höchststrafe beträgt zwei Jahre, aber wenn Sie sich kooperationsbereit zeigen und die Aufnahmen nicht weiterverbreitet haben ...«

»Ich habe die Dateien gelöscht.«

»Was ist mit den Aufnahmen in der Mordnacht?«

»Alles weg.«

»Das ist schade«, sage ich. »Sonst hätten Sie vielleicht einen Deal aushandeln können.«

Dean scheint diese Information abzuwägen. Seine Gedanken sind selbstsüchtig, sein eigenes Schicksal kümmert ihn mehr als das von Melody, Tessa oder auch Maya. Schweigend sehen wir zu, wie Polizisten Säcke mit seiner Kleidung aus dem Haus tragen.

»Ich hab immer auf Maya gestanden, wissen Sie – auf die andere Schwester. Die verbotene Frucht. Ich hab mich gefragt, ob alles andere gleich ist. Untendrunter, wissen Sie. Nackt.«

Mir dreht sich der Magen um.

»Maya ist die Unanständige, die Scharfe. Melody ist nett und ordentlich und höflich, aber im Bett hat sie es für mich nie gebracht. Verstehen Sie, was ich meine?«

Sie sind ein Arschloch, will ich sagen, doch ich höre weiter zu und hoffe, dass er etwas Belastendes oder weniger Eigennütziges sagt.

»Wann haben Sie angefangen, Maya zu filmen?«, frage ich.

Er tut überrascht. »Ich? Ich hab sie nicht gefilmt.«

»Sie haben gerade gesagt, Sie hätten die Dateien gelöscht.«

»Was bedeutet, dass Sie keine Beweise haben.«
»Wir haben die zerstörten Kameras.«
»Ich habe keine Ahnung, wovon Sie reden.«
Er lächelt und hält sich für unglaublich clever.
»Sagen Sie mir Tessas vollen Namen?«
»Werden Sie sie aus der Sache raushalten?«
»So eine Vereinbarung kann ich nicht treffen.«
»Na, dann finden Sie jemanden, der es kann.«

30

Evie

Elias ist zu spät. Rampton hat angerufen und gesagt, dass sein Transport sich verzögert, was klingt, als wäre er ein Paket, das sie zustellen. Cyrus ist von Zimmer zu Zimmer gegangen, hat hier ein Buch in einem Regal gerade gerückt, dort ein Foto in einem Rahmen. Jetzt überprüft er den Inhalt des Kühlschranks.

»Bist du nervös?«, frage ich.

»Nein.« Er schließt die Kühlschranktür. »Ein bisschen.«

»Magst du ihn?«

»Er ist mein Bruder.«

»Ja, klar, aber magst du ihn? Das musst du nicht. Es gibt keine Regel. In Langford Hall gab es Jugendliche, die beschissene Brüder und Schwestern hatten.«

»Es geht nicht darum, ob ich ihn mag«, sagt Cyrus. »Ich bin der engste Familienangehörige, den er hat.«

»Und wessen Schuld ist das?«

Cyrus wirft mir einen Blick zu.

»Ich tue das, was meine Eltern machen würden«, sagt er. »Sie würden wollen, dass ich ihm vergebe und ihm helfe, etwas aus seinem Leben zu machen.«

»Bist du dir sicher?«

»Elias ist noch jung. Noch nicht mal vierzig. Er könnte ein gutes Leben führen. Das ist doch bestimmt besser, als ihn in einem psychiatrischen Krankenhaus sterben zu lassen.«

»Das war seine Strafe.«

»Als solche war es nie gedacht.« Cyrus lehnt sich an den Küchentresen. »Schizophrenie ist eine psychische Krankheit.«

»Wodurch wird sie ausgelöst?«

»Das weiß niemand mit Sicherheit. Höchstwahrscheinlich ist es eine Mischung aus Genen, Umwelt und einer veränderten Chemie im Hirn.«

»Kann man sich anstecken?«

»Nein.«

»Du hast gesagt, Gene – heißt das, du könntest es kriegen?«

»Ja.«

»Woran würde ich es merken?«

»Mein Verhalten würde sich ändern. Meine Gedanken und Äußerungen würden verwirrt werden. Ich würde mich isolieren und den Kontakt zu den Menschen verlieren.«

»Das machst du jetzt schon.«

»Sehr witzig.«

»Was, wenn Elias sich nicht geändert hat?«

»Er hat sich geändert. Er ist ganz anders.«

»Aber Menschen können doch böse geboren werden, oder? Unter einem falschen Zeichen.«

»Ich glaube nicht an Sternzeichen, Omen oder Schicksal. Ich halte mich an die Wissenschaft.«

Draußen hupt es. Vom Fenster der Bibliothek aus beobachte ich, wie ein Transporter vor dem Haus hält. Cyrus öffnet die vordere Tür und winkt. Ich habe Fotos gesehen, trotzdem habe ich nicht erwartet, dass Elias so dick ist, nicht fettleibig, sondern einfach nur insgesamt sehr groß, mit Doppelkinn, fleckiger Haut und einer katastrophalen Frisur. Er trägt weite Jeans und einen Pullover, der über seinem Bauch spannt.

Er wird von zwei schwarzen Pflegern begleitet. Sie haben die Statur von Türstehern und bewegen sich wie Basketballspieler.

Cyrus und Elias umarmen sich. Es wirkt nicht besonders überzeugend, aber vermutlich sind sie aus der Übung. Bald sitzen sie in der Küche und reden über das Wetter und die Fahrt durch Nottingham.

»So viele neue Gebäude«, sagt Elias. »Du musst eine Rundfahrt mit mir machen.«

Der ältere Pfleger heißt Roland, sein Kollege Oscar, und sie sehen mehr aus wie Brüder als Elias und Cyrus. Oscar lässt mich an Oscar Wilde denken, weil ich für meinen Kurs in englischer Literatur *Ernst sein ist alles* lesen muss.

Mit fünf Leuten wirkt die Küche klein.

»Sie müssen nicht bleiben«, sagt Cyrus, der mehr lächelt als üblich.

»So funktioniert das nicht«, erwidert Roland. »Beim ersten Besuch müssen wir hierbleiben.«

»Selbstverständlich.« Cyrus wendet sich mir zu. »Evie, das ist Elias. Und Elias, das ist Evie. Sie wohnt hier.«

»Ist sie deine Freundin?«, fragt Elias.

»Nein«, antworten wir beide gleichzeitig.

Cyrus nennt mich seine Mitbewohnerin und zögert bei dem Wort, als wäre er unsicher, wie er mich bezeichnen soll. Elias starrt mich immer noch an. Vielleicht hat er noch nicht viele Frauen in meinem Alter gesehen.

»Sie ist nicht deine Freundin«, sagt er noch einmal, als wolle er das deutlich klarstellen.

»Ich bin niemandes Freundin«, erwidere ich.

Es entsteht ein kurzes Schweigen. Cyrus schlägt vor, einen Tee zu kochen, und sagt, dass er einen Möhrenkuchen gekauft hat, weil er weiß, dass das Elias' Lieblingskuchen ist. Betrachtungen über die Küche und den Garten werden ausgetauscht. Small Talk. Minimaltalk. Bla, bla.

Elias fragt nach ihren Großeltern.

»Es geht ihnen gut«, sagt Cyrus. »Sie leben jetzt in Weymouth. Granddad spielt Golf. Grandma spielt Bridge.«

»Sie haben mich nie besucht«, sagt Elias. »Ich habe nur Karten zu Weihnachten und zum Geburtstag bekommen.«

Cyrus antwortet nicht.

»Und jetzt wohnst du hier … in ihrem Haus. Ich war immer gerne zu Besuch.« Elias tritt ans Küchenfenster. »Die Buche ist auch noch da. Erinnerst du dich an den Sommer, als wir das Baumhaus gebaut haben? Und Mum gesagt hat: ›Wenn ihr von diesem Baum fallt und euch beide Beine brecht, kommt nicht zu mir gerannt?‹«

Sie lachen beide. Ich finde es seltsam, dass sie über eine Frau sprechen, die Elias erstochen hat. Die Leute verwenden das Wort »surreal« oft falsch, wenn sie etwas beschreiben wollen, das eher unwirklich als bizarr ist, aber das hier ist schon verdammt sonderbar.

»Du hast eine Strickleiter gebastelt«, sagt Cyrus.

»Und du warst nicht kräftig genug, daran hochzuklettern.«

»Irgendwann habe ich es geschafft.«

»Nur mit meiner Hilfe.«

»Du warst älter.«

»Und du warst ein Schwächling.«

Ihr Geplänkel hat einen Unterton. Vielleicht ist es Rivalität unter Geschwistern, etwas, was ich mit Agnesa eigentlich nie gekannt habe, weil sie hübscher, intelligenter und netter war als ich.

»Aber schau dich jetzt an.« Elias grinst. »Stemmst du Gewichte?«

»Ich hab im Keller einen Fitnessraum eingerichtet. Du kannst ihn gerne benutzen.«

»Früher konnte ich dich beim Bankdrücken stemmen.«

Aber jetzt nicht mehr, denke ich. Jetzt bist du ein Fast-Food-Junkie.

Ich kann mir vorstellen, wie sie gemeinsam aufgewachsen sind. Elias, der Ältere, und Cyrus, der um seine Aufmerksamkeit oder Zuneigung buhlte. Aber jetzt hat er die Kontrolle, und Elias sieht aus wie der hässliche, fette Freund, neben dem sich die Leute attraktiver fühlen. Er geht von Zimmer zu Zimmer, erinnert sich an Anekdoten aus ihrer Kindheit. Roland und Oscar sitzen in der Küche und essen Möhrenkuchen, während Cyrus Elias durchs Haus führt. Ich bleibe zurück, als sie nach oben gehen, doch ich kann ihre Unterhaltung hören.

»Da kannst du nicht reingehen«, sagt Cyrus. »Das ist Evies Zimmer.«

»Wie lange bleibt sie?«

»So lange sie will.«

Sie sind in Mitchs Zimmer angekommen. Sein Rucksack liegt auf dem Bett. Ich gehe ein paar Stufen die Treppe hinauf und lausche.

»Hier übernachtet jemand für ein paar Tage«, sagt Cyrus.

»Wo schlafe ich, wenn ich nach Hause komme?«

»Du kannst dieses Zimmer haben.«

»Aber Evies Zimmer hat den Blick auf den Park.«

»Du wirst dir ein anderes Zimmer aussuchen.«

Elias verstummt für eine Weile.

»Ich könnte Granddad und Grandma fragen.«

»Was willst du sie fragen?«

»Welches Schlafzimmer meins ist.«

»Sie haben mir das Haus geschenkt«, sagt Cyrus. »Ich entscheide.«

Es entsteht eine weitere lange Pause. »Was ist mit Mums und Dads Geld?«

»Es ist in einen Treuhänderfonds geflossen.«

»Für dich?«

»Meine Ausbildung und meine Lebenshaltungskosten wurden davon bezahlt. Und ich habe dir jeden Monat Geld geschickt, damit du dir in dem Laden in Rampton Sachen kaufen konntest.«

»Wie viel ist noch übrig?«

»Nichts.«

Elias erwidert nichts. Sie sind jetzt in Cyrus' Zimmer, und ich kann sie nicht mehr hören, aber ich warte außer Sichtweite auf dem Absatz kauernd. Als sie wieder herauskommen, erklärt Elias Cyrus, warum sie als Kinder nicht auf den Speicher durften.

»Dort hat Granddad seine *Playboys* aufbewahrt. Er hatte Hunderte davon. Ich hab mich immer hochgeschlichen, um sie anzuschauen.«

Cyrus lacht. »Wusste Grandma davon?«

»Ich glaube, es war ihr egal.«

»Meinst du, sie sind noch da?«, fragt Elias.

»Sind sie nicht.«

»Woher weißt du das?«

»Ich weiß es.«

Wieder entsteht ein Schweigen, dann höre ich ihre Schritte näher kommen. Ich ziehe mich nach unten zurück. Ich will nicht, dass irgendjemand den Speicher betritt. Er gehört mir. Dort verstecke ich mich, wenn ich meine Albträume habe. Ich zwänge mich zwischen die Kartons und Kisten, rolle mich ganz klein auf dem Boden zusammen und versuche, keinen Mucks zu machen.

Der Transporter ist verschwunden, aber Cyrus steht immer noch am Tor. Eine Böe weht Laub durch den Vorgarten und drückt es an den Zaun. Die drei Stunden mit Elias haben sich angefühlt wie ein Jahr. Immerhin habe ich nichts Verkehrtes gesagt. Normalerweise ist mir das egal, aber diesmal ist es anders.

Ich räume die Küche auf. Cyrus kommt zurück ins Haus.

»Warum hast du Elias nicht erzählt, dass ich hier wohne?«, frage ich.

»Das habe ich doch.«

»Ja, aber erst jetzt. Ich wohne schon seit einem Jahr hier.«

»Er muss es vergessen haben.«

Cyrus wischt Kuchenkrümel vom Tisch in seine Hand und entsorgt sie in dem Tretmülleimer.

»Fandest du es nicht seltsam, wie er über deine Familie geredet hat, als ob nichts passiert wäre? Zum Beispiel das mit dem Baumhaus und deiner Mum.«

»Er war bloß nervös. Er ist es nicht gewohnt, unter Leuten zu sein.«

»Wird er hier wohnen?«

»Ja.«

»Willst du, dass ich ausziehe?«

»Nein.«

»Sieh mich an, wenn du das sagst.«

Wir stehen uns von Angesicht zu Angesicht gegenüber, Auge in Auge.

»Ich möchte, dass du bleibst.«

31

Cyrus

Ich gehe durch die morgendliche Kälte durch den Wollaton Park zur Universität. Die Sonne ist ein blassgelber Ball hinter grauen Wolken, die den ganzen Tag oder Monat lang oder bis zum Frühling nicht weiterziehen werden. Drei Gärtner pflanzen Blumenzwiebeln, kochen sich jedoch regelmäßig einen Becher Tee in ihrem Schuppen, blicken ernst in den Himmel und diskutieren über das Wetter.

Am Rand des Parks hält eine Gruppe Studenten Plakate hoch und skandiert Slogans. Sie protestieren dagegen, dass während des Lockdowns Studiengebühren und Mieten für Wohnheime erhoben wurden, doch sie wirken halbherzig oder halb erfroren.

Henri kommt mir im Flur entgegen. In der Hand hält er eine zusammengeknüllte, schmutzige Windel, als wäre es eine scharfe Bombe.

»Sie ist sehr nett, aber ihr Kind scheißt wie eine Espressomaschine.«

Ich habe keine Ahnung, von wem er spricht, bis ich Melody Sterling in meinem Büro sehe. Victoria sitzt auf dem Boden und spielt mit Buntstiften und einem Blatt Papier.

»Sie hatten mir Ihre Visitenkarte gegeben«, sagt Melody verlegen. »Ich weiß, ich hätte vorher anrufen sollen, aber ich war mir nicht sicher, ob ich das hier wirklich kann. Ich habe eine Stunde in meinem Auto gesessen, bis ich genügend Mut zusammengekratzt hatte.«

Sie trägt eine Cargohose, eine Baumwollbluse und einen weiten Pullover.

»Sie lassen mich nicht zu Dean. Ich weiß nicht, ob er angeklagt wird und vor Gericht erscheinen muss. Kann die Polizei das machen – mir nichts sagen?«

»Ja.«

»Aber er hat Maya nichts angetan. Er war in Leeds.«

»Er hat nicht in einem Pub übernachtet«, sage ich.

Es dauert einen Moment, bis die Information sackt und die Implikationen klar werden. Ihr Blick trübt sich, bevor er hell und hart wird. »Wer ist sie?«

»Eine Frau, die er kennengelernt hat.«

»Hat er sie bezahlt?«

Ich antworte nicht.

»Ich wusste es. Ich mache die Bücher. Ich sehe, wohin das Geld fließt.« Sie geht zum Fenster und murmelt. »Dieser Dreckskerl. Dieser lausige, beschissene Dreckskerl.«

Victoria blickt vom Fußboden auf und brabbelt etwas Unverständliches. Melody kapiert und zieht einen Zwieback aus einem verschließbaren Plastikbeutel. Ihre Tochter packt ihn mit beiden Händen und knabbert an seinem Rand.

»Ich komme mir dumm vor.«

»Es ist nicht Ihre Schuld.«

»Ich wollte ihm einen Vertrauensvorschuss geben. Er ist ein guter Vater. Er arbeitet hart. Er hat nie die Hand gegen mich erhoben.«

Ich weiß nicht, ob Melody mich überzeugen will oder sich selbst.

»Wissen Sie, wer sie ist?«, fragt sie.

»Eine alleinerziehende Mutter. Tessa. Ihren vollen Namen will er der Polizei nicht sagen.«

»Er möchte sich weiter mit ihr treffen.«

Es ist eine Feststellung, keine Frage. Melody scheint zu einem Entschluss zu kommen. Sie zieht den Reißverschluss eines Seitenfachs ihrer Tasche auf und nimmt etwas heraus, das aussieht wie ein Weinkorken. Sie drückt ihn in der Hand fest zusammen, zerbricht ihn in zwei Hälften und entblößt den silbernen Stecker eines USB-Sticks.

»Ich habe in unserem Weinregal eine Flasche Rotwein gefunden. Die Plastikversiegelung war aufgerissen. Dean trinkt Bier. Das hat mich gewundert …«

Sie gibt mir den Speicherstick.

»Haben Sie es sich angeschaut?«

Sie schüttelt den Kopf. »Ich will nicht sehen, was er gefilmt hat. Ich werde nicht für ihn lügen. Ich werde nicht auf ihn warten.«

Melody steht auf und sammelt Spielzeuge, Buntstifte und andere Kleinkindutensilien ein, die sich in alle Ecken meines Büros verteilt haben. Sie blickt auf die durchgeweichten Zwiebackkrümel auf dem Boden.

»Haben Sie ein Kehrblech?«

»Ich mach das gleich weg.«

Ich begleite Mutter und Tochter den Flur hinunter bis zum Treppenhaus. Victoria fasst meine Hand und lässt die Beine zwischen uns baumeln.

»Wird er angeklagt werden?«

»Ja.«

»Muss er ins Gefängnis?«

»Nicht, wenn er der Polizei alles erzählt und erklärt, dass er es bereut.«

Melody lächelt traurig. »Dean hat in seinem Leben nur eins bereut. Dass er mich geheiratet hat.«

Ich kehre an meinen Schreibtisch zurück, stecke den USB-Stick in meinen Laptop und warte, dass er erkannt wird. Ich fürchte, dass ich ein Passwort oder einen Zahlencode brauche, aber die Dateien erscheinen automatisch auf meinem Bildschirm. Hunderte von ihnen. Alle Dateinamen bestehen aus einem Buchstaben und einer siebenstelligen Zahl.

Mit einem Rechtsklick rufe ich bei einer wahllosen Datei die Informationen auf. Angezeigt werden die Größe und das Erstellungsdatum. Als ich das Video mit einem Doppelklick öffnen will, erkennt mein Computer das Format nicht. Ich probiere verschiedene Versionen, bis sich schließlich ein Fenster öffnet. Ich sehe Maya Kirks Schlafzimmer, ihr Doppelbett und die Frisierkommode. Diese Aufnahme wurde mit der Kamera in dem Paddington-Bären gemacht.

Eine Frau tritt ins Bild. Maya. Sie trägt Sportsachen und blickt auf ihr Handy. Sie setzt sich aufs Bett, streift die Schuhe ab und lächelt über etwas, das sie auf dem Display sieht. Sie lässt sich nach hinten fallen, hält das Handy über ihren Kopf und schaut weiter. Nach ein paar Minuten richtet sie sich wieder auf und streift ihr Top und ihre Leggings ab. Ich schließe die Datei, weil ich nicht mehr sehen will, fühle mich jedoch gleichzeitig seltsam getrieben.

Das Wort »Voyeur« kommt einem altmodisch vor, als gehörte es in die Ära von Peepshows oder von erotischen Darstellungen von Frauen in Strümpfen und riesigen Schlüpfern aus der viktorianischen Zeit. Entweder das, oder es beschwört Bilder von Männern mit Ferngläsern oder Teleskopen herauf, die ihren Blick auf die Fenster der Nachbarn richten und Befriedigung durch das Ausspionieren eines fremden Lebens suchen.

Die Medien benutzen das Wort in Zusammenhang mit Reality-TV-Sendungen, in denen Leute bereit sind, sich bei irgendwelchen Game-Shows filmen zu lassen, aber das ist kein echter Voyeurismus. Ein Voyeur beobachtet heimlich, späht durch Schlüssellöcher, unter Röcke oder durch Fenster, während jemand sich entkleidet, badet oder Sex hat.

Die Dateien auf dem Speicherstick sind chronologisch geordnet. Ich öffne die jüngste. Als sich das Fenster öffnet, sehe ich Dean Sterlings Gesicht. Er streckt eine Hand mit einem Schraubenzieher in Richtung Rauchmelder aus, um die Spionagekamera zu entfernen. Die nächste Datei zeigt, wie er nach dem Paddington-Bären greift. Das Bild wackelt, als er die zweite Kamera birgt und die Linse in dem Auge herauszieht.

Ich suche weiter. Einige Aufnahmen dauern nur wenige Sekunden, ohne dass jemand ins Bild tritt. Der Bewegungsmelder ist mit einer leichten Verzögerung eingestellt, sodass man den Raum betreten und sofort wieder verlassen kann, ohne gefilmt zu werden. Ich öffne eine neue Datei und sehe einen Mitarbeiter der Spurensicherung in weißem Overall, der die Oberflächen in Mayas Schlafzimmer auf Fingerabdrücke untersucht und Fasern an dem Bettzeug sichert. Es ist Cassie Wright. Sie ruft jemanden. Craig Dyson taucht auf. Sie sprechen über etwas auf der Frisierkommode. Cassie nimmt Strähnen von Mayas Haarbürste und versiegelt sie in einem Beweisbeutel.

Die nächste Datei zeigt Stephen Voigt, der die Badewanne und das Waschbecken mit Luminol einsprüht und nach Spuren von Hämoglobin sucht, die sich unter einem ultravioletten Licht blau verfärben, falls auch nur der geringste Rest von Blut zurückgeblieben ist.

Ich gehe die Dateien weiter chronologisch rückwärts durch. Eine junge Constable erscheint auf der Suche nach Maya im Schlafzimmer, sorgfältig darauf bedacht, nichts zu berühren. Zu dem Zeitpunkt liegt Rohan bereits erschlagen in einer Lache seines eigenen Blutes.

Ungeduldig springe ich zu einem früheren Timecode und entdecke Aufnahmen von Maya, die sich für ihr Date fertig macht. Nur in einem Slip und einem BH bekleidet öffnet sie den Kleiderschrank und sucht etwas zum Anziehen. Wieder komme ich mir vor wie ein Voyeur, doch diesmal ist es notwendig. Maya hält ein Kleid an ihren Körper … ein zweites … ein drittes. Nachdem sie sich für eins entschieden hat, streckt sie die Arme über den Kopf und lässt den Stoff über ihre Schultern bis knapp unterhalb der Knie gleiten. Das ist das Kleid, das sie trug, als man ihre Leiche gefunden hat.

Maya setzt sich auf einen gepolsterten Hocker vor ihrer Frisierkommode, schraubt einen Lippenstift auf und zieht ihre Lippen zinnoberrot nach. Sie befeuchtet den Daumen und wischt Farbreste ab. Dann bürstet sie sich das Haar und steckt es mit einer Perlmuttspange fest.

Anschließend öffnet sie eine kleine Clutch und überprüft den Inhalt. Autoschlüssel, Lipgloss. Taschentücher. Sie wirft einen letzten Blick in den Spiegel, macht das Licht aus und geht. Die Nachttischlampe lässt sie brennen; die Bettdecke ist an einer Ecke zurückgeschlagen und harrt ihrer Rückkehr.

Der Bildschirm wird schwarz, als der Bewegungsmelder die Aufnahme beendet. Ich klicke die nächste Datei an. Es ist dasselbe Zimmer, nur dunkler, aber die Nachttischlampe brennt immer noch. Eine Gestalt durchquert den Raum, ein Mann in Jeans und Jackett. Er zieht die Bettdecke vom Bett und ballt sie unter dem Arm zusammen. Er zögert, geht zur Frisierkommode und zieht die oberste Schublade auf. Er durchwühlt Mayas Unterwäsche und hält diverse Stücke ins Licht. Dann schiebt er einen Slip in seine Tasche, dreht sich zur Tür und zeigt sein Gesicht.

Anders Foley hat gelogen, als er behauptet hat, Maya vor der Bar stehen gelassen zu haben. Er hat sie nach Hause gebracht. Er hat ihr Schlafzimmer durchsucht. Er hat etwas mitgenommen.

32

Evie

»Die Handbremse ist ein bisschen unzuverlässig, also denk dran, den ersten Gang einzulegen, wenn du parkst«, sagt Morty, als er mir seinen Mini vorführt.

»Du bist ja kein großer Verkäufer.«

»Du solltest wissen, was du kaufst.«

Ich setze mich auf den Fahrersitz und fasse probeweise das Lenkrad. Plötzlich kommt mir eine schmerzhaft klare Erinnerung daran, wie ich als Sechsjährige auf Papas Schoß gesessen habe, während er fuhr. Ich durfte lenken, er hat geschaltet und die Pedale bedient. Der Laster roch nach Tabak und Dieselabgasen, und wenn wir durch ein Schlagloch fuhren, sackten die Fenster manchmal nach unten.

Jeden Sonntag nach der Messe fuhren wir in die Berge – Papa, Mama, Agnesa und ich – und picknickten zwischen Wildblumen mit Butterbroten und Honig-Nuss-Kuchen. Den Kopf in Mamas Schoß gebettet schlief Papa ein, während Agnesa mir zeigte, wie man Kränze aus Gänseblümchen flocht, die wir Papa um den Hals und übers Gesicht hängten. Er tat nur so, als würde er schlafen, schreckte dann plötzlich mit einem Brüllen hoch und kitzelte uns, bis wir bettelten, dass er aufhören sollte. Ich weiß, dass das eine reale Erinnerung ist, aber bei anderen Teilen meiner Kindheit bin ich mir manchmal nicht so sicher. Ich fühle mich wie einer dieser Science-Fiction-Roboter, dem man eine Erinnerung programmiert, damit er sich menschlicher fühlt.

»Möchtest du eine Runde drehen?«, fragt Morty.

»Es ist bestimmt alles okay.«

»Wenn irgendwas schiefläuft, fühle ich mich schuldig.«

»Gut.«

Ich gebe ihm den Umschlag mit dem Geld, das ich an den beiden vergangenen Abenden verdient habe, sowie meinen Ersparnissen und dem Kleingeld, das ich von Cyrus' Nachttisch und aus seinem Wagen geklaut habe. Morty schiebt den Umschlag in seine Gesäßtasche, ohne das Geld nachzuzählen. Ich habe keine Ahnung, warum Menschen wie Cyrus und Morty mir vertrauen, aber ich werde dann immer ganz gefühlig.

Poppy springt instinktiv auf den Beifahrersitz, als wüsste sie, dass das ab jetzt ihr Platz ist. Wir haben jetzt unsere eigenen vier Räder, und das bedeutet Freiheit. Wir können hinfahren, wohin wir wollen. Na ja, vielleicht nicht überallhin. Der Tank ist nur ein Viertel voll, und ich habe Morty gerade mein letztes Geld gegeben.

»Wohin sollen wir fahren?«, frage ich Poppy. »London? Paris? New York ist vielleicht ein bisschen weit.«

Ich frage mich, ob man nach Albanien fahren kann. Ich stelle mir vor, wie ich in dem Dorf in den Bergen ankomme – das ich nur mit Mühe auf der Landkarte finden konnte. Ich würde die Hauptstraße hinunterfahren und den Mädchen zuwinken, die ich in der Schule kannte. In meiner Fantasie haben sie immer noch Zöpfchen und Haarbänder und tragen Schuluniform, dabei sind sie inzwischen erwachsen. Einige haben wahrscheinlich Jobs oder sind verheiratet.

»Schaut her, ich habe einen eigenen Wagen«, würde ich

sagen. »Und das ist mein Hund. Und ich lebe in einem großen Haus in England.«

In Wahrheit gibt es nur einen Menschen, den ich gerne sehen würde – meine beste Freundin Mina, die mit anderen Roma-Familien in einem Schuppen neben den Eisenbahngleisen wohnte. Niemand außer Mina würde sich an mich erinnern. Ich würde ihr nicht erzählen, was wirklich passiert ist. Dass Mama nie einen Fuß in das gelobte Land gesetzt hat. Und dass Agnesa keinen Prinzen geheiratet hat und auch nicht in einem Schloss wohnt, so wie sie es sich immer erträumt hat, seit sie alt genug war, um zu träumen.

Ich fahre vorsichtig, um mich an die Spiegel und die Dimensionen des Mini auf der Straße zu gewöhnen. Cyrus denkt, ich bin eine ängstliche Fahrerin, aber ich werde nur nervös, wenn er neben mir sitzt – weil ich mich beweisen will. Wenn er nicht zuguckt, bin ich selbstbewusster. Poppy hält die Nase an einen Spalt im Fenster und navigiert sich mit ihrem Geruchssinn durch die Welt.

Ich schalte das Radio an, doch es kommt nur Rauschen. Die Antenne ist kaputt. Das werde ich reparieren lassen, außerdem Sitzbezüge und Air-Freshener kaufen, weil Poppy gerade einen hat fahren lassen, dass ich fast erstickt wäre.

Nachdem ich die Lady Bay Bridge überquert habe, halte ich am Straßenrand und tippe die Portland Road in mein Handy-Navi ein. Die vornehme Stimme, die die Anweisungen gibt, erinnert mich an Mrs McCarthy, die Leiterin von Langford Hall.

Die Portland Road ist nicht besonders lang und überwiegend von alten Reihenhäusern mit Erkerfenstern und winzigen Vorgärten gesäumt. Ich fahre langsam weiter und halte Ausschau nach Mehrfamilienhäusern.

Kurz vor der T-Kreuzung am anderen Ende der Straße steht ein modern aussehendes Gebäude aus Beton und Backstein, davor Müll- und Recycling-Tonnen, auf die Zahlen und Buchstaben gemalt sind, die wahrscheinlich den einzelnen Wohnungen entsprechen.

Ich gehe die Steintreppe zur Haustür hinauf. Es gibt fünf Briefkästen. Mitch hat gesagt, dass Lilah im Erdgeschoss wohnt, also eine der niedrigen Apartmentnummern. Poppy sitzt zu meinen Füßen und sieht mich erwartungsvoll an.

Ich drücke auf einen der Knöpfe der Gegensprechanlage. Niemand antwortet. Ich versuche einen anderen.

»Ja?«, fragt eine männliche Stimme verärgert.

»Ich suche Lilah.«

»Falsche Adresse.«

Er legt auf. Ich klingele erneut.

»Es ist wirklich wichtig, dass ich sie finde«, sage ich. »Es geht um ihren Hund.«

»Nummer zwei. Sie arbeitet im Schichtdienst.«

Ich will mich bei ihm bedanken, doch er hat schon wieder aufgelegt. Arschloch!

Ich klingele, aber niemand macht auf.

»Wir probieren es später noch mal«, erkläre ich Poppy. »Machen wir einen Spaziergang.«

Als wir wieder in die Portland Road biegen, fällt mir ein Foodtruck auf, der an der Ecke parkt. Auf eine Seite ist ein Bild von einem Sombrero und einem Kaktus gemalt, daneben ein Menü mit mexikanischen Gerichten. Mein Magen knurrt. Ich habe seit gestern nichts mehr gegessen. Ein Mann klappt die Seite hoch.

»Haben Sie geöffnet?«, frage ich.

»Noch nicht.«

»Wann denn?«

Er will gerade antworten, als ich sehe, wie auf der anderen Straßenseite eine Frau um die Ecke kommt. Ihr Mantel ist offen. Darunter trägt sie eine dunkelblaue Hose und einen hellblauen Kittel – eine Schwesternuniform. Ihr langes Haar ist hochgesteckt. Sie telefoniert.

Ich setze mich wieder auf die Steintreppe vor dem Wohnhaus und ziehe Poppy zwischen meine Knie. Die Frau taucht auf, beendet ihr Telefonat und sucht in ihrer Umhängetasche nach ihrem Schlüssel. Sie steigt die Stufen hoch, sieht mich erst im letzten Moment und stößt einen entsetzten Schrei aus.

Ich reagiere genauso überrascht.

»Entschuldige«, sagt sie. »Ich wollte dich nicht erschrecken.«

»Schon okay.«

Sie geht um mich herum und bleibt wieder stehen. »Wartest du auf jemanden?«

»Auf meinen Onkel Mitch.«

Sie reißt die Augen auf, tut aber so, als hätte sie mich nicht verstanden.

»Mitch Coates. Er wohnt hier«, sage ich.

Sie wendet sich ab und steckt den Schlüssel ins Schloss. »Nein, tut er nicht.«

»Doch, das ist seine Adresse. Ich war vor Jahren schon mal hier.«

»Er ist weggezogen.«

»Wohin?«

»Weg.«

Sie will nicht sagen, dass er ins Gefängnis musste. Poppy versucht, freundlich zu sein, und wedelt mit dem Schwanz.

Lilah verheddert sich in der Leine und versucht, ihre Beine freizubekommen.

»Ich muss ihn finden«, sage ich. »Es ist wirklich wichtig.«

»Ich kann dir nicht helfen«, sagt Lilah und stößt die schwere Tür auf. Ich stöhne, lasse den Kopf auf die Knie sinken und gebe vor zu weinen. Ich habe keine Ahnung, ob sie zusieht oder ins Haus gegangen ist, aber Poppy findet mich offenbar überzeugend. Sie legt ihren Kopf in meinen Schoß, um mich zu trösten.

Nach einer Ewigkeit höre ich Lilahs Stimme. »Wie heißt du?«

»Evie.«

»Wo wohnst du?«

»In London.«

»Wie bist du hierhergekommen?«

»Mit dem Zug, und vom Bahnhof bin ich gelaufen. Ich will bei meinem Onkel wohnen.«

»Das ist keine gute Idee.«

»Wissen Sie, wo er ist? Können Sie ihn anrufen?«

»Nein«, sagt sie. »Du solltest nach Hause gehen.«

»Das kann ich nicht.«

Sie runzelt die Stirn. »Ich gebe dir Geld für die Fahrkarte. Du kannst es mir zurückzahlen.«

»Das ist es nicht. Meine Mum hat einen Freund, Barry, der dauernd versucht, mich beim Duschen oder Anziehen zu überraschen.«

»Hört sich an wie ein Widerling.«

»Absolut. Voll eklig.«

»Hast du es deiner Mum erzählt?«

»Sie glaubt mir nicht, oder es ist ihr scheißegal.«

»Geh zur Polizei.«

»Dann steht Barrys Wort gegen meins, und Mum wird sich auf seine Seite schlagen.«

Lilah steht, die Hände in die Hüften gestemmt, auf dem Treppenabsatz und überlegt, was sie machen soll.

»Dein Onkel kann dir nicht helfen.«

»Wieso nicht?«

Sie seufzt. »Komm rein. Ich mach dir eine Tasse Tee, aber dann musst du gehen.«

»Was ist mit Poppy?«

»Versteht sie sich mit anderen Hunden?«

»Sie liebt sie.«

»Nun, dann kann sie mit reinkommen und meinen kennenlernen. Ich bin übrigens Lilah.«

Ich wische mir mit dem Ärmel die Nase ab und folge ihr nach drinnen. Als sie die Wohnungstür öffnet, höre ich ein Trappeln und Krallen auf Holz, bevor ein großer Pudel um die Ecke kommt und mit dem Schwanz wedelt, dessen Spitze wie ein kleiner Ball aus Fell ist.

»Wie steht's, alter Junge?«, sagt Lilah und geht in die Hocke, um den Pudel zu umarmen, der im Alter ein wenig zu knarren scheint. Trevor interessiert sich mehr für Poppy. Die beiden umkreisen sich, schnuppern und umkreisen sich noch ein bisschen.

Lilah stellt ihre Tasche auf einen Stuhl, zieht die Nadeln aus dem Haar und lässt es offen fallen. Sie betrachtet sich im Flurspiegel und berührt die Haut unter ihren Augen. Sie hat eine Nachtschicht hinter sich und sieht müde aus.

»Sie haben sehr schönes Haar«, sage ich. Sie sieht mich eigenartig an und berührt es schützend mit einer Hand.

»Ich wusste nicht, dass Mitch Schwestern hat.«

»Nur die eine. Ich bin seine einzige Nichte und damit

auch seine Lieblingsnichte. Onkel Mitch hat gesagt, wenn ich je einen Platz zum Pennen bräuchte, könnte ich bei ihm wohnen.«

»Wann hast du ihn zuletzt gesehen?«

»Das ist schon lange her. Ich weiß, dass er im Gefängnis war, aber jetzt ist er wieder draußen.«

»Weißt du, warum er dort war?«

»Es war ein Irrtum. Mum hat gesagt, er ist unschuldig.«

»Ach ja?«

Wir sind in der Küche. Lilah füllt den Kessel und gibt Teebeutel in zwei Becher. Sie wickelt die Etiketten an den Fäden um die Henkel, damit sie nicht in den Tee rutschen. Der einzige andere Mensch, den ich das je habe machen sehen, ist Papa. Sie nimmt einen Milchkarton aus dem Kühlschrank und stellt eine Zuckerdose auf den Tisch.

»Ich würde dir Gebäck anbieten, aber ich weigere mich, welches im Haus zu haben.«

»Teufelszeug laut meiner Mum«, sage ich, obwohl mein Magen knurrt. »Onkel Mitch ist auf Bewährung raus, so eine Art Frühentlassung wegen guter Führung. Ich dachte, er wäre hierhin zurückgekommen.«

»Hoffentlich nicht!«, sagt sie. »Er darf sich mir nicht nähern.«

»Wieso nicht?«

Sie blickt mich sonderbar an, ich tue überrascht und sage: »Sie sind es! Sie sind die Frau, die gesagt hat, sie wäre überfallen worden.«

»Ich *wurde* überfallen. Und ich denke, du solltest dich entschuldigen oder gehen.«

»Verstehen Sie mich nicht falsch. Ich sage bloß, was meine Mum gesagt hat. Sie hat sie eine …« Ich bremse mich.

»Weiter. Wie hat sie mich genannt?«

»Sie hat gesagt, Sie hätten Mitch reingerissen.«

»Ich habe nichts dergleichen getan. Ich habe mich nicht geirrt. Er hat mich nackt, gefesselt und geknebelt auf dem Bett liegen lassen. Er hat mir die Haare abrasiert.«

»Aber Sie haben sein Gesicht nicht gesehen.«

»Dein Onkel hatte es verdient, ins Gefängnis zu kommen.«

Da ist es – das Flackern eines Zweifels. In ihrem Blick, ihrer Stimme oder in einem Schimmern in der Luft zwischen uns. Manchmal ist es keine Lüge, die ich erkenne, sondern die Abwesenheit von Wahrheit oder nur eine Illusion von Wahrheit und keine Gewissheit.

Poppy hört die erhobenen Stimmen, kommt in die Küche getappt und legt ihren samtenen Kopf in meinen Schoß. Ich kraule sie hinter dem Ohr und frage sie mit kindlicher Stimme: »Hast du schön mit Trevor gespielt?«

Sobald ich die Frage ausgesprochen habe, wird mir klar, dass ich einen Fehler gemacht habe.

Lilah starrt mich kalt an. »Woher kennst du seinen Namen?«

»Sie haben ihn gerufen, als wir reingekommen sind.«

»Nein.«

Lilah ist aufgesprungen und steht drohend über mir. »Du solltest nicht hier sein. Meine Identität ist geheim. Ich stehe unter Schutz.«

Ich fange an, eine Entschuldigung zu stammeln.

»Er ist nicht dein Onkel. Wer bist du?«, fragt sie.

»Ich versuche, ihm zu helfen.«

»Hat er dich geschickt?«

»Nein. Ich bin niemand. Ich hätte nicht herkommen sollen. Es tut mir leid.«

Ich fasse Poppy am Kragen und ziehe sie zur Tür, aber Lilah drängt sich an mir vorbei und versperrt uns den Weg. Sie hält sich ein Telefon ans Ohr und redet mit der Polizei.

»Ja, sie ist hier … Mitchell Coates hat sie geschickt. Er hat mich vor sechs Jahren überfallen. Jetzt ist er auf Bewährung draußen. Ich habe Angst.«

Ich gehe einen Schritt auf sie zu. »Sie machen einen Fehler.«

Sie wappnet sich. »Was hast du vor? Willst du mich angreifen?«

»Mitch hatte nichts damit zu tun.«

»Erklär das der Polizei.«

Ich blicke zur Tür und weiß, dass ich abhauen sollte.

»Sie sind sich nicht sicher, oder?«, sage ich flehend. »Sie denken, dass es Mitch gewesen sein muss, weil er einen Schlüssel zu dieser Wohnung hatte, aber was, wenn Sie sich irren?«

»Nein, das tue ich nicht«, sagt sie, doch ich erkenne ihren Zweifel. Ich schmecke ihn auf der Zunge, metallisch und klebrig wie Blut.

»Du hast keine Ahnung, was ich durchgemacht habe«, sagt Lilah. »Wie es ist, in Angst zu leben.«

Ich möchte lachen. Angst ist alles, was ich je gekannt habe. Ich bin missbraucht, geschlagen und mit Zigaretten verbrannt worden. Ich habe mich in den Wänden versteckt. Ich habe zugehört, wie Männer gestorben sind. Ich habe in den Lauf von Waffen geblickt. Und es passiert wieder und wieder, jedes Mal, wenn ich die Augen schließe.

33

Cyrus

Die Detectives brechen in Beifall aus, als ich den Einsatzraum betrete.

»Der Mann des Augenblicks«, sagt Lenny. »Du hast das Schwein überführt.«

»Er hat sich selbst überführt«, erwidere ich, während man mir auf die Schulter klopft und die Hand schüttelt. Alle wollen Details hören und sich im Glanz meines Ruhms suhlen, doch ich fühle mich nicht besonders glorreich. Zwei Menschen sind tot. Ein Mann ist in Gewahrsam. Nichts wird diese Tragödie in einen Triumph verwandeln.

»Zurück an die Arbeit«, sagt Lenny. »Wir haben achtundvierzig Stunden Zeit, entweder eine Anklageerhebung gegen Foley zu beantragen oder ihn freizulassen.«

Ich folge ihr in ihr Büro. Sie setzt sich auf die breite Fensterbank, wo mehrere Usambaraveilchen in Tontöpfen wachsen. Samtige Blätter, rosafarbene und violette Blüten.

»Du hast dich gegenüber Hoyle bewiesen«, sagt Lenny.

»War das das Ziel?«

»Nein, aber es wird die Dinge in Zukunft leichter machen. Ich kann nicht immer hier sein.«

»Wo ist Hoyle?«

»Beansprucht seinen Anteil am Ruhm.«

Lenny stellt einen an der Wand montierten Fernseher an.

Sky News berichtet über die Festnahme. Man sieht Mitarbeiter der Spurensicherung, die Foleys Haus betreten und seinen Transporter untersuchen. Es folgt ein Schnitt zu Aufnahmen von Foleys Eintreffen in der Polizeistation Radford Road, verborgen unter einer karierten Decke, flankiert von Edgar und Prime Time. Der Walk of Shame.

Hoyle taucht auf dem Bildschirm auf, Mikrofone werden in seine Richtung gestoßen wie Schwerter.

»Dank der harten Arbeit und der Kompetenz meiner Ermittlungskommission haben wir einen Verdächtigen festgenommen, der ernste Fragen zu beantworten hat. Unsere Aufgabe ist erst halb erledigt. Maya und Rohan Kirk haben Gerechtigkeit verdient, und ich werde nicht ruhen, bis ihr Mörder hinter Gittern sitzt.«

»Fünfzehn Sekunden«, sagt Lenny. »Der Mann weiß, wie man ein Sound Bite abliefert.« Sie dreht die Lautstärke leiser. »Der toxikologische Bericht ist gekommen. Maya Kirk hatte Spuren von GHB in den Haarfollikeln.«

Gammahydroxybutyrat. Eine Party-Droge, die zur Vergewaltigungsdroge geworden ist. Durchsichtig, geruchlos, leicht löslich in einem Drink.

»Das Sperma, das auf dem Sofa gefunden wurde, entspricht Foleys DNA, und auch die Probe von Mayas Kleid weist, selbst wenn sie stark abgebaut ist, genug Marker auf, um ihn zu belasten.«

Diese beiden Details irritieren mich, weil sie nicht zu der Vorstellung passen, die ich mir von der Entführung und dem Mord gemacht habe. Warum sollte der Mörder, der so vorsichtig war, Handschuhe zu tragen, ein derart belastendes Indiz hinterlassen?

»Wo ist er jetzt?«, frage ich.

»Im Untergeschoss. Seine Anwältin ist eben eingetroffen.«

»Wer vernimmt ihn?«

»Hoyle. Möchtest du zugucken?«

»Eigentlich nicht.«

»Komm schon. Genieß deinen Moment.«

Wir gehen durch ein internes Treppenhaus nach unten. Jeder, an dem wir vorbeikommen, scheint mir im Wissen um den Durchbruch zuzulächeln und zuzunicken. Der Observationsraum ist auch voll, aber man findet einen Platz für mich, als wäre ich der Ehrengast, der zu einer Preisverleihung erscheint.

Durch die Scheibe sehe ich Anders Foley neben Giana Camilleri sitzen, die nichts mehr von der Aggressivität und Forschheit ausstrahlt, die sie während der ersten Vernehmung gezeigt hat. Diesmal wirkt sie bereit, eine weiße Fahne zu schwenken. Foley sieht ebenfalls verändert aus. Seine Augen sind aufgequollen und rot, und seine Nasenlöcher weiten sich jedes Mal, wenn er ausatmet.

»Mein Mandant möchte seine Aussage korrigieren«, sagt Camilleri. »Einige seiner Antworten bei der vorherigen Befragung waren nicht vollständig korrekt.«

»Er hat gelogen«, sagt Hoyle, der hinter seinem Stuhl steht und die Rückenlehne packt.

»Er möchte eine vollständige Aussage machen.«

»Ein Geständnis?«

»Ich habe sie nicht angerührt«, sagt Foley. »Man will mir etwas anhängen.« Er hat ein Pflaster auf der Stirn, das in der Mitte von Blut rosa gefärbt ist.

Hoyle nimmt Platz, verschränkt die Arme und benimmt sich wie ein Mann, der längst zu einem Schluss gekommen ist. Edgar startet das Aufnahmegerät und verkündet das Datum, die Uhrzeit und die Namen der Anwesenden.

»Was möchten Sie uns erzählen, Mr Foley?«, fragt Hoyle.

»Ah … also … was ich neulich gesagt, stimmte nicht ganz, aber ich habe niemanden verletzt.« Foley wischt sich mit dem Ärmel die Nase ab. »Ich habe Maya nach Hause gefahren, weil sie kaum noch stehen konnte. Sie hat sich die ganze Zeit entschuldigt und gesagt, sie würde ein Taxi nehmen, aber ich dachte, dass kein Fahrer sie mitnehmen würde, so betrunken, wie sie war.«

»Sie sind mit ihr ins Haus gegangen.«

»Sie hat es nicht allein geschafft, den Schlüssel ins Schloss zu stecken. Ich musste ihr helfen.«

»Was ist dann passiert?«

»Ich habe sie auf das Sofa im Wohnzimmer gelegt, weil sie die Treppe nicht hochgekommen ist. Ich habe ihr die Schuhe ausgezogen, ein Kissen unter ihren Kopf geschoben und eine Schüssel aus der Küche geholt, falls sie sich noch mal übergeben musste.«

»Wie ritterlich von Ihnen«, sagt Hoyle spöttisch. »War sie bei Bewusstsein?«

»Ja. Nein. Vielleicht.«

»Eine bewusstlose Frau – und Sie sind nicht auf den Gedanken gekommen, sie ins Krankenhaus zu bringen«, sagt Edgar.

»Sie war bei Bewusstsein«, sagt Foley. »Sie wollte schlafen.«

»Sind Sie nach oben gegangen?«, fragt Hoyle.

Foley zögert, als wollte er die Lügen auf seiner Zunge ordentlich sortieren. »Ich musste auf Toilette.«

»Im Erdgeschoss gibt es auch eine Toilette.«

»Das wusste ich nicht.«

»Sind Sie in Mayas Schlafzimmer gegangen?«

»Ich weiß nicht mehr genau … vielleicht … ja, richtig. Ich habe ihre Bettdecke geholt – um sie warm zuzudecken.«

»Haben Sie sonst noch was aus dem Zimmer genommen?«

»Nein.«

»Sie lügen immer noch«, sagt Hoyle.

»Nein, das stimmt nicht. Ich habe ihr nichts getan. Ich habe sie in die Bettdecke gewickelt und bin gegangen. Ihren Vater habe ich nie gesehen.«

»Sie haben sie ausgezogen.«

»Nein. Ich … ich … habe ihr die Schuhe ausgezogen.«

»Ihr Sperma wurde auf dem Sofa und der Innenseite ihres Kleides gefunden.«

Das Blut weicht aus Foleys Gesicht. »Das war … Es ist nicht so, wie …«

»Sie haben sie sexuell attackiert.«

»Nein. Nein.«

»Wie ist Ihr Sperma auf Mayas Kleid gekommen?«

»Ich habe mir einen runtergeholt. Okay? Darauf bin ich nicht sonderlich stolz.«

»Haben Sie ihr das Kleid ausgezogen?«

»Nein. Ich … ich … ich habe es hochgezogen. Ich habe ihr nichts getan. Sie hat geschlafen, und ich dachte …«

»Hat ihr Vater Sie gestört?«, fragt Edgar.

»Nein, ich habe sonst niemanden gesehen.«

»Oh, kommen Sie, Anders«, sagt Hoyle und seufzt müde. »Ihr Sperma ist auf ihrem Kleid. Wir werden Spuren ihrer DNA in Ihrem Wagen finden. Wir wissen, dass Sie ihre Unterwäsche gestohlen haben.«

Foley runzelt die Stirn und fragt sich, woher die Polizei weiß, was er mitgenommen hat. Hoyle hat eine Mappe mit Fotos, Farbabzüge, 20 mal 27 Zentimeter, die er auf dem Tisch auszulegen beginnt. Sie zeigen Mayas Leiche in dem Graben.

»Warum zeigen Sie mir die?«, fragt Foley.

Hoyle geht über seine Frage hinweg. »Warum haben Sie ihr den Kopf geschoren?«

»Ich habe sie nicht angerührt.«

»Sie haben ihr den Hals gebrochen.«

»Nein. Ich habe sie auf dem Sofa liegen lassen.«

»Ich werde Ihnen erzählen, was meiner Ansicht nach passiert ist«, sagt Hoyle. »Sie haben sie betäubt. Sie haben sie nach Hause gefahren. Sie haben sie vergewaltigt, sie hat geschrien und ihren Vater geweckt, der nach unten gekommen ist. Da haben Sie ihn mit einem Schürhaken erschlagen und Maya verschleppt, weil Sie sie nicht zurücklassen konnten. Sie war eine Zeugin.«

Foley blickt zu Camilleri und hofft auf Unterstützung, doch die Anwältin verbiegt eine Büroklammer in verschiedene Formen.

»Wir brauchen eine Antwort für die Aufzeichnung«, sagt Hoyle.

Eine andere Art von Glänzen legt sich über Foleys Augen. »Nichts von all dem ist wahr.«

»Die Vergewaltigung oder der Mord nicht?«

»Ich habe sie nicht angerührt.«

»Warum haben Sie Ihren Transporter gesäubert?«

»Sie hatte sich übergeben.«

»Wo sind die Kleider, die Sie an dem Abend getragen haben?«

»Sie waren mit Erbrochenem bekleckert.«

»Haben Sie sie verbrannt oder weggeworfen?«

»Ich habe sie im Waschsalon gewaschen.«

»Sie haben Maya irgendwohin gebracht, sie mit einem Seilkorsett gefesselt, ihr das Haar abgeschnitten und ihr den Hals gebrochen.«

»Nein, nein. Ich habe sie auf dem Sofa liegen lassen. Ich bin nach Hause gefahren. Ich bin ins Bett gegangen. Ich schwöre bei Gott, das ist die Wahrheit.«

»Sie schwören bei Gott«, wiederholt Hoyle mit einem bellenden Lachen. »Sie sollten beten, nicht schwören.«

Foley kaut auf seiner Unterlippe, in seinem rechten Nasenloch bildet sich eine Blase aus Schnodder und platzt.

Noch während er alles abstreitet, denke ich an die Spuren des Seils auf Mayas blasser Haut und an ihr abrasiertes Haar. Foleys Profile in den sozialen Medien und seine Dating-Chronik lassen einen beiläufigen Frauenhass und ein Beutedenken erkennen, aber nichts übermäßig Sadistisches. Wer immer Maya verschleppt hat, hat es aus einem Grund getan, und die meisten Aspekte des Verbrechens weisen auf Planung und Vorbereitung hin, während Foley mehrere vermeidbare Fehler gemacht hat.

Hoyle hat genug gehört und steht auf. »Anders Foley, Sie werden beschuldigt, zwischen dem siebten und dem zehnten November Rohan Kirk ermordet sowie Maya Kirk verschleppt und ermordet zu haben. Sie haben das Recht, die Aussage zu verweigern, doch die Nichterwähnung eines Umstands, auf den Sie sich später vor Gericht berufen wollen, könnte Ihrer Verteidigung schaden. Alles, was Sie sagen, kann vor Gericht gegen Sie verwendet werden.«

Das Aufnahmegerät wird abgeschaltet, und Hoyle macht

den wartenden Constables ein Zeichen. Foley muss aufstehen und wird mit eng anliegenden Handschellen gefesselt. Schniefend hebt er die Hände, wischt sich über die Augen und blickt kurz zu seinem Spiegelbild, angewidert von dem, was er sieht.

34

Evie

Nach meiner begrenzten Erfahrung – bisher bin ich fünf, vielleicht sechs Mal festgenommen worden – riechen die Zellen auf Polizeistationen überall gleich. Nach einer Mischung aus gekochtem Kohl, Schweiß, Bleichmittel und irgendeiner geheimen Zutat, vielleicht Tränen oder Kummer.

Ein Streifenwagen hat mich zwei Blocks von Lilahs Wohnung entfernt angehalten. Ich habe das flackernde Blaulicht im Spiegel gesehen und das Aufheulen der Sirenen gehört. Eine halbe Sekunde lang habe ich überlegt abzuhauen, aber ein Mini ist kaum ein geeignetes Fluchtfahrzeug. Sie hätten den ganzen Weg bis zur Wache gelacht.

Nach Lage der Dinge wurde ich festgenommen, weil ich mich geweigert habe, meinen Namen und meine Adresse anzugeben, und weder Führerschein noch Fahrzeugpapiere für den Wagen vorzeigen wollte, der noch auf Morty zugelassen ist.

»Bist du schon alt genug, um zu fahren?«, hat mich der Polizist gefragt.

»Sind Sie schon alt genug, um sich zu rasieren?«, habe ich zurückgefragt, worüber seine Partnerin lachen musste, was die Sache noch schlimmer gemacht hat.

Seitdem habe ich so lange auf dasselbe viereckige Licht

gestarrt, dass es auf den Innenseiten meiner Lider leuchtet, wenn ich die Augen schließe. Hin und wieder höre ich Schritte. Die Observationsklappe wird aufgeschoben. Augen betrachten mich. Ich zeige ihnen den Mittelfinger. Sekunden später geht die Klappe wieder zu, und ich starre weiter ins Licht.

Ich möchte nicht, dass Cyrus erfährt, was ich getan habe, aber ich weiß, dass sie den Wagen zu Morty zurückverfolgen werden, der ihnen meinen Namen nennen wird. Irgendwann wird man Cyrus kontaktieren, und er wird kommen, um mich abzuholen. Derweil erklärt mir der Stationssergeant, dass ich darüber nachdenken soll, was ich getan habe. Das war schon immer mein Problem. Ich springe, bevor ich gucke. Ich spiele mit dem Feuer. Ich gleite auf dünnem Eis. Aber warum können dann nicht auch die anderen Klischees für mich gelten; dass das Glück mit den Mutigen ist und dass wer nicht wagt, nicht gewinnt.

Sie haben mein Handy beschlagnahmt, zusammen mit meinem Gürtel, meinen Schnürsenkeln und meinen Ohrringen, wobei ich nicht weiß, wie ich mir ihrer Ansicht nach mit zwei Platin-Ohrsteckern in Form von Blitzen etwas antun soll.

Ich höre Schritte im Flur. Die Zellentür wird aufgeschlossen. Eine Frau betritt die Zelle. Sie trägt einen Tweedrock mit passender Jacke und, falls das möglich ist, eine darauf abgestimmte Frisur.

»Hallo, Liebes«, sagt sie mit einer Singsang-Stimme, als wäre ich im Kindergarten. »Ich bin hier, um mich zu vergewissern, dass es dir gut geht.«

O Scheiße! Eine Sozialarbeiterin. Sie denken, dass ich minderjährig bin. Sie heißt Mrs Beaumont und erinnert mich an die gefühlsduseligen Weltverbesserer in Langford Hall, wo mich die Gutmenschen mehr genervt haben als die Sadisten, weil sie jede Unterhaltung mit zuckrigem Lächeln, traurigen Blicken und leisen Lauten der Missbilligung verklebt haben. Bitte erschießt mich sofort.

»Die Polizei möchte dir ein paar Fragen stellen«, sagt sie. »Wie heißt du?«

»Das muss ich denen nicht sagen – solange sie mir nicht erklären, was für ein Vergehen ich begangen habe.«

Sie kichert eher, als dass sie lacht. »Du liebe Güte, du kennst dich offenbar gut mit deinen Rechten aus. Bist du schon mal verhaftet worden?«

»Das geht Sie nichts an.«

»Nun, ich bin hier als deine erwachsene Begleitperson. Wenn du irgendetwas möchtest, frag mich.«

»Ich bin einundzwanzig. Ich brauche keine erwachsene Begleitperson.«

»Wirklich?«

Sie glaubt mir offensichtlich nicht. Kurz darauf kommt ein Beamter und führt mich in einen Vernehmungsraum, in dem die beiden Polizisten warten, die mich verhaftet haben. Sie haben ihre schwarzen Stichschutzwesten abgelegt und wirken längst nicht mehr so bedrohlich. Unser Gespräch wird aufgezeichnet, deshalb sind sie besonders höflich, bieten mir etwas zu trinken an und fragen, ob ich meine Eltern anrufen will.

»Ich habe keine Eltern.«

»Was ist mit einem Vormund?«

»Ich bin volljährig.«

»Okay, wo wohnst du?«, fragt die Polizistin. Sie hat dichtes blondes Haar, das sie unter ihre Mütze gesteckt hatte, als wir uns zum ersten Mal begegnet sind. Ich wollte immer blond sein, trotz der dummen Witze.

»Ist das Ihre natürliche Haarfarbe?«, frage ich.

Die Frage überrascht sie. »Ja.«

»Es ist wunderschön. Lässt Sie schwedisch aussehen.«

»Das sagen viele.«

»Können wir hier weitermachen?«, quengelt ihr Partner, der Ungeduldige. Er hat einen Pickel am Hals, den ich ausdrücken möchte.

»Wie heißt du?«, fragt PC Blondie.

»Das muss ich Ihnen nicht sagen.«

»Doch, das musst du«, widerspricht sie mir leise. »Ich akzeptiere auch einen Vornamen.«

»Evie.«

»Nun, Evie, du hast eine Straftat begangen. Opfer sexualisierter Gewalt genießen nach britischem Recht lebenslange Anonymität. Man darf sich ihnen weder nähern noch sie belästigen noch ihre Identität bekannt machen.«

»Das wollte ich alles nicht.«

»Hat Mitchell Coates dir die Adresse gegeben?«

»Nein.«

»Warum bist du dorthin gefahren?«

»Ich wollte bloß mit Lilah reden.«

»Das darfst du nicht.«

»Das weiß ich jetzt«, sage ich, als sollte das offensichtlich sein.

»Wem gehört der Wagen, den du gefahren hast?«

»Ich habe ihn von meinem Freund Morty gekauft. Er ist nicht gestohlen, falls Sie das fragen wollen. Das ist alles meine Schuld. Es hat nichts mit Mitch oder Morty zu tun.«

»Wo wohnst du, Evie?«

Mit jeder Frage kommen sie Cyrus näher. Ich möchte mich wegzaubern, verschwinden, durch die Ritzen rutschen. Ich brauche einen Tarnumhang wie Harry Potter. Damit könnte ich ihnen entwischen.

»Wo ist mein Hund?«, frage ich.

»Wir haben ein Tierheim benachrichtigt. Sie kommen ihn abholen.«

»Das können Sie nicht machen. Die stecken sie in die Gaskammer.«

»Nein, tun sie nicht«, sagt Mrs Beaumont alarmiert. »Woher hast du solche Ideen?«

»Ich möchte sie sehen.«

»Nur wenn du unsere Fragen beantwortest«, sagt PC Pickel.

»Wenn ich Ihnen meinen Namen sage – kann ich dann meinen Hund sehen?«

»Wenn sie noch hier ist.«

Ich nicke.

»Ist Mitchell Coates wirklich dein Onkel?«

»Nein, er ist ein Freund.«

»Diesbezüglich hast du gelogen«, sagt PC Pickel.

»Die Leute lügen ständig«, erwidere ich und zeige auf seine Partnerin. »Stehen Sie auf sie?«

»Nein.«

»Sehen Sie. Sie haben gelogen.«

Ich sehe, wie er rot wird. Niedlich. Ich will seinen Pickel immer noch ausdrücken.

»Kommen wir zum Thema zurück«, sagt PC Blondie, die ein Lächeln unterdrückt.

Schließlich nenne ich meine Adresse. Sie notiert die Details, und die Polizisten gehen. Sie werden meinen Namen in einen Computer eingeben, doch sie werden nichts finden. Ich bin eine Nicht-Person, ein Gespenst, ein Schatten. Meine Identität ist durch gerichtliche Anordnungen geschützt, was bei dem, was sie mir vorwerfen, ironisch ist.

Ich höre Stimmen auf dem Flur. Eine klingt vertraut.

»Bitte erzählen Sie es nicht Cyrus«, flüstere ich, aber Mrs Beaumont hat mich gehört.

»Wer ist Cyrus?«, fragt sie.

»Mein Gewissen.«

»Das muss nett sein.«

»Es ist eine verdammte Plage.«

35

Cyrus

Der Observationsraum leert sich. Ich bleibe allein mit Lenny zurück, die anfängt, Plastikbecher und aufgerissene Zuckertütchen einzusammeln und in den Papierkorb zu werfen. Es ist nicht ihr Job, aber sie macht es trotzdem, aus Gewohnheit, weil sie Unordnung verabscheut, oder aus Mitleid mit dem Reinigungspersonal.

Mein Schweigen scheint sie zu irritieren.

»Es spricht alles dafür, dass Foley es war«, sagt sie.

»Unbedingt.«

»Er hatte das Motiv, die Gelegenheit, die Mittel.«

»Ein klarer Fall.«

Es entsteht eine weitere lange Pause, die vielleicht bedeutungsschwanger ist, wobei ich nie begriffen habe, was das heißen soll.

»Okay, was stört dich?«, fragt sie.

»Nichts. Du hast den Müll rausgebracht. Du hast den Gen-Pool gereinigt. Wir können heute Nacht alle besser schlafen.«

Ein kurzes Schweigen. Jetzt ist sie noch wütender.

»Nur aus Interesse – hat man irgendeine Spur von Maya Kirk in Foleys Haus gefunden?«, frage ich.

»Nein, aber sie hat in seinen Transporter gekotzt.«

»Was er zugegeben hat. Habt ihr seine Telefondaten überprüft?«

»Selbstverständlich.«

»Wohin ist Foley gefahren, nachdem er Mayas Haus verlassen hatte?«

»Nach Hause. Wahrscheinlich hat er sein Handy abgelegt, bevor er Maya woandershin gebracht hat.«

»Und wohin?«

»Wir suchen noch.«

»Was ist mit seinem Computer – irgendwelche Beweise von Gewaltpornografie? Fesseln? Messer?«

»Er scheint Rache-Porno-Seiten zu bevorzugen.«

»Irgendwas Sadistisches?«

»Das ist für mich sadistisch genug.«

Ich folge ihr den Flur hinunter und die Treppe hinauf. Wir kommen an zwei Constables vorbei, die auf der Treppe stehen und über eine Verhaftung diskutieren. Lenny erhält einen Vorsprung, und ich muss joggen, um sie einzuholen.

»Ich sage nicht, dass ihr falschliegt. Alle Beweise deuten auf Foley. Er hat Maya betäubt. Er hat sie nach Hause gebracht. Er hat sie sexuell angegriffen. Rohan Kirk ist aufgewacht und hat sie entdeckt. Foley ist in Panik geraten und hat ihn getötet. Alles passt, bis auf ...« Wir haben die Doppeltür erreicht.

»Bis auf was?«

»Ich kann nicht verstehen, warum er Handschuhe getragen hat, um keine Fingerabdrücke zu hinterlassen, dann jedoch nicht darauf geachtet hat, keine Spermaspuren zu hinterlassen. Ist das nicht reichlich amateurhaft?«

»Es wird so gewesen sein, wie du gesagt hast. Er ist in Panik geraten.«

»Ja, aber er ist nicht abgehauen. Er ist im Haus geblieben. Er hat sich gesäubert. Er hat es geschafft, eine halb bewusstlose Frau in seinen Transporter zu schaffen. Er ist nach Hause gefahren, hat sein Telefon abgelegt und Maya an einen stillen Ort gebracht, wo er sie zwei Tage lang gefangen gehalten hat. Er hat ihr Nahrung und Wasser gegeben. Er hat ihre Haare abrasiert. Glaubst du, das war von Anfang an sein Plan?«

»Ich weiß nicht, ob er einen Plan hatte«, sagt Lenny zwischen zusammengebissenen Zähnen. »Ich glaube, es ist ihm spontan eingefallen.«

»Oder er sagt die Wahrheit.«

»Glaubst du, jemand anderes wäre vorbeigekommen und hätte sie mitgenommen?«, höhnt Lenny. »Wie viel Pech kann eine Frau haben? An einem Abend nicht nur einen Perversen, sondern auch noch einen Mörder zu treffen?«

Sie hat recht, es widerspricht jeder Logik, aber dieses Verbrechen hat so viele Aspekte, die keinen Sinn ergeben.

Oben richtet Hoyle sich an seine Ermittlungskommission, weil er weiß, dass der Job erst halb erledigt ist.

»Wichtige Fragen sind noch unbeantwortet. Wo hat Anders Foley Maya Kirk festgehalten? Wo ist sie gestorben? Hat er allein gehandelt? Räuchern Sie den Typen aus. Ich will nicht, dass er wegkrabbelt und sich unter einem Felsen versteckt. Habe ich mich klar ausgedrückt?«

Die Zustimmung ist einmütig, und dann ruft jemand: »Wer gibt einen aus?«

»Was glaubt ihr wohl, wer?«, sagt Hoyle, und allgemeiner Jubel erhebt sich.

Lenny sieht mich an und deutet mit der Hand eine Trinkbewegung an.

»Nächstes Mal«, sage ich und blicke auf mein Handy. Ich

habe Evie versprochen, dass ich zu Hause sein werde. Ich habe das Gefühl, sie vernachlässigt zu haben, und ich weiß, dass sie sich Sorgen macht, weil Elias bei uns wohnen soll.

Als ich den Treppenabsatz erreicht habe, höre ich Hoyle meinen Namen rufen.

»Bevor Sie gehen, möchte ich mich für ein paar der Dinge, die ich gesagt habe, entschuldigen. Für mein Verhalten. Dafür, dass ich Sie festgenommen habe. Das war keine Glanzleistung.«

»Schon okay. Das war verständlich.«

»Sie haben heute gute Arbeit geleistet.«

»Vielen Dank.«

Ich gehe die Treppe hinunter. Als ich durch den Aufnahmeraum komme, blicke ich auf und sehe ein Mädchen auf einem Plastikstuhl sitzen, zu ihren Füßen einen Labrador. Ich gehe noch zwei Schritte weiter, bevor ich begreife, wer es ist.

Evie hebt den Kopf und stöhnt.

36

Evie

Ich hasse es, wie Cyrus mich ansieht, wenn er enttäuscht ist. Er hat feuchte braune Augen wie die Robbenbabys, die in Kanada erschlagen werden, weil reiche Frauen gern tote Dinge tragen. Ich wünschte, jemand könnte mich totschlagen.

Wortlos setzt er sich auf den Stuhl neben mir. Poppy schnuppert an seiner Tasche, weil sie hofft, dass er etwas zu essen mitgebracht hat. Cyrus fasst ihren Kopf mit beiden Händen und krault sie hinter den Ohren. Ich möchte, dass er das auch bei mir macht – nicht meine Ohren kraulen, aber mich mit nichts als Liebe ansehen, ohne Fragen zu stellen.

»Ich habe einen Fehler gemacht«, sage ich.

»Okay. Ich höre zu.«

»Ich wollte Mitch helfen, aber ich habe die Situation falsch eingeschätzt.«

»Inwiefern?«

»Na ja, ich dachte, wenn ich die Frau finden könnte, die ihn beschuldigt hat. Und wenn sie ihre Aussage ändert … Wenn sie erkennt …«

In diesem Moment blicke ich auf und sehe Mitch, der in den Aufnahmeraum geführt wird. In Handschellen. Mit gesenktem Kopf. Er hat einen Bluterguss auf der Wange. Der Beamte drückt ihn grob auf eine Bank und befiehlt ihm, sich zu setzen.

Ohne nachzudenken, springe ich auf und rufe: »Lassen Sie ihn frei! Er hat nichts getan!«

Cyrus schlingt seine Arme um mich und zieht mich zurück.

»Nein! Bitte. Das ist meine Schuld«, rufe ich.

Mitch blickt auf und wieder weg. Der Polizist, der die Festnahme vorgenommen hat, spricht mit dem Sergeant. »Mitchell Coates. Widerstand gegen die Staatsgewalt. Verstoß gegen Bewährungsauflagen. Er fährt wieder ein.«

Cyrus hat mich hochgehoben, sodass meine Füße in der Luft strampeln. Er spricht mir ins Ohr und erklärt, dass ich alles nur noch schlimmer mache.

»Es war nicht Mitch. Ich war es. Bitte. Hilf ihm.«

»Nicht so, Evie. Sei jetzt still.«

Meine Beine hören auf zu strampeln, meine Muskeln entspannen sich, und mein Blick zersplittert hinter Tränen.

»Du wartest hier«, sagt er und zwingt mich, auf einem Stuhl Platz zu nehmen.

Er geht zu der anderen Seite des Raumes, wo Mitchs Festnahme protokolliert wird. Einen Teil der Unterhaltung kann ich verstehen, den Rest reime ich mir durch Lippenlesen zusammen, oder vielleicht lege ich ihnen auch Worte in den Mund.

»Ich weiß nicht, wovon Sie reden«, sagt Mitch. »Ich habe mich Lilah nicht genähert. Ich weiß nicht mal, wo sie jetzt wohnt.«

Cyrus dreht sich um und wirft mir einen Blick zu. Ich kann ihm nicht in die Augen sehen.

Mitch wird fotografiert, seine Fingerabdrücke werden genommen. Ein Polizist ruft, dass der Gefangenentransport unterwegs ist. Cyrus kommt zu mir zurück. Er wartet, dass ich Ausflüchte mache oder mich wehre, doch ich kann nichts zu meiner Verteidigung vorbringen.

»Mitch hat mich nicht geschickt. Ich habe die Adresse gefunden. Ich wollte sehen, ob sie lügt.«

»Das ist egal, Evie. Es ist verboten. Man darf sich einem Opfer sexualisierter Gewalt nicht nähern oder seine Identität bekannt machen.«

»Aber sie *glaubt* bloß, dass Mitch sie angegriffen hat. Sie ist sich nicht sicher.«

»Das ändert nichts. Sie ist geschützt.«

Mitch wird abgeführt. Seine Schuhe haben noch Grasflecken aus unserem Garten. Auf seiner Jeans sind Farbkleckser von dem Seitentor.

»Was passiert jetzt?«, frage ich.

»Er wird den Rest seiner Strafe absitzen.«

»Kann er Berufung einlegen?«

»Es gibt kein Berufungsverfahren. Er kann sich nur gegenüber dem Bewährungsausschuss erklären.«

»Wann?«

»Ich weiß nicht.«

»Und wenn ich eine Aussage mache?«

»Es wird keine Rolle spielen.«

»Weil mir niemand glaubt.«

Cyrus will widersprechen, doch er weiß, dass es stimmt. Niemand traut mir, weil »ich lüge, dass sich die Balken biegen« – seine Worte, nicht meine. Und wenn ich es nicht gerade haben will? Egal ob Pfeile, Straßen oder Lineale. Krumm ist weniger langweilig.

»Kommt«, sagt Cyrus und fasst Poppy am Halsband.

»Wohin gehen wir?«

»Nach Hause.«

Wenn meine Welt grau in grau ist, gehe ich zu den dunklen Orten in meinem Kopf. Einsamen Orten. Grausamen Orten. Der einzige Ausweg ist, mich zu verstecken, einen Raum zu suchen, gerade groß genug, dass ich mich darin verkriechen kann, wo mich niemand findet. Ich schiebe die Kartons beiseite, zwänge mich zwischen die Kisten und alten Möbel auf dem Speicher und rolle mich auf einer Bettdecke zusammen, die nach Mottenkugeln und Schimmel riecht. Ich schließe die Augen und lausche dem Ticken und Ächzen der Heizung, den draußen vorbeifahrenden Autos und den Stimmen der Kinder im Park. Die Zeit verlangsamt sich. Ich spüre auf der Haut, dass die Temperatur sinkt, als es draußen dunkel wird.

Neben mir auf dem schmalen Sims des Speicherfensters bewahre ich meine größten Kostbarkeiten auf – den Knopf vom Mantel meiner Mutter und meine Sammlungen bunter Glassteine, die aussehen wie Juwelen. Wenn ich den Knopf in meiner Faust halte, kann ich mich daran erinnern, wie meine Mutter ausgesehen hat, an den Klang ihrer Stimme und an ihren Geruch.

Den Mantel hat sie getragen, als ich sie zum letzten Mal gesehen habe. Ich habe mich an sie geklammert, sodass sie meine Finger mit Gewalt lösen mussten. Erst als ich die Hand später öffnete, habe ich den Knopf entdeckt, der bei dem Kampf abgerissen sein musste.

Ein Knarren auf der Speichertreppe. Ein leises Klopfen.

»Hast du Hunger?«, fragt Cyrus.

»Nein.«

»Ich hab Pasta gemacht.«

Schweigen füllt jeden Winkel. Ich warte darauf, seine Schritte auf der Treppe zu hören, aber er ist immer noch da.

Kurz darauf wird ein Karton zur Seite geschoben, und ich sehe sein Gesicht.

»Lass mich bitte in Ruhe.«

»Das ist gemütlich«, erwidert er und zwängt sich in meine Höhle. Er setzt sich mir gegenüber, lehnt den Rücken an die Wand und umklammert seine angezogenen Knie. Er trägt Socken, und seine Füße berühren fast meine. So sitzen wir lange Zeit und hören uns gegenseitig beim Atmen zu.

»Was ist das für ein Knopf?«, fragt er.

»Er hat meiner Mutter gehört.«

»Du sprichst nie über sie.«

»Das bringt sie auch nicht zurück.«

Schweigen. Atmen.

»Cyrus?«

»Ja.«

»Wie lange muss Mitchell noch im Gefängnis bleiben?«

»Noch zwei Jahre.«

So viel habe ich ihn gekostet. Zwei Jahre, um mich zu hassen und meinen Namen zu verfluchen.

»Manchmal wünschte ich, ich wäre tot.«

»Sag das nicht.«

»Alle wären besser dran.«

»Ich nicht.«

»Wieso nicht?«

»Weil ich finde, dass du der faszinierendste, herausforderndste, nervenaufreibendste, aufregendste, unbegreiflichste Mensch bist, den ich je getroffen habe, und ich will sehen, was aus dir wird.«

»Und was, wenn genau das aus mir wird?«

»Nun, das wäre absolut okay.«

Ich blicke in sein Gesicht und suche nach der Lüge, kann

jedoch keine entdecken. Vielleicht bin ich doch nicht so gut darin, sie zu erkennen. Oder er wird besser darin, sie zu verstecken.

Ich weine jetzt, den Kopf gesenkt, die Hände vor die Augen gelegt.

»Evie?«

Ich kann nicht antworten.

»Evie, hör mir zu.«

Ich spüre, wie er näher rutscht. Er legt die Hand auf meinen Kopf und streicht mir übers Haar.

»Du bist der mutigste Mensch, den ich kenne. Du bist im Feuer geschmiedet worden. Gib jetzt nicht auf, okay? Gib niemals auf.«

Er beugt sich vor, legt die Arme um mich und zieht meinen Kopf an seine Brust.

»Du hast es verdient, geliebt zu werden, Evie Cormac. Glaub mir, was ich sage.«

37

Cyrus

Es ist noch früh, als ich im Arncliffe Centre ankomme, wo die East Midland Forensic Services sich Laborräume mit einer privaten Firma teilen, die die Analyse von an Tatorten gesicherten Spuren und Proben für fünf verschiedene Polizeibehörden in den Midlands erledigt.

Cassie Wright trifft mich am Empfang. Sie trägt Jeans, eine taillierte weiße Bluse und Cowboystiefel, in denen sie fast so groß ist wie ich. Ihr Haar ist zu einem Pferdeschwanz gebunden, und sie trägt eine Schildpattbrille, die sie verlegen berührt.

»Normalerweise benutze ich Kontaktlinsen, aber ich habe gestern Abend vergessen, sie rauszunehmen«, sagt sie.

»Sie haben gefeiert.«

»Wo waren Sie? Ich dachte, Sie würden auch kommen.«

»Trinkgelage sind nicht so mein Ding.«

»Meins auch nicht.«

Mir fällt eine Schachtel Paracetamol und eine Dose mit einem Sprudelgetränk auf ihrem Schreibtisch auf. In diesem Moment steckt Craig Dyson den Kopf durch die Tür, ohne mich zu sehen.

»Hey, wohin bist du gestern Abend verschwunden?«

Cassie bedeutet ihm, still zu sein, und weist mit dem Kopf auf mich.

»Oh, Dr. Haven. Ich wusste nicht, dass Sie da sind.«

»Offiziell bin ich das auch nicht«, erwidere ich. »Und nennen Sie mich Cyrus.«

Dyson nickt und wendet sich wieder an Cassie. »Wie fühlst du dich?«

»Wie tot.«

»Ich auch. Hast du Voigt gesehen?«

»Nein.«

»Er sollte die Untersuchung von Foleys Wagen abschließen.«

»Vielleicht ist er noch in der Werkstatt. Soll ich ihn holen?«

»Danke.«

»Dr. Haven ist auf der Suche nach Informationen – kannst du ihm helfen?«

Dyson nickt und setzt sich hinter Cassies Schreibtisch. Wir sehen ihr beide nach, als sie durch die offen stehende Tür geht, den Korridor hinunter, und die Schwingtür aufstößt.

»Sind Sie zwei zusammen?«, frage ich.

»Nicht so richtig. Es ist kompliziert.«

»Sie sind verheiratet.« Ich weise mit dem Kopf auf seinen Ehering. Er blickt auf seine linke Hand.

»Getrennt. Ich warte darauf, die Dokumente zu unterzeichnen.« Er blickt erneut zur Tür, als hätte er Angst, sie könne zuhören. »Cassie hat vor ein paar Wochen ihre Schwester verloren. An Krebs. Sie setzt eine tapfere Miene auf, aber ich weiß, dass sie leidet. Manchmal fragt man sich, warum immer die besten Menschen das größte Pech haben.«

Er gönnt sich einen Schluck von ihrem Getränk.

»Wie kann ich Ihnen helfen, Cyrus?«

»Vor sieben Jahren gab es einen sexuellen Angriff auf eine Frau, die in ihrer Wohnung überfallen wurde. Ihr Nachbar wurde für die Tat verurteilt. Portland Road, Nottingham.«

»Ich erinnere mich«, sagt Dyson. »Ich habe damals den Einsatz der Spurensicherung geleitet.«

»Haben Sie vielleicht noch Fotos?«

»Kann sein.«

Er schnippt mit den Fingern. »Geht es um das Haar?«

»Verzeihung?«

»Dem Opfer wurde der Kopf geschoren.«

Ich blicke ihn offensichtlich verständnislos an.

»Das Opfer – an den Namen kann ich mich nicht erinnern – hatte einen rasierten Schädel, genau wie Maya Kirk. Man hat den Nachbarn aus der Wohnung über ihrer verhaftet. Seine Fingerabdrücke waren überall in ihrer Wohnung, und an dem Kopfkissen hat man Spuren seiner DNA sichergestellt. Soweit ich mich erinnere, haben wir in seiner Wohnung auch Beweise gefunden – ein Schmuckstück.«

Dyson hat etwas in den Computer eingegeben und ruft eine Reihe von Dateien mit Fotos auf. Es sind Aufnahmen des Schlafzimmers, des Eingangsflurs und der Wohnbereiche. Man sieht das Bett und den Kissenbezug, der über Lilahs Kopf gezogen war, sowie die Schwesternuniform, die man ihr vom Körper geschnitten hatte.

»Diese Bilder wurden im Krankenhaus gemacht«, sagt Dyson und ruft eine neue Serie von Fotos auf. Sie zeigen Lilahs Verletzungen. Ohne Haare sieht sie aus wie eine verstümmelte Schaufensterpuppe mit übertrieben großen, rot geränderten und von Blutergüssen umrahmten Augen. Mayas Haar ist dicht an der Kopfhaut mit einer Schermaschine abrasiert worden, aber Lilahs Locken wurden so grob abgesäbelt, dass hinter ihren Ohren kleine Büschel stehen geblieben sind.

»Was hat er benutzt?«, frage ich.

»Eine Schere oder eine Rasierklinge«, sagt Dyson. »Wir haben das Werkzeug nicht gefunden. Er muss es entsorgt oder zu gut versteckt haben.«

»Im Gegensatz zu dem Ohrring.«

»Den könnte er übersehen haben.« Dyson liest immer noch vom Bildschirm ab. »Coates wurde zu einer achtjährigen Haftstrafe verurteilt. Er sollte immer noch im Gefängnis sitzen.«

»Er wurde vor zwei Wochen auf Bewährung entlassen.«

Die Information weckt Dysons Interesse. »Wissen Sie, wo er ist?«

»Er wurde gestern wegen Verstoß gegen die Bewährungsauflagen verhaftet und ins Gefängnis zurückgeschickt.«

»Weiß Hoyle das? Er hat damals die Ermittlung geleitet. Das war vor seinem Wechsel zur National Crime Agency.«

»Ich glaube nicht, dass Mitchell Coates etwas mit Mayas Tod zu tun hatte«, sage ich.

»Ja, aber die Ähnlichkeiten sind unübersehbar. Das Haar. Die Fesseln ...«

Ich ziehe meinen Stuhl näher zum Schreibtisch. »Haben Sie Unterlagen über die Beweisstücke?«

Dyson startet eine neue Suche. »Hier ist eine Liste von Gegenständen, die von der Staatsanwaltschaft zur Beweisaufnahme bei Gericht vorgelegt wurden.«

Sie umfasst den Kissenbezug, ein Stück Seil, den Ohrring und die Schwesternuniform.

»Wo wurde der Ohrring gefunden?«, frage ich.

»Im Filter der Waschmaschine.«

Ich blicke erneut auf die Liste. »Wo würde sich das bei dem Angriff benutzte Seil jetzt befinden?«

»Der Prozess war vor acht Jahren. Die Beweismittel wurden wahrscheinlich vernichtet, es sei denn, ihre Aufbewahrung wurde gemäß dem Protokoll zur Revision, Speicherung und Vernichtung angeordnet. In dem Fall würden sie in einem Archiv in der Stadt gelagert werden.«

»Wenn wir das Seil finden, könnten wir es mit dem vergleichen, das benutzt wurde, um Maya Kirk zu fesseln.«

Er nickt. »Wir können die organische Beschaffenheit, das Webmuster und die Fasern untersuchen. In Oxford gibt es einen Knotenexperten, der einem sogar sagen kann, ob ein Knoten von einem Links- oder einem Rechtshänder geknüpft wurde.«

Mein Handy vibriert. Es ist ein Anruf von Dr. Baillie, dem Psychiater in Rampton.

»Da muss ich drangehen«, entschuldige ich mich und trete in den Flur.

»Elias geht es gut«, versichert Dr. Baillie mir eilig. »Ich wollte nur einen Termin mit Ihnen vereinbaren, wann ich Sie zu Hause besuchen kann.«

»Warum?«

»Ihr Bruder hat einen Wochenendbesuch beantragt.«

»Ist er genehmigt worden?«

»Ja, aber ich wollte zuerst mit Ihnen sprechen. Können Sie heute Nachmittag zu Hause sein? Um vier?«

»Sie kennen meine Adresse.«

»Selbstverständlich.«

38

Evie

Ein weiterer grausamer Vormittag. Die anderen hören auf zu reden, als ich das Klassenzimmer betrete. Als hätte jemand einen Schalter umgelegt. Ich gehe zwischen den Pulten nach hinten, während sie bestimmt Grimassen ziehen und irgendeinen Insider-Witz auf meine Kosten teilen. Anders als Cyrus denkt, habe ich versucht, Freundschaften zu schließen, aber jedes Mal, wenn ich etwas sage, sehen die anderen mich an, als wäre ich blöd oder würde in einer fremden Sprache reden. Irgendwie spüren sie instinktiv, dass ich anders bin, dass ich nicht die gleichen Erfahrungen gemacht habe wie sie.

In der vergangenen Nacht habe ich kaum geschlafen. Ich habe an Mitch gedacht, der in einer Gefängniszelle sitzt, mich mit aller Kraft hasst und wünscht, er hätte mich nie getroffen. Beim letzten Mal haben sie ihm das Bein zertrümmert. Nun hat er zwei weitere Jahre vor sich, in denen er versuchen muss, unversehrt durchzukommen. Cyrus hat mir irgendwas von einer Blackstone-Ratio erzählt, die nach einem toten englischen Richter benannt ist, der gesagt hat, es sei besser, wenn zehn Schuldige davonkommen, als wenn ein Unschuldiger irrtümlich ins Gefängnis muss. Ich wette, man würde keine zehn Leute finden, die sich darauf einigen könnten. Die meisten würden sich dafür entscheiden, alle einzusperren, weil sie sich nicht vorstellen können, jemals selbst Opfer eines Justizirrtums zu werden. Jeder bekommt, was er verdient, sogar die, die Pech haben.

Miss Harmsworth, meine Mathelehrerin, gibt uns unsere Tests zurück. Unten rechts auf der letzten Seite steht ein rot umkringeltes »Sehr gut« und eine Nachricht: *Prima, Evie* mit einem Smiley. Ich habe noch nie ein »Sehr gut« bekommen. Normalerweise schaffe ich ein wackeliges »Ausreichend« oder bestehe erst gar nicht.

»Nur eine Schülerin hat die Frage zwölf richtig beantwortet«, sagt sie. »Gut gemacht, Evie.«

Die anderen drehen sich zu mir um. Jemand murmelt »Fotzenlecker«, und ich höre Gelächter. Ein anderer sagt »Lesbe«. Einige der Jungs glauben, dass Miss Harmsworth lesbisch ist, weil sie mit Miss Bottari zusammenwohnt, die die Schauspielabteilung leitet und wirklich hübsch ist. Ich habe sie öfter zusammen in einem Wagen in der Schule ankommen sehen. Vielleicht bilden sie nur eine Wohn- und Fahrgemeinschaft, aber die Jungen machen gern derbe Sprüche.

Nach dem Unterricht verlasse ich so schnell wie möglich die Schule; es will eh niemand mit mir reden. Mein Wagen steht auf dem Lehrerparkplatz, weil ich heute Morgen zu spät war. Ich habe dem Mini einen Namen gegeben – Mouse – und es geschafft, das Radio zu reparieren, indem ich einen alten Kleiderbügel als Antenne benutze. Als ich die Tür aufschließe, höre ich Miss Bottaris Stimme.

»Entschuldigung, aber du bist eine Schülerin und solltest hier nicht parken.«

»Ich habe eine Sondererlaubnis«, sage ich und werfe meine Tasche auf den Beifahrersitz. »Wegen meiner Behinderung.«

Sie zieht die Augenbrauen hoch. »Wirklich? Was für eine Behinderung denn?«

»Ich leide unter Makuladegeneration.« Keine Ahnung, was das bedeutet, aber es klingt wie ein ernster medizinischer Zustand.

»Solltest du dann fahren?«, fragt sie.

»Ja. Das ist absolut kein Problem.«

»Du trägst keine Brille.«

»Mein Onkologe sagt, ich brauch keine.«

»Du meinst, dein Ophthalmologe?«

»Ja.«

»Oder vielleicht dein Optometrist?«

Sie weiß jetzt, dass ich lüge, doch ich versuche, sie abzulenken, indem ich sie nach dem Casting für das neue Schul-Musical frage, weil ich mitgekriegt habe, dass sie bei jeder Schulversammlung um Freiwillige bettelt.

»*Der kleine Horrorladen.* Willst du mitmachen?«

»Oh, ich kann nicht singen.«

»Du könntest tanzen.«

»Ich bin eine Dreifach-Niete.«

»Nun, ich denke, schauspielern kannst du durchaus«, sagt sie. »Du bist sehr überzeugend, Evie.« Sie wendet sich ab. »Und morgen parkst du woanders.«

»Ja, Miss.«

Ich fahre direkt nach Hause. Ich will Cyrus unbedingt meinen Mathetest zeigen, weil ich normalerweise nichts habe, womit ich angeben kann. Schon an der Haustür rufe ich seinen Namen, verstumme jedoch abrupt, als ich in die Küche komme. Wir haben Besuch, einen hageren Typen mit kurz gestutztem Bart und einem Retro-Pferdeschwanz, der ihn aussehen lässt wie einen Kinderschänder.

»Das ist Dr. Baillie«, sagt Cyrus. »Aus Rampton.«

Noch ein Seelenklempner.

Poppy jault und kratzt an der Tür.

»Warum ist sie ausgesperrt?«

»Ich bin allergisch gegen Hunde«, sagt Dr. Baillie und erhebt sich. Ich bin solche Höflichkeiten nicht gewohnt und mache instinktiv einen Schritt zurück.

»Das ist Evie«, sagt Cyrus. »Meine Untermieterin.«

Das ist neu. Mein Status ändert sich offenbar täglich.

»Elias hat gesagt, dass eine junge Dame bei Ihnen wohnt«, sagt Dr. Baillie.

»Wie war die Schule?«, fragt Cyrus.

»Wie immer«, antworte ich. Ich werde nicht vor einem Fremden mit meinem Mathetest angeben. Ich stelle meine Umhängetasche auf dem Tisch ab, dass die Tassen klappern.

»Elias kommt uns wieder besuchen«, sagt Cyrus.

»Wie lange?«

»Übers Wochenende, vielleicht länger.«

»Wann?«

»Am Freitag«, sagt Dr. Baillie. »Ich vergewissere mich nur, wie es beim letzten Mal gelaufen ist. Haben Sie Elias kennengelernt?«

Ich nicke.

»Wie hat er auf Sie gewirkt?«

Scheißgruselig, will ich sagen, aber Cyrus hört zu. »Er war okay. Ein bisschen heftig.«

»Haben Sie sich in seiner Gegenwart unbehaglich gefühlt?«

»Nicht besonders.«

»Elias wird eine Weile brauchen, um sich anzupassen. Wir haben in Rampton auch weibliche Angestellte, aber er hat kaum Zeit mit ihnen verbracht und ganz bestimmt nicht mit jemandem in Ihrem Alter.«

»Werde ich mit ihm allein sein?«

»Bei seinem nächsten Besuch wird Elias ohne Begleitung kommen. Er wird einen elektronischen Monitor tragen und muss sich an bestimmte geografische Grenzen und Ausgangsbeschränkungen halten.«

»Was für Ausgangsbeschränkungen?«, fragt Cyrus.

»Er darf das Haus nicht unbegleitet verlassen und muss jeden Abend spätestens um zehn Uhr wieder bei dieser Adresse sein. Außerdem wird es verpflichtende Alkohol- und Drogentests geben. Wir erwarten, dass er seine Medikamente abholt und sich um seine eigenen Mahlzeiten, seine Wäsche und andere Pflichten kümmert. Bis jetzt wurden all diese Dinge für ihn erledigt.«

Der Doktor hält kurz inne. »Am wichtigsten ist, dass Sie sich auf einen langen Weg gefasst machen«, fährt er fort. »Diese ersten Besuche sind nur ein kleiner Teil von Elias' Wiedereingliederung in die Gesellschaft. Womöglich braucht er weitere Therapien, und er wird lebenslang mit Hürden bei der Wiederanpassung sowie der Job- und Wohnungssuche konfrontiert sein. Dabei braucht er Ihre Unterstützung.«

»Die hat er«, sagt Cyrus.

Ich sage nichts.

»Außerdem sollten Sie sich auf ein gewisses Maß an Konflikten einstellen«, sagt Dr. Baillie.

»Was für Konflikte?«, frage ich.

»Sie werden womöglich feststellen, dass Elias mit den einfachsten Dingen zu kämpfen hat. Er ist seit zwanzig Jahren aus der Gesellschaft raus. Als er nach Rampton kam, steckte das

Internet noch in den Kinderschuhen. Smartphones, Streaming-Dienste, soziale Medien, all das gab es damals noch nicht. Die Welt hat sich verändert, und er hat nicht an dieser Veränderung teilgenommen.

Das könnte ihn anfangs frustrieren und seine gewohnten Abläufe durcheinanderbringen. In Rampton war sein Leben streng reglementiert – er wusste immer, wo er zu einer bestimmten Zeit sein musste –, deshalb wird er vermutlich Schwierigkeiten mit der ungewohnten Freiheit haben. Ich schlage vor, Sie sorgen dafür, dass er sich viel ausruht und weiter regelmäßig seine Medikamente nimmt.«

»Und wenn nicht?«, frage ich.

»Das wäre nicht gut.«

Ohne das weiter auszuführen, fährt Dr. Baillie fort: »Einsamkeit könnte ein weiteres Problem sein. Im Moment ist Elias ständig von Menschen umgeben, aber wenn er hierherkommt, wird er manchmal allein zu Hause sein. Die Abwesenheit von anderen Personen und die Stille werden ohrenbetäubend für ihn sein.«

»Und was können wir dagegen tun?«, fragt Cyrus.

»Sie sollten versuchen, ihn zu beschäftigen. Tragen Sie ihm kleine Pflichten auf. Reden Sie mit ihm. Geben Sie ihm das Gefühl, gebraucht zu werden.«

Ein Teil von mir möchte sich wehren. Warum sollte Cyrus sich auf all das einlassen? Und was habe ich damit zu tun?

»Außerdem sollten Sie Trigger-Ereignisse vermeiden. Elias weiß genau, was er getan hat, aber ich schlage vor, dass Sie Fotos und Gegenstände wegräumen, die ihn an seine Taten erinnern.«

»Wie scharfe Werkzeuge«, sage ich, um einen Witz zu machen, der jedoch überhaupt nicht ankommt.

»Elias hat sich eine idealisierte Vorstellung davon gemacht, wie es ist, in Freiheit zu leben, und darüber vergessen, wie beschwerlich der Alltag sein kann. Sie müssen sich klarmachen, dass er immer schizophren bleiben wird. Medikamentös eingestellt kann er ein relativ normales Leben führen; sein Verhalten kann besänftigt, seine Trigger deaktiviert werden. Doch wenn seine paranoide Angst punktuell eskaliert, kann es zwischendurch auch Hubbel geben – Hubbel, keine Klippen.«

»Gut zu hören«, sage ich, was mir einen Blick von Cyrus einbringt.

Dr. Baillie lächelt und steht auf. »Wenn alles gut geht, liefern wir ihn am Freitagnachmittag um vier Uhr ab.«

Cyrus begleitet ihn nach draußen, während ich in den Garten gehe und Poppy einen Ball zuwerfe, ihn gegen die Wand titschen lasse. Später verziehe ich mich mit meinen Schulbüchern nach oben und mache eine Stunde lang Hausaufgaben, ohne mir die Mühe zu machen, Cyrus meinen Mathetest zu zeigen. Es scheint nicht mehr wichtig zu sein.

39

Cyrus

Das Lagerhaus mit der Asservatenkammer der Polizei sieht aus, als wäre es im Zweiten Weltkrieg erbaut worden, mit Schornsteinen aus rotem Backstein und eisernen Fallrohren, die angerostet sind, wo die Lackierung Blasen geschlagen hat und abgeblättert ist. Das höhlenartige Innere des Gebäudes ist durch lange Reihen von Regalen bis zu den Dachsparren unterteilt, wo Spinnweben unter den Oberlichtern silbern glänzen.

Der zuständige Beamte ist ein Sergeant, der sich als Theo vorstellt. Er hat rötliches Haar, die Hemdsärmel bis zum Ellbogen hochgekrempelt und das Tattoo eines Tigers auf dem rechten Unterarm. Wir tragen beide Warnschutzwesten und Helme, und ich musste eine Verzichtserklärung auf Schadensersatz unterschreiben, falls mir ein Karton auf den Kopf fällt.

Ich habe den Eindruck, dass Theo nicht häufig Besuch bekommt. Während er mich eifrig durch einen langen Gang führt und dabei das Licht der Bewegungsmelder auslöst, an denen wir vorbeikommen, erklärt er mir, dass er mitgeholfen hat, das System zu planen.

»Wie lange arbeiten Sie schon hier?«, frage ich.

»Sechzehn Jahre. Andere Polizeidienststellen folgen unserem Beispiel – sie kommen hierher, um zu lernen.«

In diesem Teil des Lagerhauses gibt es Stahldrahtkäfige, die mit Ketten und Vorhängeschlössern verriegelt sind.

»Alles muss etikettiert und ordentlich verpackt werden«, erklärt Theo. »Geldscheine in den entsprechenden Umschlägen. Scharfe Gegenstände in Köchern, Hohlnadeln in einer Kanülensicherheitsbox, Drogen in Selbstklebebeuteln. Kleidung, Bettzeug und Schuhwerk werden in Papiersäcken aufbewahrt, außer sie sind mit Körperflüssigkeiten beschmutzt, dann werden sie mit Klebeband als Gesundheitsrisiko markiert.«

Wir biegen um eine Ecke, und ich habe das Gefühl, mich in einem Labyrinth zu verirren.

»Wir führen regelmäßig Kontrollprüfungen durch, um sicherzugehen, dass nichts Wichtiges verschwunden ist – die gefährlichen und wertvollen Sachen, Feuerwaffen und Drogen.« Er dreht sich um und spricht über die Schulter weiter. »Wir hatten mal einen Diamanten hier, der mehr als eine halbe Million Pfund wert war. Aus dem Besitz einer Herzogin, der er aus ihrem prächtigen Haus gestohlen wurde. Wie sich herausstellte, war es ihre Tochter. Familien, was?«

Theo wartet meine Antwort nicht ab. Wir haben sein Büro erreicht, das in eine Ecke des Lagerhauses geklemmt ist und nach gezuckerten Keksen und Kaffeesatz riecht. Auf einem großen Tisch unter dem Fenster erstreckt sich eine Miniaturlandschaft mit Hügeln und Tälern aus Pappmaschee, in der Legionen handbemalter Soldaten eine Schlacht kämpfen. Es gibt Ritter, Bogen- und Armbrustschützen, Axt- und Schwertkämpfer, Vasallen und Söldner.

»Ich sammele sie«, sagt Theo. »Zu Hause habe ich nicht genug Platz, und hier stört mich niemand.«

Ich beuge mich über den Tisch. »Welche Schlacht?«

»Hastings.«

»Wo ist König Harold?«

Er zeigt auf eine Figur, die von Feinden umringt trotzig einen Schild und eine Axt hochhält.

»Er ist geliefert«, sage ich.

»Man kann die Geschichte nicht ändern.«

Theo geht zu seinem Computer und gibt auf der Grundlage der Informationen, die ich ihm genannt habe, eine Suchanfrage ein.

»Okay, wir haben die Aussagen, die Berichte der Staatsanwaltschaft und – ja – die Beweismittel«, sagt er und ruft die Referenznummern auf. »Ein Beweisgegenstand wurde dem Opfer zurückgegeben – ein Schmuckstück.« Er liest schweigend weiter. »Vor zwei Jahren wurde beantragt, den Rest zu vernichten. Aber nichts ist geschehen.«

»Wer hat den Antrag gestellt?«

»Das steht hier nicht. Höchstwahrscheinlich die Polizei.«

Theo druckt die Referenznummern aus und führt mich wieder ins Lager.

»Wir haben hier auch ein namensgebendes Gesetz, wissen Sie, so wie Murphy's Law.«

»Was schiefgehen kann, geht auch schief.«

»Genau. Wir haben Theodore's Law. Der Karton, nach dem Sie suchen, steht garantiert auf dem höchsten Regal in der am schwersten zugänglichen Ecke.«

Er hat die Gänge abgezählt, eine Leiter herangezogen und steigt die Sprossen hoch. Ich sehe von unten zu. Theo macht das offensichtlich nicht zum ersten Mal. Als er das oberste Regal erreicht hat, bittet er mich, die rollbare Leiter ein paar Schritte nach rechts zu schieben. Er zieht einen Karton heraus und überprüft das Etikett.

»Das ist er.«

Er hievt den versiegelten Karton auf eine Plattform neben seinen Füßen und lässt ihn mit einem Flaschenzug ab, bevor er wieder zu mir heruntersteigt und den Karton mit einem Cuttermesser aufschlitzt.

»Wonach suchen Sie genau?«

»Nach einem Stück Hanfseil.«

Er konsultiert den ausgedruckten Zettel. »Beweisstück elf.«

Er nimmt die Gegenstände nacheinander aus dem Karton. Ein Kissenbezug. Bettzeug. Die Reste der Schwesternuniform, bestehend aus einer Bluse und einer Hose, die Lilah Hooper vom Leib geschnitten wurden.

»Das ist seltsam«, sagt er und blickt in den leeren Karton. »Es ist nicht da.«

»Und wieso nicht?«

»Keine Ahnung. Es steht auf der Liste. Beweisstück elf. Es wurde zur Beweisaufnahme vor Gericht vorgelegt.«

»Wer hat Zugang zu den Archiven?«

»Die Polizei. Anwälte. Leute wie Sie.«

»Wann wurde der Karton zuletzt geöffnet?«

Ich folge Theo zurück in sein Büro, wo er sich an seinen Computer setzt und die Besucherliste aufruft.

»Sie sind die erste Person, die diese Unterlagen seit ihrer Einlagerung angefordert hat.«

»Vielleicht hat jemand etwas falsch eingegeben«, sage ich.

Theo wirkt gekränkt. Es ist, als hätte ich einen Fehler in seinem perfekten Schlachtplan entdeckt – einen fehlenden Soldaten in den dicht gedrängten Reihen seiner Infanterie –, sodass die Geschichte vielleicht doch neu geschrieben werden muss.

Plötzlich kommt ihm eine Idee, und er rollt mit seinem Schreibtischstuhl zu einem anderen Computer.

»Da haben wir's!«, sagt er triumphierend. »Mein Kollege Derek ist notorisch langsam mit der Aktualisierung der Besucherliste. Er hat eine Notiz abgelegt, aber das Antragsformular nicht fertig ausgefüllt.«

Ich beuge mich näher. »Wollen Sie sagen, jemand hätte das Seil mitgenommen?«

»Es war gestern. Eine weitere Anfrage. Das Material wurde in Augenschein genommen, doch es gibt keine Unterlagen über die Mitnahme eines Gegenstands.«

»Wer hat es in Augenschein genommen?«

»Warten Sie. Es war jemand von den East Midland Forensic Services.«

»Craig Dyson?«

»Nein. Stephen Voigt.«

40

Evie

Ich komme zehn Minuten zu spät zur Arbeit. Brando behandelt es wie ein Kapitalverbrechen und droht, meinen Lohn zu kürzen, sollte das noch einmal passieren. Die anderen scheinen sich zu freuen, mich zu sehen. Eric räumt Gläser aus der Spülmaschine. Ich greife an ihm vorbei, nehme mir ein Päckchen Erdnüsse und sage ihm, er soll es anschreiben.

»Du hast keinen Deckel.«

Ich werfe ihm eine Kusshand zu. »Dann leg einen an.«

»Ist das dein einziges Outfit?«, fragt Brando. Ich trage wieder den schwarzen Jumpsuit, den Cyrus mir gekauft hat.

»Was ist verkehrt damit?«

»Du trägst ihn jeden Abend.«

»Vielleicht ist es ein anderer.«

»Ist es?«

»Sie sollten keine Anforderungen an Ihr weibliches Personal stellen, die nicht auch für die Männer gelten. Schauen Sie sich an, was Eric trägt.«

Der Barkeeper hat eine Stonewashed-Jeans und ein Rolling- Stones-T-Shirt an.

»Das ist was anderes«, sagt Brando.

»Wieso?«

Er will etwas erwidern, ist jedoch nicht schlagfertig genug oder hat keine Lust auf eine Diskussion. Stattdessen trägt er mir auf, die Klopapierrollen und Seifenspender in den Toiletten zu kontrollieren und nachzufüllen. Ich hole die Sachen aus einem Lagerraum neben der Küche und mopse auf dem Weg eins der kleinen Tapas-Hackbällchen, die auf dem Herd vor sich hin köcheln. Der Koch flucht. Er beschimpft alle. Er sagt, ich erinnere ihn an seine Tochter, die in Schottland lebt, ihn jedoch nicht oft besucht, weil ihr Freund Angst vor ihm hat. Ich kann es dem Freund nicht verdenken.

Als ich zurück in die Bar komme, fällt mir eine Frau auf, die Eric ein Handy unter die Nase hält.

»Nein, Verehrteste, ich habe sie nicht gesehen«, sagt er. Er ruft Brando. »Hier ist eine Dame, die ihre Tochter sucht. Sie sagt, sie war am Freitagabend hier.«

Brando trägt eine Bierkiste die Kellertreppe hoch. Er bleibt kurz stehen, blickt auf das Handy und zuckt die Schultern. Die Frau trägt ein muttihaftes Blümchenkleid und weiße Turnschuhe. Sie kommt mir vage bekannt vor.

»Das ist meine Tochter«, sagt sie. »Sie war mit ein paar Freundinnen hier. Seitdem hat sie niemand mehr gesehen.«

Brando füllt den Kühlschrank auf.

»Die Polizei interessiert sich nicht dafür, weil sie noch nicht lange genug vermisst wird«, sagt die Frau.

»Lange genug wofür?«, frage ich und trete näher.

»Um als vermisst zu gelten.«

Ich blicke auf das Foto auf ihrem Handy, und mein Herz schlägt einen Purzelbaum.

»Daniela.« Schon als das Wort über meine Lippen kommt, will ich es wieder verschlucken. Ich sehe Brando an. »Sie hat sich auf der Toilette übergeben. Wissen Sie nicht mehr?«

Brando scheint sein Erinnerungsvermögen wiederzufinden. »Wir haben sie nach Hause geschickt.«

»Sie hat einen Wagen bestellt. Ich habe sie wegfahren sehen«, sage ich.

»Mit wem war sie zusammen?«, fragt die Frau.

»Mit niemandem.«

Die Frau sieht aus, als würde sie gleich anfangen zu weinen. »Sie sollte am Sonntag zum Mittagessen kommen. Sie hat nicht angerufen. Und sie ist am Montag nicht zur Arbeit erschienen. Sie hat noch nie eine Schicht verpasst.«

Ich erkenne die Ähnlichkeiten zwischen Mutter und Tochter, die Augenbrauen und die Form der Nase. Sie spricht schnell. »Sie wohnt mit ein paar Freundinnen zusammen. Krankenschwestern. Sie waren am Freitagabend gemeinsam unterwegs. Sie wollten tanzen gehen. Die anderen sind vorgegangen. Daniela sollte nachkommen. Haben Sie mit ihr gesprochen? War ihr schlecht? Ich habe die Krankenhäuser abtelefoniert. Die Polizei nimmt an, dass Daniela mit jemandem nach Hause gegangen ist, den sie kennengelernt hat – ein Date, meine ich –, aber sie hat einen Freund, und sie würde ihre Schicht nicht verpassen.«

Ich erzähle ihr, wie ich Danielas Handy gefunden und sie nach draußen begleitet habe. Während ich spreche, ruft sie eine Harriet an und leitet ihr die Informationen Wort für Wort weiter.

»Erinnern Sie sich an irgendwas an dem Wagen?«, fragt sie.

»Nein. Es war ein ganz normaler Wagen. Der Fahrer hat sie nach Stapleford gebracht.«

»Wieso?«

»Da wohnt sie.«

»Nein. Da lebe ich. Daniela wohnt seit zwei Jahren nicht mehr zu Hause. Sie teilt sich mit Harriet und Alissa ein Haus in Rylands.«

»Aber ihr Führerschein«, sage ich, nicht mehr so sicher. Das Flattern in meinem Magen ist zu einer Übelkeit angewachsen.

»Ich rufe jemanden an. Warten Sie hier.«

Brando folgt mir in die Küche. »Was machst du?«

»Ihre Tochter wird vermisst.«

»Wahrscheinlich ist sie mit irgendeinem Typen durchgebrannt.«

»Das war am selben Abend, als die Polizei hier war und Fragen über Maya Kirk gestellt hat.«

»Über wen?«

»Die Frau, die ermordet wurde.«

»Das hatte nichts mit uns zu tun«, sagt Brando. »Und sie haben den Typen geschnappt. Das ist bloß irgendeine betrunkene Tussi, die ihre Mum nicht angerufen hat.«

»Sie war hier.«

»Und dann ist sie gegangen.«

Wir streiten laut flüsternd, unsere Gesichter nur wenige Zentimeter voneinander entfernt. Mein Finger schwebt über dem Display.

Er packt mein Handgelenk. Ich reiße mich los und rufe den Vornamen in meinen Kontakten auf – den einzigen, der wichtig ist. Ich drücke auf den grünen Knopf.

Kurz darauf stehe ich neben Danielas Mutter auf dem vollen Bürgersteig.

»Haben Sie gerade Ihren Job verloren?«, fragt sie schockiert.

»Er ist ein Arschloch.«

»Wen rufen Sie an?«

»Einen Freund. Er wird wissen, was zu tun ist.«

41

Cyrus

Ich liege auf einer Polsterbank, die Füße gespreizt abgestützt, packe die Stange über meiner Brust und konzentriere mich auf den kleinen Wasserfleck an der Decke, der die Form eines Elefanten hat. Nach drei kurzen Atemzügen beginne ich, die Stange hochzustemmen. Anfangs will sie sich überhaupt nicht bewegen, doch dann hebt sie sich langsam, bis meine Arme ausgestreckt sind. Drei weitere Atemzüge, und ich lasse sie wieder auf die Brust sinken, bevor ich sie erneut nach oben stemme. Schweißtropfen kribbeln und perlen über die Vögel, die auf meine Haut tätowiert sind.

Acht … neun … zehn. Als ich das Gewicht eigentlich nicht mehr halten kann, zwinge ich mich weiterzumachen. Ich werde nicht nachgeben. Ich werde nicht scheitern. Elias kommt raus. Ich sage immer, er »kommt nach Hause«, aber dies ist nicht sein Zuhause. Das Haus hat unseren Großeltern gehört. Sie haben es mir geschenkt. Hat er die Hälfte davon verdient? Die Hälfte von mir?

Ich bin ohne Familie aufgewachsen. Ich war der Junge, der überlebt hat. Abgesondert. Gemieden. Und als ich des Mitleids der Leute und des Getuschels hinter meinem Rücken überdrüssig war, habe ich ihnen neuen Gesprächsstoff geliefert. Ich habe getrunken. Ich habe Drogen genommen. Ich habe mich geritzt. Ich habe gestohlen. Mutwillig Sachen zerstört. Deshalb kann ich Evie ihre Fehler verzeihen. Ich habe selbst schon auf der Rückbank eines Polizeiwagens gesessen, der mich nach einem destruktiven Missgeschick nach Hause brachte.

Mein Handy vibriert. Wenn man vom Teufel spricht.

»Ich brauche dich«, sagt sie. »Es ist noch jemand verschwunden.«

Die taufeuchten Rasen von Stapleford glitzern im Licht der Scheinwerfer. Die zweistöckigen Backsteinhäuser sehen alle gleich aus, vor allem im Dunkeln. Jedes hat einen kleinen Vorgarten, der mit Hecken oder Holzzäunen von dem des Nachbarn abgegrenzt ist. Ich finde die Hausnummer. Evie öffnet die Tür. Hinter ihr steht eine Frau unter dem Flurlicht.

»Das ist Mrs Linares«, sagt Evie. »Daniela ist ihre Tochter.«

In dem kleinen Wohnzimmer drängen sich zu viele Möbel, im Wettstreit mit einem großen Flachbildfernseher. Das Muster der Vorhänge passt zu dem Polster und den Kissen des Sofas und hat dieselben Farben wie die Schnittblumen auf dem Kaminsims.

Mrs Linares entschuldigt sich für die Unordnung. Der Raum sieht makellos aus.

»Als mein Mann mich verlassen hat, musste ich mich verkleinern«, erklärt sie. »Und ich konnte mich nicht entscheiden, was ich zurücklassen oder verkaufen sollte.«

»Wann haben Sie sich getrennt?«, frage ich.

»Oh, wir sind seit acht Jahren geschieden«, sagt sie und blickt sich in dem Zimmer um. »Vermutlich bin ich auch ein Messie.«

Evie erzählt mir, wie sie Daniela in der Bar getroffen und ihr nach draußen geholfen hat. Mrs Linares übernimmt, und es sprudelt nur so aus ihr heraus. Ich bitte sie, langsamer zu sprechen. Sich zu beruhigen, zu erinnern. Am Freitagabend ist Daniela nicht nach Hause gekommen. Und am Montag hat sie ihre Schicht verpasst, ohne sich krankzumelden. Außerdem ist sie seit Tagen nicht ans Telefon gegangen.

»Ich habe gleich Montagfrüh die Polizei angerufen. Man hat mir erklärt, ich solle zur nächsten Polizeiwache gehen und eine Vermisstenanzeige aufgeben. Ein Sergeant hat die Details aufgenommen, aber ich glaube nicht, dass man die Sache besonders ernst nimmt. Er hat gesagt, ich soll ihre Freundinnen anrufen. Das habe ich gemacht. Außerdem Krankenhäuser, Kliniken und Obdachlosenunterkünfte …«

»Hat sie einen Freund?«

»Martyn. Ein reizender junger Mann. Er fragt ständig, ob sie ihn heiraten will, aber Daniela sagt, sie ist noch nicht bereit. Ich weiß nicht, worauf sie wartet. Gute Männer kommen ja nicht regelmäßig vorbei wie Busse.«

»Wo war Martyn am Freitag?«, frage ich.

»Auf einer Rugby-Tour in Wales. Er ist am Dienstag zurückgekommen. Seitdem hilft er mir, Anrufe zu machen.«

»Ist Daniela schon mal verschwunden? Ein paar Tage lang abgetaucht?«

»Noch nie.«

»Mit ihren Mitbewohnerinnen haben Sie gesprochen.«

»Harriet und Alissa. Sie arbeiten alle zusammen im St. Jude's Medical Centre. Sie sind ganz krank vor Sorge. Sie waren am Freitagabend mit Daniela aus, doch sie haben die Bar früher verlassen, um sich vor dem Club anzustellen. Daniela hat gesagt, sie würde gleich nachkommen.«

»Und das haben Sie der Polizei erzählt?«

»Selbstverständlich.«

Ich habe mir Notizen auf meinem Handy gemacht. Evie steht hinter mir und wartet auf eine Bestätigung, dass sie nicht grundlos in Panik geraten ist. Alles, was Mrs Linares gesagt hat, muss wahr sein, sonst hätte Evie es gemerkt.

»Ich brauche ein Foto von Daniela«, sage ich. »Mehr als eins, wenn es geht.«

Sie öffnet einen kleinen Schrank und zieht ein Fotoalbum aus einer der Schubladen. Als sie darin blättert, kommen alte Erinnerungen hoch, und sie wird immer verzweifelter.

»Das war letztes Jahr auf der Geburtstagsparty einer Freundin.«

Das Foto zeigt Daniela, wie sie keck lächelt und mit einem Glas Champagner in die Kamera prostet.

»Wie kann ich Harriet und Alissa erreichen?«

Mrs Linares gibt mir ihre Nummern. Das Fotoalbum liegt immer noch aufgeschlagen auf dem Couchtisch. Eins der Bilder zeigt Daniela in Krankenschwesteruniform neben zwei Kolleginnen.

»Das wurde bei ihrer allerersten Schicht im St. Jude's gemacht«, erklärt Mrs Linares. »Ich muss immer an die arme Maya denken. Schrecklich, was mit ihr und ihrem Vater passiert ist. Aber sie haben ihn doch erwischt, oder? Den Mann, der es getan hat?«

Ich blinzele sie überrascht an. »Sie kannten Maya?«

»Daniela kannte sie.« Sie zeigt auf das Foto. »Das ist Maya. Sie haben zusammen die Schwesternausbildung gemacht.«

Ich betrachte das Bild näher. Maya ist Anfang zwanzig mit blondierten Haarspitzen und einem Lachen in den

Augen. Sie hat die Hände in die Hüften gestemmt, weist mit dem Zeh auf die Kamera und zieht einen Schmollmund.

Mrs Linares hat ein weiteres Foto gefunden – eine Geburtstagsfeier, bei der Daniela auf einem Stuhl kniet und sich vorbeugt, um die Kerzen auf einem Kuchen auszupusten. Maya ist neben ihr und filmt das Ganze mit ihrem Handy.

Der Raum scheint unvermittelt zur Seite zu kippen.

»Daniela war so aufgewühlt, als sie die Nachricht gehört hat«, sagt Mrs Linares. »Das waren wir alle.«

»Wann hat sie Maya zuletzt gesehen?«, frage ich, perplex über die Verbindung.

»Seit Ewigkeiten nicht.«

»Monate?«

»Jahre.«

Der Schweizer Psychoanalytiker C.G. Jung hat den Begriff »Synchronizität« geprägt, um Ereignisse zu beschreiben, die mehr als reiner Zufall sind. Wir haben das alle schon erlebt. Wir denken an jemanden, an den wir seit Jahren nicht gedacht haben, und plötzlich klingelt das Telefon, und die Person ist dran oder läuft uns im Supermarkt über den Weg, oder wir erfahren, dass sie verletzt oder gestorben ist. Häufig schreiben wir diesen Ereignissen eine besondere Bedeutung zu und glauben, dass sie jenseits von Ursache und Wirkung irgendwie miteinander verbunden sind. Es ist der Grund, warum manche Menschen an Gott oder Sternzeichen glauben oder daran, dass unser Schicksal vorherbestimmt ist.

Ich glaube das nicht. Wir leben nicht in einer maximal geordneten Welt, in der jedes Ereignis und jede Tat einem Zweck dient. Das Flugmuster eines Vogels am Himmel, der

Lichtstrahl, der in einem entscheidenden Moment durch die Wolken bricht, das Aufschnappen einer zufälligen Bemerkung – all das wird nur zum Omen, weil wir ihm Bedeutung zuschreiben oder uns vorstellen, es sei Teil eines größeren Plans. Manchmal ist ein unwahrscheinliches Ereignis nur ein Zufall oder Gottes Art, anonym zu bleiben.

Diesmal nicht.

42

Evie

Ich jogge, um mit Cyrus Schritt zu halten, als er durch den Vorgarten hastet und Fußabdrücke im Tau hinterlässt.

»Wohin gehen wir?«

»Zur Polizei.«

»Jetzt gleich?«

»Am liebsten noch früher.«

Auf der Fahrt ruft Cyrus Lenny Parvel an. Die Schatten der Straßenlaternen gleiten über die Motorhaube und mein Gesicht.

»Eine weitere Frau wird vermisst«, sagt er. »Daniela Linares. Seit sie am Freitag eine Bar am Lace Market verlassen hat, hat sie niemand mehr gesehen. Ich habe eine Zeugin, die sagt, dass ihr vielleicht jemand etwas in den Drink getan hat.« Cyrus sieht mich an.

»Es werden ständig Leute vermisst«, sagt Lenny. Sie klingt halb verschlafen.

»Aber die Frau kannte Maya Kirk.«

Jetzt hat er ihre volle Aufmerksamkeit. Lenny denkt laut. »Foley wurde erst am Montagnachmittag verhaftet. Wo bist du jetzt?«

»Auf dem Weg in die Radford Road.«

»Ich treffe dich dort.«

»Was ist mit Hoyle?«

»Ich wecke ihn.«

Cyrus beendet den Anruf und stellt mir weitere Fragen. Er will die ganze Geschichte hören – bis hin zu, was Daniela anhatte, wen sie vielleicht getroffen und mit wem sie gesprochen hat.

»Sie saß an einem Tisch in der Nähe des Fensters zur Straße. Es war eine ganze Gruppe.«

»Frauen oder Männer?«

»Ich weiß nicht mehr. Es war sehr voll.«

»Wann sind ihre Freundinnen gegangen?«

Auch das kann ich ihm nicht sagen. Daniela hatte sich in der Toilette übergeben. Ich bin hin, um sauber zu machen. Sie hat gesagt, es wäre etwas gewesen, das sie gegessen hatte.

»Wer hat den Wagen bestellt?«

»Sie hatte ein Konto bei der Firma. Ich habe ihr geholfen.«

»Konnte sie gehen?«

»Ja.«

»Und sprechen?«

»Natürlich. Sonst hätte ich einen Krankenwagen gerufen. Ich habe ihr nach draußen geholfen. Als der Fahrer kam, hat er sie mit Namen angesprochen. Ich habe ihn gefragt, ob er weiß, wohin er fahren muss. Stapleford, hat er gesagt. Das war die Adresse auf ihrem Führerschein, aber nicht ihre Wohnadresse.«

»Du glaubst, jemand hat sich ihren Führerschein angesehen, der in ihrer Handyhülle steckte?«

»Ja, aber woher wusste er, dass Daniela einen Wagen bestellen würde?«

»Vielleicht wusste er das gar nicht. Vielleicht hatte er geplant, ihr nach Hause zu folgen.«

Auf der Polizeistation kauft Cyrus mir eine heiße Schokolade aus dem Automaten, die mehr nach Zucker als nach Kakao schmeckt. Der Sergeant im Aufnahmeraum erkennt mich und zieht eine Augenbraue hoch, als wollte er fragen: »Schon wieder hier?«

Lenny ist genauso überrascht, bis Cyrus ihr erklärt, dass ich eine Zeugin bin. Bevor er das weiter ausführen kann, hört man eine Stimme durch den Flur dröhnen, die eine Putzfrau anschreit, weil sie einen Mopp und einen Eimer im Weg hat stehen lassen.

Hoyle taucht auf, Kissenfalten im Gesicht. Er trägt ein Khakihemd, weite Jeans und Segelschuhe, die seine nackten Knöchel unterhalb der Hosenaufschläge entblößen.

»Ich hoffe schwer, dass das den Alarm auch lohnt«, verkündet er.

Wir treffen uns in Lennys Büro. Ich sitze dicht bei der Tür, in der Hoffnung, mich zu verstecken, und blicke nur auf, wenn mein Name erwähnt wird. Hoyle stellt sich als einer dieser lauten, starrsinnigen Männer heraus, die Flüche wie Adjektive und Satzzeichen benutzen. Mr Joubert wäre stolz auf diese Analogie. Er wäre stolz, dass ich weiß, was eine Analogie ist.

»Sie wissen nicht mal, ob diese Frau überhaupt vermisst wird«, sagt Hoyle. »Sie könnte auch irgendwo mit einem neuen Typen abhängen.«

»Daniela hat noch nie eine Schicht im St. Jude's Medical Centre verpasst«, sagt Cyrus. »Montag war das erste Mal. Sie beantwortet seit vier Tagen weder Anrufe noch SMS.«

»Sollen sich die Uniformierten drum kümmern.«

»Daniela und Maya kannten sich. Sie haben zusammen die Krankenschwesterausbildung gemacht.«

»Maya war keine Krankenschwester.«

»Aber früher.«

Hoyle tut das Ganze als Zufall ab.

»Maya Kirk ist nicht aus einer Bar verschwunden. Sie wurde zu Hause entführt. Und Sie haben keine Beweise dafür, dass Daniela Linares betäubt wurde.«

»Sie hat Evie erzählt, dass sie kaum was getrunken hatte.«

Hoyles Blick schwenkt zu mir. Er taxiert mich einen Moment lang, und ich spüre seinen Blick auf meiner Haut. »Ein kleines Vögelchen hat mir geflüstert, dass du dich einem Opfer sexualisierter Gewalt genähert und es belästigt hast.«

Ich weiß, dass er mich provozieren will, und beiße mir auf die Zunge.

»Außerdem habe ich gehört, dass du jemandes Identität gestohlen und damit auf einer Dating-App Frauen angelockt hast.«

Cyrus will dazwischengehen, doch Hoyle ist noch nicht fertig.

»Stimmt es, dass du eine pathologische Lügnerin bist?«

»Stimmt es, dass Sie ein Arschloch sind?«, frage ich zurück.

Hoyle lächelt.

»Können wir zu Daniela zurückkommen?«, sagt Lenny, die bis jetzt geschwiegen hat. »Schauen Sie sich die Chronologie an. Foley wurde erst am Montag verhaftet.«

Hoyle scheint auf den Details herumzukauen, unwillig, eine Entscheidung zu treffen. »Nehmen Sie Kontakt mit dem Unternehmen auf, bei dem sie den Wagen bestellt hat. Finden Sie heraus, wer sie abgeholt und wo er sie abgesetzt hat.«

»Was ist mit der Ermittlungskommission?«

»Dafür setze ich keine Ressourcen ein, solange ich nicht sicher bin, dass sie vermisst wird.«

Cyrus runzelt die Stirn. »Maya Kirk hat noch zwei Tage gelebt, bevor sie ermordet wurde. Was, wenn Daniela sich in derselben Lage befindet?«

»Wenn dem so ist, werden wir sie finden, aber im Augenblick haben Sie nicht genug Anhaltspunkte.«

»Wollen Sie ihre Leiche sehen?«

Hoyle kräuselt die Oberlippe und läuft rot an. Er atmet tief ein. Vielleicht zählt er von zehn rückwärts oder wiederholt im Kopf irgendein Mantra. Das macht Cyrus immer, wenn er wütend ist.

»Wissen Sie, was das Problem mit Psychologen ist«, sagt Hoyle. »Sie gehen immer davon aus, dass sie der Schlaueste im Raum sind, dabei sind sie nicht mal der Schlaueste in ihrer Familie. Wie geht es Ihrem Bruder? Schlecht, hoffe ich.«

Er steht auf und schreitet den Flur hinunter. Seine locker sitzenden Segelschuhe flappen gegen seine Fersen. Das Schweigen, das er hinterlässt, ist wie ein Geruch.

»Wer hat dem denn eine Kettensäge in den Arsch geschoben?«, frage ich, was mir einen Blick von Cyrus einbringt. »Was? Der Typ ist ein Vollhorst.«

Lenny versucht, ein Lächeln zu unterdrücken. »Ich werde Hoyle nicht dafür kritisieren, dass er Beweise verlangt.«

Sie nimmt eine Sprayflasche und richtet die Tülle auf die Usambara-Veilchen auf der Fensterbank. Sie wirft mir einen Blick zu.

»Sag mal, Evie, was hat DCI Hoyle damit gemeint, dass du dich einem Opfer sexualisierter Gewalt genähert hast?«

Ich blicke zu Cyrus. Er legt einen Finger auf die Lippen und antwortet für mich.

»Erinnerst du dich an einen Fall von vor ein paar Jahren – ein sexueller Angriff auf eine Krankenschwester in der Portland Road? Ihr Nachbar wurde verurteilt. Mitchell Coates.«

Lenny stutzt, die Sprühflasche in der Hand. Ihre Kinnlade klappt nach unten. »Ihr wurde das Haar abgeschnitten.«

»Genau wie bei Maya Kirk«, sagt Cyrus. »Die Fesselung, das abgeschorene Haar.«

»Wo ist Coates jetzt?«, fragt Lenny.

»Er wurde Ende Oktober auf Bewährung entlassen. Jetzt ist er wieder im Gefängnis.«

»Seit wann?«

»Seit Montag.«

»Scheiße!«

»Mitch ist unschuldig!«, platze ich heraus, ohne an mein Versprechen gegenüber Cyrus zu denken. »Er hat nichts Böses getan.«

Lenny ignoriert mich. »Das hättest du Hoyle sagen sollen.«

»Die Kriminaltechniker vergleichen das Seil, mit dem Lilah Hooper gefesselt wurde, mit dem Seil, das wir um Mayas Handgelenke gefunden haben. Damit können wir vielleicht eine Verbindung zwischen den beiden Fällen herstellen.«

»Und Mitchell Coates in den Fokus rücken.«

Was hat Cyrus vor? Er macht alles nur noch schlimmer.

»Hattest du je Zweifel im Fall Lilah Hooper?«, fragt er.

»Nein.«

»Sie hat weder das Gesicht ihres Angreifers gesehen noch seine Stimme gehört.«

»Seine DNA war in der ganzen Wohnung verteilt.«

»Weil er auf ihren Hund aufgepasst und sie am nächsten Morgen gefunden hat. Er hat die Polizei alarmiert. Er hat eine Aussage gemacht. Er hat freiwillig Proben abgegeben.«

»Weil es ihn unschuldig aussehen ließ.«

»Oder er *war* unschuldig.«

Der Satz hängt zwischen den beiden in der Luft.

»Hoyle hat damals die Ermittlung geleitet«, sagt Cyrus. »Ihm hätten die Ähnlichkeiten zwischen dem Angriff auf Lilah Hooper und dem Mord an Maya Kirk auffallen müssen – das geschorene Haar, die Fesselung … Er hat nichts gesagt.«

»Zwischen den beiden Taten liegen acht Jahre.«

»Trotzdem, findest du das nicht merkwürdig?«

»Nein. Du willst andeuten, dass ein leitender Polizeibeamter Informationen zurückgehalten und vorsätzlich falsch ermittelt hat?«

»Ich will andeuten, dass Hoyle einen Fehler gemacht hat.«

»Die Geschworenen haben keine zwanzig Minuten gebraucht, um Coates zu verurteilen.«

»Und Geschworene irren sich *nie*.«

Die Bemerkung entfacht ein Feuer in Lenny, die ihre erste Antwort jedoch herunterschluckt.

»Geh nach Hause, Cyrus. Wir fangen morgen von vorn an.«

43

Cyrus

Ich wache vor Anbruch der Dämmerung auf, neben mir ein warmer Körper. Evies Haar ist über ihre Augen gefallen, und ihre Unterlippe zittert, wenn sie atmet. Ich kann mich nicht daran erinnern, dass sie in mein Zimmer gekommen und in mein Bett gekrochen ist.

Ich versuche, mich zu bewegen, ohne dass sie aufwacht, aber sie schlägt die Augen auf.

»Du kannst das nicht immer wieder machen, Evie.«

»Du hattest einen Albtraum.«

»Was?«

»Gestern Nacht. Ich hab dich stöhnen gehört. Ich wollte dich wecken, aber ich wusste nicht mehr, ob man Leute wecken soll.«

»Das ist bei Schlafwandeln.«

»Oh, ja. Also, jedenfalls hast du im Schlaf gestöhnt.«

»Denkst du dir das aus?«

»Nein.«

»Nun, du solltest nicht zu mir ins Bett kommen. Wir sind Freunde, mehr nicht.«

»Freunde können ein Bett teilen. Du bist bekleidet. Ich bin bekleidet. Nichts ist passiert.«

»Ja, aber du solltest die Leute nicht in Versuchung führen.«

Sie richtet sich halb auf. »Hab ich dich in Versuchung geführt?«

»Nein! Definitiv nicht!«

»Warum? Bin ich so abstoßend?«

»Das meine ich nicht. Aber es gibt einen Altersunterschied und ein Machtgefälle, und ich will nicht, dass Elias denkt, wir würden miteinander schlafen.«

»Welches Machtgefälle? Du bist weder mein Vormund noch mein Therapeut noch mein Boss. Elias hast du erzählt, ich bin deine Mitbewohnerin.«

»Das steht nicht zur Diskussion, Evie. Bleib in deinem eigenen Bett.«

»Selbst wenn du einen Albtraum hast?«

»Ja.«

Mein Handy summt auf dem Nachttisch. Ich greife unbeholfen danach und nehme das Gespräch an.

Im nächsten Moment habe ich Lennys Stimme im Ohr. »Der Fahrdienst sagt, man hätte Daniela Linares nicht angetroffen.«

»Aber Evie hat sie in den Wagen gesetzt.«

»Der Fahrer ist zu der Bar gefahren, aber niemand hat draußen gewartet. Er hat Danielas Nummer gewählt, doch sie ist nicht drangegangen.«

Ich schwinge die Beine aus dem Bett und wende Evie den Rücken zu, die sich auf die warme Stelle rollt.

»Wo war Foley?«, frage ich.

»Hat mit seinen Kumpeln gepokert.«

»Wie wasserdicht ist das Alibi?«

»Es gibt Fotos auf Instagram.«

»Jemand anderes hat Daniela abgeholt. Er kannte ihren Namen.«

»Hoyle spricht von einem Komplizen«, sagt Lenny.

»Es fühlt sich nicht an, als wären es zwei Personen«, sage ich, auch wenn es logistisch vielleicht mehr Sinn ergäbe. Jemand hat Danielas Drink versetzt und ihr Handy gestohlen. Eine zweite Person könnte draußen gewartet haben, um sie aufzusammeln oder ihr nach Hause zu folgen.

»Wir schauen uns die Chronik von Foleys Webbrowser und seine Social-Media-Feeds an. Vielleicht hat er in einem Chatroom oder einem Forum jemanden kennengelernt«, sagt Lenny. »Wo war Mitchell Coates?«

Ich versuche, mich zu erinnern, was Mitch mir gesagt hat. Seine Vermieterin hatte ihn aus der Pension geworfen. Er hat in einer Obdachlosenunterkunft oder auf der Straße geschlafen. Beides macht ihn zu einem Verdächtigen.

»Ihr könnt die Bewegungsdaten seines Handys überprüfen«, sage ich.

»Das werden wir auch tun. Hoyle hält um zehn eine Lagebesprechung mit der Ermittlungskommission ab.«

»Ich kann dort sein.«

»Ich denke, du solltest lieber wegbleiben. Du hast ihn gestern Abend verärgert.«

»Nicht mit Absicht.«

»Wirklich?«, fragt sie sarkastisch. »Ist Evie bei dir?«

»Ja.«

»Hat sie einen guten Blick auf den Fahrer bekommen?«

Evie hat mitgehört. Sie wiegt die Hand hin und her.

»Vielleicht«, sage ich.

Lenny stellt mich auf Halten und ist nach ein paar Minuten wieder da. »Im Arncliffe Centre gibt es einen Phantomzeichner. Er erwartet sie.«

Zwanzig Minuten später bin ich geduscht und rasiert und rufe die Treppe hoch, dass Evie sich beeilen soll. Nach weiteren zehn Minuten erscheint sie mit einem Klecks Pickelcreme auf der Stirn.

»Warum hast du mir nichts gesagt?«, fragt sie vorwurfsvoll.

»Man sieht es kaum.«

»Guck mich nicht an.«

»In deinem Alter hatte ich auch Pickel.«

»Leck mich!«

Evie ist kein Morgenmensch, auch kein Nachmittagsmensch und kein Abendmensch. Ich glaube, ihre ideale Zeit ist vielleicht nachts, wenn sie schläft oder mit Poppy spielt. Manchmal denke ich, das Zusammenwohnen mit ihr ist, als würde man auf einem Kindergeburtstag Zauberpaket spielen. Man wickelt es Schicht für Schicht aus, ohne zu wissen, auf was man stoßen wird.

Sie nimmt eine Packung Frühstücksflocken vom Regal, stellt geräuschvoll eine Schale auf den Tisch, legt einen Löffel daneben und ertränkt die Bran Flakes in Milch.

»Erzähl mir von dem Fahrer«, sage ich.

»Ich habe ihn nur für eine Sekunde gesehen. Er hat mich nicht angeguckt.«

Ich ziehe mein Handy aus der Tasche und rufe ein Bild von Anders Foley auf.

»War er es?«

»Nein.«

»Und Mitch war es auch nicht.«

»Natürlich nicht.«

»Woran kannst du dich erinnern?«

Sie schiebt die Unterlippe vor und überlegt einen Moment. »Er hatte eine Baseballkappe auf, unter der kleine Haarbüschel hervorlugten.«

»Welche Farbe hatte die Kappe?«

»Rot.«

»Und die Haare?«

»Dunkelbraun vielleicht.«

»Was ist mit dem Wagen? Marke? Modell, Farbe?«

»Es hatte vier Räder.«

»Du strengst dich nicht an.«

»Es war ein Auto!«, sagt sie sarkastisch und jetzt richtig genervt.

»Ich könnte dich hypnotisieren.«

»Nein!«

»Ich kann dir helfen, dich zu erinnern.«

»Nein! Niemals! Du stocherst nicht in meinem Kopf rum.« Sie wird lauter. »Du brennst darauf, in mich reinzugucken … um die zerbrochenen Teile zu finden. Mit mir ist alles in Ordnung.«

»Okay. Tut mir leid. Ich wollte dich nicht aufregen.«

Sie widmet sich wieder ihren mittlerweile durchgeweichten Frühstücksflocken. Sie schüttet frische in die Schale.

Ich setze neu an. »Woran kannst du dich erinnern? Ist dir in der Bar irgendjemand besonders aufgefallen?«

Sie zuckt die Achseln.

»Was ist mit Männern, die sich seltsam benommen haben – Frauen angebaggert, ihnen Drinks spendiert haben.«

»Das machen Männer so, oder?«

Jemand muss nahe genug an Daniela herangekommen sein, um etwas in ihren Drink zu geben.

Evie wischt sich Milch vom Kinn. »Als die Polizei reingekommen ist, um Fragen über Maya Kirk zu stellen, habe ich gesehen, wie ein Typ durch die Küche geschlichen ist. Der Koch hat versucht, ihn aufzuhalten, aber er ist durch den Notausgang in der Gasse hinter dem Haus verschwunden.«

»Gibt es dort irgendwo Kameras?«

Evie zuckt die Schultern.

»Wie sah er aus?«

»Groß. Schlank. Dichte Augenbrauen.«

»Könnte er der Fahrer gewesen sein?«

»Nein, er sah anders aus.«

»Würdest du ihn wiedererkennen?«

»Ja, ich glaube schon.«

Zehn Minuten später fahren wir über die Bilborough Road am Westrand von Nottingham nach Norden. Zwischen Bäumen kann man frisch gepflügte Felder ausmachen, und die Hecken entlang der Straße werden von Hoftoren und Wanderwegen unterbrochen. Es sieht aus, als würde es demnächst anfangen zu regnen.

»Wie viel Zeit bleibt ihr?«, fragt Evie, die während der Fahrt geschwiegen hat. »Du hast gesagt, Maya wurde irgendwo festgehalten, bevor er, du weißt schon …«

Ich möchte Evie anlügen, um sie zu beruhigen, aber das geht nicht. »Sie hat noch achtundvierzig Stunden gelebt.«

»Dann sind wir schon zu spät.«

»Jeder Fall ist anders. Jedes Opfer. Vielleicht hat sie es geschafft, eine persönliche Beziehung herzustellen, sodass ihm etwas an ihr liegt. Und daran, sie am Leben zu halten.«

»Wie?«

»Indem sie mit ihm geredet, seinem Ego geschmeichelt oder sich fügsam gezeigt hat.«

»Ist es das, was er will – ein fügsames Opfer?«

»Es gibt eine Zeit zu kämpfen und eine Zeit zu planen.«

Evie verstummt eine Weile und flüstert dann: »Ich weiß nicht, wie du das machen kannst.«

»Was?«

»Verstehen, warum Menschen schreckliche Dinge tun.«

»Manchmal ist es der einzige Weg, sie aufzuhalten.«

44

Evie

Eine Frau in einem weißen Laborkittel holt uns am Empfang ab. Sie heißt Cassie und flirtet mit Cyrus wie blöde, was mich ärgert, weil sie eindeutig nicht die Richtige für ihn ist. Ich kann die Bedürftigen erkennen, die Beherrschenden und diejenigen, die keinen Freund, sondern einen Laufburschen wollen.

»So bald wieder hier«, sagt sie und lächelt ihn an. »Und wer ist das?«

»Das ist eine Freundin, Evie.«

»Ich bin seine Untermieterin.«

»Wie altmodisch.«

»Ja, so ein Typ ist Cyrus.«

Cassie führt uns in ein Großraumbüro, wo die Arbeitsplätze durch schulterhohe Trennwände abgeteilt sind. Ein angrenzender verglaster Raum ist voller Menschen in weißen Kitteln mit Gesichtsmasken und Haarnetzen.

Cassie zeigt auf einige der technischen Geräte wie eine Fremdenführerin. »Den Apparat nennen wir das Biest. Es ist ein Flüssigkeitschromatograf mit einem Flugzeitmassenspektrometer. Damit kann man Drogen, Blut, Alkohol, Fasern und Hautzellen analysieren.«

Zwischendurch stellt Cassie uns Fragen und will wissen, was wir hier machen. Cyrus erzählt ihr, dass Daniela Linares vermisst wird und ich den Fahrer gesehen habe.

»Nur für eine Sekunde«, sage ich.

»Das ist echt schade.«

»Wieso?«

»Ein schlechtes Phantombild kann die Aufmerksamkeit von dem wahren Täter ablenken«, erklärt sie.

»Das will ich nicht.«

»Das wirst du auch nicht«, sagt Cyrus, der wütend auf Cassie ist, nicht auf mich. Geschieht ihr recht. Ich habe beschlossen, dass ich nicht will, dass Cyrus eine Freundin findet. Niemand ist gut genug für ihn. Ich ganz bestimmt nicht. Ich wäre die Schlimmste. Und er weigert sich, mich anzugucken, so wie ich bin, mit meinem Pickel. Kein Wunder, dass er mich wie ein Kind behandelt.

Cassie ist in einem Büro stehen geblieben. Darin sitzt ein alter Mann vor einem Zeichentisch. Er hat zotteliges graues Haar und eine Brille mit dicken Gläsern, die seine Augen übertrieben groß erscheinen und hin und her hüpfen lassen, wenn er den Kopf wendet.

»Hallo, Frank. Das ist Evie Cormac.«

Er steht auf und verbeugt sich steif. »Hallo, Miss Cormac.«

Ich lache.

»Habe ich etwas gesagt, was Sie amüsiert?«

»Niemand nennt mich Miss Cormac.«

Frank weist auf einen Hocker neben sich.

»Wäre Ihnen Evie lieber?«

»Nein. Miss Cormac gefällt mir.«

»Ich komme später zurück«, sagt Cyrus.

»Du lässt mich hier allein!«

»Es dauert nicht lange.«

Ich werfe Frank, der gerade einen Bleistift spitzt, einen

verstohlenen Blick zu. Mit seiner hoch taillierten Hose und seinem zerknitterten Lächeln sieht er vielleicht aus wie ein liebenswerter Opa, aber ich habe keine guten Erfahrungen mit Scheintoten wie ihm gemacht. Ich behaupte nicht, dass sie alle böse sind – bloß die, die ich kennengelernt habe.

»Sollen wir anfangen?«, sagt er und stützt seine Ellbogen auf die schräge Tischplatte. »Erzähl mir von dem Mann, den du in dem Wagen gesehen hast.«

»Ich habe sein Gesicht nur kurz von der Seite gesehen.«

»Ich kann ihn so zeichnen. Wie alt war er?«

»Jünger als Sie, älter als Cyrus.«

»In den Vierzigern oder den Fünfzigern?«

»Vierziger.«

»Hast du einen Eindruck davon bekommen, wie groß er war?«

»Er hat gesessen.«

»Tief oder hoch auf dem Sitz?«

»Hoch.«

»Welche Haarfarbe?«

»Braun. Er trug eine Baseballkappe. Hinter den Ohren lugten Haarbüschel hervor.«

Frank öffnet ein Buch voller Fotos von verschiedenen Gesichtern, bei denen Augen und Mund abgedeckt sind, sodass ich nur ihre Nase sehen kann. Unter jedem Bild steht eine Unterschrift. Gerade, konvex, konkav, gebogen, Stupsnase, römisch, griechisch. Ich zeige auf die Stupsnase.

»Konntest du eines der Nasenlöcher sehen?«

»Nein.«

Frank fragt mich nach Augen und Augenbrauen. Haaransatz. Stirn. Er klappt ein weiteres Buch auf und möchte, dass ich Charakteristika auswähle, die dem Mann am ehesten entsprechen. Die benutzt er als Ausgangspunkt für seine Skizzen.

Manchmal glaube ich, mir eines Details sicher zu sein, doch dann beginne ich wieder zu zweifeln. Andere Züge werden klarer. Seine Augenbrauen waren dunkler als sein Haar. Und der Bügel seiner Brille saß nicht genau über seinem Ohr. An Tattoos kann ich mich nicht erinnern.

»Was ist mit seinem Kinn?«, fragt Frank. »Manche Menschen haben ein eckiges Kinn, andere ein spitzes. Oder vielleicht ein Doppelkinn wie ich.« Er senkt das Kinn zur Brust, sodass eine Speckrolle an seinem Hals entsteht.

»Nur ein Kinn«, sage ich, »aber es war nicht besonders spitz.«

»Ein fliehendes Kinn«, sagt Frank. »Vielleicht ein reicher Schnösel.«

»Warum sagen Sie das?«, frage ich.

Er winkt ab und arbeitet weiter. Nach einer gefühlten Ewigkeit zeigt er mir eine halbfertige Zeichnung. Ich lasse ihn manche Partien wieder ausradieren und von vorne anfangen. Es kommt mir vor, als würden wir uns im Kreis drehen und Details hin und her tauschen, weil ich mich nicht entscheiden kann.

»So funktioniert das«, sagt Frank. »Niemand erwartet von uns, dass wir ein Foto produzieren. Eine Ähnlichkeit würde reichen.«

»Aber ich möchte, dass jemand ihn erkennt.«

»Ja, aber es passiert nur selten, dass ein Fremder jemanden anhand eines Phantombildes erkennt. Wir machen das für seine Verwandten und Freunde. Leute, die vielleicht sagen: ›Hey, der sieht ein bisschen aus wie Tom, Dick oder Harry.‹«

Nach zwanzig Minuten zeigt er mir das Bild erneut. Ich bin noch weniger sicher als zuvor. Die Skizze sieht aus wie eine erfundene und von einem Komitee entworfene Person, nicht wie ein Mensch aus Fleisch und Blut.

Frank schlägt vor, dass wir mit der zweiten Zeichnung von dem Mann weitermachen, den ich durch die Küche habe hinaushuschen sehen. Die Fragen beginnen von vorne, und wir reden über Haar, Nase, Augen, Ohren. Ich rücke meinen Hocker näher heran und sehe zu, wie Frank ein paar Linien auf dem Papier skizziert und sie dann allmählich mit Gesichtszügen füllt, denen er mit Schattierungen Tiefe verleiht.

Er plaudert beim Arbeiten und erzählt von seinen drei Kindern und seinen zwei Enkelkindern. Ich frage nach ihren Namen. Das ist mir normalerweise egal, aber ich stelle lieber Fragen, als diejenige zu sein, die sie beantwortet. Frank berichtet, dass er Kunst studiert hat und Maler werden wollte. Doch dann wurde er eines Abends auf dem Heimweg von einem Pub überfallen. Er blutete aus einer Kopfwunde und musste ins Krankenhaus gebracht werden. Während er darauf wartete, genäht zu werden, bat er um Stift und Papier, erstellte eine Skizze seines Angreifers und gab sie der Polizei.

»Sie wurde in der lokalen Zeitung veröffentlicht, und der Bruder des Mannes hat ihn verraten«, sagt Frank. »Das war meine erste Festnahme.«

»Wie viele Verbrecher haben Sie seitdem geschnappt?«

»Ich zähle nicht mit.«

Ich betrachte die neue Zeichnung.

»Es war kein richtiger Bart. Eher Flaum auf der Oberlippe«, sage ich.

Frank nimmt die Veränderungen vor.

»Und seine Augen waren mehr unter den Brauen verborgen«, sage ich. »Und seine Unterlippe war dicker. Wie nennt man diese Stelle?« Ich zeige auf meine Oberlippe.

»Den Amorbogen?«

»Ja. Er war gerader.«

Frank arbeitet noch zehn Minuten weiter, während ich durchs Zimmer gehe und aus dem Fenster gucke. Auf der Fensterbank steht eine Schlumpf-Familie, die aussieht, als würde sie davon träumen, über den Parkplatz zu fliehen und zwischen den Bäumen in der Ferne zu verschwinden.

»Wie wär's damit?«, fragt er und dreht die Zeichnung in meine Richtung. Mir stockt der Atem, und ich weiche unwillkürlich ein Stück zurück.

»Das ist er! Der Mann an der Bar.«

45

Cyrus

Cassie hat Anders Foleys Wege in den Tagen vor und nach Mayas Verschwinden nachverfolgt. Jedes Handy sendet einen individuellen »Ping« an Telefonmasten in der Umgebung, die Basisstationen genannt werden. Indem man die Zeit misst, die dieser Ping zu einem bestimmten Mast und zurück braucht, kann man die Entfernung des Handys von diesem Mast schätzen. Wird der »Ping« von einem zweiten Mast aufgefangen, sind Techniker in der Lage, die Umgebung zu bestimmen, von der das Mobilgerät sendet; mit einem dritten Mast lässt sich das Signal triangulieren und liefert eine präzisere Ortung.

»Das ist Foleys Handy am Sonntagabend«, sagt Cassie. »Er hat Maya um neunzehn Uhr vierzig im Canalhouse getroffen. Sie sind etwa eine Stunde geblieben und dann zum Lace Market gelaufen.« Sie folgt der Route mit der Fingerspitze auf einer Satellitenkarte. »Den Middle Hill hoch dauert zu Fuß etwa zehn Minuten. Sie haben in einer Bar namens Blind Rabbit einen Stopp gemacht, Ecke Weekday Cross, und sind dann weiter zum Little Drummer gelaufen, das nur drei Minuten entfernt liegt.«

»Um wie viel Uhr haben sie die Bar verlassen?«

»Die Aufnahmen der Überwachungskameras zeigen sie um Viertel nach zehn auf dem St. Peter's Gate. Foleys Wagen parkte hier.« Sie tippt auf den Bildschirm. »Von hier aus sind sie zu Mayas Haus gefahren, wo sie um zweiundzwanzig Uhr sechsundfünfzig eingetroffen sind.«

Sie fährt die Route nach Hyson Green nach und zeigt Mayas Haus auf der Karte.

»Wie lange war er dort?«

»Etwa vierzig Minuten. Er ist vor Mitternacht wieder aufgebrochen und direkt zu seinem Haus in West Bridgford gefahren. Von dort wurde sein Telefon bis zum nächsten Morgen um neun Uhr nicht bewegt, als er zur Arbeit gefahren ist.«

»Und an den folgenden Tagen?«

»Zu Hause. Zur Arbeit. Wieder nach Hause. Er hatte mehrere IT-Service-Einsätze, die die Polizei überprüft.«

»Er hätte sein Telefon an jedem der genannten Orte liegen lassen und ein zweites Handy benutzen können.«

»Stimmt.« Sie ruft eine Satellitenkarte auf, auf der sie die Wege markiert hat, die Foley gemacht hat, wobei sie unterschiedliche Farben für die verschiedenen Tage genommen hat. Es gibt keine unerklärten Fahrten und keine ungewöhnlichen Muster. Vielleicht hat Hoyle mit seiner Vermutung über einen Komplizen doch recht.

Cassie klopft sich mit der Spitze ihres Stiftes gegen die Vorderzähne.

»Wenn wir das Handy der anderen vermissten Frau – Daniela – tracken, dann könnte ich ihr Bewegungsprofil mit Mayas vergleichen, Orte, wo beide waren, gemeinsame Freunde, das würde uns vielleicht weiterhelfen.«

»Sie hatten sich seit Jahren nicht gesehen«, sage ich.

Cassie runzelt die Stirn. »Wollen Sie sagen, dass die beiden sich kannten?«

»Sie haben gemeinsam die Schwesternausbildung gemacht und zusammen im St. Jude's Medical Centre gearbeitet.«

Cassie wird von irgendwas auf dem Bildschirm abgelenkt. Ich schwenke eine Hand vor ihren Augen.

»Entschuldigen Sie. Ich hab geträumt. Was haben Sie gesagt?«

»Sie waren beide Krankenschwestern, Kolleginnen.«

»Wann?«

»Vor acht Jahren.«

»Ist das wichtig?«

»Wir wissen es nicht.«

An die Ecke ihres Bildschirms hat Cassie ein Bild geklebt. Ein Hochzeitsfoto. Braut und Bräutigam sind umringt von Brautjungfern und Blumenmädchen, die zueinander passende Kleider und Blumenhaarreife tragen. Alle auf dem Bild lächeln, bis auf ein kleines Mädchen im Vordergrund, das in Tränen ausgebrochen ist.

»Das sind nicht Sie«, sage ich und zeige auf die Braut.

»Meine Schwester. Ich bin die da«, sagt sie. »Die Ehrenbrautjungfer.«

»Sie haben sie kürzlich verloren.«

Cassie blickt überrascht auf. »Woher wissen Sie das?«

»Dyson hat es erwähnt.«

Sie streicht mit den Fingerspitzen über das Gesicht ihrer Schwester. »Gott, ich vermisse sie so. Mein Schwager ist ein Wrack. Ich wünschte, ich könnte ihm helfen.«

»Ich könnte Ihnen den Namen eines Trauerbegleiters nennen.«

»Funktioniert das wirklich?«

»Für manche Menschen schon. Es kann davon abhängen, welches Stadium des Trauerprozesses sie erreicht haben.«

Sie senkt ihre Stimme zu einem Flüstern. »Haben Sie einen Trauerbegleiter konsultiert?«

»Das ist sehr lange her.« Ich gebe ihr eine Visitenkarte mit meiner Telefonnummer. »Sagen Sie ihm, es hilft Menschen, mit jemandem zu sprechen, der den gleichen Verlust erlebt hat. Ihnen könnte es auch helfen.«

Cassie streicht mit den Fingerspitzen über die Karte, und ich wechsele das Thema und frage, ob Stephen Voigt da ist.

»Er ist in der Werkstatt. Ich kann Sie zu ihm bringen.«

Wir gehen durch eine Hintertür und überqueren einen Parkplatz vor einer Fertigbauhalle aus Stahl, die von kahlen Bäumen umgeben ist. Auf dem Bahngleis dahinter poltert ein Zug vorbei, verschwindet hinter der Dachlinie und taucht auf der anderen Seite wieder auf. In der Halle werfen Oberlichter helle Rechtecke auf den glatten Betonboden.

Überall in dem großen Raum stehen Fahrzeuge, einige verbogen oder aufgerissen durch die Wucht eines Aufpralls. Kriminaltechniker nehmen Messungen vor, untersuchen Reifen, Bremsklötze, Tachometer, Bordcomputer und die Beschaffenheit von Motoren, um die letzten Augenblicke vor der Kollision zu rekonstruieren. Welche Kräfte waren im Spiel? Wer war verantwortlich?

Cassie ruft Voigts Namen. Auf der anderen Seite eines Ford Ranger, der auf einer mit Pollern und gelbem Absperrband abgetrennten Fläche steht, taucht ein Kopf auf.

»Dr. Haven.« Seine Augen werden von seiner runden Brille vergrößert.

»Cyrus. Bitte.«

Mir wird bewusst, dass weder Cassie noch ich Schutzkleidung tragen. Voigt ist im Begriff, etwas zu sagen, aber

Cassie kommt ihm zuvor und führt mich in eine kleine Teeküche links neben dem Hauptrolltor.

»Ich habe Arbeit zu erledigen«, sagt sie. »Vielleicht bis später.«

Voigt wirkt enttäuscht, dass sie geht. Er zieht den Reißverschluss seines Overalls auf und lässt ihn bis zur Taille heruntergleiten, bevor er einen elektrischen Kessel füllt und einschaltet.

»Am Dienstag haben Sie ein Stück Seil aus der Asservatenkammer in der Stadt abgeholt«, sage ich. »Haben Sie es schon untersucht?«

»Ich habe es Cassie gegeben. Ich bin immer noch mit dem Wagen beschäftigt.«

»Nur aus Interesse – wer hat Sie gebeten, es abzuholen?«

»Dyson. Wieso?«

»Ein Missverständnis«, antworte ich. »Ich wollte auch nach dem Seil gucken und habe festgestellt, dass es weg war.«

»Zwei Kluge, ein Gedanke.«

Er hat zwei saubere Becher gefunden und stellt sie auf den Tisch.

»Was haben Sie bisher entdeckt?«

»Haarsträhnen von Maya – eine an der Kopfstütze des Beifahrersitzes und eine unter dem vorderen Radlauf auf ihrer Seite. Außerdem konnten wir Spuren ihrer DNA in dem Ablagefach der Beifahrertür sichern.«

»Foley hat gesagt, sie hätte sich übergeben.«

»Das passt. Er hat das meiste mit Bleichmittel abgewischt, aber eine kleine Stelle übersehen.«

»Was ist mit Rohan Kirks Blut?«

»Am Lenkrad und am Schaltknüppel haben wir Blutreste

gefunden, die aber zu stark abgebaut sind, um ihren Ursprung zu bestimmen. Das kommt von dem Bleichmittel.«

Ich kann verstehen, warum Foley im Visier ist. Das Locard'sche Prinzip geht davon aus, dass jeder Täter etwas am Tatort hinterlässt und etwas mitnimmt. Wohin er auch tritt, was immer er berührt, unbewusst oder bewusst, wird zum stummen Zeugnis gegen ihn.

Voigt hat Teebeutel in die Becher gehängt und kochendes Wasser sowie, ohne zu fragen, auch einen Schuss Milch hinzugegeben. Als ihm das bewusst wird, entschuldigt er sich. Ich winke ab und nehme einen Becher.

»Gibt es ein Problem?«, will er wissen.

»Ich frage mich die ganze Zeit, warum Foley Maya zurück nach Hause gebracht hat. Sie war betäubt, halb bewusstlos, hilflos, manipulierbar. Er hätte sie überallhin fahren können, aber stattdessen bringt er sie nach Hause und legt sie auf ihr Sofa. Er hat sie mit einer Decke zugedeckt und ihr eine Schüssel hingestellt, falls sie sich übergeben muss.«

»Er hat noch mehr getan.«

»Stimmt, aber warum hat er sie nach Hause gebracht?«

»Vielleicht hatte er nicht vor, Maya zu entführen – jedenfalls anfangs nicht. Aber dann hat Rohan Kirk ihn gestört. Sie haben gekämpft. Der alte Mann ist gestorben. Foley konnte Maya nicht zurücklassen – sie war eine Zeugin.«

»Das klingt logisch, bis man bedenkt, was er als Nächstes getan hat. Er hat Maya zu einem geheimen Ort gebracht, sie mehr als zwei Tage lang am Leben gehalten, ihr die Haare abgeschoren, sie auf eine ganz spezielle Art gefesselt. Das war nicht zufällig oder spontan.«

»Wie lautet Ihre Theorie?«

»Das ist es ja gerade – ich habe keine.«

»Also, wenn Sie mich fragen«, sagt Voigt, »ich glaube, er hat das nicht zum ersten Mal getan.«

»Wie kommen Sie darauf?«

»Er hat so gründlich sauber gemacht.« Voigt gerät ins Stottern, unsicher, eine Meinung zu äußern. »Ich hatte erwartet, viel mehr Blut in dem Pick-up zu finden. Ich meine, Sie haben den Tatort gesehen. Der Mörder muss voller Blut gewesen sein – an den Händen, den Kleidern, den Schuhen.«

»Sie haben gesagt, er hätte Bleichmittel benutzt.«

»Ja, aber wissen Sie, wie schwierig es ist, Blut zu entfernen? Unsere Maschinen finden die Spuren selbst in einem Kleidungsstück, das Dutzende Male gewaschen wurde.«

»Er hat sich umgezogen«, sage ich. »Vielleicht hat er sich etwas aus Rohan Kirks Kleiderschrank ausgeliehen.«

»Wir haben weder auf der Treppe noch im ersten Stock Blutspuren gefunden.«

»Dann muss er Ersatzkleidung mitgebracht haben, wenn er das Haus nicht in Unterwäsche verlassen hat.«

»Es gibt eine weitere Möglichkeit«, sagt Voigt. »Wir haben Spuren von Rohan Kirks Blut auf dem Küchenfußboden und im Spülbecken gefunden. Was, wenn er die Waschmaschine mit Trockner benutzt hat, um seine Sachen zu waschen?«

»Wie lang hätte das gedauert?«

»Mindestens eine Stunde.«

Dafür bräuchte man unglaubliche Nerven – in einem Haus mit einem ermordeten Mann und einer betäubten Frau darauf zu warten, dass die eigene Kleidung in der Maschine trocknet.

»Sie sind ziemlich gut in Ihrem Job«, sage ich zu Voigt, der verlegen grinst.

»Das sollten Sie Dyson sagen. Er hält mich für einen Totalversager.«

Wie durch die Erwähnung seines Namens herbeigerufen, schiebt Dyson in diesem Moment einen Rollwagen durch das Tor. Er zeigt mit dem Finger auf mich.

»Sie sollten nicht hier sein!«

Voigt versucht zu erklären, doch Dyson geht dazwischen. »Dies ist ein Sicherheitsbereich, der nur von ausgewiesenem Personal betreten werden darf.«

»Ich wollte mich nach den kriminaltechnischen Ergebnissen im Fall Maya Kirk erkundigen«, sage ich.

»Gut. Schreiben Sie eine Mail, rufen Sie an, schicken Sie eine Brieftaube, aber kommen Sie nicht ohne meine Erlaubnis hierher.«

Ich möchte widersprechen, doch ich habe keine Amtsgewalt, und es ist Dysons Job, dafür zu sorgen, dass die Vorschriften befolgt werden, weil Verstöße auf ihn zurückschlagen. Ich leere den Inhalt meines Teebechers ins Spülbecken und gehe nach draußen, wo Dyson mit jemand anderem schimpft, weil er die Spurensicherungssets nicht wieder aufgefüllt hat.

Voigt folgt mir. »Entschuldigen Sie«, sagt er verlegen. »Normalerweise ist er nicht so unhöflich.«

»Nur zu Ihnen«, erwidere ich.

Voigt verzieht das Gesicht und blickt zum Himmel, wie auf der Suche nach einem Zeichen oder ein bisschen Wärme an einem kalten Tag.

»Wissen Sie, was das größte Problem an diesem Job ist?«, fragt er.

Ich könnte einige nennen.

»Die Leute vertrauen der Wissenschaft nicht mehr. Früher

gab es alle möglichen Fernsehserien über Kriminaltechniker und Tatortermittler, in denen der Beruf glorifiziert und wir zu Helden gemacht wurden. Aber das hat die Erwartungen nur höhergeschraubt. Geschworene erwarten, dass an jedem Tatort DNA-Spuren, Fingerabdrücke oder Fasern gesichert werden, der sprichwörtliche rauchende Colt.«

»Und Sie glauben, das hat sich geändert«, sage ich.

»Absolut. Ich mache die Pandemie dafür verantwortlich. Anfangs haben die Leute noch auf die Gesundheitsexperten und Wissenschaftler gehört, aber allmählich sind sie abgedriftet. Einige sind in Kaninchenlöchern verschwunden und haben angefangen, an Verschwörungstheorien und Quacksalber zu glauben. Viehentwurmungs- und Anti-Malaria-Kuren. Bleichmittel. Ich könnte heulen.«

Mein Handy vibriert. Es ist eine Textnachricht von Alissa, Daniela Linares' Mitbewohnerin. Sie kann mich nach ihrer Schicht um drei Uhr im St. Jude's Medical Centre treffen. Elias soll um vier ankommen. Bis dahin muss ich zu Hause sein.

Kurz darauf bin ich wieder bei Evie. Frank hat zwei Zeichnungen fertiggestellt.

»Miss Cormac war eine ausgezeichnete Zeugin«, sagt er. Evie zieht ein grimmiges Gesicht, weil sie denkt, dass er sie necken will. Das will er nicht.

Die Zeichnungen sind an den Schreibtisch geheftet. Frank besprüht eine mit einem Fixativ. Die erste zeigt einen Mann mit Baseballkappe und Brille mit dunkler Fassung im Profil. Es sieht seltsam aus, fast wie die Verkleidung aus einem Scherzartikelladen, bei der nur noch eine falsche Nase und ein aufklebbarer Schnurrbart fehlen.

Frank macht einen Schritt zurück. Ich blicke auf die

zweite Zeichnung und erkenne die Vokuhila-Frisur und den mickrigen Schnäuzer sofort.

»Wer ist das?«, fragt Evie.

»Paulie Brennan. Maya Kirk war früher seine Babysitterin.«

46

Cyrus

Alissa Hussein wartet im Foyer des St. Jude's Medical Centre auf mich. Über ihrer blauen Uniform trägt sie eine Strickjacke mit weißen Biesen an Ärmeln und Kragen. Ihre dunklen Augenbrauen hüpfen auf und ab, während sie eine schrotflintenartige Salve von Fragen und Feststellungen ausstößt.

»Sucht die Polizei nach Daniela? In den Fernsehnachrichten war nichts. Sie waren bei mir. Ich habe ihnen berichtet, was passiert ist. Wir hätten sie nicht allein lassen sollen. Harriet ist völlig neben sich. Sie hat es diese Woche einfach nicht geschafft, zur Arbeit zu gehen, und ist für eine Weile zurück zu ihren Eltern gezogen. Ich finde es schrecklich, ganz allein zu sein.«

Ich lade sie auf einen Kaffee ein, sie wählt einen heißen Kakao ohne Sahne. Wir setzen uns an einen Tisch in der Mensa der medizinischen Fakultät, abseits des Lärms der Kaffeemaschine und des betriebsamen Tresens. Kollegen nicken ihr zu, kommen jedoch nicht näher.

»Wir waren alle seit Urzeiten nicht mehr in der Stadt aus, jedenfalls nicht zusammen«, sagt Alissa. »Als ich jünger war, habe ich es geliebt, in Clubs zu gehen. Wir haben uns mit gefälschten Ausweisen an den Türstehern vorbeigemogelt. Aber am Freitag bin ich mir uralt vorgekommen. Die Mädchen waren so jung und so selbstbewusst.«

Sie fischt ein Marshmallow aus dem Milchschaum.

»Daniela wollte nicht mitkommen, aber Martyn, ihr Freund, war auf einer Rugby-Tour, deshalb haben wir sie überredet. Wir sind um acht Uhr zu Hause los, haben uns in einem italienischen Restaurant eine Pizza geteilt und im Little Drummer Station gemacht, weil gerade Happy Hour war.«

»Haben Sie jemanden gesehen, den Sie kannten?«

»Ein paar Leute. Es war voll.«

»Was für einen Eindruck hat Daniela gemacht?«

»Es ging ihr gut. Sie war glücklich. Bis die Polizei kam.«

»Wie meinen Sie das?«

»Sie haben Fotos von Maya herumgezeigt. Das hat Daniela völlig aufgewühlt. Sie haben zusammen die Schwesternausbildung gemacht.«

»Hatte Daniela zu viel getrunken?«

»Wir haben ein Glas Wein im Restaurant und zwei Cocktails getrunken. Die erste Runde haben wir selbst gekauft, die zweite kam unerwartet. Der Barkeeper hat gesagt, wir hätten einen geheimen Verehrer. Wir dachten, er würde rüberkommen und sich vorstellen – versuchen, uns anzuquatschen, wissen Sie. Wir haben die Typen am Tresen abgecheckt und versucht zu raten, wer es sein könnte, aber niemand ist vorgetreten.«

»Woher wusste der Typ, was Sie trinken?«

»Er muss unseren Tisch beobachtet haben. Ist das wichtig?«

»Wir glauben, dass Danielas Drink mit einem Betäubungsmittel versetzt wurde.«

Ein Schatten huscht über ihre Augen.

»Wer hat die Drinks gebracht?«, frage ich.

»Der Geschäftsführer – der mit dem gezwirbelten Schnurrbart.«

»Warum ist Daniela nicht mit Ihnen zu dem Club gegangen?«

»Sie hat gesagt, sie müsste noch mal auf Toilette. Der Club ist bloß zwei Straßen entfernt, und wir dachten, wir müssten uns anstellen. Daniela hat gesagt, wir sollten schon vorgehen, sie würde nachkommen. Der Türsteher hat uns dann direkt durchgewunken, und wir sind reingegangen. Beim Tanzen hat Harriet mir dann irgendwann Danielas Namen ins Ohr gerufen. Ich habe ihr eine Textnachricht geschickt und versucht, sie anzurufen. Sie hat nicht abgenommen.«

»Um wie viel Uhr war das?«

»Gegen Mitternacht. Ich dachte, sie wäre nach Hause gegangen.«

Ihre Stimme zittert. Sie zupft ein Taschentuch aus dem Ärmel ihrer Strickjacke, um gewappnet zu sein, wenn ihr die Tränen kommen.

»Was ist passiert, als Sie nach Hause gekommen sind?«, frage ich.

»Danielas Zimmertür war zu. Ich dachte, sie schläft. Harriet und ich waren mittlerweile ziemlich beschwipst. Ich bin ins Bett gefallen und erst mittags aufgewacht, als Danielas Mum angerufen hat, weil Daniela nicht ans Telefon ging. Ich habe an ihre Tür geklopft und bin reingegangen. Ihr Bett war unbenutzt. Da wusste ich, dass irgendwas nicht stimmte. Daniela würde niemals einfach so wegbleiben.«

Ich ziehe mein Handy aus der Tasche und scrolle mich durch die Fotos, bis ich eins von Anders Foley gefunden habe.

»Erkennen Sie ihn?«

»Die Polizei hat sein Foto in der Bar herumgezeigt. Hat er Maya verschleppt?«

»Davon gehen wir aus.«

Ich zeige ihr ein weiteres Bild – das von Paulie Brennan.

Alissa betrachtet das Foto lange und zieht es mit zwei Fingern auf dem Display größer.

Sie schüttelt den Kopf. »Ich kann mich nicht erinnern.« Ihre Augen glänzen. »Wir hätten auf sie warten sollen, aber wir wussten nicht, dass ihr schlecht war. Wir dachten, sie würde gleich nachkommen. Wenn wir geahnt hätten …« Der Rest des Satzes wird von einem Schluchzer abgewürgt. Sie schlägt beide Hände vors Gesicht.

Ich verstehe das Gefühl. Es hat mich mein Leben lang verfolgt. Was, wenn ich schneller gestrampelt hätte? Was, wenn ich nicht bei Alisa Pipers Haus vorbeigeradelt wäre? Was, wenn ich ein paar Minuten früher zu Hause eingetroffen wäre? Hätte, wäre, sollte … niemand kann die Vergangenheit ändern.

47

Evie

Elias wird jeden Moment hier sein. Cyrus ist nicht zu Hause und geht auch nicht an sein Telefon, und ich weiß nicht, was ich machen soll. Ich könnte mich verstecken und so tun, als wäre niemand da. Ich könnte Cyrus erzählen, dass ich mit Poppy spazieren war, die Klingel nicht gehört habe oder in die Schule bestellt wurde.

Was passiert, wenn keiner zu Hause ist? Lassen sie Elias hier, oder nehmen sie ihn wieder mit zurück nach Rampton? Vielleicht stellen sie ihn ja vor der Tür ab wie eine Amazon-Sendung.

Draußen bremst ein Transporter und parkt unter einem Baum. Zwei Leute steigen aus. Oscar und Roland. Die Seitentür gleitet auf. Elias sitzt auf der Rückbank. Diesmal hat er einen Koffer dabei.

Sie kommen den Weg hoch. Jeden Moment werden sie klingeln oder klopfen. Was soll ich machen? Ihm sein Zimmer zeigen? Small Talk machen? Die Messer verstecken?

Die Klingel lässt mich zusammenzucken. Ich warte. Es klingelt erneut. Scheiße! Ich öffne die Tür.

»Sonderzustellung für Cyrus Haven«, sagt Oscar. Sein Goldzahn blitzt.

»Cyrus ist nicht zu Hause.«

»Kein Problem. Du kennst Elias ja.«

Nehmen Sie ihn wieder mit, will ich sagen, doch Elias lächelt mich auf seine trottelige Art an, mit Doppelkinn und vielen Zähnen. Er trägt eine weite Cordhose und ein Khakihemd mit Druckknöpfen. In den Achselhöhlen haben alte Schweißflecken den Stoff verfärbt.

»Hallo, Evie«, sagt er. »Wie geht es dir?«

Ich versuche, etwas in seinem Gesicht zu lesen, doch ich kann seine Mimik nicht deuten. Vielleicht will er einfach höflich sein. Oder es gehört zu seinem Verhaltenstraining. So oder so ist es unheimlich. Oscar und Roland stellen den Koffer im Flur ab und wenden sich zum Gehen.

»Fahren Sie?«, frage ich.

»Ja«, sagt Oscar.

Ich folge ihnen den Weg zum Tor hinunter. »Gibt es irgendwas, was ich wissen sollte?«

»Zum Beispiel?«

»Irgendwelche Anweisungen.«

»Es gibt keine Bedienungsanleitung für ihn.«

Sie feixen untereinander. Arschlöcher!

Als ich ins Haus zurückkehre, ist Elias in der Küche und öffnet Schränke und Schubladen.

»Suchst du was?«

»Ich gucke nur, wo alles aufbewahrt wird.«

Er kommt den Messern langsam näher.

»Möchtest du eine Tasse Tee?«, frage ich.

»Ich kann mir selbst einen machen. Möchtest du auch einen?«

»Nein.«

Elias füllt den Kessel. »Wann kommt Cyrus nach Hause?«

»Er müsste jeden Moment zurück sein. Er ist nur kurz los, um ein paar Sachen einzukaufen. Milch.«

Elias hat den Kühlschrank geöffnet. »Wir haben reichlich Milch.«

»Etwas zum Abendessen.«

Ich stehe mit dem Hintern an die Besteckschublade gelehnt.

»Was machst du so, Evie?«

»Ich gehe zur Schule. Ich arbeite.«

»Ich studiere auch. Ich will Anwalt werden.«

Träum weiter, denke ich. Er sucht einen Teelöffel. Ich greife hinter mich und nehme einen aus der Schublade. Als er nicht guckt, schiebe ich ein Messer mit kurzer Klinge unter den Bund meiner Jeans.

Den Teebecher in der Hand öffnet Elias weitere Schränke, liest Etiketten, betrachtet Konserven, liest die Zutaten laut vor. Vielleicht ist das neu für ihn.

»Habt ihr Coco Pops?«, fragt er, als sein Blick auf die Packung mit Frühstücksflocken fällt.

»Cyrus sagt, sie enthalten zu viel Zucker.«

»Und er ist der Boss.«

»Nein.«

Elias beginnt die Gläser und Dosen so anzuordnen, dass das Etikett nach vorne zeigt.

»Wie lange wohnst du schon hier?«, fragt er.

»Seit einem Jahr.«

»Und wo warst du vorher?«

»In einem Kinderheim.«

»Warum?«

»Meine Eltern sind tot.«

»Und – hat Cyrus dich adoptiert?«

»Ich bin einundzwanzig.«

»So alt siehst du nicht aus.«

Und du siehst nicht aus wie jemand, der vier Menschen ermordet hat, will ich sagen, aber das stimmt nicht ganz. Er sieht genauso aus wie einer dieser übergewichtigen Klopse mit teigigem Gesicht, die man in Fernsehdokus über Serienkiller sieht. Hin und wieder ist ein attraktiver dazwischen wie Ted Bundy, aber die meisten sind wie der unheimliche Onkel, neben dem man auf der Weihnachtsfeier nicht sitzen will.

Stille macht sich breit. Elias ist verlegen. Ich bin verlegen. Ich will auf den Speicher rennen.

»Muss sich seltsam anfühlen, nach all der Zeit rauszukommen«, zwinge ich mich, Konversation zu machen.

»Ja. Einige der Straßen erkenne ich kaum wieder. Sie haben das alte Kino in der Abercrombie Road abgerissen, und wo früher mein Klavierlehrer gewohnt hat, steht jetzt ein Büroblock.«

»Du kannst Klavier spielen?«

»Schlecht.«

Er gibt weiteren Zucker in seinen Tee. Vier Löffel. Kein Wunder, dass er so fett ist. Er redet weiter.

»Es gibt andere Automarken und -modelle. Und alle laufen rum und gucken auf ihre Telefone, wenden den Blick niemals ab. Was gucken sie sich an?«

»Nachrichten. Instagram. TikTok.«

»Davon hab ich gehört – was ist das?«

»Soziale Netzwerke.«

Elias sieht mich verständnislos an.

»Man kann Videos und Fotos online posten. Stories.«

»Wozu?«

»Dann wissen deine Freunde, was du machst.«

»Warum fragen sie nicht einfach?«

Wie antworte ich darauf?

»Wenn man etwas Interessantes postet, kann man viele Likes kriegen.«

»Was ist ein Like?«

Was ist das hier – *20 Questions*?

»Frag Cyrus«, fauche ich ihn an und habe sofort ein schlechtes Gewissen. Elias verstummt und wippt auf seinen Füßen.

»Was willst du als Erstes machen?«, frage ich.

»Vielleicht mache ich Arme Ritter. Früher habe ich sehr gern gekocht. Die Franzosen nennen es *pain perdu*, das heißt verlorenes Brot, weil sie altes Brot dafür verwenden. Der Trick ist, die Temperatur zu kontrollieren – und das Brot nicht zu lange einzuweichen.«

Der Typ ist ernsthaft sonderbar.

»Es sind die kleinen Dinge, die man für selbstverständlich hält«, sagt er. »Das zum Beispiel.« Er geht zu dem Lichtschalter neben der Tür und macht das Licht an und aus. »In Rampton konnte ich das nicht.« Er blickt zur Decke. »Und überall, wohin ich gegangen bin, waren Kameras, die mich beobachtet haben.«

So war es in Langford Hall auch, denke ich, aber das erzähle ich ihm nicht.

Er öffnet die Kühlschranktür und nimmt eine Möhre aus dem Gemüsefach. »Das konnte ich nicht«, sagt er, beißt die Möhre ab und kaut geräuschvoll. Ein Stück landet auf dem Boden.

Er nimmt seinen Tee mit in die Bibliothek und dann ins Wohnzimmer, wo er den Fernseher anmacht und sich durch die Programme schaltet, über die Knie vorgebeugt und die Fernbedienung in Richtung des Bildschirms stoßend.

»Wir haben Netflix«, sage ich. »Man kann alle möglichen Filme und Serien gucken.«

»Wie im normalen Fernsehen?«

»Ja, aber es gibt eine größere Auswahl.«

Elias scheint unbeeindruckt. Er zeigt auf den kabellosen Lautsprecher auf dem Kaminsims.

»Er ist mit dem Fernseher gekoppelt«, sage ich. »Oder man kann Musik streamen.«

»Wo legt man die Musik auf?«

»Er kann sie über WLAN empfangen.«

»So wie Radio.«

»Ja, schon irgendwie.« Ich habe keine Ahnung, ob das stimmt.

»Zeig es mir«, sagt er.

Ich ziehe mein Handy aus der Tasche und wähle einen Song aus. Er steht so dicht neben mir, dass ich seinen Atem und seinen Körpergeruch riechen kann. Die Musik spielt los. Er blickt auf den Lautsprecher, als hätte ich einen Zaubertrick vorgeführt.

»Wähl einen anderen Song aus.«

Ich tue, was er sagt. Celeste. »Stop This Flame«. Sie klingt wie Amy Winehouse.

»Mach lauter.«

Ich drehe die Lautstärke hoch. Er schließt die Augen und fängt an, im Rhythmus mit dem Kopf zu nicken und mit den Fingern zu schnippen. Sein ganzer Körper zappelt.

»Möchtest du tanzen?«, fragt er.

»Ich tanze nicht.«

Er macht einen Schritt auf mich zu und greift nach meiner Hand, doch ich weiche in Richtung Tür zurück. Er versucht es noch einmal.

»Fass mich nicht an.«

»Es ist nur ein Tanz.«

Ich drücke mich mit dem Rücken an die Wand.

»Ich bin ein guter Tänzer. Meine Mutter hat es mir beigebracht.«

»Nein.«

»Ich kann es dir zeigen.«

»Halt dich von mir fern.«

Elias denkt, es ist ein Spiel. Er wiegt sich hin und her, verlagert das Gewicht von einem Fuß auf den anderen und hebt die Arme, um sie um mich zu schlingen. Ich ziehe das Messer aus meinem Hosenbund und richte die Klinge auf seine Brust.

Als er das Messer sieht, macht er schockiert einen Schritt zurück. Ich nutze den Moment, um unter seinen Armen hindurchzuschlüpfen und durch die Tür die Treppe hinaufzufliehen. Elias ruft mir nach, dass es ihm leidtue und er mich nicht erschrecken wollte.

Ich schließe meine Zimmertür ab und schiebe eine Kommode über die Bodendielen, die Schrammen in die Versiegelung macht.

Verbarrikadiert in meinem Zimmer setze ich mich mit dem Rücken zur Wand und gezücktem Messer aufs Bett und warte auf seine Schritte. Warte darauf, dass er kommt.

48

Cyrus

Mein Handy war stumm geschaltet. Als ich auf das Display blicke, sehe ich ein Dutzend verpasster Anrufe und Nachrichten von Evie, jede wütender als die vorherige. Elias ist angekommen. Die Vorstellung lässt meinen Puls schneller schlagen.

Ich rufe an. Evie geht dran. »Wo bist du, verdammt noch mal?«

»Ich hab mit einer von Danielas Freundinnen gesprochen.«

»Du hättest hier sein sollen.«

»Warum? Was hat er getan?«

»Er hat versucht, mit mir zu tanzen.«

Ich lache, was sie noch wütender macht.

»Er wird dir nichts tun«, sage ich.

»Woher weißt du das?«

»Sie haben ihn zwanzig Jahre lang therapiert.«

»Du hast mir erzählt, Schizophrenie kann man nicht heilen.«

»Er ist medikamentös eingestellt.«

»Achtzig Prozent erleiden einen Rückfall.«

»Wirst du *aufhören* zu googeln!«

Es entsteht eine weitere Pause. Ich sehe sie vor mir, auf ihrem Bett, an den Fingernägeln knabbernd, die bereits bis zum Bett heruntergekaut und wund sind.

»Habt ihr Daniela gefunden?«, fragt sie.

»Wir suchen noch.«

»Wann kommst du nach Hause?«

»Ich bin gleich da.«

Ich klopfe leise an Evies Zimmertür und rufe ihren Namen. Ihre nackten Füße tappen über den Boden, eine Kommode wird beiseitegerückt, ein Schlüssel im Schloss gedreht.

Dann ihre Stimme. »Du kannst reinkommen.«

Sie sitzt auf dem Bett, ein Kissen vor der Brust.

»War das alles nötig?«, frage ich.

Sie zuckt die Schultern, gibt jedoch keine Erklärung.

Ich blicke mich in dem Zimmer um. Im Moment hat sie eine Goth-Phase mit dunkelviolettem Laken, schwarzen Kissen und sepiafarbener Tapete. Ich komme näher und setze mich auf die untere Ecke ihrer Matratze. Evie strahlt etwas Steinernes aus, unnachgiebig und grau.

»Gib ihm Zeit«, sage ich.

»Wie lange?«

»Mindestens ein paar Wochen.«

Sie schnaubt, was ich als Zustimmung deute, aber das könnte auch Wunschdenken meinerseits sein.

»Hast du Hunger?«, frage ich.

»Vielleicht.«

»Ich rufe dich, wenn das Abendessen fertig ist – es sei denn, du willst mir Gesellschaft leisten.«

»Nein.«

Unten höre ich Elias lachen. Er schaut eine alte Folge von *Friends* in voller Lautstärke. Er muss denken, dass sich nichts geändert hat. Ich nehme die Zutaten aus dem Kühlschrank und suche ein scharfes Messer, um die Zwiebeln zu würfeln.

Ich finde die Messer im Brotkasten. Entweder Evie hat sie versteckt, oder Elias spielt Spielchen mit meinem Kopf.

Ich höre eine Bodendiele ächzen. Er steht in der Tür.

»Tut mir leid, dass ich nicht zu Hause war, als du angekommen bist«, sage ich.

»Schon okay.«

Er zieht sich einen Stuhl heran, setzt sich an den Tisch und reißt ein Blatt von der Küchenrolle, das er in immer kleinere Quadrate faltet.

»Ich denke, ich sollte Evies Zimmer bekommen.«

»Wieso?«

»Es ist größer.«

»Sie war zuerst hier.«

»Ich bin Familie.«

»Und sie *braucht* eine.«

Elias runzelt verständnislos die Stirn.

»Evie hat mehr durchgemacht, als du dir je vorstellen könntest. Sie ist bemerkenswert. Einzigartig. Und sie braucht jemanden, der auf sie aufpasst.«

»Und wieso musst du das sein?«

»Du könntest es auch sein.«

Elias will etwas sagen, überlegt es sich aber offenbar anders. Ich mache den Kühlschrank auf und will zwei Flaschen Bier herausholen. Dann fällt mir ein, dass er keinen Alkohol trinken sollte, weil es seine Medikamentierung beeinträchtigt. Ich stelle die Flaschen wieder weg. Elias hat es mitgekriegt.

»Ich war in Gruppensitzungen mit Alkoholikern«, sagt er. »In Rampton gibt es ein Programm für sie.«

»Ich hoffe, du willst nicht andeuten, ich wäre Alkoholiker.«

»Sie haben das Zwölf-Schritte-Programm gemacht, weißt du. Mein Therapeut hat gesagt, das sollte ich auch machen – eine Liste von Menschen erstellen, die ich verletzt habe, und versuchen, es wiedergutzumachen.«

»Stufe acht?«

»Neun.«

Ich gebe die gewürfelten Zwiebeln in das erhitzte Öl.

»Ich habe Angst, dass du mir nicht verzeihst«, sagt Elias.

»Ich habe dir schon verziehen.«

»Hast du das? Wirklich?«

»Du bist hier, oder nicht?«

»Alle haben mir vertraut. Mum. Dad. Esme und April. Was ich getan habe, lässt sich nicht rückgängig machen. Ich kann versuchen, alles andere gutzumachen, aber das nicht. Ich wünschte, ich könnte sie zurückbringen. Ich bitte jeden Tag um ihre Vergebung.« In seinem Blick lodert die Leidenschaft eines wiedergeborenen Christen, doch es fühlt sich an, als würde er über Ereignisse sprechen, die einem anderen widerfahren sind, und wäre erstaunt darüber, so viele Details zu kennen.

»In Rampton gab es einen Priester, der mich besucht hat«, sagt er. »Er hat mir eine Bibel gegeben und mich ermutigt zu beten. Er sagt, wenn ich wirklich bereue, was ich getan habe, kann ich um Gottes Vergebung bitten, seine Gnade empfangen und im Himmel mit ihnen wiedervereint werden.«

»Glaubst du, dass sie dort sind?«, frage ich.

»Ja. Du nicht?«

Ich vermeide eine Antwort, weil ich nicht an Himmel und Hölle glaube. Wenn ich mir meine Familie vorstelle, wohnen wir alle in unserem kleinen Haus, die Zwillinge teilen sich ein Zimmer, Dad braut sein Bier, Mum macht Yoga im Wintergarten, und Elias und ich kicken einen Fußball im Garten hin und her.

»Du hast allen Grund, mich zu hassen«, sagt er. »Und ich habe kein Recht, etwas von dir zu erwarten – Freundschaft, Vertrauen oder Liebe. In dem Tribunal hast du viele nette Dinge gesagt, aber jetzt sind wir unter uns – du und ich –, im Haus unserer Großeltern. Du kannst ehrlich zu mir sein. Du kannst mir sagen, was du wirklich denkst.«

Ich verstumme und beobachte, wie die Spaghetti in dem brodelnden Wasser weich werden.

»Ich bin noch nicht bereit, darüber zu sprechen«, sage ich.

Nach einer Weile räuspert er sich. »Ich muss ein paar Leute finden. Ich habe eine Liste. Vielleicht brauche ich deine Hilfe.«

»Wer sind sie?«

»Menschen, die ich verletzt habe. Dads alter Geschäftspartner hat mir einen Job gegeben, und ich habe ihm Geld gestohlen. Und als ich für die Nachbarn Rasen gemäht habe, habe ich Sachen aus ihren Gartenschuppen geklaut.«

»Ich weiß nicht genau, ob sie sich freuen würden, dich zu sehen«, sage ich. »Vielleicht solltest du dich bedeckt halten – zumindest eine Zeit lang. Viele Menschen verstehen psychische Krankheiten nicht, und wenn sie herausfinden, wer du bist – was du getan hast …«

»Du hast Angst davor, wie sie reagieren werden.«

»Ich mache mir Sorgen um dich. Wenn die Leute es wüssten … die Medien … die Nachbarn … Ich will nicht, dass du unter Druck gerätst.«

»Ich sollte unter dem Radar bleiben.«

»Es ist besser so.«

Ich seihe die Spaghetti ab, trete an den Fuß der Treppe und blicke zwischen den Sprossen nach oben.

»Evie! Abendessen.«

49

Evie

Es ist Morgen. Draußen ist es noch dunkel. Die Heizungen ticken und klappern. Das Haus fühlt sich heute anders an als gestern. Der Grund ist Elias. Er ist gestern Abend lange aufgeblieben, hat im Wohnzimmer Fernsehen geguckt, sich durch die Programme geswitcht und über uralte Fernsehserien wie *Seinfeld* und *The Vicar of Dibley* gelacht. Jetzt höre ich ihn in Mitchs altem Zimmer schnarchen – das Zimmer, das Mitch für zwei Nächte benutzt hat, bevor er ins Gefängnis zurückgeschickt wurde.

Cyrus ist schon auf. Ich höre ihn in der Dusche und dann auf der Treppe. Ich ziehe mein Hoodie und meine Ugg-Boots über und gehe zu ihm runter in die Küche. Er sieht müde aus und hat einen Bartschatten auf den Wangen. Über der Lehne seines Stuhls hängt ein Mantel mit breiten Schultern.

»Wohin gehst du?«

»Zur Polizeistation in der Radford Road.«

»Ich will nicht mit Elias allein zu Hause sein.«

»Er wird dir nichts tun, Evie.«

»Also, ich hab von einem Typen gelesen, den man aus einer psychiatrischen Klinik entlassen und der binnen zwei Monaten drei Menschen getötet und verspeist hat.«

»Laut Google?«

»Ja, aber es ist wahr.«

Er wechselt das Thema. »Möchtest du Sauerteig-Toast?«

Ich halte zwei Finger hoch. »Hast du das Wohnzimmer gesehen? Es ist voller Chipstüten, Limodosen und alter *Playboys*, die er auf dem Speicher gefunden haben muss. Du hast gesagt, dass er nicht nach da oben gehen darf. Du hast es versprochen.«

»Ich rede mit ihm.«

»Ich räume nicht hinter ihm her.«

»Das musst du auch nicht.«

»Was soll ich machen?«

»Geh mit Poppy spazieren. Lerne. Such dir einen anderen Job.« Er macht eine Pause und fügt hinzu: »Einen Gefallen könntest du mir allerdings tun. Elias muss seine Medikamente in der Apotheke abholen.«

»Ich dachte, er darf das Haus nicht verlassen.«

»Mit dir schon. Ich muss in Rampton Bescheid sagen.«

Das gehört offensichtlich dazu, dass mein Beitrag sich mit seinem »die Waage hält«. Vielleicht ist es auch ein Test für Elias. Wir sind wie Meerschweinchen in einem psychologischen Experiment oder einer abgedrehten Reality-Show. Stecken wir den Psycho und das Freak-Mädchen zusammen und schauen, wer als Erster blinzelt – ich glaube bloß nicht, dass Elias blinzeln würde. Er ist wie eine Schlange. Kaltblütig und lidlos.

»Ich hab heute viel zu erledigen«, sage ich, ohne ihn anzusehen.

»Was denn?«

»Die eben erwähnten Aufgaben.«

»Deine Ausdrucksweise wird immer gewählter.«

»Leck mich!«

Cyrus lacht. »Tu es für mich.«

Sein Blick ruht auf mir und ist so freundlich und warmherzig, dass ich Cyrus einfach umarmen möchte, was seltsam ist, weil ich Menschen normalerweise nicht gern berühre und weil ich Angst habe, dass mein hagerer Körper und der Pickel auf meiner Stirn ihn abstoßen.

Der Toaster spuckt die Scheiben aus. Cyrus schlüpft in seinen Mantel. Ich hole ihn an der Tür ein.

»Ich brauche Geld für Benzin.«

»Was ist mit *deinem* Geld?«

»Ich hab ein Auto gekauft und meinen Job verloren; und ich tue dir einen Gefallen.«

Er legt einen Zwanzig-Pfund-Schein in meine ausgestreckte Hand. Ich mache eine Bewegung mit den Fingern, und er legt noch einen drauf.

»Wann kommst du nach Hause?«, frage ich.

»So früh ich kann.«

»Wenn ich in meinem Bett ermordet werde, komme ich zurück und suche dich heim.«

»Das machst du jetzt schon.«

Nachdem er weg ist, gehe ich mit Poppy nach draußen, damit sie ihr Geschäft erledigen und die Eichhörnchen verscheuchen kann. Elias erscheint erst um kurz vor Mittag und riecht, als hätte er in Rasierwasser gebadet. Er trägt dieselbe weite Cordhose wie gestern, aber ein anderes Hemd.

»Warum kleidest du dich wie ein Junge?«, fragt er.

»Warum riechst du wie ein Zuhälter?«, erwidere ich.

Elias hält sich die Hand vor den Mund und schnuppert an seinem Atem. Was für ein Schwachkopf.

Er setzt sich an den Tisch und fragt, ob es Eier und Frühstücksspeck gibt. Ich sage ihm, dass wir Eier haben.

»Dann hätte ich gern zwei pochierte.«

»Das ist hier kein Hotel«, sage ich. »Mach dir dein eigenes Frühstück.«

Elias legt den Kopf zur Seite, so wie Poppy manchmal, wenn sie einen Befehl nicht versteht.

»Und mach das Wohnzimmer sauber. Es sieht aus wie ein Schweinestall.«

»Habt ihr keine Putzfrau?«

»Klar doch, sie kommt mit dem Butler und dem Chauffeur.«

Er erkennt meinen Sarkasmus und nimmt eine Packung Frühstücksflocken aus dem Schrank. Als er sich hinsetzt, rutscht sein Hosenbein hoch und entblößt die Fußfessel mit dem Sender um sein blasses Schienbein. Verlegen verbirgt er sie vor mir.

»So eine musste ich früher auch tragen«, sage ich. »Ich bin immer aus dem Kinderheim weggelaufen.«

»Warum?«

»Mir hat es dort nicht gefallen.«

»Was ist mit deinen Eltern passiert?«

»Was ist mit deinen passiert?«

Rums! Sein Gesicht zerknittert, und ich will die Frage zurücknehmen. Cyrus würde es eine billige Revanche nennen, aber ich weiß nicht, was eine Revanche billig oder teuer oder einfach nur gemein macht.

»Ich soll dich zu einer Apotheke fahren«, wechsle ich das Thema. »Bist du bereit?«

Elias zieht das Rezept aus der Tasche. »Ich habe eine Adresse.«

Das Queens Medical Centre ist nicht weit entfernt, doch ich nehme Poppy als zusätzlichen Schutz mit. Sie räumt ihren gewohnten Vordersitz für Elias, der sich in Mouse zwängt und die Knie ans Armaturenbrett drückt. Trotz der Kälte lässt er das Fenster herunter und hält die Hand mit gespreizten Fingern in den Wind, als wir über die Derby Road am Wollaton Park vorbeifahren. Dabei weist er auf markante Punkte hin, als wäre ich neu in der Gegend, und erklärt, in welchen Läden es die beste Pizza und die besten Fish and Chips gibt.

»Ich bin früher auch Auto gefahren«, sagt er. »Hab die Prüfung gleich beim ersten Mal bestanden. Mit maximaler Punktzahl in der theoretischen.«

»Du bist wirklich bescheiden, was?«

Mein Sarkasmus prallt an ihm ab.

»Ich habe auf einen Wagen gespart. Ich hatte die Augen auf einen Subaru Impreza geworfen. Von null auf hundert in sechs Sekunden. Was schafft deiner?«

»Keine Ahnung.«

»Ist bestimmt günstig im Verbrauch.«

»Wenn du das sagst.«

Ich nehme die Ausfahrt auf den Clifton Boulevard und biege, den Schildern zum Krankenhaus folgend, sofort wieder links ab. Als wir an einer Gruppe parkender Krankenwagen vorbeifahren, müssen wir einem Polizeiwagen ausweichen. Bei seinem Anblick verstummt Elias.

Wir erreichen den Besucherparkplatz. Ich zeige auf ein Schild mit der Aufschrift *Haupteingang*. Elias rührt sich nicht.

»Du musst mitkommen«, sagt er. »Ich darf nicht alleine unterwegs sein.«

»Willst du weglaufen?«

»Nein.«

»Na, dann warte ich hier.«

Er hat Schweißperlen auf der Oberlippe, die er ableckt.

»Ich brauche meine Medikamente heute nicht. Ich kann ein anderes Mal wiederkommen.«

»Zeig mal das Rezept.«

Er gibt es mir. Ich mache das Fenster einen Spalt auf und lasse Poppy auf der Rückbank sitzen. Elias holt mich ein, als ich den Parkplatz schon halb überquert habe. Die automatischen Türen gleiten auf, und wir folgen den Schildern über unseren Köpfen zu der Apotheke in Etage B.

Ich trete auf den Tresen zu. Die Apothekerin hat ein Muttermal auf der Oberlippe; sie trägt einen blauen medizinischen Kittel und um den Hals eine Lesebrille an einem Band. Ich erkläre ihr, dass Elias sein Rezept einlösen möchte. Sie blickt auf das Rezept und wieder zu Elias. Ich frage mich, ob sie anhand der Verschreibung erkennt, was mit ihm ist.

»Das wird etwa eine Viertelstunde dauern. Sie können warten oder noch mal wiederkommen. Im Foyer gibt es ein Café.«

Wir folgen ihrer Beschreibung und kommen an einem Informationsschalter, einem Blumengeschäft und einem Geschenkeladen vorbei. Elias blickt verstohlen zwei Krankenschwestern nach, die an uns vorbeigehen. Als er merkt, dass ich ihn beobachte, wendet er den Blick ab und leckt sich wieder auf diese gruselige Art über die Oberlippe. Es ist eiskalt heute. Warum schwitzt er?

Dann wird mir klar, dass er nervös ist. Er ist geschäftige Orte wie ein Krankenhaus nicht gewohnt. Das Café ist die falsche Wahl. Stattdessen entdecke ich eine von Topfpflanzen verborgene Bank. Elias nimmt mit zusammengepressten Knien Platz, den Kopf vorgestreckt, die Arme an den Seiten, die Finger unter die Oberschenkel gehakt.

»Wann hast du angefangen, Stimmen zu hören?«, frage

ich beiläufig, als würden wir über das Wetter plaudern, etwas, was ich nie mache.

»Als ich vierzehn war.«

»Was haben sie gesagt?«

»Am Anfang war es keine Stimme. Es war der Vogelscheuchenmann. Er hat mich nachts besucht. Er hatte einen Sack anstelle eines Kopfes mit Löchern für die Augen, und er hat mit seinen Fingern an meinem Zimmerfenster gekratzt.«

»Das waren wahrscheinlich Äste im Wind.«

»Ja, das hat meine Mum auch gesagt. Sie hat Dad gebeten, den Baum zu stutzen, aber der Vogelscheuchenmann war immer noch da. Irgendwann ist er ins Haus gekommen. Ich bin aufgewacht, und er beugte sich über mich und atmete mir ins Gesicht.«

»Solche Träume habe ich auch«, sage ich. »Albträume, bei denen man denkt, man wäre wach, während man immer noch in dem Traum gefangen ist.«

Ich hatte auch andere Träume, in denen die Ungeheuer real waren, aber das braucht er nicht zu wissen.

Irgendwo in der Nähe lacht jemand laut. Elias zuckt zusammen und wischt sich die Oberlippe ab.

»Eines Tages hat er zu mir gesprochen.«

»Was hat er gesagt?«

»›Er wird sie umbringen.‹«

»Wen?«

Er zuckt die Schultern. »Ich dachte, er würde von jemand anderem reden. Ich habe versucht, die Stimme zu ignorieren. Sie zu verdrängen. Ich habe mir gesagt, dass sie nicht real ist. Aber sie fing an, mir zu folgen. Ich war in der Schule, beim Rasenmähen oder in der Spielhalle, und plötzlich hörte ich sie wie aus dem Nichts. ›Er wird sie umbringen.‹ Es war immer das Gleiche, als würde er über jemand anderen sprechen, aber dabei hat er mich direkt angesehen.«

»Hast du es irgendjemandem erzählt?«

»Ich hatte zu viel Angst. Ich wollte nicht, dass sie mich für verrückt halten.«

»Aber du warst verrückt.«

Er wiegt den Oberkörper sanft hin und her, und seine Stimme klingt erschöpft wie die eines Menschen, der lange nicht geschlafen hat.

»Ich habe alles versucht, dass es aufhört. Ich habe mich eingeschlossen. Ich habe getrunken. Ich habe Hasch geraucht. Ich habe trainiert. Einmal habe ich drei Tage lang nicht geschlafen, aber die Stimme wollte nicht weggehen. Es ist komisch, wie man sich an so was gewöhnt. Anstatt mich zu verfolgen, wurde sie mein Freund. Sie stellte mir Aufgaben. Unausgesprochen. Am Anfang waren es kleine Sachen. Etwas aus einem Laden stehlen. Mich mit einem Messer ritzen. Mir die Haare abrasieren. Ich habe angefangen, mich zu fragen, ob das Leben wieder normal werden würde, wenn ich einfach machte, was sie sagt. Ich musste bloß die Kontrolle aufgeben. Sie gewinnen lassen.«

»Siehst du den Vogelscheuchenmann immer noch?«, frage ich.

»Nein.«

»Hörst du seine Stimme?«

»Ja, aber er hat keine Kontrolle mehr über mich. Ich bin jetzt anders. Stärker.«

Ich habe ein flaues Gefühl im Magen. Es ist nicht seine Antwort, die mich beunruhigt. Ich kann bloß zum ersten Mal nicht erkennen, ob er lügt.

50

Cyrus

Seit meinem letzten Besuch hat sich die Atmosphäre im Einsatzraum verändert. Die Partystimmung ist in Enttäuschung und zögernde Verzweiflung umgeschlagen. Mit jeder Stunde, die verstreicht, wird die Chance, Daniela Linares lebend zu finden, kleiner, und einige der Detectives haben auf Recovery-Modus umgeschaltet, weil sie erwarten, eine Leiche zu finden.

Die Ermittlungskommission hat sich in Teams aufgeteilt, die verschiedenen Spuren nachgehen. Einige befragen Anwohner. Andere sichten die Aufnahmen der Verkehrsüberwachung und von Sicherheitskameras lokaler Unternehmen, um den Wagen zu identifizieren, der Daniela vor dem Little Drummer aufgelesen hat.

Foleys Poker-Kumpel sind alle vernommen und vor den Konsequenzen eines Meineids gewarnt worden, doch nichts hat sein Alibi für den Freitagabend angekratzt. Seine Telefonunterlagen und seine Accounts bei sozialen Medien werden ebenso unter die Lupe genommen wie seine Postings auf Message Boards und mögliche Verbindungen zu radikalen Incel-Gruppen.

Hoyle bemerkt meine Ankunft, löst sich aus einer Gruppe von Kollegen und macht mir ein Zeichen, ihm zu folgen. Sein Gang wirkt nicht mehr so großspurig wie zuvor.

»Ich wollte mich dafür entschuldigen, wie ich bei unserer letzten Begegnung reagiert habe«, sagt er. »Ich bin nie in Bestform, wenn ich nachts aus dem Bett gezerrt werde.«

»Ich habe keinen Anstoß genommen.«

Hoyle stößt eine Schwingtür auf und hält sie für mich fest.

»Was ist mit Paulie Brennan?«, frage ich.

»Daheim war er nicht. Wir überwachen das Haus.«

»Was sagt Marlene?«

»Sie sagt, wir belästigen ihre Familie, und droht, Beschwerde einzureichen.«

»Beunruhigt Sie das?«

»Nicht im Geringsten. Sie haben Paulie getroffen. Was halten Sie von ihm?«

»Unterdurchschnittlich intelligent. Im Umgang mit Menschen unbeholfen. Hängt mit ein paar ziemlich zwielichtigen Kumpels rum.«

»Orlando Simpson und Rex Chande«, sagt Hoyle. »Mitglieder des Blue Angels Motorcycle Club. Beide wegen Drogenhandel vorbestraft.«

»Hat irgendjemand mit Foley gesprochen?«, frage ich.

»Seine Anwältin verweigert uns den Zugang.«

»Können Sie ihm irgendeinen Deal anbieten?«

»Auf keinen Fall.« Wir haben das Treppenhaus erreicht. »Es gibt allerdings eine Möglichkeit: Foleys Anwältin hat einer vorläufigen psychologischen Begutachtung zugestimmt. Ich habe Ihren Namen genannt.«

Ich weiß nicht, warum Foley mir vertrauen sollte, aber Hoyle gehen offensichtlich die Optionen aus. Die Persönlichkeit eines Menschen zu entschlüsseln kann so leicht sein, wie ein Glas Essiggurken zu öffnen, oder so komplex wie algebraische Geometrie, aber ein Treffen mit Foley ist zumindest ein Anfang. Ich kann mir einen Eindruck von seinem Geisteszustand machen und nach den psychologischen Knöpfen suchen, auf die ich drücken muss, um seine Motive freizulegen.

»Noch eine Sache«, sagt Hoyle. »Ich habe eine TV-Rekonstruktion der letzten Stunden von Daniela Linares vor ihrem Verschwinden organisiert. Ich hatte gehofft, Miss Cormac würde mitmachen.«

»Sie wollen Evie vor der Kamera?«

»Sie soll sich selbst spielen.«

»Werden Sie ihr Gesicht unkenntlich machen?«

»Wieso?«

»Ihre Identität ist geschützt. Niemand darf ihren Namen, ihre Adresse oder irgendwelche Fotos veröffentlichen.«

»Was hat das Mädchen getan, dass sie solchen Schutz bekommt?«

Er weiß, dass ich nicht antworten werde.

»Okay, aber sie trägt dieselben Sachen.«

Prime Time taucht atemlos auf der Treppe auf. »Paulie Brennan ist gerade gesichtet worden. Er ist im Donington Park.«

Der Reiz des Motorsports hat sich mir nie erschlossen. Ich will das Können und den Mut, die es erfordert, eine Maschine mit mehr als dreihundertzwanzig Stundenkilometern über einen Kurs zu jagen, nicht schmälern oder geringschätzen, aber das Ganze Sport zu nennen, ist, als würde man sagen, Neil Armstrong war ein Athlet, als er Apollo 11 um den Mond gesteuert hat.

Ausgehend von dem, was ich gesehen habe – was zugegebenermaßen sehr wenig ist –, hängen Sieg oder Niederlage häufig mehr von dem Wagen ab als von der Person am Steuer. Nicht alle Fahrzeuge sind gleich. Andererseits gilt das auch für Jachten, Polo-Ponys und Fußballmannschaften im Besitz von Oligarchen.

Donington Park ist ein Rundkurs in der Nähe des Castle Donington in Leicestershire, etwa fünfzehn Meilen südwestlich von Nottingham. Heute ist Amateur-Renntag, an dem Autofreaks und Schrauber Gelegenheit bekommen, ihre Fertigkeiten auf einer Piste zu erproben, die normalerweise von Superbikes und Tourenwagen benutzt wird.

Dutzende von Fahrern stehen mit ihren Autos am Streckenrand und warten darauf, dass sie an der Reihe sind. Paulie Brennan ist irgendwo unter ihnen. Polizisten in Zivil bewegen sich durch die Menge und versuchen, ihn zu erkennen. Hoyle und Lenny sitzen auf den unteren Rängen der Tribüne und scannen mit Ferngläsern die Gesichter der Zuschauer.

Ich beobachte still und behalte meine Meinung für mich. Wie alle anderen möchte auch ich wissen, was Paulie im Little Drummer gemacht hat, als Daniela Linares verschwunden ist, aber dies ist nicht die richtige Art, ihn festzunehmen. Er kannte Maya, doch es gibt kein Indiz dafür, dass er in letzter Zeit Kontakt zu Daniela hatte. Und in der Vergangenheit waren seine Gewalt- und Straftaten spontan oder eigennützig – Schlägereien auf Pub-Parkplätzen oder Diebstahl in Güterbahnhöfen und Lagerhäusern.

Danielas Entführung beschäftigt mich. Wenn der Mörder ein sexueller Psychopath ist, benutzt er diese Frau, um seine Fantasien zu nähren und Ereignisse mit Tiefe und Perspektive zu füllen, die er sich bereits lebhaft ausgemalt hat.

Unter normalen Bedingungen hätte Mayas Tod ihn für Wochen oder Monate befriedigen sollen, doch stattdessen hat er schon Tage später ein neues Opfer gesucht. Das deutet auf eine rapide Eskalation hin oder auf ein komplett anderes Motiv.

Hoyle kommuniziert per Funkgerät mit den Beamten an der Strecke; im Startbereich und den Boxengassen halten sich mindestens zweihundert Leute auf. Ich höre jemanden rufen und sehe, wie ein Gedrängel ausbricht. Menschen stieben auseinander. Paulie Brennan trägt einen Rennanzug und hat einen Helm in der Hand. Er springt in einen Wagen mit Fließheck und einer Startnummer auf der Tür. Ein Detective greift durch das Fahrerfenster und packt das Lenkrad, doch der Wagen beschleunigt in der Boxengasse und sprengt die Menge auseinander, inklusive eines Sicherheitspostens, der über die Motorhaube rollt und auf den Füßen landet.

Der Ford Focus rast auf die Gerade und zwingt einen anderen Fahrer, scharf zu bremsen und ihm auszuweichen. In der ersten Kurve lenkt Paulie den Wagen über die Curbs, die Karosserie schrammt über den Boden und zieht einen Funkenregen nach sich.

Hoyle brüllt ins Funkgerät, dass die Strecke geräumt werden soll. Streckenposten beginnen, die anderen Fahrer in die Boxengassen zu winken, bis nur noch Paulie auf der Bahn ist. Der Rundkurs ist zwei Meilen lang mit mehreren Kurven, Schikanen und zwei Haarnadelkurven, in denen die Wagen stark abbremsen müssen. Dort versammeln sich die Polizisten und Ordner. Eine rote Flagge wird geschwenkt, um Paulie zu signalisieren, dass er anhalten soll. Er ignoriert sie und rast unter dem Helm grinsend und mit gestrecktem Mittelfinger an ihnen vorbei.

Ein Polizeiwagen fährt auf die Strecke und nimmt die Verfolgung auf, was Paulie jedoch nur zu ermutigen scheint. Jetzt ist es ein Rennen. Er rast die Gerade herunter, bremst hart, schaltet sich durch die Gänge und lenkt den Wagen durch die Kurven. Dann das Gaspedal wieder durchtreten und eine weitere Runde.

Safety-Cars werden losgeschickt, um ihn auszubremsen, doch Paulie spielt mit ihnen, fährt Schlangenlinien und lässt sich zwischen sie fallen.

»Stellt die Verfolgung ein. So macht ihr einen Wettbewerb daraus«, erkläre ich Lenny. »Wartet, bis er sich langweilt oder ihm der Sprit ausgeht.«

Sie sieht mich hilflos an. Es ist nicht ihr Einsatz.

Paulies Focus dröhnt wieder an uns vorbei. Hoyle diskutiert mit den Rennposten und will, dass man Krähenfüße streut, aber so etwas ist auf einer Autorennstrecke nicht vorrätig.

Von meinem Standpunkt aus beobachte ich, wie fünf Fahrzeuge Stoßstange an Stoßstange auf dem Asphalt positioniert werden. Das ist Wahnsinn. Sie sollten die Sperre an der langsamsten Stelle der Strecke errichten, nicht in der schnellsten Kurve.

Jemand hält ein Schild hoch und warnt Paulie, dass er abbremsen soll, als er sich durch die Schikane fädelt, beide Hände am Lenkrad, die Arme durchgestreckt und die Augen auf der Piste. Er ist in seinem Element und rast auf die karierte Flagge zu. Als er die Zielgerade erreicht, beschleunigt er und schaltet hoch. Hoyle steht mitten auf der Strecke und schwenkt mit erhobenen Armen zwei rote Flaggen.

Der Focus geht scharf in die nächste Kurve, der Wagen holpert über die Curbs und gerät ins Schlingern, während

Paulie um die Kontrolle über das Fahrzeug kämpft. Ich stelle mir vor, wie er in diesem Moment aufblickt und die Wagen sieht, die vor ihm die Strecke blockieren. Er bremst nicht ab, sondern reißt das Lenkrad herum und steuert auf die Werbebanden am Rande des Kurses zu. Er denkt, dass zwischen dem letzten Wagen und den Sicherheitszäunen vielleicht eine Lücke frei geblieben ist. Er irrt sich. Ich sehe eine Rauchwolke von dem Asphalt aufsteigen, als er schließlich in die Bremsen steigt, aber zu spät. Reifen quietschen, der Wagen schwenkt seitwärts. Leute suchen rennend Schutz.

Der Aufprall passiert wie in Zeitlupe, das Krachen von Metall auf Metall, und das letzte Bild von Paulie, wie er die Hände hochreißt, als der Airbag in seinem Gesicht explodiert, und sein Kopf nach vorn gerissen und zurückgeschleudert wird. Die Windschutzscheibe zersplittert, und der Kurs wird zum Schrottplatz.

Binnen Sekunden sind Streckenposten zur Stelle und spritzen Feuerschutzmittel auf das vergossene Benzin. Kurz darauf treffen Notärzte ein, doch sie können Paulie nicht mehr helfen, dessen Körper in dem verbogenen Stahl eingeklemmt ist.

Hoyle telefoniert sofort mit dem Chief Constable. Ich höre, dass er von »Selbstmord durch die Polizei« und »Todeswunsch« redet und behauptet, Paulie Brennan habe sich entschieden, lieber zu sterben, als von der Polizei befragt zu werden.

»Wir haben ihn umgebracht«, sage ich zu Lenny.

»Er hat seine eigenen Entscheidungen getroffen.«

»Er hat ein Spiel gespielt.«

»Er hat sich seiner Festnahme widersetzt.«

Ich weiß, dass wir uns nicht einigen werden. Die Polizei

wird die Ränge schließen, alle werden nach derselben Partitur singen, und bei der Anhörung zur Ermittlung der Todesursache wird man Tod durch Unfall feststellen. Ein weiterer Brennan tot. Eine Bremsspur, die so leicht aus der Welt getilgt werden wird wie das Öl und der Schaum, die von der Strecke gespritzt werden.

Und wo stehen wir jetzt, wenn Paulie an der Entführung von Daniela Linares beteiligt war? Wo steht sie?

»Wir folgen den Indizien«, sagt Lenny. »Wir tracken ihr Telefon. Wir sichten die Aufnahmen der Überwachungskameras. Wir identifizieren den Wagen. Wir ermitteln.«

Ich wünschte, ich könnte ihre Zuversicht teilen, aber ich muss immer wieder an die Fesselspuren an Maya Kirks Leiche denken, das Seilkorsett, das dazu gedacht war, zu unterwerfen und zu demütigen. Ich stelle mir Daniela vor, die in gleicher Weise gefesselt und geknebelt seiner Rückkehr harrt. Voller Angst, dass er kommen wird. Und mit noch mehr Angst, dass nicht.

51

Cyrus

Das Gefängnis Ihrer Majestät in Nottingham ist eine Untersuchungshaftanstalt der Kategorie B, ein viktorianischer Bau aus den 1890ern, im Laufe der Jahre durch modernere Gebäude ergänzt, die man auf die verfügbare Restfläche gezwängt hat. Gefängnisreformer fordern schon seit Langem die Schließung und nennen es drakonisch und aus der Zeit gefallen, doch bis jetzt hat jede neue Regierung die Zahl der Insassen weiter erhöht, anstatt sie zu reduzieren.

Im Empfangsbereich hängen Schilder mit Anweisungen in verschiedenen Sprachen. Nicht erlaubt sind Kopfbedeckungen, Schals, Hoodies, Mäntel, Jacken und Handschuhe. Ebenso wenig metallener Haarschmuck, Schuhe mit Stahlkappen, zerrissene Kleidung, durchsichtige Tops, freizügige Blusen, Miniröcke und kurze Kleider. Das Verbot von Fußballtrikots überrascht mich, aber in einem Gefängnis, wo man mit Konflikten umgehen muss, bevor sie überkochen, kann Stammesdenken jeder Art toxisch sein.

Ich gehe durch die Sicherheitsschleuse, der Spürhund wedelt träge mit dem Schwanz. Ein Wärter tastet mich ab und fordert mich auf, Handy, Uhr und Autoschlüssel abzugeben, die in einem Fach eingeschlossen werden.

Im Besucherraum stehen Reihen von Tischen und Stühlen in gleichmäßigem Abstand voneinander. Irgendwo jenseits dieser Wände holt ein Gefängnisaufseher Foley. Ich stelle mir vor, wie er auf einer schmalen Pritsche liegt und die Säuerlichkeit der Luft riecht. Die Zukunft ist eine beängstigende Angelegenheit, wenn man beschuldigt wird, eine Frau verschleppt und getötet zu haben. Ich bezweifle, dass Foley mehr als ein paar Stunden pro Nacht geschlafen hat, wach gerissen von jedem Furz, Rülpser und rasselnden Husten.

An der Wand leuchtet ein gelbes Licht auf, und der erste Häftling betritt den Raum. Nach zehn Sekunden darf der Nächste eintreten. Jedem Besucher ist eine kurze Umarmung oder ein Händeschütteln erlaubt, ansonsten sind Berührungen verboten, bevor man durch einen Tisch voneinander getrennt Platz nimmt.

Foley erscheint und lässt den Blick erwartungsvoll durch den Raum schweifen. Es gibt jemanden, den er zu sehen hofft. Ich bin es nicht. Sein Gesichtsausdruck verändert sich, und er geht breitbeinig zu meinem Tisch, um sich vor den anderen Häftlingen größer zu machen. Er trägt blaue Gefängniskleidung, die noch Verpackungsfalten hat.

»Wer sind Sie?«, fragt er.

»Ich bin Psychologe. Cyrus Haven.«

»Ich brauche keinen Seelenklempner.«

»Mag sein, aber Sie brauchen einen Freund.« Ich breite die Hände aus. »Kein Notebook. Kein Mikro. Nur wir beide.«

»*Mano a mano*«, sagt er, und seine Oberlippe kräuselt sich. »Warum sollte ich mit Ihnen reden?«

»Ihre Anwältin hat dem Besuch zugestimmt …«

»Die nutzlose Schlampe«, murmelt er. »Man hat mich reingelegt.« Er beugt sich näher und spricht in einem rauen

Flüstern. »Ich hab den alten Mann nicht umgebracht, und ich habe Maya Kirk nicht entführt. Irgendwo da draußen lacht sich jemand ins Fäustchen, weil er davongekommen ist, wissen Sie.«

»Sie haben die Polizei belogen.«

»Deswegen bin ich noch kein Mörder.«

»Haben Sie Maya betäubt?«

»Sehe ich so verzweifelt aus? Ich kann jede Tussi abschleppen, die ich haben will.«

»Schreiben Sie deswegen falsche Dating-Profile?«

»Das macht jeder«, erwidert er höhnisch. »Die Frauen sind die Schlimmsten. Weichgezeichnete Fotos, Push-up-BHs, Formwäsche. Man erwartet Cinderella und kriegt stattdessen die hässliche Stiefschwester. Es ist ein Spiel.«

Ich ziehe zwei Fotokopien aus der Tasche – die Skizzen, die mit Evies Hilfe erstellt wurden. Als Erstes schiebe ich das Bild vom Fahrer des Wagens über den Tisch.

»Erkennen Sie ihn?«, frage ich.

Foley grunzt. »Prinz Andrew? Harry Styles?«

Ich zeige ihm die zweite Skizze.

»Das ist Paulie«, sagt er.

»Woher kennen Sie ihn?«

»Im Sommer spiele ich mit meinen Kumpeln sonntagvormittags im Victoria Embankment Basketball. Paulie hat auch mitgespielt, bis wir ihm gesagt haben, er soll gehen.«

»Warum?«

»Wir haben eine Keine-Arschlöcher-Regel. Man kann jemanden einladen, aber wenn der sich als Arsch entpuppt, fliegt er.«

»Und das war Paulie?«

»Ja, er hat das Spiel zu ernst genommen. Er hat Gazza

den Ellbogen ins Gesicht gerammt und ihm die Nase gebrochen. Er hat geblutet wie ein abgestochenes Schwein.«

»Wer hatte Paulie eingeladen?«

»Gazza. Geschieht ihm recht, was?« Foley grinst.

»Haben Sie Paulie manchmal gesehen, auf der Straße, in Pubs oder Clubs?«

»Ja. Manchmal.«

»Was ist mit dem Abend, als Sie Maya getroffen haben?«

Foley zögert und kratzt sich an der Nase. »Würde es helfen, wenn ich Ja sage?«

»Nur wenn es die Wahrheit ist.«

»Warum? Was hat er getan?«

»Er ist heute bei einem Autounfall ums Leben gekommen.«

Foley wirkt nicht sonderlich betroffen. Ich lasse die Zeichnungen auf dem Tisch liegen, in der Hoffnung auf mehr.

»Was für einen Eindruck hat Maya bei Ihrem Date gemacht?«, frage ich.

»Okay. Ein bisschen überheblich, aber nach einer Weile ist sie lockerer geworden.«

»Wer war als Erster da?«

»Sie.«

»Hat sonst noch jemand mit ihr geredet oder ihr einen Drink spendiert?«

»Nein.«

»Ist irgendwas Ungewöhnliches passiert?«

»Was denn zum Beispiel? Ich meine, Maya hat mich gebeten, die Plätze mit ihr zu tauschen, weil sie einen Typen gesehen hatte, dem sie aus dem Weg gehen wollte.«

»Haben Sie ihn gesehen?«

»Nee.«

»Sie haben gesagt, dass Maya betrunken war. Wie viel hatte sie getrunken?«

»Nur drei Drinks, aber sie hat gelallt und ist getorkelt. Deswegen hab ich ja angeboten, sie nach Hause zu bringen.«

»Als Sie die letzte Bar verlassen haben, hat da irgendjemand draußen herumgelungert – jemand, der ihr gefolgt sein könnte?«

»Ein Fahrer hat gehalten und gefragt, ob wir einen Wagen bestellt hätten.«

»Haben Sie sein Gesicht gesehen?«

»Nee.«

»Was für einen Wagen hat er gefahren?«

»Hab ich nicht drauf geachtet.«

Endlich kapiert Foley, worauf ich hinauswill. »Sie glauben, er war es? Der Fahrer?«

»Eine weitere Frau wird vermisst. Sie wurde am Freitagabend am Lace Market aufgelesen.«

»Da habe ich Poker gespielt.«

»Die Polizei glaubt, Sie hätten einen Komplizen.«

»Was? Nein!« Er richtet sich gerade auf und beugt sich vor. »Weiß meine Anwältin davon? Sie kann mich hier rausholen. Begründeter Zweifel, oder?«

»Maya Kirks DNA wurde in Ihrem Wagen gefunden.«

»Sie hat sich übergeben.«

»Ihr Sperma wurde am Tatort und auf Mayas Kleid nachgewiesen.«

»Ich hab Ihnen erzählt, was passiert ist. Das ist Bullshit!« Er hat angefangen zu brüllen. Wärter rühren sich. Andere Besucher haben aufgehört zu reden und beobachten uns. Foley stößt mit dem Finger in meine Richtung, Speichelfetzen fliegen aus seinem Mund. Ich sage ihm, dass er sich beruhigen soll, doch er ist aufgesprungen und stürzt sich auf mich.

»Man will mir was anhängen! Sagen Sie meiner Anwältin, dass sie gefeuert ist.«

Foley packt mein Hemd, Knöpfe springen. Wärter ringen ihn zu Boden, knien sich auf seinen Rücken und ziehen seine Arme nach hinten. Kabelbinder wird über seine Handgelenke geschoben und festgezogen. Stühle sind umgestürzt. Kinder weinen. Als man Foley aus dem Besucherraum schleift, trete ich einen Schritt zurück, blicke die anderen Besucher an und will mich entschuldigen. In diesem Moment entdecke ich Mitchell Coates am letzten Tisch. Unsere Blicke treffen sich, und ich sehe keine Traurigkeit, sondern Akzeptanz.

Er spricht mit einer jungen Frau. Ich erkenne eine Ähnlichkeit. Die Augen vielleicht und die Kuppe des Haaransatzes. Ein leitender Aufseher ist eingetroffen. Fett und keuchend. Er will wissen, ob ich verletzt bin und ob ich Anzeige erstatten will.

»Er hat mich kaum angerührt«, sage ich wegwerfend.

»Wir haben die Aufnahmen der Überwachungskameras. Wir können es trotzdem zur Anzeige bringen.«

»Das liegt an Ihnen.«

Ich werde aus dem Besucherraum eskortiert. Als ich an Mitchs Tisch vorbeikomme, klopfe ich demonstrativ meine Taschen ab und erkläre dem Wärter, dass ich in dem Gerangel offenbar meinen Schließfachschlüssel verloren habe. Er kehrt zu dem Tisch zurück, um nachzusehen.

»Wie geht es Ihnen?«, frage ich Mitch.

Er wiegt den Kopf hin und her und kratzt sich mit zwei Fingern die Wange.

»Evie wollte nicht, dass das passiert.«

»Wir machen alle Fehler.« Er weist auf seine Besucherin. »Das ist meine Schwester Annie. Sie ist aus London hergekommen. Das ist Dr. Haven – der Typ, von dem ich dir erzählt habe.«

»Freut mich, Sie kennenzulernen, Annie.«

»Werden Sie ihm helfen?«, fragt sie. »Er sitzt zu Unrecht hier.«

»Ich werde es versuchen«, antworte ich und sehe Mitch an. »Haben Sie den Mann gesehen, mit dem ich gesprochen habe?«

Er nickt.

»Haben Sie ihn vorher schon mal gesehen?«

»Nein.«

»Er wird beschuldigt, Maya Kirk ermordet zu haben.«

»Ich habe die Gerüchte gehört«, sagt Mitch.

»Die Polizei glaubt, Foley hatte einen Komplizen.«

»Was hat das alles mit Mitch zu tun?«, fragt Annie.

»Eine weitere Frau ist verschwunden. Daniela Linares wurde am Freitagabend vor einer Bar in der City aufgelesen. Die Polizei wird wissen wollen, wo Sie an dem Abend waren. Sie haben eine Notunterkunft erwähnt.«

»Ja, aber in der Feuerwache war kein Bett mehr frei, deshalb hab ich in dem Parkhaus in der Queen Street geschlafen.«

»Kann das jemand bestätigen?«

»Ja, aber die Leute sind alle obdachlos, und ich kenne ihre Namen nicht.«

»Er sollte kein Alibi brauchen«, sagt Annie zunehmend verärgert.

Der Gefängniswärter kommt zurück, nachdem er den

Boden unter dem Tisch abgesucht hat. Ich klopfe erneut meine Taschen ab und finde den Schließfachschlüssel. »Ich würde noch meinen Kopf verlieren, wenn er nicht angeschraubt wäre.«

Der Wärter ist unbeeindruckt. Er weist mit dem Kopf zur Tür.

»Passen Sie auf sich auf«, sage ich zu Mitch. »War nett, Sie kennenzulernen, Annie.«

52

Cyrus

Ich bin auf dem Weg ins Zentrum von Nottingham, Nieselregen lässt die Scheibenwischer über die Windschutzscheibe quietschen. Als ich in die Lower Parliament Street biege, lässt der Verkehr nach. Ich parke den Wagen in dem Parkhaus Lace Market am Pilcher Gate. Von dort ist es nur ein kurzer Fußweg zum Little Drummer. Ich stoße die schwere Holztür auf und betrete das warme Summen der Bar, die von innen größer wirkt als von außen.

Die Beleuchtung taucht die einzelnen Tische in einen warmen Glanz und lässt das Lokal stilvoll, ja sogar romantisch wirken, doch die meisten Gäste sehen aus wie Büroangestellte, die sich auf dem Heimweg noch einen Drink gönnen.

Cassie Wright winkt mir von einem Tisch in der Nähe der Mittelsäule zu.

»Als Sie mich auf einen Drink eingeladen haben, hatte ich nicht erwartet, dass es gleich heute Abend passiert«, sagt sie und streicht ihren Rock glatt.

»Sie sehen hübsch aus.«

»Danke. Sie sind zu spät. Ich wäre beinahe gegangen. Eine Frau, die allein trinkt, sieht traurig oder verzweifelt aus.«

»Sie sind weder das eine noch das andere.«

»Woher wollen Sie das wissen?« Sie streicht sich lächelnd

eine Haarsträhne hinters Ohr. »Sind Sie so schlau, wie Sie es selbst glauben?«

»Selten.«

Sie sieht sich um. »Von hier ist Daniela Linares verschwunden.«

»Ja.«

Sie zieht die linke Augenbraue hoch. »Dann ist das also Arbeit?«

»Arbeit und Vergnügen.«

»Hmm. Okay. Trockenen Weißwein.«

Der Geschäftsführer ist leicht zu erkennen. Er ist groß und dünn und hat einen Millionärsschnurrbart mit gewachsten Spitzen. Evie hat gesagt, dass sein Name Brando ist, was sich erfunden und affektiert anhört. Als ich an die Bar trete, wirft er ein Handtuch über die Schulter und richtet seine hochgekrempelten Ärmel, bevor er langbeinig und schlaksig auf mich zukommt wie ein Giraffenbaby, das Laufen lernt.

»Was kann ich für Sie tun?«

»Ich hätte gern einen Weißwein. Trocken. Und ich nehme einen Scotch on the rocks.«

Er zeigt auf die Auswahl auf dem Regal hinter ihm, und ich wähle einen Whisky aus. »Hat die Polizei wegen Freitagabend mit Ihnen gesprochen?«, frage ich beiläufig.

Ein Eiswürfel rutscht aus der Zange in seiner Hand zu Boden.

»Sie sind kein Bulle.«

»Ich bin forensischer Psychologe. Ich arbeite für die Polizei.«

»Ja, schön. Ich hab denen schon alles erzählt, was ich weiß.«

»Daniela Linares saß mit zwei Freundinnen an dem Tisch in der Ecke. Sie haben ihnen Getränke serviert.«

»Wir bedienen nur an der Bar.«

»Dieses Mal nicht.«

Brando zögert. Ich sehe, dass er sich erinnert, doch er will es leugnen oder den Gedanken verdrängen.

»Jemand hat ihnen eine Runde spendiert«, sagt er.

»Wie sah er aus?«

»Ich weiß nicht. Wie ein ganz normaler Typ. Der Laden war rammelvoll.«

»Das können Sie besser.«

»Mitte vierzig. Rasierter Schädel. Mittelgroß.«

Das klingt nicht wie Paulie oder Foley.

»Was haben sie getrunken?«, frage ich.

»Einen Whisky Sour, einen Cosmopolitan und einen Daiquiri.« Er lächelt. »Das ist mein Ding – ich erinnere mich daran, was Gäste bestellt haben.«

»Wie der Rain Man, was?«

Brando sieht mich verständnislos an. An manche Menschen ist Sarkasmus verschwendet.

»Haben Sie die Drinks kurz unbeobachtet gelassen?«

»Nein.« Noch während er es leugnet, erkenne ich die Unsicherheit in seinem Blick. »Die Polizei ist aufgekreuzt. Ich habe mit den Beamten gesprochen. Ich war nur eine Minute weg.«

»Und wo standen die Gläser?«

»Auf dem Tresen.«

Ich blicke zur Decke und bemerke eine kleine in der Ecke montierte Kamera. Der Winkel lässt darauf schließen, dass nicht die Kunden, sondern das Personal überwacht werden soll.

»Wir hatten Probleme mit einem unserer Barkeeper«, sagt Brando. »Fehlendes Bargeld. Offiziell ist sie ausgeschaltet, weil das Personal sich beschwert hat.«

»Und inoffiziell?«

Brando antwortet nicht.

»Ist sie am Freitagabend gelaufen?«

Er blickt zu den wartenden Gästen. »Wenn ich einen Moment Zeit habe.«

Cassie hat sich zu uns gesellt und stupst mich an der Schulter. »Ein Mädchen könnte verdursten.«

»Ich komme sofort.«

Ich trage die Gläser zu unserem Tisch. Wir nehmen einander gegenüber Platz. Cassie rutscht auf ihrem Hocker hin und her. Unsere Knie berühren sich, doch sie macht keine Anstalten, ihres wegzuziehen. Ich nutze die Gelegenheit, um sie von Nahem zu betrachten. Ich suche nach einem tieferliegenden Zug oder Makel, der von ihrem guten Aussehen ablenken könnte – zu schmale Lippen, eine schiefe Nase oder schlechte Zähne. Die Abwesenheit von Negativem ergibt nicht unbedingt etwas Positives, aber Cassie ist wirklich schön, auch wenn ich die Traurigkeit hinter ihrem Lachen und den blitzenden Augen sehen kann.

»Kennen Sie dieses Lokal?«, frage ich.

»Ich war schon ein paarmal hier.« Sie zeigt auf Brando. »Hat er den Cocktail für Daniela gemixt?«

»Und am Tisch serviert.«

»Was hat sie getrunken?«

»Einen Whisky Sour.«

»Der Zitronensaft hätte den Geschmack von GHB überdeckt.«

»Es waren drei verschiedene Cocktails. Nur einer davon

wurde mit dem Betäubungsmittel versetzt. Wenn Daniela das Ziel war, muss er sie beobachtet haben.«

»Hat irgendjemand ihn gesehen?«, fragt Cassie.

»Nein, aber vielleicht gibt es Videoaufnahmen.« Ich zeige auf die Kamera.

Sie legt den Kopf zur Seite. »Sie zeigt in die falsche Richtung.«

»Die Drinks standen kurz unbeaufsichtigt auf dem Tresen.«

Sie summt und nippt an ihrem Wein. »Sie *sind* sehr schlau.«

»Der Ansicht sind nicht alle.« Ich denke an DCI Hoyle.

Cassie wechselt das Thema und fragt, ob ich Single bin.

»Ja.«

»Waren Sie je verheiratet?«

»Nein.«

»Wie haben Sie Evie getroffen?«

»Darüber kann ich nicht sprechen.«

»War sie eine Patientin?«

»Nein, aber sie brauchte meine Hilfe.«

»Sehr faszinierend«, sagt Cassie und spielt mit einem schlichten silbernen Ring an ihrer linken Hand. »Ich glaube, sie ist in Sie verknallt.«

»Wie kommen Sie darauf?«

»Der Dackelblick ist ein bisschen verräterisch.«

»Das ist zu dick aufgetragene Mascara.«

Ich erzähle ihr, wie Evie versucht hat, Dates für mich zu arrangieren, indem sie ein falsches Profil angelegt hat. Das findet Cassie urkomisch, bis ich berichte, dass Evie bei Maya Kirk nach rechts gewischt und Nachrichten mit ihr ausgetauscht hat.

»Das ist ziemlich dreist – und gefährlich.«

»Ich wurde beinahe von dem Fall abgezogen.«

»Okay, Sie sind dran«, sagt Cassie. »Was möchten Sie wissen?«

»Ich werde ein paar Beobachtungen machen.«

»Okay.«

»Sie waren verheiratet.«

»Wer hat Ihnen das erzählt?«

»Sie haben den Ring an Ihrer rechten Hand früher an der linken getragen. Seit dem Wechsel passt er nicht mehr, deshalb vergewissern Sie sich ständig, dass er Ihnen nicht vom Finger gerutscht ist.«

»Machen Sie weiter.«

»Sie haben in jüngerer Zeit Ihre Haare wachsen lassen – vielleicht während des Lockdowns –, und jetzt gefällt es Ihnen lang besser. Sie haben Rückenprobleme, weil Sie ziemlich groß sind und leicht sichelfüßig gehen. Wahrscheinlich tragen Sie zur Korrektur Einlagen, aber das ist kein Problem, weil Sie ohnehin lieber in Turnschuhen oder Stiefeln statt in Sandalen oder Ballerinas herumlaufen. Ihre Umhängetasche ist eher eine sentimentale als eine modische Wahl. Sie haben sie nicht auf den Boden, sondern auf den Stuhl neben sich gestellt, was bedeutet, dass darin etwas Wertvolles oder für Sie persönlich Wichtiges ist.«

Cassies Lächeln ist langsam verblasst. Ich sollte aufhören, doch ich versuche, die Situation zu retten.

»Ich glaube, Sie sind recht schüchtern, versuchen jedoch, Selbstbewusstsein auszustrahlen, vor allem da Sie mit so vielen Männern zusammenarbeiten, die Ihre Meinung ignorieren oder Ihre guten Ideen als ihre eigenen ausgeben. Sie betrauern den Verlust Ihrer Schwester, strengen sich jedoch für andere an, Ihren Schmerz zu verbergen – vielleicht für Ihre Eltern oder für Ihren Schwager –, aber manchmal ist das unmöglich.«

Ihre Gesichtszüge sind hart geworden, und ihr Knie berührt meins nicht mehr.

»Woher wissen Sie diese Sachen?«, flüstert sie.

»Das ist mein Beruf. Ich studiere menschliches Verhalten. Manierismen, Körpersprache.«

»Bin ich wirklich so durchsichtig?«

»Nein. Sie sind sehr schwer zu lesen, weil Sie gegenüber manchen Menschen sehr verschlossen und gegenüber anderen offen sind.«

»Sie kennen mich kaum«, sagt sie.

Ich hätte nie damit anfangen sollen.

»Unbewusst tun die meisten Menschen das Gleiche«, sage ich. »Wir halten alle Ausschau nach Hinweisen in der Körpersprache anderer Menschen, in ihrer Kleidung, ihrer Art zu reden und zu handeln. Alles, was wir tun und sagen, verrät etwas über uns. Dazu unser Alter, die Art, wie wir uns pflegen, unsere Garderobe, unser Wortschatz, der Akzent, die Grammatik, unsere Ticks, die Atmung und Augenbewegungen.«

»Sie haben mich angestarrt.«

»Ich habe Sie beobachtet, so wie Sie mich beobachtet haben, aber ich kann erklären, was ich sehe.«

Cassie schaudert.

»Es tut mir leid. Ich wollte Sie nicht aufregen.«

Sie hat ihren Wein leer getrunken. Ich biete an, ihr noch einen zu holen.

»Nein, ich muss los.«

Sie nimmt ihre Tasche und drückt sich, jeden Körperkontakt vermeidend, an mir vorbei.

»Ich weiß, dass wir nicht über die Arbeit reden sollen, aber haben Sie dieses Seil untersucht?«, frage ich.

Sie sieht mich ausdruckslos an. »Welches Seil?«

»Voigt hat gesagt, er hätte es Ihnen gegeben. Es stammt von einem anderen Tatort.«

Sie streicht ihren Rock glatt. »Ich war noch mit diesem Fall beschäftigt. Ist es wichtig?«

»Vor acht Jahren wurde eine Frau in Nottingham angegriffen. Ihr wurde das Haar geschoren, genau wie bei Maya Kirk, und ihre Hände und Füße wurden mit einem weichen Hanfseil gefesselt. Ich wollte es mit dem Seil vergleichen lassen, das zur Fesselung von Maya Kirk benutzt wurde.«

»Sie glauben, es ist derselbe Täter?«

»Die Ähnlichkeiten sind auffällig.«

Wir werden von Brando unterbrochen. Er stellt ein iPad auf den Tisch und zeigt mir die Aufnahmen der Überwachungskamera über dem Tresen. Die Perspektive ist schrecklich, gottähnlich; sie zeigt keine Gesichter, sondern nur Schultern und Hinterköpfe.

Brando spult vor und lässt das Video dann wieder im Originaltempo laufen. Wir sehen ihn beim Mixen der Cocktails, er gibt Eis, Alkohol und das Mischgetränk in einen Shaker, schüttelt und schenkt aus. Dann wird er von irgendwas abgelenkt und tritt aus dem Bild. Das muss der Moment sein, als die Polizei eingetroffen ist.

Ein Mann nähert sich der Bar und beugt sich vor, als wollte er die Aufmerksamkeit des Barkeepers auf sich lenken. Ich kann seine Hände nicht sehen.

»Das könnte jeder sein«, sagt Cassie.

Sie hat recht.

»Ist das nicht Evie?«

Am Bildrand sehe ich Evie mit einem Tablett leerer Gläser.

»Vielleicht hat er gar nicht den Drink versetzt«, sagt Brando. »Im Sommer hatten wir einen Stich mit einer Nadel. Eine Frau hat behauptet, irgendein Typ hätte sie in den Arsch gepikst. Danach hätte sie das Bewusstsein verloren. Als sie am nächsten Morgen aufgewacht ist, hat sie das Einstichmal entdeckt.«

Ich erinnere mich, dass es zu der Zeit eine Flut ähnlicher Geschichten gab – und Drohungen von Frauen, Clubs zu boykottieren, wenn nicht etwas unternommen würde, um sie zu schützen.

»Die Obduktion hat keine Einstichmale bei Maya festgestellt«, sagt Cassie. »Und es erfordert praktische medizinische Erfahrung, um jemandem eine Droge zu injizieren.«

Ich lasse die Aufnahmen noch einmal laufen und halte alle paar Bilder an, um einen Blick auf das Gesicht des Mannes am Tresen zu erhaschen.

»Sehen Sie das?«, sage ich und zeige auf den Bildschirm. Für einen kurzen Moment ist sein Bild in dem Spiegel hinter der Bar zu sehen, teilweise verzerrt durch die Flaschen. »Wenn wir das vergrößern könnten …«

Cassie beugt sich näher. »Wir haben im Labor Software-Programme. Vielleicht kann ich das Bild säubern.«

53

Cyrus

Es klingelt, bevor die anderen wach sind. Ich trage Laufkleidung und wollte Poppy gerade die Leine anlegen. Als ich die Tür öffne, steht Richard Holiday vor mir, der Reporter. Er hat die Hand schon gehoben, um sicherheitshalber auch noch zu klopfen.

»Entschuldigen Sie die Störung zu so früher Stunde, Dr. Haven«, sagt er und tut, als würde er eine unsichtbare Kappe abnehmen. »Holiday. *Associated Newspapers.*«

Der Reporter trägt einen zerknitterten grauen Anzug, in dem er vielleicht geschlafen hat. Wenn er zwei Tage in einem Baum hocken konnte, um das Foto eines trauernden Kindes zu schießen, würde es mich nicht überraschen, wenn er in seinem Wagen übernachtet hat.

»Erinnern Sie sich an mich?«, fragt er.

»Sie sind der Bäume-Umarmer.«

Er lächelt über den Witz. »Das ist lange her.«

Poppy schnuppert an seinen Schuhen. Holiday versucht, an mir vorbei ins Haus zu blicken.

»Ich habe flüstern hören, dass Ihr Bruder aus Rampton entlassen wurde. Stimmt das?«

»Kein Kommentar.« Ich will die Tür schließen.

Er schiebt den Fuß in den Spalt. »Ich deute das mal als ein Ja. Wie fühlt es sich für Sie an, dass er draußen ist?«

»Bitte verschwinden Sie von meinem Grundstück.«

»Haben Sie ihm vergeben?«

»Er ist schizophren. Man vergibt einem Krebspatienten auch nicht, dass er an Krebs erkrankt ist, oder einer behinderten Person ihre Behinderung.«

»Darf ich Sie damit zitieren?«

»Nein. Verpissen Sie sich!«

Er drückt mit der Schulter gegen die Tür. »Ist er zu Hause? Vielleicht ein Foto von Ihnen beiden zusammen. Bruderliebe.«

»Verlassen Sie mein Grundstück.«

Er hält ein Handy hoch und macht ein Foto, als ich die Tür schließe. »Wissen es Ihre Nachbarn?«, ruft er von draußen. »Ich frage mich, wie sie das finden.«

Ich gehe in die Bibliothek und beobachte, wie Holiday ein Foto meines Hauses macht und dann den Weg zum Haus meiner Nachbarn hinaufgeht, Mr und Mrs Gibson. Brendan ist ein Ingenieur im Ruhestand und organisiert unsere Nachbarschaftswache, die mit der Polizei zusammenarbeitet, um Straftaten zu melden. Seine Frau Julia arbeitet für My Sight, eine wohltätige Organisation für Blinde. Sie sind etwa so alt, wie meine Eltern jetzt wären, wenn sie noch leben würden. Und ich kann sie mir durchaus an der Spitze eines Mobs vorstellen, der Fackeln und Mistgabeln schwenkt.

»Wer war das?«, fragt Elias. Er steht barfuß im Schlafanzug auf dem Treppenabsatz.

»Niemand.«

»Es war auf jeden Fall jemand.«

»Ein Kurier.«

»Wo ist das Paket?«

»Er hatte sich in der Adresse vertan.«

Ich bin froh, dass es Elias und nicht Evie ist. Sie hätte schon die erste Lüge durchschaut.

»Gehst du laufen?«, fragt Elias.

»Ich habe es mir anders überlegt.«

Er folgt mir in die Küche, öffnet einen Schrank und nimmt eine Pillendose aus Plastik heraus. Er schluckt sechs Tabletten mit einem Glas Wasser. In genau zwölf Stunden wird er weitere sechs einnehmen. Ohne sie verliert er seinen Halt in der Wirklichkeit.

»Arbeitest du heute?«, fragt er.

»Später.«

»Ich dachte, wir könnten was zusammen machen. Ins Kino gehen. Reden.«

»Wir können reden.«

Er setzt sich an den Tisch und fragt: »Wo sind all die Fotos? Grandma hatte Dutzende davon im Haus – von uns als Kindern, wie wir älter geworden sind.«

»Ich habe sie weggepackt. Dr. Baillie meinte, sie könnten Trigger sein.«

Er nickt.

»Wie geht es dir?«

»Ich langweile mich. Ich liege im Bett, höre Radio, gucke Fernsehen, starre aus dem Fenster, zähle die Vögel auf den Telefonleitungen. Ich zwinge mich, nichts zu denken.«

»Hast du keine Aufgaben von der Uni?«

»Die lassen mich nie Anwalt werden.«

»Das weißt du nicht.«

»Doch, weiß ich.«

Er kratzt sich die Härchen über dem Bauchnabel. »Du hast mich nie nach jenem Abend gefragt.«

»Ich war dort.«

»Du erinnerst dich wahrscheinlich an mehr als ich. Ich hatte das Gefühl, ein anderer würde all diese Dinge tun. Deswegen hat es so lange gedauert, bis ich anerkannt habe, was passiert ist. Ich wollte allen anderen die Schuld geben – den Ärzten, Mum und Dad, den Drogen. Das machen Menschen, oder? Allen anderen die Schuld geben, weil sie sich ihrer eigenen Schuld und ihrem Schmerz nicht stellen wollen.«

»Ja.«

»Ich habe es jahrelang verdrängt. Ich habe so getan, als wäre es jemand anderes gewesen.«

»Und was hat sich verändert?«

»Ich weiß nicht. Vielleicht lag es an den Medikamenten. Vielleicht war es etwas in meinem Kopf. Eines Tages hatte ich jedenfalls eine Erleuchtung und fing an, mit den Menschen zu reden. Ihnen zuzuhören. Mich zu erinnern. Zu verzeihen.«

»Wem hast du etwas zu verzeihen?«

»Mir selbst.«

Elias muss meinen schockierten Gesichtsausdruck gesehen haben.

»Wenn ich mir selbst nicht verzeihe, wird mich die Reue verzehren«, erklärt er. »Ich war neunzehn, als es passiert ist. Ich hatte zwanzig Jahre Zeit zu lernen, dass Schmerz und Schuld, wenn man daran festhält, nur immer größer werden.«

So wie er es sagt, klingt das so leicht. Ich spüre, solange ich mich erinnern kann, eine gewaltige Last, eine Traurigkeit, die immer schon Teil von mir war und trotzdem nicht meine ist. Das ist das Gefühl, das ich habe, wenn ich im Keller auf meiner Bank liege und die Stahlstange mit den Hantelscheiben von meiner Brust weghalte, damit ich atmen kann.

Vergebung und Rache sind keine gegensätzlichen Strategien, keine binäre Wahl, die man trifft. Rache kann einen stark machen, wenn die Person, die einen verletzt hat, es mit Absicht getan hat. Aber Elias hat damals nicht begriffen, was er tat. Wenn ich es schaffe, ihm zu vergeben, kann ich die Last abwerfen, genau wie er.

Es klingelt erneut. Diesmal blicke ich vorher durch den Spion. Mein Nachbar Mr Gibson steht vor der Tür.

»Hallo, Brendan. Sie sind aber früh auf.«

»Genau wie Sie«, sagt er. »Wollen Sie joggen gehen?«

»Ich bin noch unentschieden. Hat Poppy wieder gebellt?«

»Nein. Nichts dergleichen. Wir hatten gerade Besuch – von einem Reporter von der *Daily Mail*. Er hat gesagt, Elias sei aus Rampton entlassen worden.«

»Er ist für ein paar Tage hier.«

»Unter Bewachung?«

»Er ist geheilt. Ein Komitee hat seine Freilassung bewilligt.«

Mr Gibson dreht sich um. Wahrscheinlich beobachtet Mrs Gibson uns durch ihr Wohnzimmerfenster. Sie ist der Typ neugierige Nachbarin, die bei der geringsten Veränderung in unserer Straße eine grimmige Miene zieht.

»Ich denke, als Vorsitzender unserer Bürgerwacht hätte ich informiert werden sollen«, sagt Brendan.

»Wieso?«

»Er ist ein … Er ist ein … Er ist ein verurteilter Mörder.«

»Nein. Er wurde nie verurteilt.«

»Er hat Ihre Familie getötet.«

»Seine Schizophrenie hat zu ihrem Tod geführt. Eine akute heftige Psychose.«

»Er war von Sinnen.«

»Genau. Und jetzt ist er wieder gesund.«

Brendan fängt an zu diskutieren und meint, man hätte die Anwohner informieren müssen. »Es gibt Gesetze«, sagt er.

»Nein, gibt es nicht«, erwidere ich. »Sie haben kein Recht, über Elias' Vergangenheit oder Gesundheitszustand informiert zu werden oder auch nur danach zu fragen. Er ist kein Sexualverbrecher oder Pädophiler. Er ist schizophren und medikamentös eingestellt.«

»Hallo«, sagt eine Stimme hinter mir. »Was für ein schöner Morgen.«

Elias taucht auf. »Mr Gibson, oder? Reizend, Sie wiederzusehen. Ich bin Elias.«

Er streckt die Hand aus und lächelt entwaffnend. Der ältere Mann wirkt unsicher, was er tun soll. Vorurteile kollidieren mit Höflichkeit, und Letztere gewinnt. Sie geben sich die Hand.

»Ihr Garten sieht wundervoll aus«, sagt Elias. »Ich kann den Frühling kaum erwarten. Was haben Sie entlang des Seitenzauns gepflanzt? Sieht aus wie eine Kletterrose.«

»Die Pippin, eine Strauchrose«, sagt Brendan. »Sie blüht zweimal.«

»Welche Farbe?«

»Ein warmes Rosa mit einer Spur von Orange an den Blütenblättern.«

»Ich habe neulich noch zu Cyrus gesagt, ich würde gern einen Ableger haben.«

»Interessieren Sie sich fürs Gärtnern?«

»Ich habe in Rampton ziemlich viel gegärtnert. Dort haben sie einen wunderschönen Garten. Aber ich habe nicht annähernd so viele Kenntnisse wie Sie. Trotzdem würde ich gern etwas aus unserem Garten machen. Vielleicht könnten Sie mir ein paar Tipps geben.«

Ich kann förmlich sehen, wie Brendans Brust schwillt.

»Ein Hund ist natürlich nicht hilfreich, aber ich könnte ein paar Vorschläge machen.«

»Das wäre ganz wunderbar. Diesmal bin ich nur für ein paar Tage hier, aber wenn ich wiederkomme.«

»Ja. Gut. Natürlich.«

»Grüßen Sie Mrs Gibson.«

»Das mache ich.«

Nachdem ich die Tür wieder geschlossen habe, grinst Elias mich an. »Das ist doch gut gelaufen«, sagt er.

Ja, aber es wird weitere Reporter geben und weitere Nachbarn, die an unsere Tür klopfen oder tratschen. Weitere Gerüchte. Weitere Gruselgeschichten. Wie lange wird es dauern, bis die Kinder aus der Gegend eine Mutprobe daraus machen, bei uns zu klingeln und wegzulaufen?

Boo Radley lebt jetzt unter meinem Dach.

54

Evie

Die Filmcrew hat sich vor dem Little Drummer aufgebaut. Typen mit Hipsterbärten und Mädchen mit tiefsitzenden Jeans und Baseballkappen verbringen eine Menge Zeit damit, Scheinwerfer auf Stative zu montieren und Kabel zu verbinden, die sich über den Bürgersteig schlängeln. Jede Szene muss endlos vorbereitet werden, und das nur für ein paar Sekunden Dreh.

Sie haben die Bar für den Abend übernommen und machen Innen- und Außenaufnahmen, was Brando garantiert ärgert. Seit er mich gefeuert hat, habe ich ihn nicht mehr gesehen.

Cyrus sagt, die Rekonstruktion ist wichtig, weil es die Erinnerung von Menschen triggern und sie ermutigen könnte, sich zu melden. Er sagt, manchmal können sich kleine, scheinbar unwesentliche Details als entscheidend erweisen. Ich wollte erwidern, dass ich ein kleines Detail und nie wichtig gewesen bin, doch er hätte ein perfekt vernünftiges Gegenargument parat gehabt, und ich hätte mich egoistisch gefühlt und noch kleiner.

DCI Hoyle ist auch da und läuft mit geradem Rücken und zusammengekniffenem Arsch rum. Mir ist aufgefallen, dass er Frauen nicht in die Augen sieht, wenn er mit ihnen spricht. Stattdessen blickt er an ihnen vorbei oder über sie hinweg. Vielleicht ist es Nervosität oder Verachtung.

Eine Polizistin ist als Daniela verkleidet worden, doch sie ist knapp zwanzig Kilo schwerer, und ihre Perücke sieht bloß albern aus. Wenn ich je vermisst werde, will ich, dass man für die Rekonstruktion jemand Heißeres aussucht. Das klingt eitel, ich weiß, aber ich will nicht aussehen wie eine Methsüchtige oder Babyschüttlerin. Cara Delevingne wäre gut oder das Mädchen aus *Emily in Paris*.

Die Polizei hat auf Aufnahmen von Verkehrsüberwachungskameras den Wagen entdeckt, einen gestohlenen silbernen Prius, der vier Straßen von der Bar entfernt gefilmt wurde. Einen Tag später hat man ihn ausgebrannt auf einem Rastplatz in Gedling gefunden. Laut Cyrus gibt es mehr als zweihundert Überwachungskameras in Nottingham, die Kreuzungen und öffentliche Plätze im Blick haben. Er hat gesagt, die Stadt würde Leute beschäftigen, die den ganzen Tag lang in einem Raum sitzen und sie anschauen. Das könnte ich auch. Es kann nicht schlimmer sein als die Fernsehshows über Hausrenovierungen oder dicke Leute, die abnehmen wollen.

»Alle auf Position«, ruft der Regisseur.

Ich gehe zur Eingangstür der Bar. Das Daniela-Double lächelt mir aufmunternd zu. Irgendjemand hält eine Tafel vor unsere Gesichter und klatscht in die Hände. Der Regisseur ruft: »Action!«

Wir sollen den Moment rekonstruieren, in dem wir die Bar verlassen haben, aber es fühlt sich anders an, weil es an dem Abend dunkler und feuchter war.

»Ich muss meinen Arm um Sie legen«, sage ich zu der Polizistin. Sie stützt sich so schwer auf mich, dass ich beinahe umfalle. »Ich habe sie nicht getragen.«

»Entschuldigung.«

Fußgänger bleiben stehen, gaffen und machen Handyfotos. Wahrscheinlich fragen sie sich, ob hier gerade eine neue Krimiserie fürs Fernsehen gedreht wird und ich eine demnächst berühmte Schauspielerin bin. Vielleicht bitten sie mich um ein Autogramm. Früher habe ich geübt, meinen Namen zu schreiben, weil ich dachte, dass ich eines Tages vielleicht berühmt werde, und statt meiner Kinderhandschrift eine elegante Unterschrift mit Schleifen und Kringeln wollte.

Plötzlich fährt der Prius vor. Am Steuer sitzt Cyrus mit Baseballkappe und einer Brille mit dunkler Fassung. Ich öffne die hintere Tür, und die Polizistin krabbelt hinein und lässt sich übertrieben zur Seite fallen.

»Sorgen Sie dafür, dass sie nach Hause kommt«, sage ich.

Der Regisseur ruft Schnitt. Er möchte eine neue Kameraperspektive.

»Ist dir noch was eingefallen?«, fragt Cyrus, der immer noch hinterm Steuer sitzt.

»Auf der Rückbank lag eine karierte Decke. Und er hatte einen dieser Lufterfrischer in Form eines Weihnachtsbaums am Spiegel hängen.« Ich sehe die Szene jetzt deutlicher vor mir. »Sein Hemd hatte einen Kragen, und er trug einen Ring«, sage ich.

»An welcher Hand?«, fragt Cyrus.

»An der linken. Ringfinger. Silbern. Schlicht.«

»Dann ist er verheiratet«, unterbricht Hoyle.

»Oder es ist Teil der Verkleidung«, sagt Cyrus. »Ich glaube, die Kappe und die Brille waren falsch.«

Sie filmen dieselbe Szene noch einmal, und diesmal fährt der Wagen auch los. Alle scheinen zufrieden. Ein Detective gibt mir ein Formular zum Unterschreiben, mit dem ich die Erlaubnis erteile, die Aufnahmen zu verwenden.

Ich blicke mich Hilfe suchend zu Cyrus um, doch er redet mit Hoyle. Sie diskutieren. Ich gehe näher heran. Cyrus hebt in der Regel nicht die Stimme, wenn er wütend ist. Wenn überhaupt, spricht er leiser, sodass die Menschen sich näher beugen und ihm zuhören müssen.

Sie reden über das Phantombild, das Frank gezeichnet hat. Hoyle möchte es an die Medien weitergeben.

»Der Einzige, der sich wahrscheinlich erkennt, ist der Fahrer selbst«, sagt Cyrus. »Und wenn er glaubt, dass wir ihm näher kommen, könnte er in Panik geraten und versuchen, seine Spuren zu verwischen. Das bringt Daniela in große Gefahr.«

»Uns gehen die Optionen aus«, erwidert Hoyle. »Ich sage, wir veröffentlichen die Bilder und lassen ihn wissen, dass wir eine Augenzeugin haben. Wir appellieren an ihn, Daniela freizulassen.«

»Und wenn er ihr etwas antut?«

»Das macht er sowieso, wenn wir ihn nicht finden.«

Ich zupfe an Cyrus' Ärmel. »Er wird wissen, wer ich bin.«

Die beiden Männer wenden sich mir zu.

»Wir werden deinen Namen nicht veröffentlichen«, sagt Hoyle. »Und wir machen dein Gesicht unkenntlich.«

»Ja, aber er weiß, wie ich aussehe. Er hat mich an dem Abend gesehen.«

Cyrus versteht. Er weiß, warum ich so still bleibe, warum ich unsichtbar sein will wie eine Maus in den Wänden.

Nachdem die Filmcrew ihre Sachen eingepackt hat, lädt Cyrus mich zum Essen in ein griechisches Mezedes-Lokal in der Thurland Street ein. Unser Kellner ist ein junger Typ in einem engen Hemd und Skinny Jeans. Er fragt mich, was ich trinken möchte, und ich will etwas Erwachsenes und Gucci-Mäßiges bestellen, obwohl ich den Geschmack von Alkohol nicht mag.

»Ich kann dir eine Cola oder eine Limo bringen«, schlägt er vor, und ich komme mir vor, als wäre ich zwölf.

Ich bestelle eine Rum Cola.

»Muss ich das dann trinken?«, fragt Cyrus, nachdem der Kellner gegangen ist.

»Wahrscheinlich.«

»Ich habe heute Mitch gesehen.«

Mein Herz macht einen Satz. »Ist er wieder draußen?«

»Ich war im Gefängnis.«

»War er wütend auf mich? Nein, sag es mir nicht. Er muss mich hassen.«

»Er hasst dich nicht, aber die Polizei glaubt immer noch, dass Anders Foley einen Komplizen hatte, und Mitch hat kein Alibi.«

»Mitch hat den Wagen nicht gefahren.«

»Das weiß ich, aber die Ermittlungskommission wird ihn trotzdem unter die Lupe nehmen.«

»Er hat Lilah Hooper nicht angegriffen. Sie hat den Typen nicht gesehen. Sie hat seine Stimme nicht gehört.«

»Was hat Mitch dir über Lilah erzählt?«

»Er hat erzählt, dass sie eine Krankenschwester war und sich um frühgeborene Babys gekümmert hat, was manchmal hart war, weil Babys gestorben sind, aber das gehöre eben zur natürlichen Auslese. Was bedeutet das?«

»Darwins Evolutionstheorie. In jeder Generation wird mehr Nachwuchs geboren, als überleben kann, doch nur die Stärkeren und Fitteren kommen durch und haben ihrerseits Babys, denen sie diese Eigenschaften vererben.«

Unsere Drinks sind gekommen. Ich probiere einen Schluck und schiebe meinen sofort über den Tisch.

»Ist Lilah immer noch Krankenschwester?«, fragt er.

»Ja. Mitch hat erzählt, dass sie den Beruf wegen irgendeines Fehlers im Krankenhaus aufgeben wollte, für den sie die Verantwortung übernommen hat.«

Cyrus starrt mich an. Ich kann förmlich sehen, wie sein Verstand arbeitet. »Was für ein Fehler?«

»Das hat er nicht gesagt.«

Er macht dem Kellner ein Zeichen. »Wir müssen gehen.«

»Aber Ihr Essen kommt gleich.«

»Wir haben keine Zeit.«

55

Cyrus

Melody Sterling späht nervös über die Sicherungskette.

»Ich dachte, Sie wären er«, sagt sie und meint ihren Mann. »Er darf sich mir nicht nähern, doch er ist am Haus vorbeigefahren.«

Sie löst die Kette und führt uns ins Wohnzimmer, wo Kinderspielzeug in Kisten verstaut ist und ein zusammengeklappter Laufstall neben einem Teddybären von der Größe eines kleinen Ponys an der Wand lehnt.

Melody bemerkt Evie. »Und wer bist du?«

»Ich bin niemand.«

»Oh, sag das nie. Niemals«, erwidert sie. »Du bist offensichtlich jemand sehr Wichtiges, weil du mit Cyrus hier bist. Und er ist ein sehr schlauer Mann.«

»Evie ist schlauer als ich«, sage ich.

»Daran habe ich keinen Zweifel«, erwidert Melody und bietet uns einen Platz auf dem Sofa an. Wir flüstern, weil Victoria oben schläft. »Ist irgendwas passiert?«

»Sie haben erwähnt, dass Maya ihren Beruf als Krankenschwester nach einer Verwechslung aufgegeben hat. Was genau wurde verwechselt?«

»Zwei Babys wurde ein falsches Medikament verabreicht. Eins ist gestorben, das andere wurde sehr krank. Es war furchtbar traurig.«

»Wer war verantwortlich?«

»Drei Schwestern hatten Dienst. Keine wollte zugeben, den Fehler gemacht zu haben. Die Polizei wurde eingeschaltet, und eine von ihnen wurde der fahrlässigen Tötung beschuldigt. Aber die Anklage wurde später fallen gelassen.«

»War das Lilah Hooper?«, fragt Evie.

Melody reißt die Augen auf. »Ja. Das war sie. Worum geht es hier?«

»Könnte die dritte Krankenschwester Daniela Linares gewesen sein?«, frage ich.

»Ich kann mich nur an Lilahs Namen erinnern, weil er in der Zeitung stand. Ich bin oben einen Karton mit Mayas Sachen durchgegangen. Darin habe ich einen Artikel gefunden.«

»Haben Sie ihn noch?«, frage ich.

»Er ist in dem leeren Zimmer.«

Melody geht nach oben. Evie schlendert durch das Wohnzimmer, hebt Spielzeug auf, arrangiert es um und betrachtet die Strichmännchen-Zeichnungen und Fingerfarbengemälde, die die Wände zieren.

»Die sind wirklich grässlich.«

»Genau wie deine in dem Alter.«

»Woher willst du das wissen? Vielleicht war ich ein Wunderkind.«

Sie zieht einen verlegten Holzklotz aus einer Sofaritze. »Möchtest du irgendwann Kinder haben?«

»Darüber habe ich noch nicht nachgedacht.«

»Doch, hast du.«

Sie macht es wieder. Es ist, als würde man mit einer Gedankenleserin zusammenleben.

»Du hast Angst, dass du vielleicht kein guter Vater sein wirst«, sagt sie.

»Nein.«

»Oder dass die Kinder so werden wie Elias.«

Ich antworte nicht, aber sie kommt der Wahrheit schon näher.

Nach einem Moment dreht sie sich zu mir und betrachtet mein Gesicht. »Könntest du eine Frau lieben, die keine Kinder kriegen kann?«

»Ja.«

»Das sagst du jetzt, aber vielleicht überlegst du es dir anders.«

»Das ist möglich.«

Eine weitere Pause. »Du weißt, dass ich keine Kinder bekommen kann – nicht nach dem, was sie mir angetan haben.«

»Macht dich das traurig?«

Sie hebt und senkt die Schultern. »Früher war es mir egal. Warum sollte man ein Kind in diese verkorkste Welt setzen?«

»Und jetzt?«

»Was, wenn ein Baby der einzige Weg für mich ist, je geliebt zu werden.«

»So wird es nicht sein.«

»Liebst du mich?«

»Ja.«

»Aber nicht *so*.«

»Auf die beste Art.«

Evie lächelt traurig. Wir haben dieses Gespräch schon öfter geführt, und ich habe versucht, ihr zu erklären, dass ihre Gefühle für mich das Resultat einer Übertragung sind –

die Umleitung von Gefühlen von einer Person auf eine andere, weil diese Person etwas verkörpert, was man unbedingt will, einen Menschen, der zuhört und Mitgefühl zeigt.

Melody kehrt mit einem alten Schuhkarton voller Krimskrams zurück – abgelaufene Pässe, Postkarten, Fotos, Schlüsselanhänger, abgerissene Tickets und Quittungen. Sie reicht mir einen vergilbten Zeitungsausschnitt.

Eine Krankenschwester, die angeklagt war, einen drei Tage alten, frühgeborenen Säugling fahrlässig getötet und bei einem anderen einen Hirnschaden verursacht zu haben, hat das Gericht heute als freie Frau verlassen, nachdem die Anklage gegen sie zusammengebrochen ist.

Lilah Hooper, 28, umarmte unter Tränen Freunde und Verwandte, als der Richter den Geschworenen mitteilte, dass die Staatsanwaltschaft die Anklage zurückgezogen habe. Zwei weitere Krankenschwestern, die noch auf ihren Prozess wegen schuldhaften fahrlässigen Verhaltens warteten, wurden ebenfalls freigesprochen.

Das Verfahren war nach einer Verwechslung von Medikamenten in der neonatologischen Intensivstation des St. Jude's Medical Centre in Nottingham eingeleitet worden, bei der eine der Schwestern irrtümlich eine Dosis eines falschen Medikaments verabreicht hatte. Ein Neugeborenes starb wenige Stunden später, das andere erlitt bleibende Hirnschäden.

Eine interne Ermittlung ergab, dass eine pharmazeutisch-technische Assistentin einen Schrank mit Erwachsenen-Ampullen Heparin statt mit Heparin-Lock aufgefüllt hatte, einem Medikament, das eine Thrombosierung in Kathetern verhindern soll.

Richter Winston Davis wies die Geschworenen an, Lilah

Hooper für nicht schuldig zu befinden. Sie hatte die fahrlässige Tötung von Oliver Rennie stets bestritten.

»Ich kann mich an keinen tragischeren Fall in meinen fünfunddreißig Jahren als Anwalt und Richter erinnern«, erklärte Richter Davis. »Mein Mitgefühl gilt den betroffenen Familien, aber auch den beteiligten jungen Krankenschwestern.«

Vor dem Gerichtsgebäude verlas ein Anwalt eine Erklärung der Familie Rennie, in der er ankündigte, dass seine Mandanten eine Zivilklage gegen das Krankenhaus und das verantwortliche Personal anstrengen würden.

Ein Sprecher des St. Jude's Medical Centre erklärte, dass die Krankenhausgesellschaft noch beraten würde, ob man Disziplinarmaßnahmen gegen die Schwestern einleiten oder ihnen erlauben solle, an ihren Arbeitsplatz zurückzukehren. Die pharmazeutisch-technische Assistentin sei bereits entlassen worden.

»Wieso wurde Lilah Hooper wegen fahrlässiger Tötung angeklagt und die anderen nicht?«, fragt Evie, die über meine Schulter mitgelesen hat.

»Lilah war die dienstälteste und verantwortliche Schwester der Schicht«, sagt Melody. »Maya war ganz neu auf der Station. Danach wollte sie keine Krankenschwester mehr sein. Es hat ihr das Herz gebrochen.«

Mögliche Szenarien jagen durch meinen Kopf. Drei Krankenschwestern. Die dritte war ziemlich sicher Daniela Linares. Eine wurde angegriffen, eine ermordet, eine wird vermisst – und alle sind sie mit einer Tragödie verbunden. Ich habe die Sache aus dem falschen Blickwinkel betrachtet. Diese Ente ist doch keine Ente – sie tut nur so.

56

Evie

»Wohin fahren wir?«, frage ich.

»Ich setze dich zu Hause ab.«

»Aber ich will mitkommen.«

»Diesmal nicht.«

»Du glaubst, es hat etwas mit diesen Babys zu tun.«

»Ja.«

Wir fahren heimwärts, wo Elias warten, fernsehen, Snacks essen und fragen wird, wo wir gewesen sind. Er wird über eine Sendung reden wollen, die er entdeckt hat, in der Leute ihre Frauen tauschen oder auf den ersten Blick heiraten. Ich will nicht allein mit ihm sein.

»Wirst du mit Lilah Hooper sprechen?«, frage ich.

»Ja.«

»Ich dachte, das ist verboten.«

»Das ist etwas anderes.«

Weil es für dich eine Regel und für mich eine andere gibt, will ich erwidern, aber das klingt kindisch, wo doch jeder weiß, dass es seit jeher verschiedene Regeln gibt – solche für Menschen wie mich und solche für Menschen wie Cyrus. Ich meine nicht Männer, obwohl das auch stimmt. Ich meine Respektspersonen, auf deren Meinungen man hört.

»Ich kann dir zeigen, wo Lilah wohnt«, sage ich. »Und sie wird weniger Angst haben, wenn ich dabei bin.«

»Ich glaube nicht, dass das eine gute Idee ist.«

»Ich kann dir sagen, ob sie lügt.«

Darüber denkt Cyrus offenbar nach, als wir in die Parkside biegen. Wir haben das Haus erreicht, doch er hält nicht an, sondern fährt weiter und biegt zweimal links ab, bis wir auf der Derby Road landen, die nach Osten stadteinwärts führt. Ich habe so viele Fragen, doch ich bleibe stumm, weil ich weiß, dass Cyrus damit beschäftigt ist, die Einzelteile zusammenzufügen. Schließlich fange ich doch an, zu zappeln und mit der Zunge zu klicken.

»Was ist?«, fragt er.

»Warum fällt es manchen Menschen leichter zu verzeihen?«

»Wie meinst du das?«

»Du hast Elias verziehen, aber du glaubst, dass es jemanden gibt, der diesen Krankenschwestern nicht verziehen hat, was mit den Babys passiert ist.«

»Wir wissen nicht, ob das der Grund ist.«

»Aber du glaubst es.«

Cyrus antwortet nicht.

»Du hast mir mal erklärt, einen Groll zu hegen wäre, als würde man mit einem Schwein ringen. Am Ende sind beide dreckig, aber nur das Schwein hatte Spaß.«

»Hör auf, mir ständig meine eigenen Zitate vorzuhalten.«

»Warum?«

»Es nervt.«

Wir haben die Portland Road erreicht. Die Fenster im Erdgeschoss sind dunkel. Ich zeige auf die Klingel. Er drückt. Ein Licht geht an. Eine Stimme meldet sich knackend über die Gegensprechanlage. Verschlafen. Ängstlich.

Cyrus hält seinen Ausweis in die Kamera. »Mein Name

ist Cyrus Haven. Ich bin forensischer Psychologe und arbeite für die Polizei von Nottingham. Ich weiß, es ist spät, aber es ist wichtig. Ich muss Sie etwas über Daniela Linares und Maya Kirk fragen.«

Es entsteht eine lange Pause. Ich kann Lilah atmen hören.

»Wer ist bei Ihnen?«, fragt sie. Ich blicke in die Kamera.

»Evie haben Sie bereits kennengelernt«, sagt Cyrus. »Sie möchte sich entschuldigen.«

»Woher kennen Sie sie?«

»Evie wohnt bei mir, aber das alles hat nichts mit Mitchell Coates zu tun.«

Das stimmt so nicht, denke ich, halte jedoch den Mund. Wir warten, unsicher, ob Schweigen ihre endgültige Antwort ist. In der Ferne heult eine Sirene. Ein Hund bellt. Jemand ruft aus einem Fenster. Die Haustür öffnet sich mit einem Klick.

Lilah erwartet uns. Sie trägt einen Bademantel über einem gestreiften Schlafanzug und hält Trevor am Halsband fest. Er erinnert sich an mich und leckt meine Hand ab.

Ein weiteres kleines Wohnzimmer, dieses erleuchtet von Tischlampen und nach Hund riechend. Eine verkümmerte Topfpflanze hat fast alle Blätter verloren. Lilah nimmt auf dem Sessel Platz und zieht ihre Beine unter den Körper. Cyrus setzt sich auf das Sofa gegenüber, während ich ein Kissen auf den Boden lege, damit ich mit Trevor spielen kann.

»Es geht um die Babys, oder?« Sie atmet zitternd ein. »Ich wollte mich melden, aber ich war …«

Sie beendet den Satz nicht. Ich überlege, welches Wort ihr wohl fehlt. Ängstlich. Feige. Egoistisch.

»Daniela und Maya waren die beiden anderen Krankenschwestern«, sagt Cyrus und sieht sie fragend an.

Lilah nickt.

»Wann haben Sie sie zum letzten Mal getroffen?«

»Maya seit Jahren nicht mehr. Daniela begegne ich manchmal im St. Jude's Medical Centre. Ich bin jetzt OP-Schwester, und sie ist auf der Entbindungsstation. Hat man sie gefunden?«

»Die Polizei sucht noch«, sagt Cyrus mit seiner Therapeutenstimme, die einem das Gefühl gibt, in heiße Schokolade getunkt zu werden. »Ich muss wissen, was mit diesen Babys passiert ist.«

Lilah knibbelt an ihren lackierten Zehennägeln. »Es war Sonntagabend. Wir waren unterbesetzt. Wir hatten drei Neugeborene auf der neonatologischen Intensivstation, zwei von ihnen Frühchen in Brutkästen. Das dritte musste am Herz operiert werden.« Sie hält inne und atmet tief ein. »Haben Sie schon mal von Heparin-Lock gehört?«

»Erklären Sie es mir.«

»Es ist eine Lösung, die nach Legen eines Katheters injiziert wird, um zu verhindern, dass Blut zurück in den Katheter fließt, wo es gerinnen oder klumpen kann, was den Fluss des intravenös verabreichten Medikaments beeinträchtigen würde. Wir verwenden die Lösung häufig bei Frühgeborenen.

Ich habe Maya losgeschickt, das Heparin-Lock aus dem Arzneimittelschrank zu holen. Sie kam mit Heparin zurück – einem Blutverdünner. Die Kartons hatten fast die gleiche Farbe, hell- und dunkelblau, und die Ampullen sehen identisch aus. Wir haben das falsche Medikament verabreicht – eine Erwachsenendosis, tausend Mal stärker, als ein Baby sie verkraften kann.«

»Allen drei Babys?«

»Nein, nur zweien.«

»Wann haben Sie es bemerkt?«

»Babys reagieren wegen ihres Gewichts empfindlich auf Heparin-Überdosen, doch die Veränderungen sind relativ subtil, sodass wir zunächst nicht bemerkt haben, dass etwas nicht stimmte, bis sie anfingen zu bluten und Atemprobleme bekamen.

Ich habe Alarm geschlagen. Die Ärzte haben versucht, die Wirkung des Heparins umzukehren, doch es war zu spät. Ein Baby war schon tot, das andere wurde immer kränker. Es hat bleibende Hirnschäden davongetragen.« Lilahs Stimme klingt belegt. »Wir haben nichts vertuscht. Wir haben dem Krankenhaus, den Eltern und der Polizei die Wahrheit gesagt – aber wir haben nicht verraten, wer den Fehler gemacht hatte.«

»Warum nicht?«

»Weil es nicht fair gewesen wäre«, sagt Lilah. »Ich habe die Verantwortung übernommen. Ich war die leitende Schwester.«

»Hat Maya das Medikament verabreicht?«, fragt Cyrus.

»Das spielt keine Rolle. Ich hätte es überprüfen müssen. Die pharmazeutisch-technische Assistentin hätte kein Heparin in den Schrank stellen dürfen. Aber wir standen alle so unter Druck. Wir waren erschöpft.«

»Sie wurden wegen fahrlässiger Tötung angeklagt«, sagt Cyrus.

»Die Anklage wurde fallen gelassen.«

»Was ist danach geschehen?«

»Die Familien waren empört, was ich ihnen nicht verdenken kann. Im Krankenhaus gab es eine Disziplinaranhörung. Maya hat gekündigt. Daniela und ich wurden vom

Dienst suspendiert. Ich habe ebenfalls meine Kündigung angeboten, doch sie hatten nicht genug Krankenschwestern. Sie haben nie genug.«

»Die Familien haben doch bestimmt geklagt?«

»Das Krankenhaus hat sich außergerichtlich mit ihnen verglichen. Ich wurde nicht als Zeugin aufgerufen.«

Cyrus lehnt sich zurück und dehnt die Arme über den Kopf. Seine Ärmel rutschen hoch und entblößen einen Kolibri und einen Haussperling, die oberhalb seiner Handgelenke tätowiert sind. Er sieht mich an. Sie hat die Wahrheit gesagt.

»Wie viel Zeit lag zwischen dem eingestellten Gerichtsverfahren und dem Angriff auf Sie?«, fragt er.

Lilahs Blick schießt zu mir. »Was hat das damit zu tun? Sie glauben, ich habe den Falschen ins Gefängnis geschickt?«

»Die Geschworenen – nicht Sie.«

Lilah schüttelt den Kopf. Ihr Haar schwingt hin und her. »Mitch hat mich angegriffen.«

»Aber Sie sind sich nicht sicher«, sage ich.

Cyrus will, dass ich still bin. Das braucht er gar nicht zu sagen. Ich merke es auch so.

»Aber Sie können verstehen, warum es sich lohnt, dieser Spur nachzugehen«, sagt er. »Sie, Maya und Daniela waren alle beteiligt. Sie wurden angegriffen. Maya wurde ermordet. Daniela ist verschwunden. Maya wurde das Haar abrasiert, genau wie Ihnen. Ihre Arme wurden mit einem Seil gefesselt.«

Lilah schlägt die Hände vors Gesicht. »Es war Mitch. Er hatte meinen Ohrring … Man hat ihn oben gefunden.« Als sie die Hände wieder sinken lässt, zeigt ihre Miene ein neues Gefühl. »O Gott, was, wenn ich mich geirrt habe?«

»Eins nach dem anderen«, sagt Cyrus. »Acht Jahre bis zum nächsten Angriff sind eine lange Zeit. Die Polizei untersucht die Seile, mit denen Sie und Maya gefesselt wurden. Wenn man Übereinstimmungen feststellt, werden wir wissen, ob es sich um denselben Mann handelt.«

»Was, wenn es nicht Mitch ist«, sagt sie elend. Bevor Cyrus antworten kann, wird ihr noch etwas klar. »Bin ich in Gefahr? Ich meine, wenn er Maya und Daniela entführt hat …«

»Vielleicht denkt er, Sie sind schon genug bestraft«, sagt Cyrus. »Aber Sie sollten Vorsichtsmaßnahmen ergreifen. Gibt es jemanden, den Sie anrufen können?«

Lilah blickt zum Telefon. »Es ist nach Mitternacht. Meine Mutter würde einen Herzinfarkt bekommen.«

»Sie können bei uns übernachten«, sage ich und blicke Cyrus an, damit er es bestätigt.

Lilah zögert. Sie kennt uns kaum.

»Oder ich bleibe hier«, sage ich. »Ich kann auf dem Sofa schlafen.«

Ich erwarte, dass Lilah den Vorschlag abtut oder Cyrus widerspricht, doch sie sagen beide kein Wort. Sofort wünsche ich mir, ich könnte es mir anders überlegen. Was kümmert mich diese Frau? Ihre Aussage hat Mitch ins Gefängnis gebracht.

»Ich suche einen Schlafanzug für dich«, sagt Lilah und geht in ihr Schlafzimmer.

Als sie weg ist, frage ich Cyrus: »Ist das okay für dich?«

»Ich glaube, es ist gut.«

»Wieso?«

»Du kannst dich nicht immer verstecken. Irgendwann musst du zeigen, dass du keine Angst hast.«

»Ich habe keine Angst.«

»Gut.«

»Ich habe nichts in deiner Größe«, ruft Lilah aus dem Schlafzimmer.

»Ein T-Shirt ist super«, antworte ich.

Cyrus sieht mich immer noch an.

»Schließ die Tür ab, wenn ich weg bin. Und morgen früh bringst du Lilah zu uns. Warte, bis ich anrufe.«

57

Cyrus

Stille im Morgengrauen. Ich habe kaum geschlafen. Ich schleiche nach unten in die Bibliothek und mache die Schreibtischlampe an. Der Lichtschein fällt bis zum Kaminsims und wirft Schatten an die Wände. Ich blicke auf und erwarte, ein Familienfoto zu sehen, bis mir einfällt, dass ich es vor Elias' Ankunft abgehängt habe.

Das gerahmte Porträt stammt von einer Weihnachtskarte aus dem Jahr, als die Zwillinge sieben waren, ich neun und Elias fünfzehn. Mum hatte uns alle gezwungen, passende Pullover mit Elchen auf der Vorderseite zu tragen; Dad hatte eine schräg sitzende Weihnachtsmannmütze auf dem Kopf. Der Einzige, der nicht lächelt, ist Elias, der nur unter Protest mitgemacht und einen trotzigen Blick aufgesetzt hat, den er wahrscheinlich für rebellisch hielt, der aber nur eingeschnappt wirkt.

Mum hat ein starres Lächeln im Gesicht, die Zähne aufeinandergebissen, nachdem sie gedroht hat, Weihnachten ausfallen zu lassen, wenn wir nicht mit dem Herumalbern aufhörten. Der Fotograf würde schließlich Geld kosten – dabei hatte sie das Shooting bei einer Lotterie für einen guten Zweck in der Schule gewonnen.

Ich schließe meine Schreibtischschublade auf, nehme zwei Fotos heraus – eins von Maya Kirk und eins von Daniela

Linares – und lege sie nebeneinander auf den Tisch. Hell und dunkel. Blond und brünett. Salz und Pfeffer. Ex-Kolleginnen. Krankenschwestern.

Ich beginne, dieses Verbrechen zu begreifen. Die Einzelheiten haben vor meinen Augen geschwebt wie Schnipsel eines Films, die zu einer zusammenhängenden Geschichte arrangiert werden mussten. Der für die Taten Verantwortliche ist kein Rätsel mehr. Ich kann die Welt durch seine Augen betrachten. Er ist kein Sammler. Bei dieser Besessenheit geht es um Rache, nicht um Besitz. Es geht um die Sehnsucht nach einem verlorenen Kind oder einem Leben, das hätte sein können.

Ich falte ein großes Stück Papier ziehharmonikaartig wie eine ausklappbare Straßenkarte. Auf die erste Lage schreibe ich die Namen von drei Krankenschwestern. Maya Kirk. Daniela Linares. Lilah Hooper. Auf der zweiten Lage liste ich die betroffenen Familien auf: Rennie und Thompson.

Als Nächstes male ich einen Zeitstrahl, der mit der Tragödie in dem Krankenhaus beginnt. Lilah Hooper wurde sieben Monate nach dem Tod von Oliver Rennie angegriffen, sechs Tage, nachdem man die Anklage wegen fahrlässiger Tötung gegen sie fallen gelassen hatte.

Dann vergingen acht Jahre, bevor Maya Kirk aus ihrem Haus verschleppt wurde. In dieser Zeit haben beide betroffenen Familien Entschädigungszahlungen von dem Krankenhaus erhalten, das sich jedoch nach wie vor weigert, eine juristische Verantwortung anzuerkennen; keine der Krankenschwestern wurde wegen Fahrlässigkeit oder Fehlverhalten verurteilt.

Obwohl die Welt ihrem Wesen nach chaotisch und unberechenbar ist, gibt es in der Natur Zyklen und Muster, die über die Folge der Jahreszeiten und den Auf- und Untergang der Sonne hinausgehen. Die Blütenblätter einer Blume, die Schuppen eines Kiefernzapfens, die Fibonacci-Spirale auf einem Schneckenhaus, die Fraktale von Eiskristallen. Es gibt zahllose Beispiele dafür, dass Logik und Ordnung herrschen und nicht Beliebigkeit, doch das bedeutet nicht, dass unser Schicksal vorherbestimmt ist.

Manche Menschen können die Welt in Mustern sehen. 2002 wurde ein Möbelverkäufer mittleren Alters namens Jason Padgett beim Verlassen einer Karaoke-Bar von hinten überfallen und bewusstlos geschlagen. Er erlitt eine Gehirnerschütterung sowie eine posttraumatische Stressstörung, doch er begann auch, die Welt buchstäblich mit anderen Augen zu sehen. Vertraute Szenerien hatten jetzt unterschiedliche geometrische Muster, die sich vor sein Blickfeld legten. Er sah überall Fraktale: in Bäumen und Wolken, in Wassertropfen, in der Zahl Pi, wenn er den Wasserhahn aufdrehte oder wenn er seine Zahnbürste eintunkte. Padgett wurde ein mathematisches Genie, das Fraktale von Hand zeichnen konnte.

Als Psychologe halte ich Ausschau nach den Fraktalen menschlichen Verhaltens. Nach Dingen, die sich wiederholen und vorhersagbar sind. Ein Muster erkenne ich jetzt. Ein Mann, Mitte vierzig, gute Schulbildung, Abitur, womöglich ein Universitätsabschluss. Überdurchschnittlich intelligent, mit starker geografischer Bindung an Nottingham. Ein Planer, der versucht hat, die Ermittler in die falsche Richtung zu locken und sich selbst für alle sichtbar versteckt hat. Einige Fehler waren echt, andere fabriziert, um abzulenken und zu täuschen.

Es ist ein Mann, der irgendwann frustriert wurde, der

glaubt, etwas Besseres verdient zu haben als das, was das Leben ihm beschert hat. Er hat seine Taten vorbereitet, doch nicht alles ist nach Plan gelaufen. Als er Mayas Drink mit dem Betäubungsmittel versetzt hat, ist er nicht davon ausgegangen, dass Anders Foley sie nach Hause bringen würde. Und ihm war nicht bewusst, dass Rohan Kirk im Haus war.

Foley hat die Polizei nicht belogen: Er hat Maya auf dem Sofa liegen lassen. Er hat sie zugedeckt und eine Schüssel neben das Sofa gestellt, falls sie sich übergeben müsste. Ja, er hat ihre Benommenheit ausgenutzt, auf ihr Kleid masturbiert und Unterwäsche aus ihrem Schlafzimmer gestohlen, aber er hat nicht ihren Vater ermordet.

Jemand hat vor dem Haus gewartet und ihn wegfahren sehen. Er hat geklingelt. Maya hat sich hochgerappelt, um zu öffnen. Sie muss den Besucher durch die Doppelglasscheibe gesehen haben, aber sie war groggy und desorientiert. Sie hat die Tür entriegelt. Er hat sie zurückgestoßen. Die Tür ist gegen die Wand geknallt und hat einen Abdruck im Putz hinterlassen. Ihr Vater hat den Lärm gehört und ist nach unten gekommen. Er hat den Eindringling gestört, der ist in Panik geraten und hat zur nächstbesten Waffe gegriffen, einem Schürhaken. Schläge prasselten auf den alten Mann nieder.

Danach war der Mörder von Kopf bis Fuß mit Rohan Kirks Blut bedeckt. Spuren davon wurden im Flur, auf dem Küchenfußboden und im Spülbecken gefunden. Er hat sich ausgezogen, Gesicht und Hände gesäubert und seine Kleider in der Waschmaschine gewaschen, was bis zu einer Stunde gedauert hat. Erst dann hat er Maya entführt. Das erfordert bemerkenswerte, beinahe soziopathische Gelassenheit.

Er hat Maya zu einem wartenden Fahrzeug gebracht und

sie achtundvierzig Stunden lang irgendwo festgehalten. Man hat Mörtel an ihren Knien gefunden und Farbreste unter den Fingernägeln. Es war ein historisches oder ein altes verlassenes Gebäude.

Ich höre Treppenstufen knarren. Elias erscheint. Er trägt eine weite Schlafanzughose und ein altes T-Shirt.

»Ist irgendwas passiert? Evie ist nicht in ihrem Zimmer.«

»Sie übernachtet bei einer Freundin.«

Er blinzelt mich an. »Sie mag mich nicht, oder?«

»Sie kennt dich nicht.«

DCI Gary Hoyle hat eine laufende feste Buchung für einen Court im Nottingham Squash Rackets Club im Tattershall Drive. Gegner ist sein Schwager, der jünger, fitter und der bessere Spieler ist, doch Hoyle macht seine Defizite durch Mogeln wett. Immer wenn er droht, einen Punkt zu verlieren, rennt er in seinen Gegenspieler und nennt es dann Foul. Sein Schwager beschwert sich nicht. Er scheint es vielmehr zu genießen, seinen Spaß mit Hoyle zu haben, und verschlägt ein paar leichte Vorhandbälle, damit das Ergebnis nicht zu eindeutig ausfällt.

Ich beobachte die beiden durch eine Glaswand auf der Rückseite des Courts. Hoyle winkt begeistert, als er mich entdeckt, und versucht, sein Spiel zu steigern. Sein T-Shirt ist klitschnass, und hinter einer Sicherheitsbrille aus Plastik tropft ihm Schweiß in die Augen. Nach einem weiteren Bodycheck und einem weiteren Fehlschlag gewinnt er zwei Punkte hintereinander und reißt triumphierend die Arme hoch. Die Männer geben sich die Hand und verlassen den Court.

»Cyrus, wie nett Sie zu sehen«, sagt Hoyle. Breites Lächeln. Feuchter Händedruck. Er stellt seinen Schwager als Miles vor.

»Das ist unser ortsansässiger Seelenklempner«, sagt er. »Pass auf, was du in seiner Gegenwart sagst.«

Miles lächelt gezwungen und geht dann duschen.

»Ich bin überrascht, dass man Sie reingelassen hat«, sagt Hoyle. »Dies ist ein Privatclub.«

»Ich habe gesagt, ich arbeite für die Polizei.«

»Sie haben keine Dienstmarke.«

»Die hat nicht jeder.«

Hoyle wickelt jeden Satz in ein Lächeln, doch seine Augen bleiben unverändert.

»Ich habe Ihnen heute Morgen eine Nachricht hinterlassen.«

»Offenbar in den frühen Morgenstunden«, sagt er.

»Haben Sie meine E-Mail gelesen?«

»Sechs Seiten. Ich warte auf die Verfilmung.«

Er strebt in die Umkleidekabine. Ich folge ihm durch die Schwingtür in einen Trockenbereich, wo eine Handvoll Männer sich umziehen. Hoyle schält sich sein T-Shirt vom Leib und wirft es auf den Boden. Sein Oberkörper ist weiß und blass. Das einzige Tattoo ist ein Schriftzug auf einem Unterarm: *Ich habe keine Angst. Ich wurde hierfür geboren.*

»Opfer sind drei Krankenschwestern, die alle in denselben Zwischenfall verwickelt waren«, sage ich. »Maya Kirk und Lilah Hooper wurde das Haar abgeschoren. Beide wurden mit einem Seil gefesselt.«

»Lilah Hooper wurde nicht entführt«, sagt Hoyle. »Und wir haben den Angreifer gefasst.«

»Mitchell Coates ist unschuldig.«

»Das hat er Ihnen erzählt, ja? Ich habe ihn neulich bei

Ihnen Rasen mähen sehen. Als wir ihn festgenommen haben, lebte er vorübergehend bei Ihnen. Was Ihre Mitbewohner betrifft, treffen Sie äußerst sonderbare Entscheidungen, Dr. Haven.«

Nackt greift er nach einem Handtuch und schreitet mit buchstäblich schwingendem Schwanz zu den Duschen.

»Die Krankenschwestern wurden angegriffen, weil sie in den tragischen Zwischenfall mit den Babys verwickelt waren. Die Familien waren wütend. Sie müssen sie aufspüren und befragen.«

»Erst haben Sie Maya Kirks Ermordung als Sexualverbrechen beschrieben, jetzt glauben Sie, es war ein Racheakt.«

»Ich glaube, es sollte aussehen wie ein Sexualverbrechen. Der Mörder hat versucht, uns in die Irre zu führen.«

»Warum jetzt? Warum überfällt jemand Lilah Hooper und wartet dann Jahre, bis er die nächste Krankenschwester angreift?«

»Irgendwas muss passiert sein.«

Hoyle tritt unter die offene Dusche. Wasser spritzt auf meine Schuhe. Ich wende mich ab.

»Ist Ihnen meine Nacktheit unangenehm?«, fragt er.

»Ich lasse Ihnen ein wenig Privatsphäre.«

»So nennen Sie das hier?«

Ich gehe zurück in die Umkleidekabine. Sein Schwager ist verschwunden. Ein paar Minuten später kommt Hoyle mit einem Handtuch um die Hüften zurück. Er beginnt, sich anzukleiden. »Ich lasse Mitchell Coates vom Gefängnis Nottingham in die Radford Road verlegen. Er war auf Bewährung draußen, als Maya Kirk verschleppt wurde, und er hat kein Alibi für den Abend, als Daniela Linares verschwunden ist.«

»Sie irren sich in Bezug auf Mitch. Den gleichen Fehler haben Sie vor sieben Jahren schon mal gemacht.«

Hoyles Gesichtszüge werden hart. »Ich höre mir wirklich gern Ihre Spekulationen an, Dr. Haven, aber wenn Sie anfangen, rechtskräftige Gerichtsurteile anzuzweifeln, wird Ihre Karriere bei der Nottinghamshire Police nur von sehr kurzer Dauer sein.«

Hoyle kämmt sich die Haare und betrachtet mich dabei im Spiegel. »Sie sind ein komischer Kauz, Cyrus. Sie haben so hart gearbeitet, um die Beweise gegen Anders Foley zu sichern, und jetzt arbeiten Sie genauso hart, um Beweise zu finden, die ihn entlasten. Man fragt sich, auf wessen Seite Sie stehen.«

»Die Wahrheit kennt keine Seiten.«

Noch während ich das sage, wird mir bewusst, wie trivial es klingt. Hoyle bricht in lautes Gelächter aus. Er will sich entschuldigen, doch er kann nicht, weil er so heftig lachen muss. Andere Clubmitglieder werden aus den Duschen angelockt. Sie grinsen und wollen den Witz hören. Hoyle verscheucht sie mit einem Winken.

»Bitte entschuldigen Sie«, sagt er und wischt sich die Augen. »Ich liebe Ihre Leidenschaft, Cyrus. Wirklich. Ich finde sie bewundernswert. Aber Sie suchen nach komplizierten Antworten und ignorieren die offensichtlichen.«

»Das tue ich nicht.«

»Natürlich tun Sie das. Sie sind Psychologe. Sie suchen nach verborgenen Motiven, vergrabenen Geheimnissen und seltsamen Perversionen, um menschliches Verhalten zu erklären. Aber manchmal – meistens – gibt es keine. Wie hat Konfuzius gesagt? Das Leben ist ganz einfach, doch wir bestehen darauf, es zu verkomplizieren. Was Sie geleistet haben – diese Videoaufnahmen von Melody Sterling zu bekommen –, war brillant. Darauf können Sie stolz sein. Aber jetzt sollten Sie einen Schritt zurücktreten und mich meine Arbeit machen lassen.«

Ich will widersprechen, doch er bremst mich mit einem »Es reicht« und hängt sich seine Sporttasche über die Schulter.

»Wenn Sie der Polizei wirklich helfen wollen, Dr. Haven, dann gehen Sie nach Hause und passen auf Ihren Bruder auf. Er ist jetzt Ihre Verantwortung.«

»Elias geht es gut.«

»Wenn ich zu entscheiden gehabt hätte, wäre er noch zwanzig Jahre in Rampton geblieben.«

58

Evie

Lilah ist eine dieser Frühaufsteherinnen, die mit blitzenden Augen und voller Energie aus dem Bett springen. Ich bin das Gegenteil. Ich wache langsam auf und versuche, mich an den Tag anzuschleichen, als hätte ich Angst, ihn zu verscheuchen.

»Ich habe dir eine Tasse Tee gemacht«, sagt sie und setzt sich ans Fußende des Sofas. »Möchtest du Frühstück?«

Ich bedecke meinen Kopf mit einem Kissen. »Ich möchte noch drei Stunden schlafen.«

Sie wartet, bis ich wieder auftauche. In der Küche läuft Radio 1 Breakfast. Warum sind die Moderatoren im Frühstücksradio immer so munter und fröhlich und gnadenlos positiv? Es ist wie Instagram für die Ohren. Alle klingen hübscher und glücklicher und lustiger.

Lilah sitzt immer noch am anderen Ende des Sofas.

»Arbeitest du heute?«, frage ich.

»Erst um vier. Normalerweise würde ich laufen gehen, aber ich habe Angst, alleine rauszugehen, und Trevor muss Gassi.«

»Ich könnte mitkommen«, sage ich, bevor mir etwas anderes einfällt. »Oder wir holen Poppy ab und gehen zusammen.«

Der Plan gefällt Lilah. Ich schleppe mich ins Bad und

ziehe den schwarzen Jumpsuit vom Vortag an, den ich für die Filmaufnahmen der nachgestellten Szene in dem Pub getragen habe. Jetzt fühle ich mich overdressed.

Lilah faltet im Wohnzimmer die Bettwäsche. Wir fassen die Decke an den gegenüberliegenden Ecken und legen sie zusammen.

»Woher kennst du Dr. Haven?«, fragt sie.

»Es ist eine lange Geschichte, und ich darf sie nicht erzählen.«

»Warum nicht?«

»Ich habe den Großteil meiner Kindheit in Einrichtungen der staatlichen Jugendhilfe verbracht.«

»Hat er dich adoptiert?«

»Nein!«

»Zur Pflege aufgenommen?«

»Eine Zeit lang, bis ich achtzehn geworden bin.«

»Wie alt bist du jetzt?«

»Einundzwanzig.«

»Du siehst jünger aus.«

»Das sagen alle.«

Kissen werden aufgebauscht und neu arrangiert.

»Hat Cyrus eine Freundin?«, fragt sie und versucht, so zu tun, als gehörte es noch zu der Unterhaltung.

»Er will keine – im Moment jedenfalls.«

Nach Tee und Toast setzen wir Trevor auf die Rückbank von Lilahs Wagen, wo er sich von einer Seite zur anderen bewegt, aus den Fenstern guckt und hin und wieder an meinem Haar schnuppert. Lilah fährt noch vorsichtiger als ich, blickt immer zweimal in den Spiegel und blinkt, bevor sie die Spur wechselt.

In der Parkside parkt sie am Straßenrand unter den Platanen. Welkes Laub bedeckt den Rasenstreifen und den Pfad zur Haustür und bildet einen weichen Teppich unter unseren Füßen.

Lilah bleibt am Tor stehen. »Das ist eine Villa.«

»Es gehörte früher Cyrus' Großeltern.«

»Meine Eltern haben mir nur das ACHOO-Syndrom vererbt.«

»Was ist denn das?«

»Ich muss niesen, wenn ich in helles Licht gucke.«

»Gibt es das wirklich?«

»O ja, wie eingewachsene Zehennägel, Segelohren oder Zungenrollen.« Zur Demonstration rollt sie ihre Zunge.

Ich bleibe abrupt stehen. Cyrus' Wagen ist weg.

»Ist alles in Ordnung?«, fragt Lilah.

»Cyrus' Bruder wohnt gerade bei uns.«

»Ist er auch attraktiv?«

»Nein.«

Ich durchsuche meine Taschen nach meinem Hausschlüssel. Ich habe ihn nicht. »Wir gehen hintenrum.«

Ich hebe den Riegel hoch und stoße das Seitentor auf. Ich gehe davon aus, dass Poppy drinnen neben der Heizung schläft, doch irgendjemand hat sie ausgeschlossen. Sie bellt aggressiv, bis sie mich erkennt, dann flippt sie aus und flitzt wie wild durch den Garten. Trevor schließt sich dem Rennen an.

Ich kippe den kopflosen Gartenzwerg zur Seite und ziehe den Ersatzschlüssel darunter hervor.

»Da hätte ich als Erstes geguckt«, neckt Lilah mich.

In der Küche riecht es nach Eiern und Speck. Eine fettige Pfanne und ein schmutziger Teller stehen im Spülbecken.

»Ich zieh mich eben um, dann gehen wir«, sage ich, erpicht darauf, möglichst schnell wieder zu verschwinden, doch Elias hat uns kommen hören und taucht unvermittelt auf. Er trägt eins von Cyrus' Hemden, das ihm zu klein ist.

»Hi-ho«, sagt er bemüht fröhlich. Er sieht Lilah an und wartet darauf, vorgestellt zu werden.

»Das ist Lilah. Lilah, das ist Elias.«

»Hallo«, sagt er. Zieht er den Bauch ein? »Eine Tasse Tee?«

»Wir bleiben nicht.«

»Wohin geht ihr?«

»Mit den Hunden in den Park.«

»Kann ich mitkommen?«

»Nein.«

»Warum nicht?«

Ich weise mit dem Kopf auf seinen Knöchel.

Elias schaut kurz zu Lilah und wendet den Blick verlegen wieder ab.

»Wieso war Poppy ausgesperrt?«, frage ich.

»Oh, das habe ich gar nicht gemerkt.«

Er lügt, aber ich lasse es durchgehen und renne nach oben, um Jeans, ein Sweatshirt und meinen alten Mantel anzuziehen. Auf dem Treppenabsatz stehen halb volle Kartons und überquellende Müllsäcke. Als ich wieder unten bin, frage ich Elias, was er macht.

»Aufräumen.«

»Geh nicht in mein Zimmer.«

»Das würde mir im Traum nicht einfallen.«

Wir holen die Hunde aus dem Garten, und Poppy führt uns zum Park.

»Das war seltsam«, sagt Lilah.

»Hat er etwas gesagt?«

»Nein. Magst du ihn nicht?«

»Ich kenne ihn kaum.«

»Aber er wohnt bei euch.«

»Erst seit letztem Freitag.«

»Wo war er vorher?«

»Weg.«

Sie weiß, dass ich etwas verheimlichen will, und bohrt weiter. »Warum hast du auf seinen Knöchel gezeigt?«

»Habe ich das?«

»Du hast gesagt, er darf das Haus nicht verlassen.«

»Er trägt eine Fußfessel, weil er gerade erst aus Rampton entlassen wurde, der psychiatrischen Klinik.«

»Mein Gott! Was hat er getan?«

»Das spielt keine Rolle.«

»Bleibt er lange bei euch?«

»Das habe ich noch nicht entschieden.«

59

Cyrus

Die beiden Männer, die mich im Foyer des St. Jude's Medical Centre erwarten, tragen dunkelgrauen Anzug, weißes Hemd und Seidenkrawatte. Beide haben ein militärisches Gebaren und erheben ihre Stimme, als würden sie Truppen auf einem Exerzierplatz kommandieren.

Der Ältere stellt sich als Walter Farquharson vor, Syndikus des Krankenhauses. Sein Kollege, der sein Sohn sein könnte, nennt nur seinen Vornamen: Richard.

Wir sprechen in einem großen Konferenzraum mit einem langen Tisch, auf dem ein Dutzend Gläser und Wasserkrüge bereitstehen, daneben jungfräuliche Notizblöcke mit einem Stift. Die ersten Fragen sind oberflächlich. Habe ich einen Parkplatz gefunden? Ist es zu warm in dem Raum? Möchte ich am Fenster sitzen? Alles scheint einem Drehbuch und Regieanweisungen zu folgen, bis hin zur Wahl der Plätze.

»Wie kann ich Ihnen helfen, Dr. Haven?«, fragt Farquharson.

»Ich suche nach Informationen über ein länger zurückliegendes Gerichtsverfahren gegen das Krankenhaus. Eine Ihrer Krankenschwestern wurde der fahrlässigen Tötung beschuldigt, aber die Anklage wurde fallen gelassen.«

Die Anwälte wirken überrascht, was sie sich jedoch nur

durch das Hochziehen ihrer grauen, buschigen Augenbrauen anmerken lassen.

»Wir haben bereits einen Anruf der Nottinghamshire Police erhalten, die dieselben Informationen nachgefragt hat – ein Detective Chief Inspector.«

»DCI Hoyle?«

»Ja.« Die Männer wechseln einen Blick. »Wir warten noch auf Anweisungen des Verwaltungsrats, bevor wir irgendwelche Akten freigeben.« Sie machen sich offensichtlich Sorgen wegen negativer Schlagzeilen.

»Eine Ihrer Krankenschwestern wird vermisst«, sage ich.

»Das ist höchst bedauernswert, aber es ist keineswegs sicher, dass ein Zusammenhang besteht«, sagt Farquharson. »Natürlich tun wir alles, um die Polizei zu unterstützen, doch ihr Verschwinden hat nichts mit dem St. Jude's Medical Centre zu tun.«

»Aber wenn es doch einen Zusammenhang gibt?«, frage ich. »Und wenn sich herausstellen sollte, dass das Krankenhaus die Bemühungen der Polizei, sie zu finden, verzögert und behindert hat …« Ich lasse den Satz unvollendet, doch die Implikationen sind klar. »Ich habe nicht die Absicht, den Ruf Ihres Krankenhauses zu schädigen. Ich möchte eine junge Frau finden, die womöglich in großer Gefahr schwebt.«

Es entsteht ein kurzes Schweigen. Die Männer sehen sich an. Der jüngere spricht zuerst. »Mein Name ist Richard Hawkins. Ich bin Vorstandsvorsitzender des St. Jude's Medical Centre Trust. Was möchten Sie wissen?«

Erst jetzt wird mir klar, dass er der Chef ist. Er hat sich hinter der Würde des älteren Mannes versteckt, um in Ruhe eine Reaktion abzuwägen.

»Vor acht Jahren ist es zu einem Zwischenfall gekommen. Zwei frühgeborenen Babys wurde ein falsches Medikament verabreicht. Eine Krankenschwester wurde der fahrlässigen Tötung beschuldigt, zwei weitere der strafbaren Fahrlässigkeit, aber die Anklage wurde niedergeschlagen. Das Krankenhaus wurde ebenfalls verklagt.

Wir haben uns in beiden Fällen verglichen. Eine Familie hat eine Pauschalzahlung von vierhunderttausend Pfund erhalten. Der zweite Fall wurde vor zwölf Monaten vor dem High Court entschieden.«

»Warum hat es so lange gedauert?«

»Wir mussten die Ergebnisse der polizeilichen Ermittlung und unserer internen Untersuchung abwarten.«

»Das hat doch keine acht Jahre gedauert.«

»Die Verhandlungen waren sensibler Natur«, wählt Farquharson seine Worte mit Bedacht.

»Inwiefern?«

»Das Rennie-Baby wurde in der vierundzwanzigsten Woche geboren. Es hatte bestenfalls eine sechzigprozentige Überlebenschance. Es hat weniger als drei Tage gelebt. Das Krankenhaus hat eine eingeschränkte Haftung anerkannt, und der Vergleich entsprach unserem Wunsch, die Familie für das erlittene Leid zu entschädigen.

Im Fall des kleinen Mädchens, Daisy Thompson, war uns bewusst, dass sie rund um die Uhr Pflege benötigen würde. Sie hatte eine schwer behandelbare Epilepsie und eine kognitive Störung erlitten. Wir haben uns bereit erklärt, eine substanzielle Pauschalsumme sowie eine inflationsgebundene Erstattung der laufenden Pflegekosten zu bezahlen.«

»Wie viel?«

»Drei Millionen Pfund und eine Jahresrente von zweihundertfünfzigtausend zur Deckung der Kosten ihrer zukünftigen Pflege.«

»War ihre Familie mit dem Vergleich zufrieden?«

»Sie haben zugestimmt«, sagt der Anwalt, als ob das offensichtlich sein müsste.

Irgendetwas wird mir verheimlicht.

Hawkins ist offener. »Wir kleben ein Preisschild an das Leben eines Kindes. Niemand ist je völlig zufrieden. Und unter den gegebenen Umständen …« Er lässt den Satz unvollendet.

»Was für Umstände?«

Die beiden Männer wechseln einen Blick. »Daisy Thompson ist dieses Jahr gestorben. An einer Lungenentzündung. Medizinische Komplikationen. Es war sehr traurig.«

Plötzlich ergibt alles einen Sinn. »Sie haben den Vergleich hinausgezögert, weil Sie vermutet haben, dass Daisy sterben würde.«

»Das ist eine ungeheuerliche Unterstellung«, stottert Farquharson los. »Wir haben der Familie drei Millionen Pfund gezahlt.«

»Haben Sie die Jahresrente zurückdatiert?«

»Nein.«

»Das heißt, das Krankenhaus hat zwei Millionen Pfund gespart. Mit dem Geld hätte man ihre Lebensqualität verbessern können.«

Hawkins ist genauso wütend, sein Gesicht ist puterrot angelaufen. »Seien Sie vorsichtig, Dr. Haven. Der Verwaltungsrat des Krankenhauses wird nicht zögern, Sie zu verklagen, wenn Sie das Krankenhaus verleumden.«

»Was passiert jetzt mit der Jahresrente?«

»Die Zahlung wird eingestellt«, sagt der Anwalt. »Vereinbarungsgemäß.«

»Noch mal Geld gespart«, murmele ich.

Es klopft. Ein junger Mann bringt eine Nachricht.

»Ich habe einen Termin«, sagt Hawkins.

Ich vermute, dass es ein Signal gegeben hat – eine heimliche Textnachricht, um die Störung zu arrangieren.

Beide Männer erheben sich. Farquharson ergreift das Wort: »Wir haben mit beiden Familien einen überaus fairen und gerechten Vergleich geschlossen. Für die folgenden Ereignisse kann man den Verwaltungsrat nicht verantwortlich machen.«

»Was ist mit den Krankenschwestern passiert, die an der Verwechslung beteiligt waren?«, frage ich.

»Eine hat gekündigt. Die beiden anderen wurden suspendiert. Und wir haben die pharmazeutisch-technische Assistentin entlassen, die das falsche Medikament in den Schrank der Intensivstation gestellt hat.«

»Lilah Hooper und Daniela Linares wurden weiter beschäftigt.«

»Sie sind beide gute Krankenschwestern. Gewissenhaft. Fürsorglich. Angesichts des Personalmangels im National Health Service konnten wir es uns nicht leisten, sie zu verlieren.«

60

Cyrus

Es war nicht schwer, die Familie Thompson zu finden. Über eine Google-Suche bin ich in einer Lokalzeitung auf einen Artikel über den Vergleich gestoßen. Darin wird ein Straßenname und ein Vorort erwähnt, die Inglewood Road in Clifton. Danach habe ich einfach an Türen geklopft, bis mich jemand zu dem richtigen Haus gewiesen hat.

Ich stehe vor dem Tor, als ich eine Stimme höre.

»Dachte ich mir, dass ich dich hier finde«, sagt Lenny und steigt aus ihrem Wagen.

»Lässt du mich beschatten?«

»Ich weiß, wie du denkst.«

»Daisy Thompson ist vor acht Monaten gestorben. Das ist die Art traumatisches Erlebnis, die einen Menschen über den Rand stoßen könnte.«

Lenny blickt zu dem Haus. »Du solltest das der Ermittlungskommission überlassen.«

»Hoyle hat mir nicht geglaubt.«

»Du hast ihm keine Zeit gegeben.«

»Er ist überzeugt, dass Mitchell Coates Foleys Komplize ist.«

»Oder er hält sich alle Optionen offen.«

Ich klingele und höre zwei Paar nackter Füße, die sich ein Rennen liefern, wer als Erster an der Haustür ist. Hände greifen nach der Klinke. Zwei atemlose Jungen, etwa fünf Jahre alt, mit teebraunem Haar und rosigen Wangen, blinzeln uns an.

Eine Frauenstimme folgt ihnen. »*Wagt* es ja nicht, die Tür aufzumachen, bevor ich da bin.«

»Uups«, sagt der größere der beiden Jungen, der ein Trikot des FC Liverpool trägt.

Lenny legt einen Finger auf die Lippen und macht ihm ein Zeichen, die Tür wieder zu schließen.

Das tut er. Kurz darauf wird sie erneut geöffnet. Die Mutter hat die Jungen hinter sich geschoben und erklärt ihnen, sie sollen Fernsehen gucken.

»Orla Thompson?«, fragt Lenny.

»Ja.«

»Ich bin Detective Superintendent Parvel, und das ist …«

»Was hat er jetzt wieder angestellt?«, fragt sie.

»Verzeihung?«

»Mein Mann. Was hat er gemacht? Jemanden geschlagen? Sein Auto zu Schrott gefahren? Das falsche Haus betreten?«

»Nichts dergleichen«, sagt Lenny.

Mrs Thompson sieht mich an, als käme ich ihr bekannt vor. Sie hört ein Geräusch hinter sich. Die Jungen lauschen noch immer. Sie verscheucht sie, bittet uns herein und führt uns durch einen langen Flur zu einer offenen Küche mit Essbereich. Panoramafenster bieten einen Blick auf einen matschigen Garten mit einer Schaukel aus Plastik und Vogelkrippen in jedem Baum. Die Küche hat einen großen Inseltresen und Edelstahlgeräte, die neu aussehen.

Orla setzt sich. Sie ist dünn, hat helle Haare, ausgeprägte Wangenknochen und eine schmale Nase. Sie trägt eine Hose und eine weiße Bluse mit weitem Kragen. Oben balgen die Jungen miteinander oder machen ein Wettrennen. Irgendetwas fällt und zerbricht. Sie seufzt, macht sich jedoch nicht die Mühe nachzusehen.

»Wenn sie sich wehgetan haben, melden sie sich schon«, erklärt sie. »Oder wenn sie Hunger haben oder sich langweilen, aber nie, wenn sie schmutzig, müde oder ungezogen sind.«

»Sind es beide Ihre?«, frage ich.

»O Gott, nein. Leo ist meiner. Jamie wohnt nebenan. Seine Mum und ich wechseln uns ab, damit wir beide mal Ruhe haben.«

»Wo ist Ihr Mann?«, fragt Lenny.

»Wir leben getrennt.«

»Wann ist er ausgezogen?«

»Im Sommer.«

»Ich habe vom Tod Ihrer Tochter gehört«, sage ich. »Mein Beileid zu Ihrem Verlust.«

Sie berührt ein kleines silbernes Kruzifix an einer Kette um ihren Hals. »Gott hat sie heimgerufen.«

»Ich weiß, dass das eine sehr persönliche Frage ist, aber war Daisys Tod ein Faktor bei Ihrer Trennung?«

Orla nickt, schlägt den Blick nieder und wischt mit dem Ärmel einen unsichtbaren Flecken vom Tresen.

»Wir haben uns fast acht Jahre lang um Daisy gekümmert. Vierundzwanzig Stunden am Tag. Sie konnte nicht sprechen, nicht hören und hat kaum je gelächelt. Sie musste ein Dutzend Medikamente gegen Krampfanfälle, Schmerzen, Zuckungen, Reflux, Verstopfung und was weiß ich noch nehmen. Es hat uns ausgezehrt. Als Leo geboren wurde, habe ich mir Sorgen gemacht, er würde es uns übel nehmen, dass wir so wenig Zeit für ihn hatten, weil Daisy so viel von unserer Aufmerksamkeit in Beschlag genommen hat. Ich hoffe, er trägt es uns nicht nach.« Sie seufzt und lächelt müde, bevor sie neu ansetzt. »Als Daisy gestorben ist, habe ich etwas sehr Seltsames festgestellt. Ich habe gemerkt, dass ein krankes Kind alles war, was ich mit meinem Mann noch gemeinsam hatte. Ohne sie hatten wir keine Ehe mehr.«

»Das muss hart gewesen sein.«

Sie zuckt kaum merklich die Schultern.

»Sieht er Leo noch?«

»Selbstverständlich. Er holt ihn zweimal pro Woche im Kindergarten ab und hat ihn an den meisten Wochenenden. Er hätte ihn auch gestern nehmen sollen, aber er hat abgesagt.«

»Hat er erklärt, warum?«

»Nein, aber er war betrunken, was ein anderer Grund dafür war, dass ich ihn verlassen habe. Mark hat sich gern als Weinsammler bezeichnet – hauptsächlich Pinots. Er behauptet, es sei eine Investition, doch er trinkt alle seine Käufe selbst und macht dann mit Whisky oder Port oder was immer er kriegen kann weiter. Er ist Alkoholiker, will es sich jedoch nicht eingestehen. Aber ich achte darauf, dass er nüchtern ist, wenn er Leo abholt.«

Sie zeigt auf ein tragbares Alkoholmessgerät auf dem Tresen, mit einem Blasröhrchen an einer Seite.

»Wo wohnt er?«, fragt Lenny.

»Diese Woche? Wer weiß? Höchstwahrscheinlich schläft er auf der Couch eines Freundes, bis er dessen Gastfreundschaft überstrapaziert hat. Ich könnte ihn anrufen, aber montags geht er nicht ans Telefon. Es ist sein freier Tag, weil er samstags meistens Immobilienbesichtigungen hat.«

»Er ist Makler«, sage ich.

»Ja, aber er macht vor allem Immobilienverwaltung.«

»Sie haben kürzlich renoviert«, sage ich und bewundere die Küche.

»Dank des Vergleichs«, sagt sie freudlos. »Wir hätten das Haus beinahe verloren. Wir mussten es neu beleihen und uns Geld von Verwandten borgen, um Daisys Pflege zu bezahlen. Ich habe meinen Job aufgegeben, und wir haben mehr schlecht als recht von dem gelebt, was Mark verdienen konnte, bis das Krankenhaus gezahlt hat.« Sie kräuselt die Lippen, und ihre Augen werden schmal. »Sie haben die Verhandlungen in die Länge gezogen, weil sie wussten, dass Daisy sterben würde.«

»Welche Gefühle hat das bei Ihrem Mann ausgelöst?«, fragt Lenny.

»Er war verbittert. Das waren wir beide.«

»Haben Sie den Krankenschwestern die Schuld dafür gegeben, was passiert ist?«, frage ich.

»Es war ein Unglück. Ich habe das verstanden. Eine von ihnen hat uns hinterher einen Brief geschrieben, um zu sagen, wie leid es ihr tut.«

»Welche?«

»Lilah Hooper. Sie hatte an dem Abend die Leitung der Schicht, aber keine von ihnen hat Verantwortung übernommen.«

»Hat Sie das wütend gemacht?«

»Eine Zeit lang vielleicht, aber ich bin eine Art neutestamentarische Christin. Ich glaube an Vergebung, nicht an Auge um Auge.«

»Empfindet Mark genauso?«

»Er ist kein Christ, falls Sie das fragen. Eher agnostisch,

aber leidenschaftlich und stur. Er wird rührselig, wenn er die Nationalhymne hört oder die Fans von Liverpool an der Anfield Road ›You'll Never Walk Alone‹ singen.« Sie lächelt traurig. »Was hat er gemacht?«

»Maya Kirk wurde vor zwölf Tagen ermordet«, sagt Lenny.

In Orlas Augen blitzt ein Wiedererkennen auf. »Ich habe es in den Nachrichten gesehen. Ich dachte schon, dass sie es gewesen sein muss.«

»Und vor etwas mehr als einer Woche ist Daniela Linares vor einer Bar in Nottingham verschwunden.«

Orla macht den Mund auf, um etwas zu sagen, doch es kommt kein Laut heraus. Sie versucht es erneut. »Und Sie glauben, Mark hat etwas damit zu tun?«

»Wir müssen mit ihm sprechen«, sage ich.

»Er würde nie … Ich meine, so ist er nicht. Er ist ein Säufer, aber kein Mörder.«

Orlas Verteidigung gerät ins Stocken. Oben zerbricht irgendwas, gefolgt von einem Schmerzensschrei. Eine Mutter ist gefragt.

61

Evie

Lilah ist eine Quasselstrippe. Sie redet gern und viel und bemerkt dabei mit Vorliebe das Offensichtliche, Sachen wie: »Sieht das Gras nicht grün aus?« oder »Enten gehen so komisch.« Sie versucht, fallende Blätter zu fangen, weil es Glück bringt, wie sie erklärt.

Wir folgen einem der Wege durch den Pearson's Wood, vorbei an dem See und dem Wildschutzgehege, über den asphaltierten Weg zum Nottingham Industrial Museum.

»Ich liebe diese Jahreszeit«, sagt sie. »Die Luft ist so sauber, und es ist nicht zu heiß und nicht zu kalt.«

»Wie bei Goldlöckchen.«

»Verzeihung?«

»Der Brei – nicht zu heiß, nicht zu kalt.«

Sie lacht und sieht mich an, als wäre ich verrückt, aber nicht auf eine böse Art. Wir tun so, als wären wir Freundinnen, obwohl ich viel jünger bin. Ich habe nicht viele Freundinnen, und ich hoffe, dass ich den richtigen Gesichtsausdruck mache – und lächele, wenn ich lächeln sollte. Ich hätte vor dem Spiegel üben sollen, bevor wir ausgehen.

Lilah fragt, ob es in meinem Leben einen »besonderen Menschen« gibt und welche Fächer ich in der Schule habe. Ich würde lieber über sie sprechen. Sie erzählt mir von ihrer Familie, von ihrem Bruder und ihrer Schwester, die beide verheiratet sind und Kinder haben, weshalb sie die Lieblinge sind.

»Ich bin die Enttäuschung, weil ich noch nicht zum Enkelpool beigetragen habe.«

»Möchtest du denn welche?«

»Kinder? Wenn ich Mr Right oder Mr Good Enough finde. Ich hatte früher einen Lehrer, der Mr Goodenough hieß. Wir haben ihn immer geärgert, indem wir ihn gefragt haben: ›Fühlen Sie sich je gut genug, Mr Goodenough?‹«

Wir bleiben stehen und machen ein Foto von der Wollaton Hall, einem großen alten Haus in der Mitte des Parks, das früher wahrscheinlich einem Lord oder Herzog gehört hat und in dem es garantiert spukt. Lilah fragt mich, warum ich glaube, dass Mitch unschuldig ist.

»Weil er die Wahrheit sagt.«

»Wie kannst du dir sicher sein?«

»Ich kann erkennen, ob jemand lügt.«

Sie lacht und denkt, ich mache Witze. Ich ziehe sie auf eine Parkbank und sage ihr, dass sie sich mir gegenübersetzen soll.

»Okay, erzähl mir etwas von dir. Irgendwas. Denk dir was aus.«

Sie glaubt, es ist ein Spiel, und macht mit. »In der Schule habe ich eine Medaille im Schottischen Volkstanz gewonnen.«

»Stimmt. Versuch's noch mal.«

»Mein zweiter Vorname ist Penelope.«

»Falsch.«

»Als ich jünger war, habe ich versucht, meine Sommersprossen mit Zitronensaft wegzureiben.«

»Stimmt.«

Sie zögert und spricht leiser weiter. »Mein Vater hat eine Geliebte. Ich weiß nicht, ob ich es meiner Mutter erzählen sollte.«

»Das solltest du.«

»Willst du sagen, es stimmt?«

»Ja.«

Ihr Blick wird unsicher, und sie wirkt entblößt, als wäre sie vor die Tür getreten und hätte gemerkt, dass sie keine Kleider anhat.

»Wie … Ich meine … Du behauptest … Das ist unmöglich …« Sie bringt keinen Satz zu Ende und rutscht auf der Bank ein Stück von mir ab.

»Mitch hat dich nicht angegriffen. Er hat deine Tür nur nicht abgeschlossen, weil du ständig deine Schlüssel vergessen hast.«

»Ich habe sie ein einziges Mal vergessen«, sagt Lilah.

»Öfter.«

Wieder wird ihr klar, dass sie mich nicht belügen kann.

»Trevor hat nicht gebellt. Er bellt Fremde immer an.«

»Mich hat er auch nicht angebellt.«

»Es muss Mitch gewesen sein.«

»Warum? Er hat dich gefunden. Er hat deine Fesseln gelöst. Er hat die Polizei angerufen.«

»Er wusste, dass er dadurch unschuldig wirken würde.«

»Oder er *war* unschuldig.«

Wütend steht sie auf und geht weiter. »Ich will nicht darüber reden.«

»Was ist mit den anderen Krankenschwestern – Maya und Daniela? Glaubst du, Mitch hat auch sie angegriffen?«

»Vielleicht hat das nichts damit zu tun, was mir passiert ist.« Sie entfernt sich weiter von mir. Das ist der Grund, warum ich nicht viele Freunde habe. Es ist nicht bloß, dass sie mich anlügen – das tun die Menschen ständig –; ich bin auch nicht gut darin, über Dinge hinwegzusehen.

Als wir auf dem Rückweg wieder an dem See vorbeikommen, entdeckt Poppy ein Eichhörnchen, rennt los und reißt mir die Leine aus der Hand. Ich nehme die Verfolgung auf. Das Eichhörnchen klettert auf einen Baum, und Poppy umkreist schnuppernd und bellend den Stamm.

Als ich zu Lilah zurückkehre, sieht sie verändert aus. Blass und verängstigt.

»Da war ein Mann«, sagt sie und zeigt in den Wald. »Er ist uns gefolgt.«

»Wahrscheinlich irgendein Perverser.«

»Nein. Ich habe ihn erkannt.«

»Woher?«

»Ich weiß nicht.«

Ich blicke mich um, doch die Wege sind leer. »Wohin ist er gegangen?«

»Er hat gemerkt, dass ich gucke, und ist weggelaufen.« Sie zeigt in die Richtung, aus der wir gekommen sind. Ich mache ein paar Schritte, aber sie ruft: »Nein, geh nicht weg! Bleib bei mir.«

»Wie sah er aus?«

»Er hatte eine Lederjacke und eine Glatze oder einen kahl rasierten Schädel.«

Ich überlege, ob ich Cyrus anrufen soll. Was würde er tun? Uns sagen, dass wir nach Hause gehen und dort bleiben sollen.

Wir verlassen den Park durch das Westtor und biegen in die Parkside. In der Nähe des Hauses fällt mir ein Foodtruck auf, der ein Stück die Straße hinunter parkt. Habe ich ihn schon einmal gesehen? Aber wo? Die Seiten sind heruntergeklappt, das Fahrerhäuschen ist leer.

Lilah plappert wieder und fragt mich, was ich machen will, wenn ich mit der Schule fertig bin. Ich denke immer noch über den Truck nach. Das mache ich manchmal – nach Dingen Ausschau halten, die fehl am Platz wirken. Veejay sagt, ich habe einen Forschergeist, aber ich kenne den wahren Grund. Ich warte darauf, in der Menge ein Gesicht zu sehen, das ich erkenne. Jemanden aus meiner Vergangenheit, der auf der Suche nach mir ist.

62

Cyrus

Fernsehteams und Reporter haben sich in der Radford Road versammelt, bauen ihre Scheinwerfer und Kameras im Konferenzraum auf, checken den Sound und überprüfen Kameraperspektiven. Hektik bricht aus, als Hoyle in seiner Paradeuniform hereinkommt, dunkle Hose und weißes Hemd mit dunkelblauen Epauletten mit Goldfäden.

»Meine Damen und Herren, vielen Dank für Ihr Kommen. Wie Sie alle wissen, suchen wir eine Krankenschwester, Daniela Linares, zweiunddreißig, die vor zehn Tagen im Zentrum von Nottingham verschwunden ist. Zuletzt gesehen wurde sie beim Besteigen eines Wagens, den sie für ein Taxi oder einen Funkmietwagen hielt.

Gestern Abend haben wir diese Ereignisse nachgestellt und gefilmt und werden die Aufnahmen im Laufe des Tages veröffentlichen. Ebenso wie ein Bild des Fahrers, das mithilfe einer Augenzeugin und eines Phantomzeichners der Polizei erstellt wurde.«

Die Lichter in dem Konferenzraum werden gedimmt. Hoyle tritt zur Seite. Die ersten Bilder zeigen eine Außenansicht des Little Drummer. Hoyle kommentiert die Aufnahmen live und führt in die Szene ein.

»Es war ein regnerischer Freitagabend. Nottingham Forest hatte im City Ground gegen die Blackburn Rovers gespielt, Anstoßzeit war um siebzehn Uhr gewesen. Fans in den Farben ihrer Mannschaft bevölkerten die Straßen. Die Weihnachtsmarktstände auf dem Old Market Square hatten eröffnet, auch wenn der Baum noch nicht geschmückt war.

Im Bereich um den Lace Market waren Hunderte von Menschen unterwegs, die Daniela oder den Fahrer des Wagens vielleicht gesehen haben, einen silbernen Prius, der früher am Abend gestohlen wurde.«

Evie ist im Bild und steht mit der Polizistin, die »Daniela« spielt, auf dem Bürgersteig. Beide Gesichter sind deutlich zu erkennen. Hoyle hat mich belogen.

»Unsere Schauspielerin trägt ähnliche Kleidung wie Daniela an jenem Abend«, sagt er. »Einen schwarzen Bodysuit mit Nackenträgern, einen hochtaillierten Wildlederrock und Riemchenpumps. Dies ist die Phantomzeichnung des Fahrers. Unsere Zeugin hat ihn nur kurz von der Seite gesehen, deshalb können wir kein detaillierteres Porträt präsentieren, doch vielleicht löst es bei jemandem eine Erinnerung aus. Wenn Sie Daniela an dem Abend gesehen haben oder den Fahrer des Wagens kennen, bitte rufen Sie unsere Crimestoppers-Hotline oder die Einsatzzentrale an. Alle Hinweise können auf Wunsch vertraulich behandelt werden.«

»Wer war die Zeugin?«, ruft ein Reporter.

»Eine Aushilfe der Bar.«

»Stimmt es, dass Daniela betäubt wurde?«, fragt ein anderer.

»Das kann ich nicht bestätigen.«

Eine dritte Stimme fragt: »Besteht ein Zusammenhang zwischen Danielas Verschwinden und den Morden an Maya Kirk und ihrem Vater?«

»Vielleicht lassen Sie mich zunächst meine Ausführungen beenden«, sagt Hoyle, aber seine Weigerung löst weitere Fragen aus.

»Könnte Anders Foley Daniela Linares verschleppt haben?«

»Das glauben wir nicht.«

»Hatte er einen Komplizen?«

»Das ist eine Spur, der wir nachgehen.«

»Kannten Daniela und Maya sich?«

Hoyle wäre ein lausiger Pokerspieler. »Ich werde den Stand der Ermittlungen nicht laufend kommentieren.« Er hebt die Hand. »Bitte. Danielas Mutter ist heute hier und möchte eine persönliche Erklärung abgeben.«

Ich habe Mrs Linares, die flankiert von Edgar und Monroe neben der Bühne sitzt, gar nicht bemerkt. Manche Menschen werden im Rampenlicht kleiner, eingeschüchtert von der Aufmerksamkeit, doch Mrs Linares wirkt stärker und entschlossener, als sie auf das Podium steigt und ihr Kinn reckt. Kameraverschlüsse klicken wie Schnellfeuergeschütze. Sie spricht ohne Notizen, doch ich weiß, dass sie das, was sie sagen will, einstudiert hat.

»Das Verschwinden meiner Tochter ist mein schlimmster Albtraum, und es gibt keine Worte, meine Qual zu beschreiben. Tief im Herzen weiß ich, dass Daniela lebt und verzweifelt nach Hause kommen möchte. Wenn Sie die Person sind, die sie entführt hat, oder wenn Sie wissen, wer dafür verantwortlich ist, bitte, rufen Sie die Polizei an.« Sie macht eine Pause und blickt direkt in die Linse der nächsten Fernsehkamera. »Und dies ist eine Nachricht für meine Tochter, mein liebstes, mein einziges Kind. An meinem letzten Geburtstag hast du mich gefragt, ob der Tag deiner Geburt der glücklichste meines Lebens war. Ich habe dir geantwortet, dass es der glücklichste Tag aller Zeiten war. Und der zweitglücklichste Tag wird der Tag werden, an dem du zurück nach Hause kommst.«

Ihre Stimme bricht, doch sie schafft es, auch die letzten Worte hervorzubringen. Hoyle legt einen Arm um sie und eskortiert sie von der Bühne. Die Emotion des Augenblicks scheint den gesamten Raum anzustecken, die Reporter sind verstummt. Sie haben ihre Geschichte. Hoyle beantwortet noch einige Fragen, bevor die Nachrichtenteams beginnen, ihre Ausrüstung einzupacken und Kameras und Aufnahmegeräte hinauszuschleppen.

Als Hoyle die Bühne verlässt, tritt ein uniformierter Beamter auf ihn zu und überreicht ihm einen Umschlag. Er reißt ihn auf und liest. Alle Farbe weicht aus seinem Gesicht. Er hebt den Blick und lässt ihn suchend durch den Raum schweifen, bis er an Lenny hängen bleibt, voller Verachtung und unverhohlenem Hass.

»Was war das? Was ist passiert?«, flüstere ich.

»Hoyle wird von dem Fall abgezogen.«

»Wieso?«

»Der Chief Constable ist der Ansicht, dass der Tod von Paulie Brennan hätte vermieden werden können. Er hat eine interne Ermittlung angeordnet.«

»Wer hat Beschwerde eingereicht?«, frage ich.

»Ich habe meine Bedenken geäußert.«

In ihren Worten liegt kein Hauch von Triumph oder Bedauern.

Oben haben sich Detectives im Einsatzraum versammelt und flüstern miteinander, als die Neuigkeit durchsickert. Lenny ruft sie um sich zusammen. Bald stehen sie in zwei oder drei Reihen hintereinander.

»DCI Hoyle hat ein Treffen mit dem Chief Constable«, sagt sie. »Ich übernehme die Ermittlung. Sie wird mit verändertem Fokus fortgeführt.«

Lenny heftet ein Foto von Daniela Linares neben das von Maya Kirk an ein Whiteboard.

»Vor acht Jahren haben diese Frauen als Krankenschwestern in der neonatologischen Intensivstation des St. Jude's Medical Centre gearbeitet. Zwei Babys wurde ein falsches Medikament verabreicht. Jolene und Patrice Rennie haben ihren Sohn Oliver nach drei Tagen verloren. Mark und Orla Thompsons Tochter Daisy erlitt Hirnschäden und weitere schwere medizinische Komplikationen. Sie ist im März dieses Jahres gestorben.

Eine dritte Schwester, Lilah Hooper, war damals ebenfalls Krankenschwester in der Neonatologie. Sie wurde wegen fahrlässiger Tötung angeklagt, doch die Anklage gegen sie wurde fallen gelassen. Ich möchte, dass sie befragt und an einen sicheren Ort gebracht wird.«

»Sie ist mit Evie zusammen«, sage ich.

»Bringen Sie sie her.« Sie wendet sich an DS Edgar. »Wir müssen die pharmazeutisch-technische Assistentin finden, die das falsche Medikament in den Schrank der Intensivstation gestellt hat. Das Krankenhaus hat uns ihren Namen genannt.«

Edgar nickt.

Lenny sieht Dave Curran an. »Was wissen wir über die Familien?«

»Mark und Orla Thompson haben sich im Juli getrennt, vier Monate nach dem Tod ihrer Tochter. Seitdem übernachtet Mark Thompson bei Freunden oder wohnt in Airbnbs und möblierten Apartments. Er ist Makler mit einem Büro in Hucknall. Er managt die Grundstücksverwaltung, das heißt, er hat Zugang zu leer stehenden Häusern und Gewerbeimmobilien.«

»Ich möchte eine Liste«, sagt Lenny. »Suchen Sie nach historischen Gebäuden und Lokalitäten abseits der Bildfläche.«

Prime Time übernimmt.

»Patrice und Jolene Rennie haben im letzten Januar ihr Haus in Nottingham verkauft und sind wegen einer medizinischen Behandlung nach Amerika geflogen. Rennie ist ehemaliger Soldat und hat als Sanitätsoffizier zwei Einsätze in Afghanistan absolviert. Dann hat er den Dienst quittiert, sich zum Koch umschulen lassen und eine Catering-Firma gegründet, die während der Pandemie pleitegegangen ist. Es gibt nach wie vor eine Website, die jedoch seit einem Jahr nicht mehr aktualisiert wurde.«

Lenny nickt. »Finden Sie heraus, wo die Rennies zurzeit sind. Die anderen konzentrieren sich auf Mark Thompson. Reden Sie mit seinen Freunden, Verwandten, Kollegen – mit jedem, der wissen könnte, wo er sich aufhält. Außerdem möchte ich, dass seine Accounts bei sozialen Medien, seine Kreditkartenabrechnungen und Telefonunterlagen unter die Lupe genommen werden.«

»Wir warten auf den Durchsuchungsbefehl.«

Ich habe mich ein Stück von den anderen entfernt, um Evie anzurufen. Sie geht nicht dran. Ich hinterlasse eine Nachricht:

»Die Polizei möchte Lilah sprechen. Bleib bitte bei ihr und ruf mich an.«

63

Evie

Die Kartons und Müllsäcke haben sich vervielfältigt und versperren den halben Eingangsflur und den Treppenabsatz. Ich höre, wie über unseren Köpfen Möbel verrückt werden.

»Hey! Was machst du?«, rufe ich nach oben.

Niemand antwortet.

Ich gehe die Treppe hoch, während Lilah die Hunde in den Garten bringt. Die Tür zum Speicher steht offen.

»Du sollst nicht dort oben sein«, sage ich.

Ein Kopf taucht auf. Elias grinst mich an. Er hat Spinnweben im Haar.

»Was machst du?«

»Ich dachte, ich richte mir hier oben mein Zimmer ein.«

Mein Hals schnürt sich langsam zu. »Nein! Das darfst du nicht! Es gehört mir!«

»Du hast schon ein Zimmer.«

»Stell alles zurück. Nein! Rühr nichts an. Raus hier!«

Ich dränge mich an ihm vorbei und steige auf den Speicher. Die Möbel sind verschoben worden – die Holzkisten, Kartons, alten Teppiche und mottenzerfressenen Vorhänge. Meine Pappwände sind verschwunden. Mein Versteck. Er hat das Fenster aufgestoßen und Staub gewischt, der immer noch in der Luft schwebt, als würde er sich in Wasser auflösen.

»Ein frischer Anstrich, ein Bett, dann wird es nett hier oben«, sagt Elias, der keine Ahnung hat, was er angerichtet hat. »Hier gibt's sogar eine schöne Aussicht«, sagt er. »Über den Park. Ich hab dich und Lilah bei eurem Spaziergang mit den Hunden beobachtet.«

Ich blicke zur Fensterbank und suche die Sammlung aus bunten Glasscheiben, Murmeln, polierten Kieseln und dem Knopf vom Mantel meiner Mutter.

»Wo sind sie?«, frage ich mit zitternder Stimme.

»Was?«

»Da lagen ein Knopf und bunte Glasstücke.«

»Ich dachte, das wäre Müll.«

»Wo sind sie?«

»Ich habe sie weggeworfen.«

»In welchen Sack?«

»Keine Ahnung. In einen von ihnen.« Er lacht nervös.

»Das waren meine Sachen. Die haben mir gehört.«

Er glotzt mich schwachsinnig an.

»Zeig mir, wo sie sind!«, brülle ich.

»Ich weiß es nicht mehr. In einem der Säcke.«

»Im Flur? Auf dem Treppenabsatz? Wo?«

Ich stoße ihn zur Seite, renne die Treppe runter und reiße den ersten Müllsack auf, der voller Kontoauszüge, Stromrechnungen und Quittungen ist. Ich reiße den nächsten auf und finde vergilbte Ausgaben von *National Geographic* und zerbröselnde Schulbücher. Ich trete gegen einen Karton, der umkippt. Alte Kleider verteilen sich auf dem Boden, darunter eine schimmelnde Armeeuniform und eine Schachtel mit militärischen Medaillen.

Wichtig ist mir nur, den Knopf zu finden. Er ist alles, was ich noch von meiner Mutter habe – ein kleiner Rest von einem Kleidungsstück, das sie getragen hat. Wenn ich ihn in der Hand halte, kann ich mich an den Klang ihrer Stimme erinnern, mir ihr Gesicht vor Augen rufen und ihre Arme um meinen Körper spüren.

»Wonach suchst du?«, fragt Elias.

Ich bin so wütend, dass ich nicht antworten kann.

Ich gehe die Treppe hinunter, kippe im Flur weitere Kartons um, reiße Müllsäcke auf und verteile ihren Inhalt auf dem Boden. Ich suche auf Knien, mit beiden Händen. Mein Handy klingelt. Ich ignoriere es und suche weiter.

Elias ist mir gefolgt. »Du bringst alles durcheinander.«

Ich stoße noch einen Karton um und durchwühle den Inhalt, die Sicht vor Wut und Tränen verschwommen.

»Wo ist er? Der Knopf. In welchem Sack?«, schreie ich.

Er zuckt grinsend oder grimassierend die Schultern.

»Du Arsch!«, kreische ich und stoße ihn gegen die Brust. Ich will ihm die Augen auskratzen. Ich trommele weiter auf ihn ein, doch die Schläge prallen ab. Ich ziele auf sein Gesicht, treffe seine Nase und spüre, dass etwas bricht. Er stößt mich mühelos weg, und ich pralle so heftig gegen die Wand, dass der gerahmte Spiegel zittert.

Er wischt sich die Nase ab und leckt Blut von seiner Oberlippe. Ich hole erneut aus, doch er packt mein Handgelenk, während er seine andere Hand um meinen Hals legt und mich gegen die Wand drückt. Ich schlage und trete weiter um mich, doch seine Finger schließen sich immer fester, und meine Füße berühren den Teppich nicht mehr.

Sein Blick ist leer. Hohl. Unergründlich. Ich sehe weder Wut noch Mitleid, weder Kummer noch Empathie. Ich strecke die Zehen aus und versuche, festen Halt zu finden. Mit der linken Hand zerre ich an seinem Handgelenk.

Ich krächze seinen Namen. Ich will atmen. Nur einen Zug, einen Mund voll Luft.

Elias' Gesicht wird unscharf. Blut läuft aus seiner Nase über die Lippen und verschmiert seine Zähne. In diesem Augenblick sehe ich den Teenager mit dem Messer. Der die Stimme gehört und ihre Anweisungen befolgt hat. Ich versuche krampfhaft, seine Finger zu lösen. Aber ich werde schwächer. Langsamer. Benommen. Alles dreht sich. Das Letzte, was ich höre, ist Lilahs Schrei.

64

Cyrus

Im Gegensatz zu den meisten Menschen ihres Alters behandelt Evie ihr Handy nicht wie einen Körperfortsatz. Sie hängt nicht stundenlang vor dem Display, um TikTok-Videos zu schauen, Spiele zu spielen oder mit ihren Freundinnen zu chatten. Weil ich keine habe, würde sie sagen, wenn ich jetzt mit ihr sprechen könnte. Und das würde ich gern, aber sie geht nicht ans Telefon.

Ein kleiner Zweifel nagt beharrlich an meiner Brust, wie ein Grabtier, das sich in Sicherheit bringen will. Ich sage mir, dass Evie bestimmt mit Lilah zusammengeblieben ist. Wahrscheinlich haben sie verschlafen, sind frühstücken gegangen oder mit den Hunden spazieren.

Edgar ruft quer durch den Einsatzraum.

»Thompson ist letzte Woche Montag nach Alkohol riechend und mit Schnittwunden im Gesicht zur Arbeit erschienen. Sein Chef hat ihn nach Hause geschickt. Seitdem wurde er nicht mehr gesehen.«

»Wo wohnt er zurzeit?«, fragt Lenny.

»Bis vor zwei Wochen hat er im Gästezimmer eines Kumpels in Carrington übernachtet, dann musste er seine Sachen packen, nachdem er fast die Wohnung in Brand gesetzt hat. Ein Handtuch ist auf einen Heizstrahler gefallen. Ich überprüfe die lokalen Airbnbs.«

Dave Curran zieht ein Blatt aus dem Drucker. »Thompson verwaltet ein Drei-Zimmer-Haus in der Nähe von Newstead Abbey. Es steht unter Denkmalschutz und ist seit sechs Wochen unbewohnt.«

»Das reicht mir«, sagt Lenny und schnappt sich ihre Jacke. »Aufbruch in fünf Minuten.« Sie wendet sich mir zu. »Wo ist Lilah Hooper?«

»Ich versuche, sie zu erreichen.«

»Sollte ich mir Sorgen machen?«

»Ich glaube nicht.«

»Ruf mich an.«

Ich gehe nach unten in den Haftzellenblock und passiere den Kontrollraum vor den Arrestzellen. Ich packe mein Handy, Schlüssel und Kreditkarten in eine Plastiktüte. Ein Sergeant schließt die Zellentür auf. Mitch steht auf und stellt sich mit gespreizten Beinen und erhobenen Händen an die Wand. Er kennt die Routine.

»Ich komme zurecht«, erkläre ich dem Sergeant, und er lässt uns allein.

Mitch kehrt zu seiner Pritsche zurück, ohne mich anzusehen, legt sich hin und bedeckt die Augen mit dem Unterarm.

»Wissen Sie, was komisch ist«, sagt er. »Man sagt so lange immer wieder dasselbe, und keiner glaubt einem, bis man an den Punkt kommt, wo man anfängt, sich zu fragen, ob man vielleicht selber verrückt ist.«

»Sie sind nicht verrückt. Ich habe mit Lilah gesprochen. Sie ist sich nicht mehr sicher.«

»Nicht sicher?« Er lacht bitter. »Wie hilft mir das weiter?«

Er hat recht. Selbst wenn Lilah ihre Aussage korrigieren würde, würde das einem Richter nicht reichen, das Urteil zu kippen. Eine Revision würde Jahre dauern, und bis dahin hat Mitch seine Strafe ohnehin abgesessen.

»Fakten spielen keine Rolle mehr«, sagt er. »Ich glaube, sie sind wie Pferde in einem Rennen. Einige sind Favoriten, andere haben eine Halbe-halbe-Chance oder gelten als Außenseiter, aber sie alle können besiegt werden, wenn jemand die Informationen manipuliert oder das Publikum davon überzeugt, dass alles Fake News ist.«

Ich verstehe seinen Pessimismus. Mitch ist der lebende Beweis dafür, dass Glück und Pech sich ebenso wenig ausgleichen, wie man sein Glück zwingen oder vorhersagen kann. Es ist wie in dem alten Witz: Wie bringt man Gott zum Lachen? Man erzählt ihm, dass man einen Plan hat.

Mitch richtet sich auf und bietet mir eine Hälfte der Bank an.

»Und warum sind Sie hier?«

»Ich wollte nach Ihnen sehen.«

»Ich gehe nirgendwohin.«

Ich lehne mich mit dem Kopf an die Wand. »Ist Ihnen an dem Abend, als Lilah überfallen wurde, irgendwas Ungewöhnliches aufgefallen?«

»Ich habe geschlafen.«

»Und vorher?«

»Lilah ist am Nachmittag zur Arbeit gegangen. Ich habe eine Runde mit Trevor gedreht. Er war damals noch ganz jung.«

»Wohin sind Sie gegangen?«

»Zum Arboretum – am Ende der Straße. Auf dem Nachhauseweg habe ich bei einem Foodtruck einen Taco gekauft und Trevor die Hälfte gegeben. Er mochte die Jalapeños nicht.«

Die Information hallt in mir nach. Es ist, als hätte jemand eine Stimmgabel angeschlagen und an mein Ohr gehalten.

»Hatten Sie diesen Foodtruck vorher schon mal gesehen?«

»Nein.«

Weitere Details fallen mir ein. An dem Abend, an dem Maya verschwunden ist, hat ein Nachbar einen Foodtruck in der Beaconsfield Road gesehen. Patrice Rennie ist Koch und hat eine Catering-Firma gegründet, die während der Pandemie pleitegegangen ist.

»Was ist los?«, fragt Mitch.

Ich bin aufgesprungen, poche gegen die Zellentür und rufe, dass man mich rauslassen soll. Als die Tür geöffnet wird, dränge ich an dem Sergeant vorbei, hole am Tresen mein Handy ab und laufe die Innentreppe zum Einsatzraum hoch. Viele Mitglieder der Ermittlungskommission sind mit Lenny losgefahren oder machen Befragungen an Haustüren, doch ein Dutzend Detectives durchsucht weiter Datenbanken und sichtet Aufnahmen von öffentlichen und privaten Überwachungskameras.

»Wer beschäftigt sich mit der Familie Rennie?«, rufe ich.

Prime Time hebt eine Hand, ohne von seinem Computer aufzublicken.

»Sie haben im Januar ihr Haus verkauft.« Er zeigt auf den Bildschirm. »Das ist die jüngste Information, die ich finden kann.«

Es ist ein Online-Artikel der *Daily Mail.*

Die Familie der unheilbar erkrankten jungen Frau hofft, 200 000 Pfund aufzubringen, um ihr eine alternative Behandlung im Ausland zu ermöglichen. Jolene Rennie aus Notting-

ham war dreiunddreißig, als bei ihr fortgeschrittener Darmkrebs diagnostiziert wurde.
Die Ärzte rieten zu einer Palliativbehandlung, doch im Laufe der nächsten vier Jahre unterzog Jolene sich insgesamt vierundzwanzig Zyklen von Chemotherapie, bis eine Remission erreicht wurde. Im vergangenen Oktober erhielt sie jedoch die niederschmetternde Nachricht, dass ihr Krebs zurückgekehrt war und bis zum Bauchfell, dem Becken und den Eierstöcken gestreut hatte.
Fachchirurgen am Royal Marsden Hospital erklärten Jolene für nicht operabel, doch die Familie sagt, dass es im Ausland zahlreiche alternative Behandlungsmöglichkeiten gibt, deren Kosten nicht vom National Health Service gedeckt werden.
Jolenes Ehemann Patrice, ein Koch, hat bereits das Haus der Familie in Lenton verkauft und hofft, den Rest des Geldes durch Spenden aufzubringen.
»In Amerika ist man uns in der Krebstherapie um zwanzig Jahre voraus«, sagte er. »Jeder Penny wird zählen, und wir werden Jolene wieder gesund machen.«

Ich überprüfe, wann der Artikel erschienen ist. Es war der 8. Februar.

»Wann haben sie das Land verlassen?«, frage ich.

»Im April.«

»Suchen Sie nach einer Todesanzeige.«

Prime Time gibt die Suche ein. Der einzige Treffer ist drei Wochen alt.

Jolene Phillipa Rennie (geb. Wright), innig geliebte Frau von Patrice, Tochter von Noel und Elizabeth, Schwester von Cassandra, hat uns am Freitag, den 25. Oktober, im Alter von achtunddreißig Jahren zu unserer großen Trauer verlassen. Sie hat auf jede erdenkliche Weise gekämpft, doch nun ist ihr Leiden vorüber.

Ich rufe Lenny an, aber es ist besetzt. Ich will es gerade erneut versuchen, als ein Anruf von Dr. Baillie aus der forensischen psychiatrischen Klinik Rampton eingeht.

»Ist Elias bei Ihnen?«, fragt er.

»Nein. Wieso?«

»Das elektronische Überwachungssystem hat mir gerade eine Warnung geschickt. Der GPS-Tracker zeigt an, dass Elias Ihre Adresse vor mehr als einer Stunde verlassen hat. Können Sie seinen Aufenthaltsort bestätigen?«

»Nein.«

65

Cyrus

Es sollte so etwas wie Murphy's Law für den Verkehr geben – je dringender man irgendwohin muss, desto langsamer geht die Fahrt. Desto mehr Baustellen, Stoppschilder und rote Ampeln. Desto mehr tattrige alte Damen, Männer mit Rasenbowling-Hüten und Kindergottesdiensthelferinnen am Steuer oder eins der anderen ausgeleierten Klischees, die heutzutage offenbar Anstoß erregen.

Evie geht nach wie vor nicht an ihr Telefon. Ich versuche es bei Lenny. Diesmal komme ich durch, aber sie sagt, ich solle dranbleiben. Ich höre Stimmen – eine Einsatzbesprechung. Sie sind bei dem Haus angekommen. Thompsons Wagen parkt davor. Eine bewaffnete Spezialeinheit ist zwölf Minuten entfernt.

Lenny spricht wieder mit mir. »Mach es kurz.«

»Patrice Rennie hat einen Foodtruck. An dem Abend, als Maya verschwunden ist, wurde vor ihrem Haus ein Foodtruck gesehen. Und Mitchell Coates erinnert sich daran, an dem Tag, an dem Lilah Hooper überfallen wurde, ebenfalls einen Foodtruck bemerkt zu haben.«

»Ich dachte, Rennie hätte seine Frau nach Amerika gebracht.«

»Jolene Rennie ist vor vier Wochen an Krebs gestorben. Das könnte ihn über den Rand gestoßen haben.«

»Wo ist er?«

»Prime Time lässt Mitglieder der Ermittlungskommission nach ihm suchen, aber ich glaube, ich kenne jemanden, der ihn finden kann.«

Im Hintergrund höre ich rufen: »Verdächtiger identifiziert!«

»Das ist er«, sagt Lenny und setzt sich in Bewegung. Thompson muss aus dem Haus gekommen sein. Jemand brüllt »Polizei! Hände hoch. Auf den Boden! Auf den Boden! Auf die Knie.«

»Warte in der Radford Road auf mich«, sagt Lenny wieder zu mir.

»Das geht nicht. Elias ist abgehauen. Seine Fußfessel hat vor einer Stunde Alarm ausgelöst.«

»Wohin könnte er gegangen sein?«

»Ich weiß es nicht, aber ich bin fast zu Hause.«

»Was ist mit Lilah Hooper?«

»Vom Winde verweht.«

Lenny flucht und beendet das Gespräch.

Ich habe die Parkside erreicht. Die Haustür steht weit offen. Ich renne den Weg hinauf und rufe nicht Elias' Namen, sondern Evies. Was sagt das über mich? Der Flur ist voll mit umgekippten Kartons und aufgerissenen Müllsäcken. Ihr Inhalt ist auf dem Boden verteilt. Ausgemusterte Kleidung. Zeitschriften. Schulbücher. Trophäen. Sonnenverblichene Vorhänge. Alte Bettlaken. Ich weiß nicht genau, ob ich ausgeraubt wurde oder ob mich jemand vor die Tür setzen wollte.

Im Garten bellt Poppy. Sie ist mit einem anderen Hund zusammen. Trevor. Lilah muss hier gewesen sein. Ich renne die Treppe hoch, wo der Inhalt weiterer Kartons und Säcke auf dem Boden verteilt ist. Sie stammen vom Speicher. Das war Elias, nicht Evie.

Ich versuche erneut, sie anzurufen, und höre ihren Klingelton – den Song irgendeiner koreanischen Boyband mit Initialen statt Namen. Das Geräusch kommt aus dem Eingangsflur. Ich finde ihr Handy unter einem Stapel Zeitschriften. Meine Textnachrichten und verpassten Mailboxnachrichten werden auf dem Display angezeigt. Ich knie auf dem Boden und starre auf das Telefon, als mir etwas Glänzendes auf den Seiten einer aufgeschlagenen Zeitschrift ins Auge fällt. *National Geographic.* Ein Tropfen. Ich berühre ihn mit einer Fingerspitze und zerreibe ihn an meinem Daumen. Ölig. Dunkel. Blut.

Evies Wagen ist verschwunden. Ich versuche, mir einzureden, dass sie und Lilah shoppen oder mittagessen sind, aber Evie geht nicht gern einkaufen, schließt nicht schnell Freundschaften und würde ihr Handy nicht zu Hause liegen lassen.

Dr. Baillie ruft an.

»Haben Sie ihn gefunden?«, fragt er.

»Nein.«

»Haben Sie eine Ahnung, wo er sein könnte?«

»Nein, keine.«

»Dann bin ich verpflichtet, die Polizei zu alarmieren.«

»Das verstehe ich, aber Sie haben gesagt, jemand würde ihn tracken.«

»Die Fußfessel sendet GPS- und Funksignale. Wir arbeiten mit einer elektronischen Überwachungsfirma in Manchester zusammen.«

»Wenn ich Elias finde und ihn nach Rampton zurückbringe, zählt das zu seinen Gunsten?«

»Ich rate Ihnen, die Sache der Polizei zu überlassen.«

»Das verstehe ich, aber er ist mein Bruder, und ich möchte nicht, dass ihm etwas zustößt.«

Baillie denkt offenbar einen Moment über die Bitte nach. »Ich rufe die Firma an und frage, aber ich warne Sie, sich Elias allein zu nähern. Wenn er einen psychotischen Schub hat, erkennt er Sie vielleicht gar nicht.«

Er legt auf, und ich betrachte erneut die Blutstropfen auf der Zeitschrift. Auf dem Teppich sind weitere. Mir fallen dunkle Abdrücke auf der Fußleiste auf. Eine kleine Person ist an die Wand gedrückt worden, die Füße ohne Bodenhaftung. Sie hat getreten und sich gewehrt.

Familie ist ein Band aus Blut und gemeinsamer Geschichte, doch wie können zwei Menschen, die dieselben Gene teilen, so verschieden sein? Angeblich gibt es einen ewigen unverbrüchlichen Bund zwischen Brüdern. Familie ist Familie, egal, was passiert. Nicht mehr. Nicht jetzt.

Ich rufe Lenny an. Sie ist auf dem Rückweg in die Radford Road.

»Thompson ist ein Säufer«, sagt sie. »Wir müssen ihn erst ausnüchtern, bevor wir irgendwas Vernünftiges aus ihm rauskriegen.«

»Lilah Hooper und Evie sind nicht zu Hause«, unterbreche ich sie. »Die Haustür stand weit offen, und im Flur sind Blutspuren.«

»Wo ist Elias?«

»Keine Spur von ihm.«

»Scheiße!«

Mein Handy klingelt. Ich erkenne die Nummer nicht. Ich stelle Lenny auf Halten.

Cassies Stimme: »Lassen Sie nicht zu, dass die Polizei ihn umbringt.«

66

Evie

Die Kälte sickert in meine Brust. Sie hat in meinen Finger- und Zehenspitzen angefangen, ist langsam in die Arme und Beine gekrochen, und jetzt kann ich nicht aufhören, mit den Zähnen zu klappern. Ich sage mir, dass ich schon an kälteren und dunkleren Orten war. Ich war hungrig und verängstigt und habe zugehört, wie ein Mann, mein Freund, zu Tode gefoltert wurde. Aber ich war immer versteckt und nie gefangen.

»Ist da jemand?«, rufe ich leise.

Ich lausche den Geräuschen. Tropfendes Wasser. Das Krächzen einer Krähe. Äste eines Baumes, die im Wind ächzen. In der Ferne Verkehrsrauschen oder vielleicht auch ein Zug, aber keine Stimmen oder Schritte. Kein Zeichen von Leben.

Ich kann die Ränder eines zugenagelten Fensters erkennen, weil Licht durch die Ritzen fällt. Und ein weiterer Strahl durch den Spalt unter einer geschlossenen Tür.

Das Letzte, was ich gehört habe, bevor ich ohnmächtig wurde, war Lilahs Schrei. Ich kneife die Augen zu und versuche, mich an mehr zu erinnern. Ein weiteres Bild blitzt auf. Elias, der sich über mich beugt. Sein Mund auf meinem. Ich kann das Blut auf seinen Lippen schmecken und seinen säuerlichen Atem und sein Rasierwasser riechen.

Ein weiteres Bild. Lilah liegt neben mir auf dem Boden. Ich berühre ihre Hand, weil ich denke, dass sie tot ist, aber ihre Haut ist warm. Ich drücke zwei Finger an ihr Handgelenk und fühle nach einem Puls … Sie lebt. Ich versuche, mich an mehr zu erinnern, doch die Kälte entreißt mir die Fetzen immer wieder.

Wo bin ich? Ich sitze auf nacktem Betonboden mit dem Rücken an einem Rohr bis zur Decke. Meine Arme und Handgelenke sind gefesselt, ein weiteres Seil ist um meinen Hals geschlungen, das mir die Luft abschnürt, wenn ich das Kinn senke.

»Ich habe Durst«, sage ich. »Kannst du mich hören?«

Ich lausche. Nichts.

»Ich muss mal auf Toilette«, sage ich, lauter.

Ich frage mich, ob Lilah mich hören kann.

»Hey! Bist du da?«

Wenn ich sicher wäre, allein zu sein, würde ich den Laden zusammenbrüllen. Das könnte ich auch jetzt machen, doch es widerspricht all meinen Instinkten. Als ich mich in der geheimen Kammer versteckt habe, ein Kind im Dunkeln, eine Maus im Mauerwerk, durfte ich keinen Mucks machen. Ich habe die Luft angehalten, habe gehört, wie sie meinen Namen gerufen, mich gesucht, Löcher in den Putz geschlagen, Teppiche und Dielen herausgerissen und Betten auf den Kopf gestellt haben.

Ich rutsche auf dem Hintern, um zu sehen, wie weit ich komme. Nur ein paar Zentimeter in jede Richtung. Ich strecke die Beine aus. Meine Zehen berühren etwas Weiches. Ich zucke zurück, weil ich denke, es könnte eine Leiche sein, doch als ich die Beine wieder ausstrecke, spüre ich, dass es eine Decke ist. Ich ziehe sie näher heran.

Mit den Füßen schiebe ich sie über meine Knie und bis zu den Oberschenkeln, aber höher kann ich sie ohne Einsatz der Hände nicht ziehen. Die Anstrengung hat mich aufgewärmt.

Schritte. Die Tür geht auf, ein Schatten füllt den Rahmen. Er hat eine Taschenlampe, mit der er mir in die Augen leuchtet. Ich wende den Kopf ab.

»Elias?«

67

Cyrus

Cassie wartet schon auf mich, als ich vor dem Arncliffe Centre halte. Sie schlüpft auf den Beifahrersitz und schnallt sich an, vermeidet jedoch jeden Blickkontakt. Die ersten Minuten fahren wir schweigend, und ich warte darauf, dass sie etwas sagt. Ich erwarte es.

»Wann ist es Ihnen klar geworden?«, fragt sie.

»In der Todesanzeige wurden Sie Cassandra genannt. Ihre Schwester hat nach der Hochzeit mit Rennie seinen Namen angenommen. Vorher war sie Jolene Wright. Patrice ist der Schwager, um den Sie sich Sorgen gemacht haben. Sie haben gesagt, er ist ein Wrack.«

»Ich dachte nicht, dass er so etwas tun würde«, flüstert sie. »Bis Sie mir erzählt haben, dass Maya früher als Krankenschwester gearbeitet hat, habe ich nicht mal die Möglichkeit in Erwägung gezogen, dass sie eine der Schwestern sein könnte, die …«

Sie scheint den Rest des Satzes abzubeißen und herunterzuschlucken.

»Was ist mit Daniela Linares?«, frage ich.

Cassie antwortet nicht.

»Wo ist Patrice?«

»Er hat in seinem Foodtruck gelebt.«

»Wo?«

»Hier und da.«

»Hat er eine Telefonnummer?«

»Er hat sein Handy ausgeschaltet.«

»Wie erreichen Sie ihn?«

»Gar nicht. Ich habe ihn zuletzt auf der Beerdigung gesehen.«

Sie schlingt beide Arme um die Knie und drückt ihr Kinn dazwischen. Ich fahre ins Zentrum von Nottingham, zur Radford Road.

»Was will er?«, frage ich.

»Die Wahrheit.«

»Er *kennt* die Wahrheit. Die Krankenschwestern haben einen Fehler gemacht.«

»Sie haben gelogen, um sich gegenseitig zu schützen.«

»Sie haben Alarm geschlagen. Sie haben versucht, die Babys zu retten.«

Cassies Augen funkeln vor Wut. »Sie haben Oliver umgebracht. Sie waren nachlässig. Irgendjemand hätte dafür bezahlen müssen.«

»Wie Maya?«

Sie hält inne und atmet tief ein. »Nein. Niemals. Nicht so.«

Als sie neu ansetzt, hat ihre Stimme einen flehenden Unterton.

»Meine Schwester war einer der gütigsten, warmherzigsten, schönsten Menschen auf Erden. Alles, was sie wollte, war, jemanden wie Patrice zu treffen und eine Familie zu haben. Als Oliver geboren wurde, war es, als wäre ein Traum wahr geworden. Ich hatte sie noch nie so glücklich gesehen. Und als er starb, war sie so von Trauer verzehrt, wie ich es auch noch nie gesehen hatte.

Aber sie hat sich nicht beschwert. Sie wollte nicht, dass die Krankenschwestern angezeigt wurden. Sie wollte das Krankenhaus nicht verklagen. Sie wollte bloß eine weitere Chance, Mutter zu werden. Sie haben alles versucht. Künstliche Befruchtung. Homöopathie. Beten. Akupunktur. Volksheilmittel. Sie hat auf einem Hügel in Dorset geschlafen und Schwalbennestersuppe gegessen. Nichts hat funktioniert. Und dann kam der Krebs. Es war furchtbar. Sie ist Stück für Stück verschwunden, von innen aufgefressen. Was für ein Gott kann so durch und durch bösartig sein?«

Sie sieht mich an und möchte eine Erklärung. Ich habe keine.

»Haben Sie Mitchell Coates den Beweis untergeschoben?«, frage ich.

»Nein. Ganz sicher nicht. Überprüfen Sie die Daten. Ich war damals noch an der Uni.«

»Wer dann?«

»Hoyle.«

Ich wende den Blick kurz von der Straße, um sie anzusehen.

»Craig hat mir erzählt, dass Hoyle das schon öfter gemacht hat – Material von einem Tatort mitnehmen und es in der Wohnung oder im Wagen des Verdächtigen deponieren.«

»Warum hat Dyson nichts gesagt?«

»Hoyle war zu clever, um sich erwischen zu lassen. Und ohne Beweis hätte niemand das Vorgehen eines leitenden Beamten infrage gestellt. Es wäre beruflicher Selbstmord gewesen.«

»Das hat Dyson Ihnen erzählt?«

Sie nickt. »Hoyle betrachtet es nicht als Korruption, sondern als Optimierung des Verfahrens. Wenn er von der Schuld eines Verdächtigen überzeugt ist, *findet* er den Beweis, der für eine Verurteilung sorgt.«

»Mitchell Coates saß sechs Jahre für ein Verbrechen im Gefängnis, das er nicht begangen hat.«

Cassie verstummt.

»Der Überfall auf Lilah Hooper geschah zwei Wochen, nachdem die Anklage wegen fahrlässiger Tötung gegen sie fallen gelassen wurde. Sie müssen Patrice im Verdacht gehabt haben.«

»Nein. Niemals. Er und Jolene haben versucht, noch ein Kind zu bekommen. Der Gedanke ist mir überhaupt nicht gekommen.«

»Wo ist er? Irgendjemand muss es wissen. Freunde. Verwandte.«

»Auf der Beerdigung waren ein paar seiner alten Kumpel vom Militär, aber ich weiß nicht, wie man sie erreichen kann.«

»Sie decken ihn.«

»Nein.«

»Voigt hat Sie gebeten, die beiden Seile zu vergleichen, die bei den Angriffen auf Maya und Lilah benutzt wurden. Haben Sie das absichtlich aufgeschoben?«

Cassie zögert, als würde sie mit sich ringen, wie viel sie preisgeben soll.

»Es ist Hanf«, flüstert sie. »Dieselbe organische Beschaffenheit und Flechtung.«

»Stammt es aus derselben Quelle?«

»Ja.«

»Als wir uns im Little Drummer getroffen haben, haben

Sie die Aufnahmen der Überwachungskamera über dem Tresen gesehen. Sie haben Patrices Bild im Spiegel erkannt.«

Sie schweigt wieder. Vielleicht aus Trotz oder Selbstmitleid oder Verlegenheit. Schließlich spricht sie doch. »Es gibt noch etwas, das Sie wissen sollten. Vor zehn Tagen wurde bei einer Apotheke in Lenton eingebrochen. Es sah aus wie die Tat eines Süchtigen, der Methadon oder Opioide erbeuten wollte, doch es wurde noch etwas gestohlen. Heparin.«

»Der Blutverdünner.«

»Das Medikament, das Oliver getötet hat.«

»Wie lange wissen Sie schon von dem Diebstahl?«

»Erst seit heute Morgen.«

Wir haben die Polizeistation fast erreicht, als mein Handy klingelt. Ich gehe dran, weil ich hoffe, dass es Evie ist, doch stattdessen meldet sich eine muntere Männerstimme mit einem Liverpooler Akzent. Er stellt sich als Gary von EMS vor, dem Electronic Monitoring Service.

»Sie hatten nach Informationen über E645 gefragt«, sagt er und tippt etwas. Ich stelle mir vor, wie er in einem Büroblock in Manchester auf einen Bildschirm starrt. »Der Monitor seiner Fußfessel hat angezeigt, dass er die festgelegte Adresse in der Parkside heute Morgen um elf Uhr sechsundzwanzig verlassen hat. Ausgehend von dem Tempo, in dem er sich bewegt hat, war er höchstwahrscheinlich in einem Fahrzeug unterwegs. Er ist zwanzig Minuten in Richtung Norden gefahren und hat seinen aktuellen Standort seit einer Stunde nicht verlassen. Die Beech Avenue in Basford. Nächste Querstraße ist die Albany Road. Seine Datei ist mit einem Warnhinweis versehen. Ich soll die Polizei benachrichtigen. Wer ist er?«

»Mein Bruder.«

»Ist er gefährlich?«

»Ja.«

68

Evie

Ich wende mein Gesicht blinzelnd ins helle Licht. Die Umrisse haben die falsche Größe und Form. Es ist nicht Elias.

Er nimmt einen Klappstuhl aus Metall von der anderen Seite des Raumes, wirbelt ihn herum und stellt ihn verkehrt herum auf, sodass er sich rittlings daraufsetzen kann. Warum machen Männer das wohl – sich aufführen, als hätten sie so dicke Eier, dass sie einen Stuhl brauchen, um sie zu tragen.

Ich weiß jetzt wieder, was passiert ist. Meine Erinnerungen fügen sich zu einer Handlung, zu einem Schauspiel in drei Akten, aber es ist nicht Shakespeare. Elias beugte sich über mich und atmete mir in den Mund. Ich dachte, er wollte mich küssen oder umbringen. Ich stieß ihn weg, spuckte seinen Geschmack in meinem Mund aus, beschimpfte ihn als pervers und erklärte ihm, er solle seine schmutzigen, Familie-meuchelnden Hände von mir lassen.

»Wo ist deine Freundin?«, fragte er.

Mir fiel Lilahs Schrei wieder ein. »Was hast du mit ihr gemacht?«

»Nichts. Sie ist weggelaufen.«

Der Foodtruck parkte immer noch an der Ecke, aber jetzt war die Lade hochgeklappt, und die Seitentür stand offen. Klaffend und dunkel. Einen Fahrer konnte ich nicht ausmachen. Ich ging in die Hocke und spähte zwischen den Rädern unter die Karosserie, aber auf der anderen Seite war niemand.

Plötzlich fiel mir wieder ein, wo ich den Truck schon einmal gesehen hatte. An dem Tag, als ich Lilah zum ersten Mal besucht habe, stand er vor ihrem Haus. Ich hatte Hunger, doch der Fahrer sagte, er habe noch nicht geöffnet. Ich habe mir sein Gesicht nicht näher angesehen, weil es nicht wichtig war. Ich wollte einen Taco kaufen, keine Lüge erkennen.

Derselbe Truck stand vor dem Haus, als Lilah und ich von dem Spaziergang mit den Hunden zurückkamen. Ich erinnerte mich an die Bilder auf den Türen. Ein Sombrero. Ein Kaktus. Ich trat näher, steckte den Kopf durch die Tür und sah Lilah, die aus der Dunkelheit zurückstarrte. Die Augen aufgerissen, den Mund zugeklebt.

Eine Hand legte sich auf meinen Mund und erstickte meinen Schrei. Meine Beine wurden weggetreten, ich wurde hochgehoben und in den Truck geworfen. Ich wehrte mich, biss auf Finger, trat gegen Schienbeine. Ich spürte einen Stich im Nacken und hörte, wie Klebeband von einer Spule gerissen wurde, um mir damit Mund und Augen zuzukleben.

Bevor alles dunkel wurde, habe ich ganz kurz das Gesicht des Mannes gesehen. Jetzt sitzt er mir gegenüber. Ohne Verkleidung. Er versteckt sich nicht mehr.

»Wer sind Sie?«, frage ich.

»Du kannst mich Rennie nennen. Wie heißt du?«

»Evie.«

»Bist du ein gerechter Mensch, Evie?«

»Wieso?«

»Ich frage dich, ob du den Unterscheid zwischen richtig und falsch verstehst.«

»Ja.«

»Glaubst du, dass Menschen bestraft werden sollten, wenn sie etwas Falsches getan haben?«

»Ich weiß nicht, wovon Sie reden.«

»Von Gerechtigkeit. Fairness. Verantwortlichkeit. Junge Menschen verstehen Gerechtigkeit besser als Erwachsene. Ihr Verstand ist noch nicht vergiftet.«

»Ich will nach Hause.«

»Und das darfst du auch, aber zunächst musst du etwas für mich tun.«

Er lächelt, ohne seine Zähne zu zeigen, doch ich weiß, dass er die Wahrheit sagt.

»Haben Sie Maya umgebracht?«, frage ich.

»Sie ist entkommen und die Treppe runtergefallen. Sie war schon tot, als ich sie gefunden habe.«

Wieder sagt er die Wahrheit. Er steht auf, und ich mache mich kleiner.

»Ich tu dir nichts. Ich würde nie ein Kind anrühren.«

»Ich bin kein Kind.«

»Gut. Denn es ist wichtig, dass du erwachsen bist. Du sollst für mich Richter und Geschworene sein.«

»Ich werde niemanden verurteilen. Cyrus wird mich finden. Er wird Sie dafür büßen lassen.«

»Wer ist Cyrus?«

»Ein Freund.«

»Dein Freund?«

»Nein!«

Ich sage es zu aggressiv, und er lacht. Ich will dieses Grinsen aus seinem Gesicht wischen. Stattdessen erkläre ich ihm, er soll mich am Arsch lecken, und spucke ihm die übelsten Beschimpfungen ins Gesicht.

»Du hast ein schmutziges Mundwerk, Evie.«

»Und Sie stinken.«

Der kahle Mann klappt sorgfältig seinen Stuhl zusammen und lehnt ihn wieder an die Wand. Dann verlässt er den Raum, und ich höre Metall über Beton schrammen. Wasser schwappt. Die Schritte kehren zurück. Die Silhouette in der Tür sieht jetzt anders aus, weil sie einen Eimer trägt.

»Nein. Ich wollte nicht … Bitte. Nicht!«

Schmutziges, eiskaltes Wasser klatscht mir ins Gesicht. Die Tür wird geschlossen. Dunkelheit.

69

Cyrus

Gary ist nach wie vor am Telefon und leitet mir Informationen über Elias weiter. Zwischendurch stellt er mich immer wieder auf Halten, um mit einem Kollegen zu sprechen, einen Anruf anzunehmen oder den Status eines anderen auf Bewährung entlassenen Häftlings oder Angeklagten zu überprüfen, der gegen einen Hausarrest, eine Ausgangssperre oder Bewährungsauflagen verstoßen hat. Die Beschuldigten, Verurteilten und Tadelnswerten.

»Ich habe das Signal vor acht Minuten verloren«, sagt er.

»Wie kann das passieren?«

»Entweder er hat den Sender zerstört, oder er hält sich irgendwo drinnen auf, unter der Erde oder hinter dicken Mauern.«

»Sagen Sie bitte Bescheid, wenn Sie wieder ein Signal empfangen.«

Ich gebe die Querstraße in mein Handy ein, das in einem Halter am Armaturenbrett klemmt.

»Wer ist Elias?«, fragt Cassie.

»Mein Bruder. Er ist für einen Besuch aus Rampton entlassen worden. Er trägt eine Fußfessel.«

»Das verstehe ich nicht.«

»Evie und Lilah Hooper werden beide vermisst. Meine

Haustür stand sperrangelweit offen. Evies Wagen ist verschwunden.«

»Und Sie glauben, Elias hat sie?«

»Oder Patrice.«

Cassie scheint ihre nächste Frage herunterzuschlucken, und wir fahren schweigend weiter nach Süden, über die Hucknall Road nach Nottingham.

Als wir die Beech Avenue erreichen, verlangsame ich das Tempo und halte Ausschau nach Evies Auto. Zur Linken nimmt ein verfallenes Gebäude den gesamten Block ein, fünf Stockwerke hoch, mit großen Fenstern auf jeder Etage, die entweder mit Brettern vernagelt oder eingeschlagen sind. Das Dach ist nach einem Feuer eingebrochen. Über einigen Fenstern kann ich Brandspuren ausmachen, und vor dem Himmel zeichnen sich verkohlte Balken ab.

Nachdem ich einmal langsam um den Block gefahren bin, halte ich an, betrachte die Fabrik und nehme mein Telefon aus der Halterung.

»Wohin gehen Sie?«, fragt Cassie.

»Ich schau mir das mal näher an.«

»Ich will nicht allein hierbleiben.«

Sie geht neben mir auf dem Bürgersteig. Eine Böe drückt ihren Mantel an ihren Körper und lässt ihre Augen tränen. Wir gehen an einer Backsteinmauer entlang, die, unterbrochen von Toren, das gesamte Gelände einzufassen scheint. Um einen besseren Blick zu bekommen, hangele ich mich von dem niedrigen Ast eines Baumes auf die Mauerkrone hoch.

Die Fabrik wirkt wie aus der Zeit gefallen – ein Monument aus einer Ära, in der Nottingham ein industrielles Zentrum war. Das eingestürzte Dach hat das oberste Stockwerk freigelegt und die skelettartigen Balken und Stahlträger entblößt, die es einst gestützt haben. Inzwischen sind in Sonne und Regen Bäume und Sträucher gekeimt und zu einem dystopischen Dachgarten aus Unkraut gewuchert. Am Nordende des Baus erhebt sich ein Backsteinschlot über die Dachlinie, der das Feuer unbeschadet überstanden hat.

Ich lasse den Blick über die Fassade des Gebäudes schweifen und betrachte die großen rechteckigen Fenster, die in den unteren Stockwerken mit Sperrholz vernagelt, in den oberen durch Steine oder Hitze geborsten sind. Ich kann mir vorstellen, dass die Kinder aus der Gegend sich Geschichten über diesen Ort erzählen – überzeugt, dass sie nachts Schreie gehört oder gespenstische Umrisse in den Fenstern gesehen haben. So war es nach dem Tod meiner Familie. Unser Haus wurde zum Gegenstand von Albträumen und Mutproben, bei denen man klingeln und dann weglaufen musste. Autofahrer traten aufs Gaspedal, wenn sie vorbeifuhren, Mütter fassten die Hände ihrer Kinder auf dem Weg zur Schule fester.

Ich springe von der Mauer und rufe Lenny an. Sie ist fast wieder in der Radford Road.

»Patrice Rennie hat im vergangenen Jahr sein Haus verkauft, um die Krebsbehandlung seiner Frau zu bezahlen«, sage ich. »Er lebt in einem Foodtruck und ist seit der Beerdigung seiner Frau vor drei Wochen nicht mehr gesehen worden.«

»Ich schreibe Rennie und den Truck zur Fahndung aus. Hat jemand ein Foto von ihm?«

Ich sehe Cassie an. Sie nickt und fängt an, Bilder auf ihrem Handy durchzuscrollen.

»Wir schicken eins.«

»Wer ist bei dir?«

»Rennies Schwägerin.«

»Ich dachte, du verfolgst Elias.«

»Das tue ich auch. Man hat das Signal vor einer halben Stunde verloren. Ich stehe jetzt vor einem verlassenen Lagerhaus in der Beech Avenue.«

»Die alten Maville-Werke«, sagt Lenny. »Es war früher eine Fabrik für Stoffe aus Spitze. Sie wurde The White House genannt.«

»Dort könnte Rennie Maya festgehalten haben. Ness hat gesagt, den Mörtelspuren an ihren Knien nach zu urteilen, sei es vermutlich ein Gebäude aus dem späten achtzehnten oder neunzehnten Jahrhundert gewesen.«

Ich habe ein Eisentor erreicht. Ein Vorhängeschloss hängt an einer gelösten Kette. Ich blicke über den asphaltierten Hof, der voller Scherben ist. Es gibt eine Laderampe mit mehreren Parkbuchten. Eine Feuertreppe führt bis zum dritten Stock und endet dort abrupt.

Ich lasse das Handy sinken und drehe mich zu Cassie um. »Sie sollten hier auf die Polizei warten.«

»Wohin gehen Sie?«

»Ich schaue mir das mal näher an.«

Nachdem ich mich durch das halb offene Tor gezwängt habe, renne ich geduckt bis zur Ecke des Fabrikgebäudes. Auf dem Grundstein über meinem Kopf steht *29. Juni 1896*. Sonnenstrahlen fallen schräg durch die Äste von Bäumen, die lange Schatten werfen, und spiegeln sich blitzend in einer glatten Oberfläche bei der Laderampe. In einer der Buchten parkt ein Foodtruck, halb verdeckt von verrosteten Maschinen.

Ich gehe in die Hocke und halte das Telefon ans Ohr. Lenny ist immer noch dran.

»Ich glaube, ich habe Rennie gefunden.«

»Bleib, wo du bist. Wir kommen.«

70

Evie

Als kleines Mädchen habe ich Agnesa immer angebettelt, mir Gutenachtgeschichten zu erzählen. Die unheimlichen waren die besten, weil sie mir einen Vorwand gaben, meine Arme um Agnesa zu schlingen, den Kopf an ihre Brust zu drücken und die Vibration ihrer Stimme zu spüren.

Eine meiner Lieblingsgeschichten war die von den drei Brüdern, die ein Schloss aus Stein bauten. Sie arbeiteten Tag für Tag, setzten Stein auf Stein, doch jede Nacht stürzten die Mauern wieder ein. Schließlich erzählte ein alter Mann ihnen, dass sie einen Menschen opfern müssten, damit die Mauern stehen blieben. Die Brüder konnten sich nicht auf eine Person einigen, deshalb beschlossen sie, dass es die Ehefrau sein sollte, die ihnen am nächsten Tag das Mittagessen brachte.

Es war Rozafa, die den jüngsten Bruder geheiratet hatte. Als er ihr den Handel erklärte, willigte sie ein, sich in den Mauern des Schlosses begraben zu lassen, aber unter einer Bedingung. Sie bat darum, dass ihre rechte Brust entblößt blieb, damit sie ihren neugeborenen Sohn füttern konnte, ihre rechte Hand, damit sie ihn streicheln konnte, und ihr rechter Fuß, damit sie seine Wiege schaukeln konnte.

Ich wollte die Geschichte immer wieder hören, auch wenn ich sie nicht verstand. Vielleicht haben manche Fabeln gar keine Moral oder Botschaft, oder es handelt sich nur um ein weiteres Beispiel von einer Frau, die sich geopfert hat, um das Leben der Männer besser zu machen. Ich bin Rozafa gewesen, gefangen in den Mauern, ohne Möglichkeit zu entkommen. Jetzt bin ich wieder dort.

Die Tür geht auf. Der kahle Mann schneidet die Seile um meine Arme durch und wirft mir eine trockene Decke zu.

»Komm raus, wenn du so weit bist.«

Ich rappele mich langsam auf die Füße und reibe mir die Handgelenke, um die Durchblutung wieder in Gang zu bringen. Ich sehe mich in dem Raum um, auf der Suche nach einem Fluchtweg. Es ist eine Art Lagerhaus mit getünchten, stellenweise bröckeligen und feuchten Backsteinwänden, von denen die Farbe abblättert. Ich zerre an der Sperrholzplatte, mit der das Fenster zugenagelt ist. Sie bewegt sich nicht.

Ich schlurfe zur Tür, spähe um die Ecke und sehe als Erstes Stühle und einen Tisch.

»Da sitzt du«, sagt der Mann. Er versucht, meinen Arm zu berühren, doch ich ziehe ihn weg und starre Rennie wütend an.

Meine Jeans ist immer noch nass. Der Metallstuhl ist kalt. Rennie schlingt ein Seil um meine Arme und die Stuhllehne und zieht es mit einem Knoten in meinem Rücken fest.

»Warum machen Sie das?«, frage ich.

»Das ist nicht als Bestrafung gemeint. Es ist deine Bürgerpflicht.«

»Ich weiß nicht, was das bedeutet.«

»Du wirst zu Gericht sitzen.«

»Ich will nach Hause.«

»Sei jetzt still. Hör zu.«

Der neue Raum ist größer und heller, mit lackierten Metallpfosten, die die Decke tragen. Auf dem Boden liegen Geröll, zerbrochene Sperrholzplatten und Scherben. Die großen quadratischen Fenster sind unbedeckt und in kleinere Scheiben unterteilt, die zerbrochen sind oder ganz fehlen.

Der Mann verlässt den Raum. Ich höre gedämpftes Stöhnen. Füße schlurfen über den Boden. Daniela erscheint als Erste. Ich erkenne sie kaum wieder, weil ihr Haar bis auf die Kopfhaut abrasiert wurde, sodass ihre Augen riesig wirken. Als Nächstes kommt Lilah. Sie muss sich heftiger gewehrt haben, denn ihr kahl geschorener Kopf blutet an manchen Stellen. Beiden ist der Mund zugeklebt, Brust und Arme sind mit Seilen gefesselt.

Lilah wehrt sich weiter, aber Daniela schlurft zu einem Stuhl und nimmt gehorsam Platz. Ich versuche, Blickkontakt herzustellen, doch sie erinnert sich anscheinend nicht an mich. Rennie geht zu dem Tisch und zieht den Reißverschluss einer Sporttasche auf. Er baut eine Kamera auf ein kleines Stativ und überprüft, dass Daniela und Lilah im Bild sind.

Zufrieden zieht er ein Stück Papier aus der Tasche seiner Jeans und räuspert sich.

»Lilah Hooper und Daniela Linares, Sie sind angeklagt, am 6. Februar 2013 im St. Jude's Medical Centre in Nottingham Oliver Rennie getötet zu haben. Sie haben Ihr Verbrechen vertuscht und die Polizei und meine Familie belogen.«

Keine der Frauen reagiert.

»Sie müssen sie sprechen lassen«, sage ich.

»Ich muss gar nichts«, erwidert er. »Sie hatten ausreichend Gelegenheit zu sprechen. Und sie haben jedes Mal Lügen erzählt.«

»Wenn ich ein Urteil fällen soll, muss ich sie anhören.«

»Das wirst du auch. Aber jetzt bin ich dran.«

Er fängt an zu reden, doch ich höre nur mit halbem Ohr zu. Er erwähnt, dass seine Frau das Kind zu früh zur Welt gebracht hat und dass das Baby auf die neonatologische Intensivstation verlegt wurde und in einen Brutkasten kam.

»Wir haben abwechselnd neben seinem Bettchen gesessen. Wir haben seine Hand berührt. Wir haben mit ihm gesprochen. Wir haben ihm von dem Leben erzählt, das wir für ihn planten. Die Ärzte sagten, Oliver sei ein Kämpfer und hätte eine gute Chance. Ich habe ihnen geglaubt. Ich dachte, unser Baby wäre in sicheren Händen.«

Lilah schüttelt den Kopf. Daniela reagiert nicht. Es ist, als hätte ihr Verstand sich abgekoppelt und sie an einen anderen Ort getragen.

»Er war zwei Tage alt, als man ihm das falsche Medikament verabreichte. Drei Schwestern hatten Dienst. Sie sind zwei von ihnen. Eine von Ihnen ist zum Arzneimittelschrank gegangen und hat Heparin statt Heparin-Lock herausgenommen. Eine von Ihnen hat die Beschriftung der Schachtel nicht gelesen. Eine von Ihnen hat die Dosis nicht überprüft. Eine von Ihnen hat die Spritze aufgezogen. Eine von Ihnen hat das falsche Medikament in den Tropf injiziert.«

»Es war keine Absicht«, sage ich. »Es war ein Unfall.«

»Das wollen dich alle glauben machen«, entgegnet er, »aber warte, bis du den Rest der Geschichte hörst. Ich möchte meine erste Zeugin aufrufen, Lilah Hooper.«

Lilahs Blick zuckt hoch. Rennie tritt vor sie, fasst das Klebeband mit Daumen und Zeigefinger und reißt es von ihrem Mund. Ihre Oberlippe ist wund und blutet. Das Gleiche macht er bei Daniela, die keine Miene verzieht.

»Bitte, Mr Rennie«, schluchzt Lilah. »Es war ein Unfall.«

Er rollt das Klebeband zu einem Knubbel zusammen, wirft ihn beiseite und wischt sich die Hände an seiner Jeans ab.

»Wer war an jenem Abend verantwortlich?«, fragt er.

»Ich war die dienstälteste Schwester der Schicht«, sagt Lilah. Sie sagt die Wahrheit.

»Wer hat das Medikament verabreicht?«

»Es war Maya.«

Jetzt lügt sie.

»Maya hat gesagt, dass Daniela das Heparin verabreicht hat.«

»Nein, es war Maya«, widerspricht Lilah, zunehmend panisch. »Aber es war meine Verantwortung. Ich hatte die Leitung.«

»Warum haben Sie Maya in Ihrer Aussage nicht benannt?«

»Wir haben uns gegenseitig geschützt.«

»Sie haben es vertuscht.«

»Wir konnten das, was passiert war, nicht ändern.«

»Sie haben versucht vorzutäuschen, Oliver sei eines natürlichen Todes gestorben. Sie haben den Brutkasten aus- und erst wieder eingeschaltet, nachdem seine Organe versagt hatten.«

Lilah wirkt schockiert. Es gibt nur eine Möglichkeit, wie er ein derartiges Detail wissen kann – Maya muss es ihm erzählt haben. Sie fängt an zu stottern und den Kopf zu schütteln. »Er war sehr krank. Er wäre ohnehin gestorben.«

»Nein! Das wollte uns das Krankenhaus nur weismachen.

Er war ein kräftiger kleiner Junge. Er war ein Kämpfer. Das haben die Ärzte uns nach seiner Verlegung auf die Intensivstation gesagt. Aber Sie haben ihm keine Chance gegeben.«

»Das ist nicht wahr. Wir haben ihnen erzählt, was passiert ist. Wir haben Alarm geschlagen.«

»Nachdem er tot war.«

Neben ihr ertönt ein Stöhnen. Daniela hebt das Kinn und spricht. »Ich habe den Fehler begangen. Maya und Lilah hatten nichts damit zu tun.«

Sie sagt die Wahrheit.

71

Cyrus

Ich bin kein geduldiger Mensch. Ich mag Passivität und Tatenlosigkeit nicht. Die Hilflosigkeit. Ich weiß, dass Lenny unterwegs ist, aber die Kavallerie trifft nicht immer rechtzeitig ein. Im Kino, ja, aber nicht im wirklichen Leben, das in der Regel mit Beinahe-Treffern, falschen Abzweigen und ungeplanten Verzögerungen aufwartet.

Wenn Lenny eintrifft, habe ich kein Mitspracherecht mehr. Sie wird mit einem bewaffneten Sondereinsatzkommando kommen, ausgestattet mit der neusten Technik. Sie werden Drohnen steigen lassen und Mikrofone auf die Fenster richten. Polizisten in Kampfmontur und Helm werden mit gezückter Waffe von Raum zu Raum gehen und rufen: »Sicher.« So schafft man Belagerungsszenarien, in denen Unschuldige im Kreuzfeuer getötet werden.

Aus der Fabrik dröhnt ein lautes Scheppern, das in den Treppenhäusern widerhallt. Irgendetwas ist umgefallen oder geworfen worden. Cassie taucht neben mir auf.

»Ich habe doch gesagt, Sie sollen warten.«

»Vielleicht können wir das hier aufhalten«, erwidert sie.

Ich weiß nicht, ob das stimmt, aber ich möchte aktiv handeln, nicht passiv warten. Die Tragödien in meinem Leben sind immer passiert, wenn ich zu spät gekommen bin, um noch zu helfen und ihren Ausgang zu verändern.

Cassie ist hinter mir, als wir den rissigen Asphalt in einem geduckten Sprint überqueren und die erste der vier Ladebuchten erreichen. Ein Schild über unseren Köpfen warnt, dass unbefugtes Betreten zur Anzeige gebracht wird. Ich bleibe stehen und spitze die Ohren, höre jedoch nur Vogelgezwitscher und das Hupen eines Zuges in der Ferne.

Der Foodtruck steht rückwärts eingeparkt auf einer Fläche zwischen vier Betonpfeilern, die das Dach und die oberen Stockwerke stützen. Als ich mich von hinten anschleiche, achte ich darauf, nicht in den Blick der Spiegel zu geraten, falls jemand auf dem Fahrersitz wartet. Ich halte ein Ohr an die bemalte hintere Tür, lausche auf Stimmen, gehe langsam weiter, steige auf den Auftritt und spähe durch das Fahrerfenster. Die Kabine ist mit Fast-Food-Verpackungen, Kaffeebechern und Wasserflaschen vollgemüllt.

Mein Handy vibriert. Ich nehme den Anruf an.

»Vor zwei Minuten habe ich wieder ein Signal empfangen«, sagt Gary, »aber nur für ein paar Sekunden. Es kam von der Nordseite des Gebäudes. Vielleicht ist er an einem Fenster vorbeigegangen.«

Die Tür hinter dem Wagen ist als Notausgang markiert, jedoch verbarrikadiert oder fest zugeschraubt worden. Die nächste ist ebenfalls abgeschlossen. Cassie folgt mir, als ich an der Westseite des Gebäudes entlanggehe und mir einen Weg zwischen hüfthohem Unkraut, Nesseln und Brombeerbüschen bahne. Dornige Zweige verhaken sich in meinem Mantel und meiner Hose.

Dann tut sich ohne jede Warnung der Boden unter mir auf. Als ich nach vorn kippe, packt Cassie meinen Mantel und zieht mich zurück. Atemlos und mit pochendem Herzen starre ich in einen zugewachsenen Schacht.

»Machen Sie das nicht noch mal«, sagt sie.

»Ist notiert.«

Sie weist in den Schatten. »Dort ist eine Tür.«

Die Steinstufen sind vermoost und glitschig. Ich ziehe Bretter und herabgefallene Äste zur Seite, bevor ich knietief durch Wasser in der Farbe von Schmieröl wate. Eine Tür ist durch einen zerbrochenen Balken aufgestemmt worden. Ich zwänge mich unter ihm hindurch und betrete einen großen Raum, an dessen Decke kreuz und quer Rohre verlaufen. Der rissige Betonboden ist voller Pfützen, Holzpaletten und rostiger Maschinenteile. Ein Stuhl. Ein Sandhaufen. Leere Farbdosen. Gipsplatten. Fliesen.

Cassie folgt mir, als ich mir im Schein meiner Handytaschenlampe einen Weg durch den Müll bahne. Wir gehen auf ein anderes Licht zu, das durch einen Fahrstuhlschacht aus den oberen Stockwerken fällt. Eine Kabine gibt es nicht mehr, doch an einer Wand des Schachtes ist eine verrostete Leiter montiert, von der Wasser tropft.

Ich höre Stimmen von oben. Männlich und weiblich. Ich teste die Leiter, indem ich mich ein Stück hochziehe und wieder sacken lasse, um sicherzugehen, dass sie hält. Sie ächzt. Das Geräusch hallt durch den Schacht.

»Ich glaube nicht, dass sie uns beide trägt«, sage ich zu Cassie. »Sie sollten umkehren. Sagen Sie DSU Parvel, wohin ich gegangen bin.«

Sie blickt zu der Leiter und stimmt widerwillig zu. »Sagen Sie Patrice …« Sie sucht nach Worten. »Sagen Sie Patrice, dass ich hier bin und ihn verstehe, aber er muss damit aufhören. Sagen Sie ihm, dass ich Jolene auch geliebt habe und dass sie das nicht gewollt hätte.«

Ich beginne, den Stimmen entgegenzuklettern.

72

Evie

Das rote Licht der Kamera blinkt immer noch. Rennie vergewissert sich, dass sie aufnimmt, und richtet sie aus. Dann kommt er näher und hockt sich vor mich, um auf Augenhöhe mit mir zu sprechen.

»Du hast ihr Geständnis gehört. Sie haben ihre Schuld gestanden.«

»Es war ein Unfall.«

»Den sie vertuscht haben.«

»Ich will nicht über sie urteilen. Das ist verkehrt.«

»Sie haben meinen Sohn getötet.«

»Er wäre sowieso gestorben.«

Er hält die Hände so niedrig, dass ich seine Faust nicht kommen sehe. Er schlägt mir ins Gesicht, und ich kippe, immer noch an den Stuhl gefesselt, zur Seite. Ich schmecke Blut, widerlich, kupfrig und warm.

Rennie wird offenbar bewusst, dass er von der Kamera beobachtet wurde. Er richtet den Stuhl mit mir darauf wieder auf und entschuldigt sich.

»Du hast versprochen, fair zu sein«, sagt er schmollend.

Ich puste mir Haarsträhnen aus den Augen, dehne den Unterkiefer und bewege ihn hin und her, um mich zu vergewissern, dass nichts gebrochen ist. »Ich habe Ihnen gar nichts versprochen«, sage ich und spucke Blut auf den Boden.

»Mein Sohn war wehrlos. Er war unschuldig. Er hatte eine Chance verdient. Sie sollten ihn gesund machen und sicher behüten, aber sie haben aufgegeben und es vertuscht. Sie haben ihn umgebracht.«

»Nein«, sagt Lilah kopfschüttelnd. »Es war ein Unfall.«

»Sie haben seinen Brutkasten abgeschaltet.«

»Er war schon tot.«

»Nein! Er hat noch gelebt!« Er hämmert mit der Faust auf den Tisch. Die Kamera kippt um. Fluchend überprüft er, ob sie beschädigt ist, und richtet das Stativ so aus, dass die beiden Frauen im Sucher sind.

»Er hat nicht gelitten«, sagt Lilah. »Es ging schnell.«

»Oh, dann ist es ja okay«, sagt Rennie sarkastisch.

Er hat sich wieder vor der Kamera positioniert.

»Ich konnte meinen Sohn nicht in den Armen halten, bevor er gestorben ist. Ich konnte mich nicht von ihm verabschieden. Wir haben nicht nur den Säugling verloren, wir haben auch den Einjährigen verloren, zu dem er herangewachsen wäre. Wir haben das Kleinkind und den Dreijährigen verloren. Er wäre zur Schule gegangen. Er hätte uns an jedem Weihnachtsmorgen und jedem Geburtstag geweckt. Er hätte sich zu Halloween verkleidet, hätte Ostereier gesucht und Briefe an die Zahnfee geschrieben.

An Olivers Geburtstag haben wir jedes Jahr etwas Außergewöhnliches unternommen, um uns davon abzulenken, was geschehen war. In einem Jahr waren wir Fallschirmspringen in Spanien. In einem anderen in einer Kletterhalle. Drei Tage später haben wir dann sein Grab besucht. Wir haben über ihn geredet und uns ausgemalt, wie er jetzt aussehen würde. Acht Jahre alt. Alles vor sich. Wenn ich ihn mir vorstelle, sehe ich seine Mutter – mitfühlend, klug, witzig, praktisch begabt, manchmal hitzköpfig, leidenschaftlich.

Wir haben die Erinnerung an Oliver lebendig gehalten, doch der Schmerz ist nie weggegangen. Und mit jeder erfolglosen Runde von künstlicher Befruchtung, jeder Fehlgeburt und jeder brennenden Enttäuschung wurde es schlimmer. Verstehen Sie, wie das ist?«

Er sieht wieder zu Lilah und Daniela, ohne eine Antwort zu erwarten.

»Und trotzdem hätten wir es beinahe aus dem Strudel herausgeschafft. Jolene hatte sich damit abgefunden, nie ein eigenes Baby bekommen zu können. Wir wollten eins adoptieren. Wir standen auf der Liste. Aber dann kam der Krebs. Ich habe noch nie solche Tapferkeit gesehen. Sie hat bis zum letzten Atemzug gekämpft. Sie hat sich eine Chance gegeben, und die haben Sie Oliver verwehrt.«

Er macht eine Pause und wischt sich die Augen, bevor er langsam eine Rolle Panzertape aufhebt. Es kreischt, als er es von der Spule reißt. Er beißt ein Stück ab und klebt damit Lilahs Mund zu. Sie fleht ihn an und schüttelt den Kopf.

»Was machen Sie?«, frage ich. »Sie haben gestanden. Sie haben es gefilmt. Lassen Sie sie laufen.«

Er geht zu Daniela, die nicht protestiert, als das Klebeband um ihren Kopf gewickelt wird. Er lässt die Nase frei, damit sie atmen kann.

Dann zieht er die schwarze Sporttasche unter dem Tisch hervor, macht den Reißverschluss auf und nimmt einen durchsichtigen Plastikbeutel heraus. Darin befinden sich Dutzende kleiner Glasampullen mit Etikett.

»Sie haben meinem Sohn das falsche Medikament gegeben. Tausend Mal mehr als die empfohlene Dosis. Er hatte Gehirnblutungen, und seine Organe haben versagt.«

»Lilah hat gesagt, er hat nicht gelitten«, wende ich ein.

»Und das werden sie auch nicht.«

Er hält eine der Glasampullen hoch, sticht mit einer Injektionsnadel in den Deckel und zieht die Flüssigkeit in die Spritze. Mir wird schlagartig klar, was er vorhat.

Ich blicke zu Lilah und Daniela, auf der Suche nach einer wortlosen Erklärung, doch sie starren auf die Spritze, während er eine weitere Ampulle ansticht. Von irgendwo unten hallt ein Geräusch im Treppenhaus wider. Rennies Kopf schnellt herum.

Ich schreie los. »Hilfe! Wir sind hier drinnen!«

Diesmal schaffe ich es, seiner Faust auszuweichen. Der Schlag prallt von meiner Stirn ab, doch er kommt erneut auf mich zu und packt meinen Mund. Ich versuche, ihm in den Finger zu beißen, als er nach dem Klebeband greift, es zweimal um meinen Kopf wickelt und mich anzischt, ich solle still sein.

Er richtet sich auf, greift hinter sich und zieht ein Messer aus einer Scheide an seinem Gürtel. Er wirbelt die Klinge zwischen den Fingern herum wie ein Jongleur, bevor seine Hand sich um den Griff schließt.

»Warte hier«, sagt er, als hätte ich eine Wahl.

73

Cyrus

Mein Handy vibriert. Ich hake einen Arm über eine Sprosse, ziehe es aus der Tasche und lasse es dabei beinahe fallen, weil meine Finger taub sind.

»Ich habe dir gesagt, du sollst warten«, sagt Lenny.

»Ich habe jemanden um Hilfe rufen hören.«

»Mann oder Frau?«

»Eine Frau. Es könnte Evie gewesen sein.«

»Wo bist du?«

»In einem Fahrstuhlschacht zwischen dem zweiten und dem dritten Stock. Sie sind irgendwo über mir. Ich glaube, Rennie hat Lilah und Evie.«

»Was ist mit Elias?«

»Ich habe ihn nicht gesehen.«

»Komm zurück.«

»Ich bin schon dicht dran. Ich kann Augen und Ohren für euch sein.«

»Das ist zu gefährlich. Ich will keine weitere Geisel.«

»Der Empfang ist gerade ganz schlecht.«

»Tu das nicht, Cyrus.«

Lenny flucht und beginnt, Anweisungen zu geben. Sie will eine Drohne steigen lassen und Scharfschützen auf den umliegenden Gebäuden positionieren. Ich beende das Gespräch und stecke das Handy in die Tasche. Es vibriert sofort wieder, als sie versucht, mich zurückzurufen. Ich erklimme die letzten Sprossen zu einer Öffnung in dem Fahrstuhlschacht.

Im Stockwerk über mir hallen Geräusche wider. Weitere gedämpfte Schreie. Eine Männerstimme brüllt jemanden an, er solle verschwinden. Elias antwortet, doch ich kann nicht verstehen, was er sagt. Sie sind im vierten Stock, ich bin im dritten. Die Leiter führt nicht weiter.

Ich schiebe die Füße zentimeterweise zur Seite, greife mit den Händen über, bis ich die Öffnung erreicht habe, hangele mich aus dem Schacht und bleibe auf dem Betonboden liegen, bis ich wieder zu Atem komme.

Dann stehe ich auf und mustere meine Umgebung. Dieses Stockwerk ist noch höhlenartiger als der Keller, mit mehreren Reihen von Stahlpfeilern, so dick wie meine Hüfte, die ein hohes Dach tragen. Es gibt alte Tonnen, zerbrochene Fliesen und riesige Haufen von Metallschrott. Er wirft Schatten an die Wände, an denen die Farbe Blasen geschlagen hat und abblättert. Auf einem alten Schild steht *Tea Room*, ein anderes listet Sicherheitsbestimmungen auf.

Ich höre jetzt auch andere Geräusche. Schwere Gegenstände werden über den Boden gezerrt. Der Lärm hallt zwischen den Wänden wider, bis ich mir mit einem Mal nicht mehr sicher bin, ob sie von über oder unter mir kommen. Vorsichtig gehe ich zu einer Treppe, die mit Zigarettenkippen, Kondomen und Bierdosen übersät ist.

Ich spähe die Wendeltreppe hinauf und hinunter. Auf dem Absatz unter mir ist eine Toilette mit einer zerbrochenen Kloschüssel und einem Rohr, das aus der Wand ragt. Eine Kabinentür ist herausgerissen worden, eine andere hängt an einer verbogenen Angel.

Ich höre Schreie von oben, bevor plötzlich eine schwere Tonne die Treppe herunterrumpelt. Ich kann mich gerade noch an die Wand drücken, sodass sie meine Nase knapp verfehlt und weiter abwärts poltert. Kurz darauf segelt ein abgebrochenes Stück Holz an mir vorbei und landet klappernd im Untergeschoss.

Ich rufe Lenny an. »Sie sind im vierten Stock.«

»Wo bist du jetzt?«

»In einem Treppenhaus.«

»Eine Drohne mit Wärmebildkamera hat fünf verschiedene Wärmesignaturen aufgefangen.«

Wärme bedeutet, sie leben. Rennie, Lilah, Daniela, Evie und Elias.

»Ich warte auf einen Polizeihubschrauber. Ich lasse eine bewaffnete Spezialeinheit auf dem Dach absetzen«, sagt Lenny.

»Dann weiß er, dass du hier bist.«

»Das weiß er sowieso schon.«

»Ich gehe hoch.«

»Du trägst keine Stichschutzweste.«

»Ich lasse mein Telefon an.«

74

Evie

Ich zerre an den Seilen um meine Handgelenke und versuche, mich aus den Fesseln zu winden. Der Stuhl kippelt, doch ich kann mich nicht befreien. Rennie muss irgendwo in der Nähe sein, denn ich höre ihn brüllen.

Ich beuge mich gekrümmt vor und verlagere mein ganzes Gewicht auf die Zehen. So schaffe ich es, mit dem Stuhl auf dem Rücken aufzustehen und ein paar Schritte vorwärtszuschlurfen. Lilah will mir hinter dem Klebeband etwas mitteilen. Ihr Blick zuckt zu der Sporttasche und zurück zu mir. Ich kapiere, was sie meint.

Rennie taucht auf und geht zu den großen Fenstern, wo er sich mit dem Rücken an die Wand drückt und durch eine der zerbrochenen Scheiben späht. Was er sieht, lässt ihn fluchen. Er rennt zurück ins Treppenhaus.

»Ich weiß, dass Sie da sind. Kommen Sie nicht näher, oder ich bringe die Frauen um«, brüllt er.

Kurz darauf ertönt eine Antwort. »Das sollten Sie lieber nicht tun.«

Ich erkenne die Stimme, aber es ist nicht Cyrus.

Rennie fängt an, die Tür zu verbarrikadieren. Er rollt eine große Tonne davor und klemmt Paletten und zerbrochene Bretter diagonal vor den Rahmen, die er mit Metallrohren, Betonbrocken und einer weiteren Tonne befestigt, in der eine Flüssigkeit schwappt, als er sie über den Boden zerrt.

Während er abgelenkt ist, schlurfe ich zu dem Tisch, vorgebeugt, damit die Beine des Stuhls nicht über den Boden schrammen, bücke mich noch tiefer, schiebe Kopf und Hals unter die Tischkante, stemme die Füße auf den Boden und drücke nach oben. Der Tisch hebt sich und kippt schließlich unter dem Gewicht der Sporttasche um. Kleine Glasampullen fallen auf den Boden und rollen in alle Richtungen, zerbrechen jedoch nicht.

»Was soll das, verdammte Scheiße!«, brüllt Rennie.

Ich fange an, die Ampullen mit den Absätzen zu zertreten. Einige rutschen unter meinen Schuhen weg, andere wollen nicht bersten.

Rennie zerrt mich zurück und schleudert mich mitsamt dem Stuhl, an den ich immer noch gefesselt bin, zu Boden. Ich falle auf meine auf dem Rücken fixierten Arme. Mein Blickfeld verschwimmt vor Schmerz. Trotzdem versuche ich, weitere Ampullen zu zertreten, aber sie sind außer Reichweite.

Er holt aus und tritt mir so heftig in den Magen, dass aller Sauerstoff aus meiner Lunge gepresst wird. Als ich wieder einatmen will, kriege ich keine Luft. Vielleicht ist irgendwas in mir gebrochen. Gekrümmt liege ich auf dem Boden, ringe in abgerissenen, keuchenden Zügen um Atem und sauge Staub ein.

Rennie sammelt die verbliebenen Ampullen ein, zieht die Spritze weiter auf und wirft die leeren Glasfläschchen weg. Als er zufrieden ist, geht er zu Lilah, die weiß, was kommt. Sie stemmt sich mit den Hüften gegen ihre Fesseln, wirft den Kopf hin und her und fleht stumm hinter dem Klebeband.

Er kneift auf der Suche nach einer Vene in ihren rechten Unterarm, sticht mit der Nadel in ihre Haut und drückt den Kolben herunter, bis er leer ist. Dann kehrt er zu den Ampullen zurück und füllt die Spritze erneut.

Ich höre, wie die provisorische Barrikade sich bewegt. Jemand steht auf der anderen Seite der Feuertür und drückt gegen die Bretter und Tonnen, um durchzubrechen.

Die Nadel gleitet in Danielas Arm, und Rennie drückt den Kolben herunter, bevor er die leere Spritze wegwirft und sich zwischen den beiden Krankenschwestern auf den Boden hockt.

»Heparin ist ein Gerinnungshemmer, der das Blut verdünnt, aber das wissen Sie ja. Oliver hat innere Blutungen erlitten. Vielleicht haben Sie mehr Glück.«

Aus dem Treppenhaus ertönt ein wütendes Brüllen, als jemand mit Anlauf gegen die Tür rammt. Die Barrikade zittert und bewegt sich ein paar Zentimeter. Das wiederholt sich mehrmals, und bei jedem Anlauf wird die Tür ein Stück weiter aufgedrückt. Eine Hand greift blindlings durch die Lücke und zerrt an einem Brett, das die Tür verklemmt.

Rennie zieht das Messer aus seinem Gürtel. »Draußen bleiben, oder ich bringe sie um.«

»Nein, das werden Sie nicht tun«, sagt eine Stimme. Jetzt erkenne ich sie. Es ist Elias.

»Bist du von der Polizei?«, fragt Rennie.

»Nein.«

»Warum bist du hier?«

»Ich will Evie.«

Rennie sieht mich an. »Was bedeutet sie dir?«

»Sie gehört mir.«

Rennie hebt den Stuhl auf, an den ich nach wie vor gefesselt bin. Er zeigt mir das Messer, bevor er das Seil durchschneidet und mich an seine Brust zieht.

»Ich halte ein Messer an ihren Bauch. Wenn du nicht sofort verschwindest, nehme ich sie aus wie einen Fisch.«

Elias ruft meinen Namen.

Ich kann ihm nicht antworten.

Rennie reißt das Klebeband von meinem Mund. Weitere Schmerzen.

»Er bringt die anderen um«, rufe ich. »Sie sterben.«

Elias hat es mittlerweile geschafft, einen Arm und eine Schulter durch die Tür zu zwängen.

»Einen Schritt weiter, und sie ist tot«, sagt Rennie.

Elias sieht das Messer und zieht sich ins Treppenhaus zurück. Es klingt, als würde er mit jemandem streiten, doch ich kann keine zweite Stimme hören. Ich blicke zu Lilah und Daniela. Beide sind bewusstlos. »Er hat ihnen ein Medikament gespritzt. Sie werden sterben«, schreie ich in der Hoffnung, dass Elias mich hört.

Keine Antwort.

»Bist du noch da?«, ruft Rennie.

»Ja«, sagt Elias. »Ich hole Luft.«

»Du weißt, dass ich sie umbringe, wenn du durch diese Tür kommst.«

»Das würde ich an Ihrer Stelle nicht machen.«

Rennie findet das offenbar amüsant. »Wer bist du?«

»Niemand Wichtiges.«

»Wie heißt du?«

»Elias.«

»Hast du jemals einen Menschen verloren, den du liebst, Elias?«

»O ja.«

»Dann weißt du, wie es sich anfühlt.«

»Nein. Ich habe überhaupt nichts *gespürt*.«

Rennie runzelt die Stirn, unsicher, ob er ihn richtig verstanden hat.

»Ich habe sie sterben sehen«, sagt Elias. »Aber ich habe ihren Schmerz nicht gefühlt und ihre Schreie nicht gehört.«

»Was bist du – ein Psychopath?«

»So hat man mich schon bezeichnet.«

»Wer?«

»Psychiater. Psychologen. Therapeuten. Sozialarbeiter. Sie haben versucht, mich besser zu machen. Und ich lerne immer noch jeden Tag.«

»Was hast du heute gelernt?«

»Dass ich den Speicher nicht haben kann. Und Knöpfe sind wichtig.«

Rennie ist perplex.

Elias rammt die Tür. Ein weiteres Brett löst sich. Im selben Moment lasse ich mich fallen und winde mich aus Rennies Umklammerung. Er stürzt mit gezücktem Messer auf mich zu, doch ich krabbele zur Seite und springe auf. Als er erneut auf mich zukommt, ducke ich mich und husche hinter einen Metallträger.

Rennie flucht. Er versucht es erneut, doch die Fabrik ist groß, und ich bin klein und schnell.

Elias rammt weiter gegen die Tür und verrückt Paletten, Metall und Beton. Er schiebt seinen Körper halb durch die Lücke und stemmt sich mit den Armen am Rahmen ab. Mit rotem Kopf und hervorquellenden Augen stemmt er die Tür brüllend weiter auf.

Vor einem offenen Fenster ist eine Drohne aufgetaucht und filmt. Rennie bemerkt sie und wendet ihr seine Aufmerksamkeit zu. Er bückt sich, hebt einen zerbrochenen Backstein auf und schleudert ihn in ihre Richtung. Als er sie verfehlt, hebt er einen weiteren Stein auf, doch die Drohne dreht bereits ab.

Elias ist fast durchgebrochen. Rennie schreit ihn an, er solle draußen bleiben, und kehrt zu Lilah und Daniela zurück. Der einen fließt Blut aus der Nase, die andere hat sich übergeben. Er kniet neben Lilah, setzt das Messer an ihrem rechten Unterarm an und ritzt ihre Haut auf.

»Nein!«, schreie ich.

Er wendet sich Daniela zu und ritzt auch ihren Unterarm auf. Ich sinke zwischen ihnen auf die Knie und versuche, die Blutung mit den Händen zu stoppen. Blut quillt zwischen meinen Fingern hervor und sickert über ihre Handgelenke auf den Boden.

Rennie packt mich, zerrt mich hoch, legt den Unterarm um meinen Hals und hält das Messer an meinen Nacken. Er schleift mich weg von den anderen, tiefer in den Schatten.

Im letzten Moment sehe ich Elias. Sein rundes Gesicht ist feucht von Schweiß, sein Haar voller Staub. Er bückt sich und hebt ein Stück Rohr auf, das er in den Händen wiegt. Er blickt zu Lilah und Daniela, die beide bewusstlos sind, bevor er sich umdreht und uns folgt.

Als er an einem Stahlträger vorbeigeht, schlägt er mit dem Rohr dagegen. Das Geräusch hallt in der gesamten Fabrik wider. Das Gleiche macht er bei dem nächsten Träger.

Kläng!

Und dem nächsten.

Kläng!

Und dem nächsten.

Kläng!

75

Cyrus

Evie schreit. Angezogen von dem Geräusch steige ich so rasch wie möglich die Stufen hinauf, doch die Treppe ist übersät mit zerbrochenen Brettern, Betonbrocken und Schrott. Schließlich erreiche ich eine halboffene Feuertür. Ich zwänge erst einen Arm, dann Schulter und Kopf und schließlich, mit der Brust an den scharfen Kanten entlangschrammend, meinen ganzen Körper durch die Lücke.

Lilah und Daniela sitzen, die Arme hinter dem Rücken gefesselt und mit Klebeband geknebelt, nach vorn gesackt auf Metallstühlen. Blut rinnt über ihre Handgelenke und Hände und bildet Lachen um ihre Füße.

»Ich brauche Notärzte«, brülle ich in mein Telefon. »Verbandszeug. Plasma. Zwei Frauen verbluten.«

»Wo ist Rennie?«, fragt Lenny.

»Er ist nicht hier. Ich glaube, er hat Evie.«

»Ist er bewaffnet?«

»Ich weiß es nicht.«

»Ich kann die Notärzte nicht in Gefahr schicken.«

»Sie sterben«, sage ich. »Ich brauche sofort Hilfe.«

Ich ziehe mein Hemd aus und reiße es mit den Zähnen in Streifen, die ich als Verband nutzen kann. Ich sehe eine Drohne vor dem Fenster schweben. Ein Geräusch hallt im gesamten Gebäude wider. *Kläng! Kläng! Kläng!* Es kommt aus einem entfernten Teil der Fabrik, vielleicht aus einem anderen Treppenhaus oder dem Stockwerk unter mir.

Lenny schreit die Notärzte an, sie sollen sich in Bewegung setzen. Ein bewaffnetes Sondereinsatzkommando wird sie ins Gebäude bringen.

Lilah schlägt die Augen auf. Ich ziehe das Klebeband weg. »Daniela zuerst«, flüstert sie.

Ich tue, was sie sagt, wickle einen abgerissenen Stoffstreifen um Danielas Unterarm und ziehe ihn zu einem Druckverband fest, um die Blutung zu verlangsamen. Der Verband verfärbt sich sofort. Ich wickele weitere Streifen um ihren Arm, was anscheinend jedoch ohne Wirkung bleibt.

Auf der Suche nach einem Puls halte ich die Finger an Danielas Hals. Der Pulsschlag ist kaum noch spürbar. Ich höre, wie unten eine Tür mit einer Ramme aufgestemmt wird, dann »Sicher«-Rufe.

Ich nehme einen weiteren Stofffetzen, wickele ihn um Lilahs Unterarm, ziehe den Verband fest und knote ihn zu. Ich schließe meine Finger um den Verband und drücke so fest zu, wie ich kann, um den Druck auf die Wunden hochzuhalten. Ich knie in Lachen ihres Blutes.

Lilah ist immer noch bei Bewusstsein. Ich kann nicht verstehen, was sie sagt. Ich beuge mich näher.

»Finden Sie Evie.«

Das Scheppern hat aufgehört, und ich höre nur noch Schritte auf der Treppe, die näher kommen.

Ich lasse mein Handy in Lilahs Schoß liegen. »Reden Sie weiter. Sie sind fast hier.«

»Wohin willst du?« Lennys Stimme. »Bleibt zusammen.«

»Gehen Sie«, flüstert Lilah und weist mit dem Kopf in die Richtung, in die die anderen gegangen sind.

Ich drücke aufmunternd ihre Schulter und laufe durch einen Wald aus Stahlträgern, die die Decke stützen, in die Dunkelheit. Hin und wieder ist einer von ihnen durch einen frischen Aufprall angekratzt oder eingedellt, als hätte jemand eine Spur hinterlassen, der ich folgen soll.

Ich komme in eine Art Kessel- oder Maschinenraum mit zwischen Stahlträgern festgerosteten Geräten. An der Decke kreuzen sich Rohre, durch die früher Wasser oder Dampf geflossen ist.

»Elias? Ich bin's«, rufe ich. »Wo bist du?«

Die Frage hallt aus dem Dunkel zurück. Ich versuche es mit verschiedenen Namen – Rennie und Evie. Die Antwort bleibt die gleiche.

Ein weiterer Ausgang, weitere Treppen. Diese sind nicht so vollgemüllt, riechen jedoch nach Schimmel und fauligem Wasser, das aus dem Keller aufsteigt. Auf dem Weg nach unten bleibe ich alle paar Stufen stehen, um zu lauschen und einen Blick über das Geländer zu werfen. Nichts rührt sich. Dann höre ich plötzlich das gedämpfte Klirren von Glas, ganz in der Nähe. Dem Geräusch folgend lande ich auf einer anderen Etage der Fabrik, die dunkler ist, weil die Fenster mit Brettern zugenagelt sind.

Ich komme in eine Art Kantine mit einem Tresen und einem Ausgabefenster. Tische und Bänke sind mit Staub überzogen. Ein verbeulter Kaffeekessel ist noch in die Steckdose gestöpselt. Ein Dunstabzug hängt an einem einzelnen Kabel von der Decke.

Irgendwas an der Wand spiegelt das Licht wider. Eine Flüssigkeit. Kein Wasser. Blut. Der Fleck hat die Umrisse einer Hand. Ich höre ein Gurgeln, dann Stille, bis auf meinen Herzschlag.

»Rennie? Es ist vorbei!«, rufe ich. »Die Polizei ist hier.«

Die Worte hallen nach und werden von Schweigen erstickt.

»Ich weiß von Ihrem Sohn und Ihrer Frau. Ich kann Ihren Schmerz nachvollziehen. Ich weiß, wie es ist, jemanden zu verlieren.«

Neben der Durchreiche führt eine Tür in die Küche, drinnen Schränke mit kaputten oder fehlenden Türen, Linoleumboden, große Backöfen, eine Spüle mit zwei Becken. Eine Blutspur auf den Kacheln schlängelt sich von mir weg.

Ich höre ein leises Summen und gehe an den Backöfen und Herdplatten vorbei bis zum Ende des Tresens. Als ich den Kopf wende, erkenne ich die Umrisse einer Gestalt, die in der Ecke kauert.

»Rennie?«, frage ich.

Das Summen geht weiter. Die Gestalt lehnt mit dem Rücken an der Wand und hat die Arme um etwas geschlungen.

»Ich bin's. Cyrus.«

Die Figur wendet sich mir halb zu und enthüllt ihr Gesicht. Elias. Er legt den Kopf zur Seite, sagt jedoch nichts.

»Wo ist Rennie?«

Elias starrt an mir vorbei. Ich folge seinem Blick in eine andere Ecke der Küche, wo ich die dunklen Umrisse eines Körpers sehe, der zusammengesunken auf dem Boden liegt. Der Kopf steckt in einem Ofen, der Rumpf liegt auf der aufklappbaren Tür. Ich gehe langsam näher und trete dabei gegen ein Bleirohr, das über die Fliesen rollt.

Ich hocke mich neben die Gestalt und berühre ihr Haar. Feucht. Die Schulter. Warm. Ich suche nach einem Puls, kann jedoch keinen ertasten. Ich beherrsche die grundlegenden Reanimationsmaßnahmen. Ich kann ihn retten. Ich drehe ihn auf den Rücken, neige seinen Kopf, um ihn von Mund zu Mund zu beatmen, doch er hat kein Gesicht mehr. Nichts Erkennbares. Die Schläge haben nicht aufgehört, als Rennie sich nicht mehr rührte. Sie haben nicht aufgehört, als er nicht mehr atmete. Sie haben erst aufgehört, als Elias das Bleirohr sinken ließ.

Ich ziehe mich zurück. Elias kauert nach wie vor in der Ecke, die Arme vor der Brust gefaltet. Er neigt den Kopf wie ein Vogel, der durch die Stäbe seines Käfigs blickt.

»Wo ist Evie?«, frage ich.

Er senkt das Kinn, und ich erkenne, dass er sie in den Armen hält. Ihr Kopf ist in seine Armbeuge gebettet, ihr Gesicht ist feucht, ihre Augen sind geschlossen. Mein Herz bleibt stehen. Ich weiß nicht, ob sie lebt oder tot ist.

Stöhnend unterdrücke ich ein Schluchzen.

»Pssst«, sagt Elias und wiegt sie hin und her. »Sonst weckst du sie.«

Evie rührt sich, schlägt die Augen auf, hebt den Kopf und streckt die Arme zu mir aus, wie ein Kind, das von einem Elternteil zum anderen wechselt.

Ihr Kopf liegt an meiner Brust. »Was ist mit Lilah und Daniela?«, fragt sie.

»Die Notärzte sind bei ihnen.«

»Werden sie …?« Sie bringt die Frage nicht zu Ende.

»Ich hoffe.«

Elias gibt ein tiefes, kehliges Geräusch von sich. Tonlos. Traurig. Es könnte Schicksalsergebenheit, Enttäuschung oder Schmerz ausdrücken.

»Das bedeutet wohl, dass ich wieder nach Hause gehe.«

76

Evie

Im Wartezimmer hängt ein signiertes Foto von Lady Diana, das gemacht wurde, als sie Rampton im September 1989 besucht hat. Prinz William muss damals sieben Jahre alt gewesen sein, Harry fünf. Agnesa war noch nicht einmal geboren, aber sie hätte beide genommen. Was ihre Prinzen anging, war sie nicht pingelig, nicht einmal bei denen mit Glatze.

Man hat mir einen biometrischen Fingerabdruck abgenommen und mich fotografiert. Ich habe einen Adressnachweis vorgelegt, und jetzt wird meine Tasche durchsucht.

»Das können Sie nicht mit reinnehmen«, sagt der Wächter und hält eine Schachtel Coco Pops hoch.

»Es sind nur Frühstücksflocken.«

»Darin könnte etwas versteckt sein.«

Was denn? Typ 2 Diabetes?

Cyrus steht an der anderen Sicherheitsschleuse und wirft mir einen Blick zu, der so viel bedeutet wie: »Hab ich dir ja gesagt.«

»Sie können sie abholen, wenn Sie das Gelände wieder verlassen«, sagt der Wärter und stellt die Schachtel in ein Regal hinter sich.

Cyrus wird durchgewunken. Er hat ein paar Superhelden-Comics und Graphic Novels dabei, außerdem Schreibpapier und einen Satz Spielkarten.

»Was soll ich ihm mitbringen?«, frage ich, während wir auf unsere Eskorte warten.

»Du kannst ihm das hier schenken.« Er gibt mir ein Foto. »Das habe ich auf dem Speicher gefunden.«

Es ist ein Bild von zwei Jungen, die barfuß im Gerippe eines Baumhauses aus Brettern sitzen, die an die Äste genagelt sind. Am Stamm hängt ein geknüpftes Seil herab. Der ältere Junge hat die Hand auf die Schulter des jüngeren gelegt, und beide strahlen in die Kamera.

In einem Paralleluniversum sind diese Jungen gemeinsam zu Männern herangewachsen, waren Trauzeugen bei der Hochzeit des anderen und Patenonkel der erstgeborenen Kinder. Sie haben über Fußball, den Brexit und die schottische Unabhängigkeit gestritten, obwohl sie beide auf derselben Seite waren. In diesem Universum hätte ich gern gelebt. Aber vielleicht wäre Cyrus anders, wenn Elias nicht getan hätte, was er getan hat. Vielleicht wäre er kein Psychologe geworden, hätte Langford nicht besucht und mich nicht kennengelernt. Ohne ihn wäre ich nicht hier.

»Na, da schau her, wen die Katze angeschleppt hat«, sagt Oscar und grinst mit seinen Goldzähnen. Er zieht einen unsichtbaren Hut und verbeugt sich. »Wie geht es Ihnen, Evie?«

Das ist so eine Art Dauerwitz zwischen uns geworden: besonders höflich zueinander zu sein, als würden wir uns auf einer Gartenparty im Buckingham-Palast begegnen.

Wir folgen ihm durch gesicherte Türen zu einem überdachten Weg, der eine große, von Hochbeeten begrenzte Rasenfläche quert. Wir kommen an einem überdimensionierten Schachspiel vorbei. Eine Dame hat keinen Kopf, und ein Läufer bespringt anscheinend ein Pferd. Ich weiß, dass es

Springer heißt, aber für mich wird es immer ein Pferd bleiben.

Schließlich erreichen wir den Wohntrakt und werden in einen kleinen Aufenthaltsraum mit zwei Sofas, einem niedrigen Tisch und einem Bücherregal voller Brettspiele und Puzzles gebracht. Das Mobiliar ist im Boden vernietet, und die Kamera in einer Ecke der Decke sieht aus wie ein hervorquellendes Auge.

Elias trifft ein und wird ein letztes Mal abgeklopft, bevor er den Aufenthaltsraum betreten darf. Er grinst und macht einen kleinen Hüpfer, der seinen überdimensionierten Körper schwabbeln lässt.

»Du bist gekommen.«

»Selbstverständlich«, sagt Cyrus, aber Elias sieht nicht ihn an.

»Wie ist das Befinden?«, fragt er. »Ist es dir gut ergangen?«

»Sehr gut, vielen Dank«, sage ich, immer noch in meiner Rolle aus dem Buckingham-Palast-Spiel.

»Setz dich, setz dich«, sagt er. »Nicht da. Hier. Auf den Stuhl. Da hast du eine schöne Aussicht. Du kannst die Bäume sehen.«

Oscar ist in dem Aufenthaltsraum geblieben, versteht es jedoch sehr gut, mit dem Hintergrund zu verschmelzen. Im Moment spielt er Dame gegen sich selbst.

Cyrus gibt Elias die Comics und die anderen Mitbringsel.

»Ich habe dir das hier mitgebracht«, sage ich.

Als ich das Foto über den Tisch reiche, denke ich kurz, dass es vielleicht das falsche Geschenk ist. Was, wenn es ihn traurig macht oder schlechte Erinnerungen wachruft? Elias sagt nichts. Er hält das Foto mit beiden Händen.

»Wo hast du das gefunden?«, krächzt er mit glänzenden Augen.

»Ich kann es auch zurücknehmen«, sage ich.

»Nein, es ist wundervoll. Vielen Dank.«

Ich überlege, ihm zu sagen, dass er sich bei Cyrus bedanken soll, aber ich bin egoistisch, und es ist nicht wichtig. Außerdem weiß ich, dass Cyrus nichts dagegen hat, wenn ich das Verdienst für mich reklamiere.

»Außerdem habe ich noch die hier«, sagt Cyrus und gibt ihm zwei Briefe. Die Umschläge sind von den Wärtern geöffnet und wieder zugeklebt worden.

Elias reißt den ersten auf und zieht einen Bogen blassblaues Briefpapier mit Blumenmuster an den Rändern heraus, der offenbar parfümiert ist. Er schnuppert daran, liest dann langsam und macht immer wieder Pausen, um uns die Neuigkeiten mitzuteilen.

»Lilah verkauft ihre Wohnung und sieht sich nach einem Haus um, irgendwas mit einem Garten für Trevor. Vielleicht kann sie mich nächsten Monat besuchen kommen. Guckt mal, sie hat ein Foto beigelegt.« Er zeigt uns ein Selfie von Lilah und Trevor auf der Treppe vor ihrem Haus. Trevor hat die Zunge herausgestreckt und versucht, die Kamera abzulecken.

Elias öffnet den zweiten Brief.

»Ratet mal, was? Daniela ist verlobt. Sie und Martyn heiraten im Sommer. Sie sagen, ich bin zur Hochzeit eingeladen, auch wenn sie wissen, dass ich wahrscheinlich nicht kommen kann. Meinst du, ich sollte Dr. Baillie fragen?«

»Auf jeden Fall«, sagt Cyrus. »Und wenn du nicht kommen kannst, bringe ich dir ein Stück Hochzeitstorte mit.«

»Ich schreibe ihnen noch heute Abend zurück«, sagt

Elias. »Es ist nett, Brieffreunde zu haben.« Er sieht mich erwartungsvoll an. »Schreibst du mir auch?«

»Ich bin nicht besonders gut mit Worten.«

Er bedenkt mich mit seinem traurigen Blick.

»Aber ich komme dich weiter besuchen.«

»Noch besser.«

Elias wird still. »Ich habe etwas für dich.«

Ich denke, er meint Cyrus, aber er sieht mich an.

»Streck die Hand aus und mach die Augen zu.«

Nervös tue ich, was er sagt. Seine Hand ist doppelt so groß wie meine. Er legt etwas in meine Hand und schließt meine Finger darum. Auch ohne nachzusehen, weiß ich, was es ist. Der Knopf meiner Mutter.

»Wo hast du ihn gefunden?«, krächze ich.

»Er war unter einem der Kartons.«

»Du hattest ihn die ganze Zeit.«

»Es tut mir leid. Ich dachte, er würde mir vielleicht Glück bringen.«

Mir hat er keins gebracht, will ich sagen, doch ich bin so glücklich, dass ich nicht weiß, ob ich lachen oder weinen soll. Das entscheide ich später, wenn ich mich auf dem Speicher zwischen den Kartons verstecke, mit dem Knopf auf der Fensterbank.

Räder und Tassen klappern im Flur, als ein Teewagen hereingerollt wird. Oscar manövriert ihn durch die Tür, und Elias springt auf, um zu überprüfen, dass wir genug Geschirr, Teebeutel, Milch und Zucker haben.

»Ich habe uns Möhrenkuchen bestellt«, verkündet er. Ein weiteres Ritual. Und so verbringen wir die nächsten vierzig Minuten. Wir nippen an unserem Tee, essen Kuchen und machen Small Talk, bis Oscar uns erklärt, dass es Zeit ist, den Abflug zu machen. Elias winkt von der Tür des Aufenthaltsraumes und sieht vom Fenster aus zu, als wir denselben überdachten Gang nehmen wie auf dem Hinweg.

»Wird er jemals hier rauskommen?«, frage ich.

»Ja«, sagt Cyrus.

Ich bleibe stehen, zupfe an seinem Ärmel und zwinge ihn, mich anzusehen. »Sag das noch einmal.«

»Eines Tages wird Elias frei sein.«

Ich nicke zufrieden und hake mich bei ihm unter, als wir die Klinik verlassen und zum Parkplatz gehen. Einen flüchtigen Moment lang denke ich über seine Antwort nach und frage mich, ob Cyrus einen Weg gefunden hat, mit meinen Fragen umzugehen. Anstatt zu lügen, gibt er Antworten, die mehr als eine Bedeutung haben.

Eines Tages wird Elias frei sein, wie wir alle.

77

Cyrus

Lieferdienst-Dienstag. Evie war mit Aussuchen dran. Ein indisches Festmahl: Butter Chicken, Beef Korma, Basmati-Reis, Chapatis und jede Menge Beilagen. Sie zieht die Pappdeckel ab und steckt Löffel in die Behälter.

»Du hast wieder zu viel bestellt«, sage ich.

»Nein, hat sie nicht«, sagt Mitch. »Außerdem zahle ich.« Er nimmt eine Flasche Prosecco aus dem Kühlschrank. »Ich hab heute einen Job gefunden.«

»Als was?«

»Ein bekannter Online-Gamer will, dass ich seinen Twitch-Stream zu Videos zusammenschneide und auf YouTube poste. Und er hat mich auch seinen Freunden empfohlen. Einer von ihnen hat zwölf Millionen Follower auf TikTok.«

»Voll cool«, sagt Evie, die offenbar versteht, wovon er spricht.

Der Korken knallt. Mitch gießt drei Gläser voll. Evie trinkt einen Schluck und schiebt mir ihr Glas rüber. Wenn sie dabei ist, trinke ich doppelt so viel wie sonst.

Mitch wurde im neuen Jahr aus dem Gefängnis entlassen. So lange hat es gedauert, bis sein Berufungsverfahren abgeschlossen werden konnte, nachdem die Polizei alle Einwände und ihren Widerspruch zurückgezogen hatte. Die

Frage einer möglichen Haftentschädigung ist noch offen, doch DCI Hoyle bestreitet, Mitch Beweismittel untergeschoben zu haben. Der Chief Constable steht hinter ihm, weil er die Konsequenzen fürchtet, falls Hoyle stürzt – die Urteile, die möglicherweise widerrufen werden müssten, die Männer, die dadurch in Freiheit kämen.

Cassie Wright hat bei den East Midlands Forensic Services gekündigt. Ein Nachbar sagt, sie sei auf Reisen. Ein anderer glaubt, sie sei nach London gezogen. Sie hat eine neue Telefonnummer und keine E-Mail-Weiterleitungsadresse hinterlassen. Auch meine beiden Briefe sind ungeöffnet zurückgekommen.

Die Polizei hat erwogen, ein Ermittlungsverfahren wegen des Zurückhaltens von Informationen über ihren Schwager gegen sie einzuleiten, doch Cassie bestritt, irgendetwas über Patrices Aufenthaltsort oder seine Pläne gewusst zu haben. Die Videoaufnahmen aus der Bar waren nicht schlüssig, und es ließ sich nicht beweisen, dass sie die Untersuchung des Seils vorsätzlich hinausgezögert hatte, die den Zusammenhang zwischen Patrices Verbrechen hergestellt hätte. Ich glaube nicht an Gerechtigkeit um der Gerechtigkeit willen, vor allem wenn jemand schon genug gelitten hat. Vor acht Jahren hat man im Zweifel für drei Krankenschwestern entschieden. Jetzt ist Cassie dran.

Es klingelt.

Evie macht auf.

»Du bist zu spät. Wir haben ohne dich angefangen.«

Lilah ist direkt von der Arbeit gekommen und hat noch ihre Schwesternuniform an. Sie trägt ihr Haar weiter kurz und eng an den Kopf gesteckt. Sie wäscht sich die Hände und nimmt neben Mitch Platz. Die beiden haben sich in den vergangenen Wochen ziemlich oft getroffen, um die Hunde auszuführen, ins Kino zu gehen oder einfach abzuhängen.

»Wir sind befreundet«, sagt sie schüchtern, als das Abendessen vorbei ist und wir die Küche aufräumen. Mitch und Evie sind losgegangen, um bei Heavenly Desserts Eiscreme zu kaufen.

»Ist es seltsam, dass ich mich mit ihm sicher fühle?«, fragt Lilah.

»Überhaupt nicht. Er hat Sie gefunden. Er hat die Polizei alarmiert. Er ist mit Ihnen ins Krankenhaus gefahren.«

»Und ich habe ihn beschuldigt.«

»Sie haben einen Fehler gemacht.«

»Einen Riesenfehler, der Leben verändert hat. Er hat jedes Recht, mich zu hassen.«

»Und die Tatsache, dass er das nicht tut – was sagt Ihnen das?«

»Dass ich einen Guten habe gehen lassen.«

Man hört Stimmen und Lachen im Flur. Mitch und Evie haben sich ein Rennen den Pfad hinauf bis ins Haus geliefert.

Lilah lächelt. »Ich deck die Dessertschalen.«

Autor

Michael Robotham wurde 1960 in New South Wales, Australien, geboren. Er war lange als Journalist tätig, bevor er sich ganz der Schriftstellerei widmete. Mit seinen Romanen stürmt er regelmäßig die Bestsellerlisten und wurde bereits mit mehreren Preisen geehrt, unter anderem mit dem renommierten Gold Dagger. Michael Robotham lebt mit seiner Familie in Sydney.

Michael Robotham im Goldmann Verlag:
Die Serie mit Cyrus Haven:
Schweige still. Psychothriller
Fürchte die Schatten. Psychothriller
Der Erstgeborene. Psychothriller

Die Psychothriller mit Joe O'Loughlin und Vincent Ruiz:
Amnesie • Adrenalin • Todeskampf • Dein Wille geschehe
Todeswunsch • Der Insider • Bis du stirbst • Sag, es tut dir leid
Erlöse mich • Der Schlafmacher • Die andere Frau

Außerdem lieferbar:
Um Leben und Tod. Thriller
Die Rivalin. Thriller
Wenn du mir gehörst. Thriller

(alle auch als E-Book erhältlich)